U0037257

崇禎皇帝・獨上高樓

◎胡長青 著

彼黍離離，彼稷之苗。行邁靡靡，中心搖搖。

知我者，謂我心憂；不知我者，謂我何求。

悠悠蒼天，此何人哉？

彼黍離離，彼稷之穗。行邁靡靡，中心如醉。

知我者，謂我心憂；不知我者，謂我何求。

悠悠蒼天，此何人哉？

彼黍離離，彼稷之實。行邁靡靡，中心如噎。

知我者，謂我心憂；不知我者，謂我何求。

悠悠蒼天，此何人哉？

《詩經・王風・黍離》

主要人物表

盧象升，字建斗，江蘇宜興人。天啓二年進士，授戶部主事。歷員外郎、大名知府。崇禎二年，京師戒嚴，募萬人入衛。明年，進右參政兼副使，整飭大名、廣平、順德三府兵備，所部號稱「天雄軍」。善射，嫻將略，能治軍。崇禎九年，任總督宣大、山西軍務，練兵禦清。十一年冬，與清軍戰於慶都、眞定等地，在巨鹿陣亡。年三十九歲。追贈兵部尚書，謚忠肅。

楊嗣昌，字子微，號文弱，湖廣武陵人，萬曆三十八進士，楊鶴之子。官至禮部尚書兼東閣大學士，制定「四正六隅十面張網」之策，後督師追剿不成，憂憤交加，驚懼服毒而死。

吳昌時，字來之，浙江嘉興人。有幹練之才，東林黨智囊，爲人貪婪狂傲，交通廠衛，把持朝政，毒死復社領袖張溥，經崇禎親審，定罪斬殺。

薛國觀，字兵廷，一字來相，陝西韓城人，萬曆四十七年進士，授萊州推官。天啓四年，補戶部給事中，不久升兵科右給事中。崇禎三年，任兵科都給事中。十年，因溫體仁之薦，以右僉都御史升禮部左侍郎、東閣大學士，後爲首輔。以貪賄遭參劾，被賜死。

孫傳庭，字百雅，一字白谷，山西代州人，萬曆四十七年進士，授永城知縣。崇禎九年，擢右僉都御史，巡撫陝西，擒斬高迎祥。後起兵部侍郎，總督陝西，歿於柿園之戰。年五十一歲。

熊文燦，貴州瀘州人，萬曆三十五年進士，授貴州推官。崇禎元年，起福建左布政使，升右僉都御史，巡撫其地。五年，升兵部右侍郎兼右僉都御史，總督兩廣軍務，兼巡撫廣東。招降鄭芝龍，討海賊李魁奇、劉香有功。十年，任兵部尚書兼右副都御史，總理南畿、河南、山西、陝西、湖廣、四川軍務。十二年，張獻忠詐降復叛，被處死。

左良玉，字昆山，山東臨清人。自幼習學武藝，尤善弓射。崇禎元年，寧遠兵變獲罪。後由昌平督治侍郎侯恂薦為副將，楊嗣昌薦為「平賊」將軍。明亡後二年，病逝。

陳圓圓，原姓邢，名沅，字圓圓，又字畹芳，幼從養母陳氏，故改姓陳。本為昆山歌妓，曾寓居秦淮，殊色秀容，花明雪豔，能歌善舞，色藝冠時，為「秦淮八豔」之一。遭擄進宮，崇禎不納，為吳三桂所得，後出家為尼。

李香君，又名李香，為秣陵教坊名妓，為「秦淮八豔」之一。居秦淮河媚香樓，嫁與「明末四公子」侯方域作妾。自孔尚任的《桃花扇》問世，芳名大盛。

顧媚，字眉生，號橫波，南京上元人。工詩畫，精音律。時人推為南曲第一，尤善畫蘭，居媚樓，為「秦淮八豔」之一。嫁龔鼎孳為妾後改姓徐。

目錄

第一回

滎陽會闖將出奇計
元宵節流民焚皇陵

李自成寒暄著引領眾人走入大殿，眾人見了高迎祥，紛紛抱拳施禮。高迎祥招呼大夥兒圍著桌子團團坐定，菜肴隨即上來，不等親兵們搬酒擺酒碗，張獻忠伸手提出一罈酒來，「波」的一聲，拍碎泥封，一股酒香撲鼻而來，濃烈醇美。他環視眾人，一笑道：「我先嘗嘗。」滿滿倒了一碗，咕嘟嘟仰頭灌入喉中，用衣袖擦了嘴，讚道：「果是好酒！」

崇禎得知陳奇瑜撫策失敗，在車廂峽放走了高迎祥、張獻忠、李自成等人，赫然震怒，一道嚴旨，將陳奇瑜革職回了原籍，五省總督一職由洪承疇接任。隨即召首輔溫體仁、兵部尚書張鳳翼、戶部尚書侯恂入宮商議調兵籌餉事宜。溫體仁坐在杌凳上，想著良鄉郊勞台惹得崇禎不快的那一幕，暗忖他起用洪承疇是迫於情勢，還是盡釋前嫌？朝上看看崇禎，卻察不出一絲聲色，與張鳳翼、侯恂對視了一眼，試探道：「聖上將如此重任託付給洪承疇，他自當先行追剿流寇，不該坐等糧餉，任憑流寇肆虐。今流寇剛剛脫困車廂峽，元氣尚未恢復，正可乘勝追擊，一鼓聚殲，不使他們死灰復燃之機。」

張鳳翼與侯恂深知調兵籌餉之難，聽出首輔話中的弦外之音，也隱含為兩部分憂排難之意，朝侯恂拱拱手，長眉一軒道：「若谷兄，你們戶部主管錢糧田賦，只要給了我兵部一半的糧餉，再從各地調十萬精兵不難。」

侯恂苦笑道：「大司馬不要逼我了，我自去年接管戶部以來，僅清理天下歷年積欠的賦稅，已然束手無策，各地都以災荒推諉，九邊將士催餉的文書流水似的送來，更是焦頭爛額。太倉銀倒是有近百萬兩的稅銀剛剛入庫，可如此破例給你，我這個戶部堂官只好帶著僚屬討飯去了。」

「話不要說得這麼決絕麼！兵部可是已派了張全昌、曹文詔、秦翼明、鄧玘四將趕往河南，那四五千人馬可沒張著手要戶部的銀子呀！」

侯恂聽他語含譏諷，顧不得君父在前，辯解道：「巧婦難為無米之炊，你就是喊破了嗓

子催要，我也是沒法子呀！」

崇禎擺擺手，打斷道：「你們不必演戲給朕看了，朕還沒向你們要銀子，只要問問如何調兵。」

張鳳翼聽侯恂悄聲出了一口氣，不禁有些著急，問道：「皇上要調多少兵馬？」

崇禎將摩挲得晶亮的八角橢圓形蘇樣水磨紅銅手爐放在炕桌上，雙手相撫道：「朕接到鄖陽巡撫盧象升的專摺密報，流賊出了車廂峽，開始還是分路遣返，但高迎祥、李自成復叛以後，群起回應，他們知道陝西有洪承疇，於是便折而向南，分三路由山西、湖廣、盧氏進犯中原，合兵一處。今河南只有左良玉、陳永福兩部兵馬，不過數千，杯水車薪，怎敵得住十幾萬流賊？非大舉會剿不可！」

「那先從天津抽調兩千，再調三千關寧鐵騎助戰，想那些流寇不過烏合之眾，又才遭車廂峽大敗，一聞官軍進擊，勢必望風而逃了。」

溫體仁稱頌道：「皇上天縱神睿，銳意中興，那般流賊不過螳臂擋車、蚍蜉撼樹罷了，何足掛懷！」

「中原乃是天下安危所繫，自古屬兵家必爭之地。如今流賊勢大，人馬甚重，不可等閒視之。」崇禎朝溫體仁略一頷首，轉向張鳳翼道：「區區五千人馬，就是關寧鐵騎再爲驍勇，以一當十，也抵不住十幾萬的反賊。你們兵部不要就事論事，要通盤籌謀，該增則增，該調則調，以期早日掃蕩流寇。」

「那臣就放膽直言了。」

「儘管說來。」

「臣以爲若大規模進剿，須四面調兵，速戰速決，平賊後也好及早回防原來的駐地。如此可調西兵二萬五千，北兵一萬八千，南兵二萬一千；調關寧鐵騎五千，由總兵張外嘉、尤世威統領；調眞定標兵五千赴臨洺等地，調五千天津兵，由徐來乾統領；徵調白埕子、羅堪土司兵三千，由川將譚大孝統領，自夔州經鄖陽赴河南。合計兵卒八萬，馬匹兩萬一千，統交洪承疇節制。」張鳳翼說到此處，有意停頓下來，靜等著崇禎決斷。

「唔！關寧鐵騎還要時刻提防後金進犯，不宜徵調太多。天津拱衛京師，一旦有警，即可馳援，也不宜多調。朕意關寧鐵騎只調兩千，天津兵三千，合成五千之數。其餘照准。」崇禎看著侯恂欲言又止的樣子，問道：「你有什麼話，可是憂心糧餉？」

「這幾處的兵馬並不缺餉，臣沒什麼可憂心的，只是擔憂數路兵馬都由洪承疇節制，而他分身乏術，勢難兼顧。軍情如火，若往來請示，恐怕會貽誤戰機，爲流賊所乘，似不如別遣一人總督河南、山西、湖廣軍務。」

崇禎沉思道：「此言固是有理，只是洪承疇威望宿著，剿匪有方，其他再難選出此等帥才，朕不敢輕易換將了。」他不由想到楊鶴與陳奇瑜，恨恨地說道：「朕實在是耽擱不起了，再這樣僵持下去，太平何日可望！」

崇禎神情有些悵然，話語也多有懊悔，雖沒有責備之意，侯恂聽來卻驚出一身冷汗，若皇上以爲自家是替楊鶴、陳奇瑜求情，惱怒起來，不堪設想，急忙噤聲。崇禎問張鳳翼道：「河南離龍興之地中都鳳陽不遠，祖宗寢陵有多少人護衛？」

張鳳翼見崇禎幾乎原封不動地准了自家所奏，心頭一喜，答道：「太祖高皇帝當年特設中都留守司，下轄鳳陽、鳳陽中、鳳陽右、皇陵、留守左、留守中、長淮八衛和一千戶所，共有班軍、高牆軍、操軍、護陵新軍六千人。」

「如今算不得太平盛世，六千人馬怕是少了。」

張鳳翼害怕崇禎再命調兵，忙辯白道：「皇上不必憂心流寇南犯，可命鳳陽巡撫楊一鵬移鎮鳳陽，與駐防泗州的巡按御史吳振纓以爲犄角之勢，左右呼應。臣再飛檄給山東巡撫與操江御史，嚴守要害之地，教流寇知難而退。」

吳振纓本是溫體仁的同鄉姻親，在溫府做過多年的幕僚，溫體仁升爲首輔，給他在都察院謀了官職，剛剛放外任鳳陽巡按御史不足一年，衙門設在泗州，是鳳陽巡撫的僚屬，但鳳陽巡撫兼著總督漕運，漕運總督府衙設在淮安，鳳陽府的大小事務便由巡按代爲署理，若是巡撫衙門移到了鳳陽，吳振纓自然會有不少的掣肘，溫體仁有心袒護，問張鳳翼道：「你怎知流寇會知難而退？有如此的把握，不是爲哄龍心喜悅吧？」

張鳳翼沒有多想，笑道：「首揆不必多慮，您老人家生長在江南，西北的民風自是不如我這個老山西熟悉了。自古胡馬依北風，越鳥巢南枝，是說人與物各有其習性。如今那些西北流寇吃不慣江南的稻米，賊人所騎的那些戰馬也不吃江南的水草，他們到不了鳳陽，就水土不服，潰不成軍了，焉有不敗之理？」

溫體仁輕哼道：「原來竟有如此奧妙！既是如此，那楊一鵬也不必非要移鎮鳳陽了，想他年紀老邁，門生都入閣參與機要了，畢竟勞動起來力不從心，何必非教他那些周章？」

話說得綿裏藏針，張鳳翼豈能聽不出其中的鋒芒？他登時想起楊一鵬乃是閣老王應熊的座師，而吳振纓與首揆又有姻親之誼，倘若因區區一個換防小事開罪了兩位閣臣，自家這個兵部尚書怕是做不得了，擦擦額頭的細汗，忙不迭地回道：「那是自然，那是自然。」

崇禎自幼沒有離開過京畿，各地水土習俗不曾領受過，聽張鳳翼引古證今，說得頭頭是道，但仍覺疑惑，問溫體仁道：「先生以為如此護衛祖陵可行？」

溫體仁起身道：「臣蒙聖上知遇大恩，總攬閣務，本該有所建言獻策，但臣只知票擬奏摺忠誠無欺，對於用兵征戰素無深究，著實慚愧！張大司馬既敢如此談論，臣不好妄評，請皇上聖斷。」

「先生坐。」崇禎看看默然無語的侯恂，笑道：「你還在為糧餉愁苦麼？朕不想教你為難，也不想教洪承疇為難。朕給你留些銀子，戶部備餉八十萬兩，從內帑中撥二十萬兩銀子，另留湖廣新餉十三萬兩，四川新餉兩萬兩，以供軍用。不可因缺餉耽擱了剿賊，給了你們藉口託辭。」

「聖上神武，臣等豈敢！」溫體仁急忙起身，與侯恂、張鳳翼異口同聲。

崇禎盯著精巧的小手爐道：「擬旨，給洪承疇加兵部尚書銜，升任五省總督。」

洪承疇接到聖旨，既欣喜又愁悶，今後在數省之間往來驅馳，就是有日行千里的寶馬，也須有鐵打的身子不可。若事無巨細，親力親為，還須有觀音大士那般千手千眼千萬個化身。因此他一邊思謀著如何合兵追剿，一邊連續上摺子薦人、催糧餉，將自己的門生順天府丞孫傳庭擢升陝西巡撫，以便穩固陝西局勢，放手進剿。他推算孫傳庭到任還要數十天的時間，顧不得等他見面，便帶大軍南出潼關。

此時在河南境內的義軍已有十三家大小七十二營，人馬二十餘萬，駐紮在伊、嵩、宛、洛之間，連營數十里，聲勢極為浩大。十三家中闖王高迎祥的人馬最多，駐紮在滎陽城內外。他得到宿敵洪承疇南下的消息，知道來者不善，急忙飛書召集各路頭領商議對策。滎陽早有「東都襟帶，三秦咽喉」之稱，嵩山峙其南，邙嶺橫其北，東擁京襄城，西跨虎牢關，歷來為兵家必爭之地。大年三十，滎陽城東的大海寺熱鬧非凡，寺門前掛著兩盞碩大的紅燈籠，通向大雄寶殿的路兩旁整齊地插著兩排彩旗，在寒風中不時獵獵作響。大殿的佛像前連擺著一張紫檀大桌，十三把太師椅圍桌而放。李自成帶著李過、顧君恩等幾十個親兵忙裏忙外，今夜十三家首領要齊聚寺內，共商迎戰大計。天剛擦黑，門外的親兵跑來稟報八大王張獻忠到了，李自成急忙迎了出來，張獻忠抱拳問道：「自成老弟，今夜可是大年三十，你給哥哥準備了什麼上好的飯食？」

李自成引著張獻忠進了大殿，招呼他靠大火盆坐下，才回道：「小弟知道哥哥是個大碗喝酒大口吃肉的主兒，吃不慣官宦人家那樣精細的飯食，早備下了幾十罈烈酒，兩頭整豬早已殺好，在灶下蒸煮著呢！」他收住話頭，提鼻一吸，「已有此香味兒了，想必快出鍋了。」

「今夜可是大年三十，若是平常的酒飯，哥哥拔腿就走了。」張獻忠一捋密密的虬髯，哈哈大笑。

李自成上前一步，伸手將紫檀桌帷掀起，桌下排列著不少的酒罎，一摸罎上大紅的紙籤，笑道：「哥哥是貴客，小弟哪敢用尋常的燒酒款待？這是滎陽有名的上窟春，酒香都透出泥封了。」

「上窟春？我還眞沒聽說過，更沒有嘗過了。」

「這可是自古有名的好酒呀！」顧君恩看張獻忠話中似是有些不快，解說道：「這酒早在唐朝人寫的《國史補》就有記載。自唐玄宗開元元年至穆宗長慶元年，一直是朝廷的工就。這酒釀自三窟村，可只有上窟村才算佳釀」

「好了好了！」張獻忠嚷道：「我斗大的字識不得幾籮筐，聽人掉書袋腦袋便大，酒好不好，嘗嘗不就知道了，何必如此聒噪？」他隱隱嗅到一股幽幽的酒香，腹中的酒蟲大動，卻又問道：「也恁奇怪！這些天我命人到處找酒，上窟村也去過了，怎麼沒找到？」

李自成道：「那上窟村的酒坊主人早在我們來前就逃了。後來放心不下那幾個陳年酒窖，年關又近了，偷跑回來，見闖王的人馬秋毫無犯，這才敢重新開張做買賣。」

二人正說著，高迎祥大步進來，見了張獻忠調笑道：「你來得恁早，聞著酒味了吧！」

「看哥哥說的！是想跟哥哥過個好年呢！」張獻忠起身高叉手抱拳施禮。

「快坐著烤火。」高迎祥含笑點頭，「過年的東西什麼香燭紙馬、鞭炮之物都備下了，我還教人在後面包餃子呢！」

張獻忠捋鬍大笑道：「虧哥哥想得周全，有餃子才算過年嘛！只是這麼多人的餃子包起來不容易。」

高迎祥揮手道：「管夠！放開肚子吃吧！」

「他什麼時候客氣過……」李自成還要取笑張獻忠，聽到院中一陣嘈雜，知道來了不少頭領，急忙迎出來。果然，老回回馬守應、革裏眼賀一龍、左金王賀錦、曹操羅汝才、改世王許可變、射塌天李萬慶、混十萬馬進忠、過天星惠登相、掃地王張一川、闖塌天劉國能、九條龍郭大成陸續進了寺門。李自成寒暄著引領眾人走入大殿，眾人見了高迎祥，紛紛抱拳施禮。高迎祥招呼大夥兒圍著桌子團團坐定，菜肴隨即上來，不等親兵們搬酒擺酒碗，張獻忠伸手提出一罈酒來，「波」的一聲，拍碎泥封，一股酒香撲鼻而來，濃烈醇美。他環視眾人，一笑道：「我先嘗嘗。」滿滿倒了一碗，咕嘟嘟仰頭灌入喉中，用衣袖擦了嘴，讚道：「果是好酒！」

高迎祥給他的豪氣一激，端酒起身道：「我等兄弟起事也有八九年的光景了，轉戰三秦，一直再沒安生過，今日趕在這異地他鄉過年，兄弟們團聚一起，倒也熱鬧，先乾了這碗！」

眾人一齊乾了，坐下吃菜，張獻忠從瓦盆裏取了豬腿大嚼。高迎祥停了片刻，忽然歎息道：「天啓末年，豪傑並起，舉義旗，殺貪官，攻城拔寨，何等的聲勢！至今十餘年，當年的三十六營多已風流雲散，只剩下咱們這幾路人馬，卻給人趕出了陝西老家，車廂峽雖說大難不死，可白白折了許多兄弟。」

「大過年的，何必說這等喪氣的話！只要老子還有三寸氣在，便拿刀動槍的與官府拼命，殺一個夠本兒，殺一雙賺一個，也強似給官府欺辱苟活。」馬守應敞開寬大的羊皮襖，拍著胸膛道：「洪承疇來了怕什麼？他趕來河南，咱們正好乘機搗他的老巢，殺回陝西老家！」

「洪承疇不是泛泛之輩，咱們與他打了多年交道，沒討到什麼好處，此事絕非如此容易。」高迎祥連喝幾大口酒，臉上漸漸紅亮成一片，憂戚之色登時頓減。

馬守應嗤的一笑，在身上擦了擦手上的油漬，又搖晃幾下道：「能打則打，打不過就跑，只要咱鑽進了山裏，溝深林密，洪蠻子也拿咱沒法子！」

「老回回果眞老了，全沒了當年的豪氣！」張獻忠將手中的豬腿扔在桌上，翻起眼睛看著馬守應頷下花白的鬍子，連聲大笑道：「你若是害怕洪蠻子，何必大老遠地逃回陝西，只躲在我營人馬的後面便可，咱老張擔保官軍傷不到你一絲一毫！」

馬守應是早已成名的好漢，論資歷闖王高迎祥都略有些不及，何況張獻忠這樣的後起之輩？登時沉下臉來，三髯長鬚不住抖動，怒聲道：「張敬軒，平日咱也抬舉你是條好漢子，如今卻說出這等狂悖的話來，卻是何意？咱當年刀頭舔血、嘯傲山林的時候，你還不過一個乳臭未乾的後生小子，知道什麼輕重？」

張獻忠聽他誇耀資歷，忍不住譏諷道：「知不知輕重何須你評說？膽子卻不似你那般小。」

「你膽子大！但凡你有一半那吹破天的本事，咱們大夥兒也仰仗你，不用這般顛簸流離地南下中原了。自恃有幾分蠻力，好勇鬥狠的，眼裏就沒人了？洪蠻子的手段你豈沒領教過，何必在這裏放言高談吹什麼大話，將官軍殺敗了，自然有人服你，也可揚名立萬兒！不然，少學躺在圈裏哼哼的蠢物，只會說別人黑，忘了自家一身骯髒的臭豬毛！」

「你放什麼狗屎屁，自家孬種還要扳扯別人，有志不在年高，你那副倚老賣老的嘴臉眞叫人笑煞！」

馬守應豈容他人這般肆無忌憚地當面羞辱，霍地站起身來，紅漲著臉，拔刀大罵道：「老子今天定與你見個高低！」搶步欺身，揮刀便砍。

張獻忠性子本來急躁，事因自己而起，在眾人面前不好發作，但見他拼命的樣子，豈甘示弱？無奈急切之間，腰刀不及拔出，以手中的豬腿相迎。眾人大驚失色，高迎祥呼道：「不可傷了和氣！」

革裏眼賀一龍、左金王賀錦與馬守應是多年的至交，豈肯眼看他吃虧？急忙雙雙搶出，攔在二人中間，將他們生生拉回座位。二人兀自憤憤不平，怒目而視。高迎祥勸道：「如今大敵當前，才置備幾杯水酒，一則辭舊迎新，二則共商破敵之策。今日將大夥兒請到一起，千萬看我薄面，同仇敵愾，切勿自亂陣腳。今日之事二位都別放在心上，輕輕揭過。身在綠林，義字當先，各自退一步想，心中便不會再存芥蒂了。」

「跑跑跑……在陝西就四處躲藏，出了陝西，還是給人攆得兔子似的，何時才有個落腳的地方？」張獻忠將整碗的上窟春大口喝下，翻捲起寬大的袍袖，露出兩隻虬肌盤筋的手臂，在桌上重重一擊，憤然說道：「咱們幹得就是刀頭舔血的活計，怕死就別出來當首領拉山頭！大丈夫自當縱橫天下，做一番轟轟烈烈的事，那才痛快，豈能苟活世上，看別人的臉色！」

馬守應雙眉聳立，反駁道：「咱老回回也是有名有姓的人物，響噹噹的一條漢子，怎的看別人的臉色了？」

張獻忠冷笑道：「看不看別人的臉色不用咱說，想必是手下人馬多了，命也金貴了。」眾人聽他們爭執不休，生怕越吵越僵，結下仇怨，若是各自回去調動人馬廝殺，一場浩劫勢必難免。眾位頭領見高迎祥鎖眉不語，自忖資歷和人望有所不及，更是不知如何勸解，生怕他二人急怒之下，豪不領情，反而自討無趣。眾人存了這般心思，面面相覷，靜坐觀望，不知如何是好。一旁伺候著的李自成見情勢尷尬，忙拱手道：「敬軒兄渾身虎膽，天下綠林誰人不知？但馬大哥說退回陝西老家，卻也並非畏刀避劍，怕了洪蠻子。」

「老弟，這是怎麼話，終不成是哥哥錯怪他了？」張獻忠見李自成似有幫馬守應之意，神色越發不悅。

李自成含笑道：「哥哥言重了，小弟絕無此意。只是小弟思忖馬大哥所言大有深意，正是一條妙計。」

「什麼妙計？」張獻忠面色一緩，馬守應也覺幾分愕然，與高迎祥等人一起看著李自成。

李自成朝眾人拱手道：「馬大哥所言暗含著批虛搗亢之計，顧軍師你方才說的可是此意？」

「什麼是搗亢批虛？」在座的眾頭領多是沒讀過書的貧賤百姓，哪裏懂得？一時將兩眼齊刷刷地盯住顧君恩。

顧君恩看到高迎祥微微一笑，知他已曉其意，向前走了幾步，高叉手施禮道：「闖王，眾位頭領，小可賣弄了。孫子曰：夫兵形象水，水之形避高而趨下，兵之形避實而擊虛。水因地而制流，兵因敵而制用。《史記・孫子吳起列傳》說：救鬥者不博戟，批亢搗虛，形格勢禁，則自爲解耳。意思是……」他見眾人聽得滿臉迷惑，知道這些種田當兵出身的人不喜歡咬文嚼字，乾笑兩聲道：「還是闖將給眾位頭領解說的好，以免小可再掉書袋，八大王又該罵祖宗八代了。」抱拳退後。

李自成解說道：「君恩說的其實便是避實擊虛之計。如今洪蠻子率精兵出潼關，陝西勢必空虛，咱們乘虛而入，可殺他個回馬槍，無異於牽著他的鼻子走。」

「對麼，咱說的就是這個意思！」不等李自成說完，馬守應拍手大呼。

李自成擺手道：「馬大哥的計策本是不錯，陝西咱們極是稔熟，閉著眼睛都能與官軍周旋。只是有兩點不利之處，馬大哥想必不曾慮及。」他見馬守應似有失望之色，抱拳道：

「馬大哥，請恕小弟狂妄。如今十三家七十二營人馬加在一起，二十萬有餘，比起中原，一來陝西地勢狹小，二來陝西連年大旱，幾十萬大軍一齊湧入，不是在父老們口中奪食麼？就是三秦的糧草全給了咱們，也支撐不了幾天，怕是等不到官軍追剿，咱們早已散夥了。」

眾人聽了他一番話，彷徨無計，張獻忠叫道：「那咱們以逸待勞，與洪鑾子大幹一場。」「不能如此。洪鑾子帶的都是慣於征戰的精兵，咱們都帶著妻子病殘的老營，礙手礙腳地不便與他們硬拼。」

張獻忠一拍桌子道：「自成老弟，咱們既不可回陝西，又不可硬拼，還有什麼法子？不會是再詐降吧？那洪鑾子殺人不眨眼，他不會招降咱們的。不如咱們向西南入川，守住劍關，過逍遙自在的日子。」

「詐降自然不行，洪鑾子是靠殺戮起家的，心狠手辣，咱們詐降無異死路一條。蜀道險難，急切之間未必能攻克，若給洪鑾子尾隨而至，腹背受敵　」

「老弟既然妙計在心，何不趕快說出，難道要等得洪鑾子殺來再說？」一個身穿青色長袍的大漢緩緩站起身來，不耐煩地打斷了他的話。此人身形高瘦，面皮白淨，似個飽讀詩書的文士，只是顴骨高聳，眼窩微陷，兩道長眉直入鬢間，模樣極是精明幹練，話音帶著一絲陰冷。李自成認得此人是羅汝才，足智多謀，綽號曹操。此人生性風流，討得幾十個妻妾，打扮得花枝招展，跟隨在軍中。又酷愛秦腔，在帳下養有一個戲班子。他自打進了大海寺，見殿內沒有女色相陪，他早已厭煩，又聽李自成說到老營，想到自家那些美貌的婦人和戲班兒，大過年的將他們撇在一旁，卻巴巴地趕到這寺院裏枯坐吃酒，哪裏有摟了婦人吃酒看戲痛快，巴不得早早散了，趕回自家營帳。

李自成聽他問得急切，忙說道：「哥哥誇獎了，不算什麼妙計。咱們過去吃虧就吃在各佔各的山頭，各打各的仗，互不通氣，互不救援。孤軍作戰，怎能取勝？如今盧象升在西南湖廣鄖、襄等地扼守，左良玉守在新安、澠池一帶，洪蠻子自西北出潼關，朱大典自東北出山東，關寧鐵騎、天津兵馬也自畿南、山東隨後趕來，曹文詔率山西兵自北往南進軍。意在三路夾擊，伺機決戰。咱們偏不理會，三十六計走為上，全師避敵，向東南而退。這並非懼怕官軍，而是有所圖謀。俗語說：一夫拼命，十人難敵，何況咱們二十餘萬人馬？」說到此處，他看看高迎祥。

高迎祥點頭道：「兵法上說得明白：敵勢全勝，我不能戰，則必降、必和、必走。降則全敗，和則半敗，走則未敗。未敗者，勝之轉機也。自成說的極是，官軍在西北鋒芒已露，不必與他們爭一時短長，自該向東南搗其虛弱。」

「咋個搗法？你們倒是快說呀！咱老張可聽不懂這些曲曲彎彎的話。」張獻忠跳起來，一掌狠狠地在大腿上拍下。

李自成侃侃說道：「分兵五路：一路向南阻擋四川、湖廣的官軍；一路向西迎擊陝西的官軍；一路駐紮在滎陽、汜水一帶，扼守黃河；一路向南偷襲鳳陽，挖了皇家的祖墳。西北官軍精銳，恐怕難以抵擋，可留下一路作為後援，往來策應。至於各路人馬如何分派，請眾頭領商議。」

「不必了！事情緊急，不可拖延，我看還是聽天由命，拈鬮吧！」高迎祥生恐再起事端，不好處置，即刻命顧君恩寫好十三張紙條，團得一模一樣，放入深腹的陶罐之中。眾人也想不出更公平的法子，依次上前拈鬮。不多時，紙鬮拈畢。革裏眼賀一龍、左金王賀錦率本部人馬向南阻擊湖廣、四川官軍；改世王許可變、射塌天李萬慶、混十萬馬進忠率本部人馬阻擋洪承疇；曹操羅汝才、過天星惠登相率本部人馬屯守滎陽、汜水一帶，防禦開封、歸德、河南、汝州諸府官軍；闖王高迎祥、八大王張獻忠、掃地王張一川和闖塌天劉國能率本部人馬南征安徽；老回回馬守應、九條龍郭大成往來策應。

眾人商議已定，將十餘罈烈酒在桌上排開，舉杯歡飲，直至東方欲白。次日，殺牛馬祭天誓師，分頭出擊。高迎祥命李自成與張一川、劉國能三人率部先行，自與張獻忠殿後。一路上勢如破竹，十多天內接連攻下固始、霍丘、壽州、穎州等數十州縣，直逼鳳陽，在二百里外紮下營盤。

鳳陽古為淮夷之地，春秋時名為鐘離子國，隋稱濠州，乃是大明朱家王朝的龍興之地，自古便是帝王之鄉。朱元璋登基後一年，下詔在此營造中都皇城，洪武七年賜名為鳳陽。正月十二，李自成親帶李過、顧君恩數人改換服飾，混入鳳陽城中，裏外查探了一遍，回來後與張一川、劉國能商議道：「鳳陽有內外三城，垣牆高厚，南城牆築於東西向的大澗北岸斜坡上，以澗為濠；西城牆處在上下起伏的馬鞍山西麓，依山可恃；北城牆位於湖泊之濱，憑水為阻；東城牆有獨山、鳳凰嘴山居高可恃。那正中的皇城都是磚石築就，外面一條三十多丈寬的護城河，兩三丈深，不易渡越。城中又有一萬守軍，四萬官軍在城外屯田，實在是一座易守難攻的堅城鐵堡。若明著攻打勢必艱難，不如智取。」

張一川、劉國能二人已知李自成的謀略，毫無異議。李自成當即命李過、顧君恩各帶一百精兵，裝扮成乞丐、和尚、道士、販夫走卒，混入城中，元宵節三更時分，裏應外合，一齊搶奪城池。

鳳陽巡撫衙署不在鳳陽，而在淮安，城中大小事務都由巡按御史吳振纓署理。他問聽流寇迫近的消息，喚過知府顏容暄商議道：「依照年例城中大張燈火，十五、十六兩日慶賀元宵，與民同樂。如今陝西流寇已在二百里外駐紮，若給他們乘機而入，禍患不小。不如今年暫歇放燈，緊閉城門，嚴防賊人混入城中鬧事。」

顏容暄剛剛添了一個兒子，定好在府中張燈宴慶，四處早撒了請帖，不甘心更改，急忙勸阻道：「大人不必多慮。那些不過流寇四處擄掠，攻打的都是少人把守的小城，怎可與中都皇城相比？小心盤查往來入城之人，到晚上緊閉城門，再不放一人進來，多派兵丁沿街巡邏，諒那些草寇還能飛進來，驚擾居民？往年元月十三至十七，放燈五夜，通宵不禁，已是成例。若今年為了幾個流寇出榜禁燈，豈不是示敵以弱，給人恥笑？百姓們早已備好燈火，再行禁止，勢必會心生怨恨，口出汙言，恐怕有損大人清譽。若傳將出去，給撫台大人知曉，大人如何開脫？眼看就要三年考績，大人的前程要緊，切不可給此事誤了。」

吳振纓聽了這一席話，思忖半晌，點頭道：「若非貴府提醒，險些鑄成大錯。不過那些流寇還需防範，就將五日之期減爲三日，左右兼顧。」

鳳陽不單是安徽，也是江南少有的名城大郡，作爲中都已二百餘年，城池宮闕如京師之制，中書省，大都督府，御史台，太廟，大社壇，圜丘，方丘，日、月社稷，山川壇，百萬倉，觀象臺，公侯第宅，軍士營房，城隍廟，功臣廟，歷代帝王廟，會同館，中都國子學，鼓樓，鐘樓等應有盡有。元宵燈火僅次於留都南京，也是馳名江南。十四日晌午才過，全城二十八街九十四坊，張燈結綵，家家門前都已紮起燈柵，掛出各式燈籠。大戶人家在院內縛起山棚，擺放五色屏風炮燈，四邊都掛名人書畫並奇異骨董玩器之物。中都留守司在皇城午門南外金水橋邊搭起兩座鼇山，上面各盤紅黃兩條蟠龍，每片麟甲上點燈一盞，口噴淨水。洪武街、玄武街更是掛滿了不計其數的各色花燈，爭奇鬥豔。到了次日上燈時分，最是熱鬧。男女老少紛紛出門簇擁看燈，耍龍燈、玩花車、跑旱船、打花棍、踩高蹺……一隊隊地往返，踩街鬧元宵，笙歌盈耳，人聲鼎沸。

初更時分，李過帶著幾個親兵混在人群中，在街上閒走，不時見三五成群的乞丐，胡亂穿著羊皮破衣，手拄木杖，托個破碗，骯骯髒髒地四下求乞，知道多是改扮的親兵，走到切近時，低聲囑咐城中巡查得緊，小心被人看破。正在觀燈看煙火消遣，不覺走到城隍廟前，眞是人山人海，鑼鼓喧天。正要折身退走，有人連聲喝道躲開躲開，就見一隊男女載歌載舞，迤邐而來。前面數人頭戴盔冠，身著彩服，足繫銅鈴，手執毛帚，步行探路。這些報探後面，跟著歌舞百戲，彩旗飄搖，繁弦急管，吹、打、彈、唱、蹦、跳、扭、舞，無所不有，令人目不暇接。聽得一陣喝采之聲，只見一個上身穿緊瘦彩衣，下著彩褲，腰繫石榴彩裙的青春女子，額前戴頭勒、腦後梳獨辮，頭紮紅綢花球，腰間挎一隻小鼓，雙手持一對鼓槌，便敲邊唱那首《盼情郎》：

「描金花鼓兩頭圓，掙得銅錢也可憐。五間瓦屋三間草，願與情人守到老。青草枯時郎不歸，枯草青時妾心悲。唱花鼓，當哭泣，妾貌不如郎在日。鳳陽鞋子踏青落，低首人前唱豔歌。妾唱豔歌郎起舞，百藥哪有相思苦。郎住前溪妾隔河，少不風流奈老何！唱花鼓，走他鄉，天涯踏遍訪情郎。白雲千里過長江，花鼓三通出鳳陽……唱花鼓，渡黃河，淚花卻比浪花多。」

一副欲哭無淚、無人傾訴的模樣，悲悲切切，惹人心酸。

看了多時，樓上二更鼓響，李過幾人擠出人群，回到住處取兵刃藏了，朝城南洪武門而去。此時，一輪明月升近中天，照得街巷銀白一片。李過遠遠看到一隊鐵騎全副披掛，沿城巡視，慌忙躲在僻靜之處等候。

顧君恩扮作遊方郎中，兩個年幼的親兵扮作隨身小童，一個背著藥箱，一個挎著藥籃，裏面盛著硫磺焰硝一應引火之物，在城隍廟前遊蕩，估計更次到了，三人轉到廟宇後門，放起火來，霎時烈焰騰騰，濃煙蔽月，三人奔到廟前大喊道：「失火了，失火了！」外面眾人正要到興頭上，不提防出此變故，驚慌失措，四下奔逃，登時大亂。顧君恩等人乘亂四處放火，不多時大火映紅了半座城池。李過等人看到火起，一聲吶喊，奪了城門，放城外伏兵進來，沿著洪武街、大明門一陣猛衝狂砍。

吳振纓剛剛睡下，聞報賊人佔了外城，慌忙帶領家眷逃入皇城，高高吊起護城河上的木橋，在角樓裏督戰死守。城門洞開，月色如晝，一隊鐵騎簇擁著一匹烏騅馬飛馳而來，馬上威風凜凜的大將正是李自成，馬鞭一揮，命道：「攻下皇宮，迎接闖王入城！」

吳振纓一介儒生，一直遊心翰墨，何曾見過如此赫赫聲威的強人，登時驚得汗流浹背，急令放箭，逼退賊人。李自成也命向城上射箭，雙方互有傷亡，僵持不下。正在苦思破城之策，忽見西南方向騰起沖天大火，映紅了半邊天際，將皓月都燒得金黃了。城頭角樓裏的吳振纓更是引頸眺望，猛地醒悟道：「大禍事了，想必賊人燒了皇陵。」正自捶胸頓足，城外湧入無數潰敗的官軍，遭到李自成等人一陣衝殺，奔逃而走。李自成生恐是城外屯田的官軍趕來救援，腹背受敵，正想撤兵，一陣急驟的馬蹄聲傳來，轉眼到了切近，馬上那個高大威猛的漢子大叫道：「自成莫慌，咱來幫你！」

李自成詫異道：「敬軒兄，你來得好快！」

張獻忠哈哈大笑：「咱一把火將狗皇帝的祖墳燒了。」隨後朝城上喝道：「狗官，開城投降，咱留你條活命，不然城破之時，雞犬不留！」

第二回

朱由檢戴罪省愆居
高迎祥遭磔承天門

幾個太監挑著宮燈，沿著西夾道緩緩行進，每人頭上頂著一個紅漆食盒，上面插一把曲柄小黃傘，傘上綴著數十隻金鈴，叮鈴鈴的一路響來，極是清脆。馬元程等人在寒風中哆嗦著，等宮燈近了，才看出來人竟是承乾宮的田貴妃，慌忙叩拜。

司禮監掌印太監王德化得到六百里緊急文書，鳳陽被陷，祖陵遭焚，一時竟懵了，他有些跌跌撞撞地小跑到乾清宮東暖閣前，兀自心驚肉跳，沒有理會乾清宮管事牌子馬元程和掌事宮女魏清慧等人請安，一心想著皇上知道了會如何地惱怒。這可是件令人尷尬的差事，但事關重大，只好硬著頭皮進殿稟報。崇禎接過文書看了，不啻頭頂炸開一聲晴天霹靂，騰的一下站起身來，旋即似是支持不住，頹然倒在御榻上，木然無語，雙手抖個不停。如此寂靜，大出王德化所料，他嚇得伏身在地，不敢仰視。良久，終於實在忍不住了，心頭怦怦亂跳著偷薤一眼，見崇禎面色慘白，兩眼緊閉，不住淌淚，顫聲勸道：「皇、皇爺息怒，還需珍攝龍體呀！」

「息怒？出了這麼大的事兒，朕怎麼息怒！你、你們全都出去，滾得遠遠的，朕不願見你們！」崇禎緩緩睜開雙眼，語調有些氣急敗壞，可依然甚是嚴厲。

王德化如蒙大赦，急忙朝左右侍奉的太監、宮女們一揮手，小心地退了出去。匆匆走下殿外的石階，又不放心地轉回來，才到廊簷下，就聽一聲號啕：「祖宗呀——」他嚇得一激靈，三步併作兩步，貼著門縫往裏偷窺。只見御案四周散落著一疊疊文書，幾片碎紙自空中飄落下來，崇禎連連跺腳哭叫：「祖宗、祖宗啊——兒孫不孝呀」崇禎倚在御案上哽咽不已，口中喘著粗氣。自從高時明因老病去職，王德化接任司禮監掌印也有六年的光景，從未見過崇禎哭過，更何況是在談論軍國大事的重地乾清宮，他不禁有些驚慌失措，回身看一眼四周，那些大小太監、宮女多數在簾外和簷下屏息而立，有幾個膽小的早已跪在地上顫抖。

幾步以外，馬元程紅著眼睛鵠立著，魏清慧花容變色，哭得雙肩聳動。

王德化上前給了馬元程一腳，低聲喝罵道：「你是死人麼？還不快給娘娘們送信去！」

馬元程才醒悟過來，一手揉著腰，一邊答應著飛跑走了。尚膳監的十幾個小太監抬著朱漆食盒走來，遠遠地見了王德化，爲首的太監急忙行禮道：「宗主爺，有日子不見了，小的好生想念　」

「噤聲！」王德化指了指身後的殿門，罵道：「想你娘個臭腳！聒噪也不看個時候。」

「時候？」那太監給罵慌了，回道：「往日都是這個時辰傳膳，沒誤呀！」

「你他娘的若能教皇上進上幾口膳，咱家重重賞你！」

「那是小的分內……」那太監全然不知出了變故，眉開眼笑，正要稱謝，兩個高大的太監抬著一乘明黃色的肩輿，飛奔而來，拾級而上，後面跟著馬元程和幾個宮女，跑得氣喘吁吁的。

王德化快步搶上，一等肩輿落穩，忙過來施禮，小心稟報說：「萬歲爺，皇后娘娘來了。」

裏面寂靜無聲，周皇后含淚道：「皇上，臣妾來了　」

「你且回去，朕哪個也不想見，朕要見的只有列祖列宗。」

周皇后渾身一顫，驚愕道：「怎麼，皇上不願見臣、臣妾了？」

「走，都走！朕一個人才安靜。蒼天呀！朕該怎麼辦？」

周皇后心頭一酸，咬牙呑聲說：「那臣妾將午膳送進去？」

「哈哈哈……」崇禎一陣苦笑，「朕哪裏還有心思進膳，怎能嚥得下？賞了你們吧！朕要到奉先殿叩稟祖宗，還要請罪呢！」自顧推門出殿，也不乘輦，步行去奉先殿，跪在祖宗神主前號啕大哭。

「皇上保重！」無旨不得擅入，周皇后跟隨到奉先殿外跪下，不敢進去勸慰，流淚傳旨田、袁二妃，太子和永、定二王一起趕來。眾人齊齊地跪在殿門外，勸皇上以天下蒼生爲念，不要過於悲傷，致損聖體。眾多隨侍的太監和宮女眼看皇后、貴妃、太子和二位小王都哭得傷情，個個紅著眼睛啜泣，奉先殿內外登時哭聲一片。

「皇上啊——」一聲蒼老嘶啞的叫喊，自日精門穿月華門來了一乘花梨肩輿，上面端坐著白髮蒼蒼的宣懿惠康昭劉太妃。她年屆八旬，先朝的妃子之中以她的年紀最大，輩數最尊。崇禎幼年失母，曾受她撫養多時。崇禎與天啓兩朝都無太后，宮中太后玉璽就由她掌管。周皇后見了，急忙起身攙扶道：「老祖宗，怎麼驚動了您老人家？」

「皇后吶！我還沒老糊塗，腿腳還能動得了哇，聽田妃說祖陵給流賊一把火燒了，皇上氣得直哭，飯也不吃一口，我、我心疼呀！」劉太妃紅著眼圈兒，拄著龍頭拐杖上前，顫顫著拍門道：「皇上，列祖列宗都在這兒看著你，他們知道你的心，還想著你替他們出這口氣呢！你這麼不吃不喝怎麼行？太祖高皇帝打下的大明江山可還靠著你吶！」

周皇后聽出話中似有幾分埋怨，心頭有些惱怒，看了田貴妃一眼，有些感激她乖巧機靈，又暗怪她自做主張的多事。正想著如何分辨，卻聽崇禎啞著嗓子喊道：「手巾。」急忙從馬元程手中取過浸濕的手巾，輕輕推開一角門縫，呈遞過去。崇禎接了擦臉，才命眾人進殿。

等眾人在祖宗神主前行禮之後，崇禎浩歎一聲，撫著太子的頭哽咽道：「祖宗三百年江山，從來無此慘變。朕御極以來，敬天法祖，勤政愛民，未有失德。沒想到流賊如此猖獗難制，禍亂愈演愈烈，竟至祖陵遭毀，中都淪陷，朕如何對得起列祖列宗！」他強自壓抑住哭聲，閉目沉靜一會兒，接著說道：「你們不必勸慰，朕心裏明白，不會想不開地胡鬧，朕必要取流賊的首級獻於太廟，告慰祖宗在天之靈，雪洗此奇辱重恥！」

劉太妃歎息一聲，垂淚道：「孩兒呀！也難爲了你。」

崇禎淒然說道：「老祖宗，都是孩兒薄德少能，沒有替祖宗受好基業。神宗爺當年無爲而治，海內少事，做皇帝何等安心！到了孫子，卻添了這麼多災難禍事，眞是有些手足無措了，致使老祖宗也不得安生，跟著勞神費心，慚愧無地！」

「你是我眼看著長大的，神宗爺和你父兄留給你這個爛攤子，收拾起來不易呀！你要好好的，中興才能有望。」劉太妃說著，忍不住掩面而泣，田貴妃上前扶了，勸道：「老祖宗，皇上這不是好好的麼，你老人家若再傷心，不是又招惹他了？我們這些小輩可都不答應呢！」

「我是瞧著皇上又瘦了，心裏難過。」

「哎呀！老祖宗，你忘了劉備當年久沒騎馬，脾肉復生，碌碌無爲，感慨落淚？皇上清減了一些，才是操勞國事、中興有為之證呢！」

崇禎送走了劉太妃，沒有留人陪著進膳，午膳吃得簡單了許多，撤去照例的奏樂，將幾十樣菜減到十幾樣，撤樂減膳，以表示國有不幸，皇帝悲痛省愆。崇禎的這頓午膳用得極是艱難，不單是吃不出什麼味道，吃上兩口，忽然又想起祖陵遭焚的事，悲從中來，簌簌淚下，投箸而起，心亂如麻，又不得不顧念人君的儀範，忍住悲憤進食。就這樣斷斷續續，吃了小半個時辰，他將天藍色的餐巾扯下，揮退眾人，原想在乾清宮東暖閣的御榻上歇息，卻覺胸中煩悶不已，竟沒有絲毫睡意，獨坐著沉思良久，傳王德化進來，命道：「擬旨，著洪承疇火速進兵，圍剿東竄流寇，不得招撫。著朱大典總督漕運兼巡撫廬、鳳、淮、揚四府，移鎮鳳陽，恢復皇陵。著錦衣衛扭解楊一鵬、吳振纓來京問罪。著駙馬都尉冉興讓代往太廟祭奠二祖列宗。」

崇禎一口氣說完幾條旨意，才出了一口長氣，命道：「流賊未平，震驚陵寢，朕要搬離乾清宮正殿，將文華殿旁的那間木屋收拾一下，到那裏齋居靜坐，戴罪省愆。不逢典禮之事，朕平日就穿黑衣理政，減膳撤樂，與將士共甘苦，直至寇平之日為止。」

王德化大驚，急忙阻攔道：「萬歲爺說的可是省愆居？使不得呀！那間木屋不能生火，這天寒地凍的……」他見崇禎目光凌厲地掃來，嚇得收住話頭，改口道：「是、是，奴婢這就下去準備。」

崇禎一早沐浴，魏清慧伺候他換上青色純絹素服，先到奉先殿向列祖列宗的神主上香祈禱，然後乘輦到了省愆居。省愆居在文華殿西北角，卻不與大殿相依傍，四面孤立，彷彿凌空的閣樓，遠離塵世。屋基用粗大的圓木架鋪，離地三尺。木屋閒置已久，多年不曾啓用過，欄杆和木階積滿灰塵，簷前和窗上掛著蜘蛛網，屋前南道旁生滿荒草。無論從規模、裝飾來看，與文華殿都有天壤之別，越發顯得矮小寒傖，令人想不到富麗堂皇的皇宮大內竟有如此破敗的地方。王德化連夜命人將省愆居收拾得乾乾淨淨，塞嚴了四下透風的縫隙。崇禎邁步進了省愆居，向玉皇神主恭敬叩頭，閉目端坐，凝神默想，思慮著如何下一道罪己詔。

黃昏時分，周皇后偷偷過來探視，僅僅一天的工夫，見他似乎瘦了一圈兒，紅著眼睛退下，暗命變著花樣兒烹製素膳。次日一大早，尚膳監監丞王承恩親到御膳坊坐鎮，與小太監們把冬菇、口蘑、嫩筍、猴頭、豆腐、麵筋、蘿蔔和白菜，用名貴佐料烹調，澆上雞湯，素中有葷，香味撲鼻，帶著小太監送來。崇禎聞到雞湯的腥味，冷臉責罵道：「朕齋戒愆居，不茹葷腥，爲的是化解上蒼之怒，減輕祖宗之怨。你這混賬狗才，枉跟了朕多年，卻不曉朕的苦衷，掛羊頭賣狗肉，專事欺蒙，誘朕破戒，是何居心！」

王承恩給罵得灰頭土臉，滿腹的委屈卻不知何處訴說，又想著如何向周皇后覆命，垂頭喪氣地繞過文華殿宮院的高牆，沿著西夾道慢慢往回走，卻見田貴妃乘著肩輿從那座白石橋上下來，上前請安。田貴妃命停了肩輿，詢問道：「皇上飲食如何？」

「只喝半碗銀耳燕窩粥，其餘的菜肴都命撤了。」

田貴妃蹙眉道：「皇上怎麼說？」

「皇爺說葷腥乃是對祖宗和神靈的大不敬，將奴婢大罵了一頓。」

「該，你是活該！明知道皇上不好欺瞞，你們還做了這些素中有葷的膳食，不是討打麼！」

「奴婢頭暈腦脹的，想不出個好法子，總不能教萬歲爺這麼餓著吧！」

「我有個法子，你不妨試試。」

「娘娘明示。」王承恩感激得幾乎落淚。

「你們呀！就是不動腦子，東抄西湊的，全不懂得變通出新，只守著個渾羊歿忽混日子，怎能長進？」

「娘娘訓誡的是。」

「我問你，什麼是葷什麼是素？」她見王承恩怔個不住，不待他應答，自顧說道：「這葷素你自然分得清楚，不然也做不得尚膳監監丞。照理說，你做的那些素中有葷的菜肴，也用了心思，可是你這人太老實，就這麼明明白白地將雞湯混在青菜裏，顯什麼本事？就是三歲的孩童也吃得出來，能交得了差？」

王承恩久經歷練，聽她繞了個大彎子，急忙道：「娘娘的恩德，奴婢記在心裏。若有奴婢出力的地方，但憑娘娘一句話。」

田貴妃嫣然一笑，說道：「你是宮裏專辦皇上的膳食，何等緊要！我可輕易不敢勞動你，只是煥兒春冬之時最易上火，若有時鮮蔬果調養才好。」

「定王爺是萬歲爺的心頭肉，此事包在奴婢身上。」
「好，好！其實你做的素中有葷並非無理，只是沒有遮住腥味。」
「腥味如何遮得住？除非不見半點兒的肉。」
「這個不難。將一隻生鵝退毛，從尾穴掏去肝腸等穢物，再將蔬菜塞進，放入鍋裏大火煮沸，即刻將菜取出，鵝肉的滋味便浸入到菜裏。不等菜涼，用酒洗淨，腥味就去得差不多了，再用麻油烹製一遍，這才是素中有葷呢！」
王承恩大喜道：「奴婢這就下去預備。」
「明日備好了菜，我給皇上送去。」
午後未時，首輔溫體仁帶領眾位閣臣跪請皇上回宮，崇禎絲毫不爲所動，只命他們盡心任事。天色近晚，陰雲低垂，霜風淒厲，幾個太監挑著宮燈，沿著西夾道緩緩行進，每人頭上頂著一個紅漆食盒，上面插一把曲柄小黃傘，傘上綴著數十隻金鈴，叮鈴鈴的一路響來，極是清脆。馬元程等人在寒風中哆嗦著，等宮燈近了，才看出來人竟是承乾宮的田貴妃，慌忙叩拜。田貴妃不等他開口，稟道：「皇上，臣妾在做了幾味小菜，請皇上品嘗。」
崇禎圍著紫貂大氅獨坐，連夜少眠，加上多日素食，臉頰一天比一天消瘦憔悴，眼窩塌陷，面色青白烏暗。田貴妃心酸得眼圈一紅，低頭從食盒內取出菜肴。崇禎問道：「煥兒可好？」
「好著呢！他吵著要來看父皇，臣妾怕他聒噪，害皇上不能安心。」

「朕平常焦勞國事，無暇顧及幾個小兒女，等四方太平了，朕帶他們下江南，好生看看祖宗留下的大好江山。」

「臣妾也盼著那一天，江南可是臣妾的老家呢！」田貴妃想著車駕南下，何等顯赫何等威風，看著崇禎將一棵青菜放入嘴裏，臉上露出一絲笑意。

「好滋味！」崇禎讚不絕口。

田貴妃見他吃得頗有興致，焚上龍涎香，擺好大聖遺音琴，調弦和韻，略略一撫，悲涼之氣登時瀰散開來。琴音蒼涼淒婉，悱惻纏綿，彷彿窮蹇困頓的遊子，黃昏日暮，鄉關難覓，悲愁交加。又似春閨深鎖的少女，哀怨感傷。忽然漸漸蒼勁高亢起來，鞺鞳如奏大樂，如舟行在大江上，浪潮澎湃，波濤洶湧，疾風驟雨，萬馬奔騰，一掃沉悶孤苦情懷，豪放自若，慷慨激昂，似有一條巨龍在九天雲海翻騰，時而直衝霄漢，時而俯探深淵　崇禎聽得忘情，曲調奏罷多時，耳畔依稀尚有風雨之聲，口中吟詠道：「路漫漫其修遠兮，吾將上下而求索。始則抑鬱，繼則豪爽，令人心神爲之一振，不愧名譜妙曲。你這是琴諫呀！」

「臣妾當不得諫字，只要皇上努力加餐飯，大明中興就有望，列祖列宗也會轉怒爲喜，不計較一時得失了。」

崇禎咬牙道：「朕定要用流賊的人頭祭告太廟！」他放下玉箸，起身踱步徘徊，心下不住發狠：不雪洗此辱，絕不回宮。

洪承疇出了潼關，便接到了皇陵遭毀的消息，督促大軍分路急進圍剿。高迎祥與張獻忠分兵而走，張獻忠深入江淮之間，高迎祥則向西北經歸德，與羅汝才、惠登相會師後，乘虛殺回陝西。洪承疇大驚，眼看追趕不及，快馬飛檄，給陝西巡撫孫傳庭下了緊急文書，沿路阻截。

不等西安大小官員在城外迎接，孫傳庭單人獨騎進了巡撫衙門，啓用了卸任巡撫甘學闊封存的印信，即刻貼出告示，撫台大人路上偶然風寒，凡官員來見的一概道乏，三日後再坐堂公幹。出過告示，他命人將陝西及周圍省、府地圖、書籍送到內簽押房，親手製作成一個碩大的沙盤，三秦山川關隘等地形一目了然，清清楚楚。三日一到，大小官員一大早趕到巡撫衙門外，等候參拜新撫台，過了卯時，一個衙役出來說大人病體未癒，參拜之期拖後，各回衙門辦差聽信兒，眾人聽了，一哄而散。孫傳庭吃罷兩碗油潑辣子麵，天色已將定更時分，他親手溫了一壺黃酒，淺淺斟上半盞，在沙盤前徘徊沉思，慢慢地品著酒香，緊緊地鎖起眉頭，忽聽門外侍衛稟報：「甘大人來探老爺的病情。」

他略一沉吟之間，門外有人呼著自己的表字道：「百雅兄，可有工夫兒撥冗接見？」

「啊呀！原來是年兄到了，小弟正想著登門拜會呢，卻等到了大駕！快請快請！」孫傳庭急步上前，親熱地挽住甘學闊的手臂，謙讓著落了座，拱手道：「剛到了西安，兩眼一抹黑兒，諸事都尚未措手，終日忙亂，未得一刻閒暇。你我有同年之誼，愚弟該去拜見，只是皇命在身，不可因私廢公。再說未交割前，你我之間大有干係，深恐汙了年兄的清譽，實在有些兩不相宜，是以躊躇未決。」

甘學闊瘦小微鬚，身上罩著一襲青衣道袍，臉上堆著笑容，卻掩不住眉宇間隱隱的焦急沮喪之色，聽孫傳庭說得圓滑，有些惺惺作態，心頭火起，他與孫傳庭是萬曆四十七年的同榜進士，都在三甲，孫傳庭名列四十一，高出他四十二個名次，相識十幾年了，但平日天南地北的，各居一處，往來不多，談不上什麼交情，自己才遭消籍，二人一升一退，運勢自有雲泥之別，便覺英雄氣短，逞不得強了，乾笑道：「百雅兄恁客套了，於公於私都該是年弟來的。」

孫傳庭一時想不出於私二字何意，斟了一杯酒，遞上道：「吃一盞愚弟老家的黃酒。」甘學闊笑道：「古人說寒夜客來茶當酒，年兄反其道而用之，足見相與甚厚！年弟有什麼不情之請，想必年兄會費心周全了。」

「你我都為朝廷出力，豈有什麼不情之請？」

甘學闊卻不理會，端杯一嗅，讚道：「好酒！金波沉醉雁門州，這酒色金黃，氣味醇厚，與江南黃酒不相伯仲吶！」

「金波沉醉雁門州，端有人間六月秋」，乃是金代名士禮部尚書趙秉文盛讚代州黃酒的詩句，甘學闊家鄉遠在巴蜀，在北地為官多年，竟也知道不少風俗。「年兄好博學！」孫傳庭翹指道：「這北嚐黃酒是用黍米精釀而成的，雖比不得用鑒湖水釀造的花雕諸酒知名天下，卻一如愚弟待故人的樸拙之情。」

甘學闊起身一揖到地，說道：「百雅呼一聲故人，而不以廢員見棄怠慢，我有話就明言了。」

「有何吩咐，請直講。」

「放我走！」甘學闊一字一頓地說，語調甚是急迫。

「弟何曾阻攔？」

「好！我還有一事相求，借三五十個兵丁，護送我入川。」

孫傳庭詫異道：「年兄不是貪官，箱籠並不沉重，何須這麼多人護送？」

「我宦海一生，自信沒有做什麼傷天害理的事，不怕殺人越貨的蟊賊。」

「那年兄怕什麼？」

「你心裏明白。」

「這話怎麼說？」

「不必瞞我了，你想必早已接到了洪軍門的緊急文書，流寇取道潼關，進逼陝西，我如今離任了，不必再與西安城共存亡。」

「你急著要走，原來是爲此事？」孫傳庭情不自禁地摸了摸袖中的文書，他擔心消息洩露出去，全城軍民人心惶惶，局面無法收拾。

「不錯。」

孫傳庭開門見山地問道：「年兄準備何時啓程回鄉？」

「越快越好。」

「交割之事怕沒那麼容易！」孫傳庭沉了臉，兩眼緊盯著甘學闊。

「我一沒貪墨，二沒賄賂上司，那些官文書冊都封存在值房裏，請幾個師爺清理移交就行了，我不必在此耽擱，先回老家等著，你若查出什麼蛛絲馬跡，自可上摺子參奏，我甘願領罪，絕不抵賴！」

「瞑目清楚有什麼用？我要的是現用的銀子。流寇來勢兇猛，若取了潼關，西安便無險可據，必會首當其衝，但陝西兵馬多已給洪軍門帶入了河南，只留了不足五千，怎麼守城？我打算徵集民夫在城外加築起一道土城牆，只設東長樂、西安定、南永寧、北安遠四個城門。每門築三重門樓：閘樓、箭樓、正樓。閘樓在外，箭樓在中，正樓在裏，箭樓與正樓之間再築一道圍牆以爲甕城，城外深挖一道寬闊的護城河。這麼大的工程，藩庫裏那幾萬兩銀子怎麼夠用？」

「那是你的事，我管不著，陝西連年歉收，這幾萬兩銀子還是皇上恩賜的內帑，不敢動用，不然藩庫早空空如洗了。」

孫傳庭見嚇不住他，登時換作笑臉道：「哎呀！年兄歸心似箭，派幾十個兵丁護送，也屬小事一樁，伸伸手兒而已。可你我情在同年，總得喝杯送別酒吧！可你也看到了，軍情緊急，一時怕是顧不上呀！」

「這杯權作送行了。」甘學闊仰頭一飲而盡。

「那就怠慢了。」孫傳庭又斟上一杯道：「年兄方才將兩件事示下，愚弟也有一事相求，萬望恩允。」

「不該是教我捐銀子吧？」

「怎麼會！那些銀子都是朝廷的俸祿，無人敢動分毫。愚弟怎會是兩眼只盯著銀子的人？是想請年兄再逗留幾天。」

甘學闊霍地站起身來，拍著扶手厲聲道：「你這是何意？要拉個墊背的麼？」

「哈哈哈……」孫傳庭一聲長笑，咬牙道：「你莫把咱看扁了，別人怕流寇，咱可不怕！暫留你，爲的是看我破賊。賊人要進犯西安，必要穿越秦嶺。秦嶺入漢中自東而西有五條要道：武關道、褒斜道、儻駱道、子午道、散關道。賊人怕官軍追趕，必不走武關道。散關道要多走幾百里的路，如此洪軍門已回師三秦，賊人勢必無機可乘，他們也不會走這條道。褒斜道、子午道多年失修，早已荒廢，他們要走的只有儻駱道。我在此設伏，賊人一鼓可取。」

甘學闊打躬道：「多謝盛情，此地入川，關山阻隔，可禁不住鴻雁傳書，我在家中靜候捷報便了。」

「你一定要走？」

「斷無逗留之意。」

「你要亂我民心？」

「顧不了許多了。」

「來人！」孫傳庭森然一笑，喝道：「我給足了你面子，可你一意孤行，怪不得我心狠。

將甘大人仔細看管，不可委屈了。再到他府上，找些值錢的物件充公助軍，就說甘大人捐資守城。」

「你……」甘學闊看著進來的幾個武弁，氣得渾身哆嗦。

儻駱道北起周至駱峪口，距縣城西南一百二十里，南到洋縣儻峪口，距洋縣北三十里，谷道全長四百二十里。除秦嶺主峰一段，盤山路曲折迴旋八十餘里，共八十四盤，行走不易，其他地勢開闊，盡是高原，淺山平岡，此起彼落，並無險峻之處。高迎祥等人已繞過潼關，行走在儻駱道的谷壑中。多年戰亂，儻駱道已沒有了前朝的繁盛，顯出一些破敗景象，四下極是僻靜，曾經的棧道、店鋪竟剩下了亂石礫瓦、斷壁頹垣，沿著西駱峪河向北，到了周至縣境內，才漸漸多了人煙。高迎祥望望偏西的日頭，問道：「離縣城還有多遠？」

「方才派人打探了，這裏是黑水峪，前面便是馬召鎮，離縣城還有三十幾里的路程。」李自成用馬鞭向前方一指道：「那黑河岸邊有座仙遊寺，建自隋文帝年間，高聳著的便是法王塔。」

高迎祥勒馬上了山坡，果見樹叢之中隱隱露出一角黃牆紅瓦，給西邊的餘暉影射得越發金碧輝煌，寺院的後面矗立著四四方方一座寶塔，卻聽不到鐘聲梵唱，只見滔滔的黑河水流淌不息。他下了馬，活動了幾下筋骨，連日奔波，供給又差，鬆弛了兩日，便覺勞乏不堪，那些步行的軍卒更是盡顯疲態，他傳令道：「今日早早歇息，明晨四鼓偷襲周至縣城，進城休整，養足了精神好攻打西安。」

李自成深知高迎祥信佛極爲虔誠，常年征殺，雖顧不上膜拜，但卻養成了逢寺必入的習慣，喚過顧君恩道：「你陪闖王進廟逛逛。」

顧君恩答應道：「這仙遊寺倒是値得一看，當年白樂天任周至縣尉時，在此寫下了煌煌巨制《長恨歌》，數百年傳唱不歇，堪稱妙絕。」

高迎祥拍著額頭道：「哦，我記起來了，他和友人陳鴻、王質夫在這仙遊寺飲酒，陳鴻寫了《長恨歌傳》，他寫了……」話猶未完，忽聽連聲號炮，箭如雨發，高迎祥手臂之上中了兩箭，痛得幾乎跌倒，疑惑道：「可是來了官軍？」

「不知哪裏的官軍在此埋伏，只管放箭，弟兄們給射傷了不少。」李過喘著粗氣跑過來。

「你二叔呢？」

「他在領人衝殺，可箭雨太急太密，硬衝怕不行。」正說著，嗖的一箭射來，攢入他坐騎的右眼，那馬一聲嘶鳴，前腿跳起，李過急忙甩了馬鐙，在馬將倒地的瞬間，跳了下來，撿起一把鋼刀，暴叫著衝了下去。

顧君恩見高迎祥臂膀上鮮血淋漓，將白袍染得猩紅一片，急忙撕了衣襟給他包裹上，四處觀察片刻，勸道：「敵暗我明，咱們在谷底，官軍居高臨下，切不可戀戰，只有全力衝殺，先離開此險境再說。官軍必是將大隊人馬埋伏在了兩端的谷口，他們弓箭十分厲害，不可魯莽硬闖。兩面高處箭射得稀少，想必那裏官軍不多，咱們可向山頂衝。」他見高迎祥點頭，急忙扶他上馬，振臂高呼道：「闖王有令，向兩邊山頂衝呀！」

山頂上的官軍果然不多，孫傳庭手下本來不足五千人馬，加上招募的四千，尚不足一萬，何況急切之間，新募的兵卒未經訓練，只會那些扔石頭的體力活兒，幾次衝殺，高迎祥等人便到了半山腰。此時，天色全黑了，高迎祥命人趁著夜色摸上山頭，不料山頭附近布滿了鈴鐺，一旦觸及，登時鈴聲大作，石塊亂飛，將人砸成肉餅。高迎祥見官軍布置如此周密，只得帶人躲入山洞。高迎祥倚石而坐，望望洞外黑黝黝的夜色，歎息道：「君恩，沒想到我縱橫多年，卻給這條峪道給攔住了。俗語說福無雙至，不會再有車廂峽那般的運氣了。」

「闖王不必多慮，車廂峽那樣的險境都闖過了，此地山勢平緩，怎會困得住咱們？等天色放亮，咱們選在一處猛衝死拼，何愁撕不開個口子？」

高迎祥看著火把光影中忙碌著做飯的親兵，苦笑道：「咱們分頭衝殺，令官軍不能相顧，多出去一個是一個，不必陪著我送死。」

「闖王何出此不祥之言？」

「我整條臂膀麻麻的，想必那箭上有毒」

「快拿藥來！」顧君恩解開浸透血漬的布條，扯裂高迎祥的衣袖，果然見一條胳膊烏黑青紫，腫得粗了許多，打彎都難，忙拔出尖刀順著創口劃破，流出一股黑紅的血來，腥臭之氣撲鼻。那些忙碌的親兵早已停了手中的活計，怔怔地站著，滿臉驚慌。

「這不是平常的毒藥，咱們的藥本來不多，不必浪費了。」

「那、那只好將整條胳膊廢了？」顧君恩握刀的手連顫幾下，心猶不甘。

高迎祥搖頭道：「遲了。箭毒已流入心脈，砍了胳膊也於事無補。」

顧君恩神情大變，一改平日斯文的模樣，將尖刀摔在地上，擦出一串火星，抱頭坐地上，喃喃而語道：「那怎麼辦、怎麼辦？」

「給我端一碗酒來。」

顧君恩阻攔道：「萬萬吃不得酒呀！不然那毒運行得更快了。」

「大丈夫笑談生死，無須躲躲閃閃！再說酒能止痛，給我一碗。」

「不、不……說什麼也不能喝！」

「拿酒來！」高迎祥眉毛猛的一挑，語調淒厲悲涼，面色登時有幾分猙獰。

顧君恩無奈，知道無法再攔，一個親兵哽咽著捧了滿滿一碗酒，抖抖地放在高迎祥腳下，眼淚無聲地墜在酒碗裏。高迎祥朝眾人招手道：「你們都過來！」眾人紛紛圍攏上來，高迎祥左手吃力地端起酒碗，哈哈一笑道：「眾位兄弟，我高迎祥與你們征戰多年，廝守的日子比親生父母、同胞兄弟都多！今日我要先走一步了，咱們兄弟一場，說不得半個謝字，這碗酒權當是送別了。」他仰頭乾了，眼裏噙滿淚水。眾人齊刷刷地跪在他面前，嗚咽不止，洞裏一片哭聲。

高迎祥並不勸阻，依然高聲叫道：「再來一碗！」

顧君恩跪行兩步，拉住他的手道：「闖王，趁著毒性尚未發作，我們護著你去找闖將，一起殺出去！」

「不能夠了。君恩，不是我沒有求生之心，只是我怕連個廢人也不如了，這麼多人護送我，勢必惹人注目，容易給官軍發覺，拖累大夥兒難以脫身。就是拼命殺出了峪口，也解不了箭毒，我活不了幾天，反而白白多送了兄弟們的性命！」高迎祥吞下一大口酒，咳了兩聲，調息一會兒，接著說道：「你帶著弟兄們先走，我將官軍引到洞口，你們乘機衝出，多活一個是一個。只要你們喝酒時，給我擺上一碗，我就知足了。」

顧君恩垂淚道：「不護送你出谷，我有什麼臉面去見闖將？」

「快走！」高迎祥擺擺手。

「闖王……」眾人齊聲哀告。

高迎祥支撐著身子站起來，將酒大口喝下，砰的一聲，摔得酒碗粉碎，吼道：「走——」隨即順著石壁緩緩倒下。

顧君恩上前一探，他鼻息微弱，已然昏了過去，急忙命人抬出山洞，向山坡下退走。山頂的官軍聽到動靜，齊聲霰喊：「賊人跑了，快放箭！」

顛簸與吶喊驚醒了高迎祥，他掙扎著坐起身，喝道：「我高迎祥在此，不怕死的過來！」

「不准放箭，要活捉賊王，進京獻俘！」火把和星光之下，一個輕袍緩帶的文士揮舞寶劍，威風凜凜地在山頂大喊。官軍登時如潮水般湧下山頭，高迎祥大急，「扶我上馬！」登時眼前金星飛濺，又昏了過去

仲春時節，豔陽高照。午門城闕上九楹重簷廡殿頂式門樓，朝南的三十六扇彤扉齊齊洞

開，居中的城樓巍峨莊嚴，鋪著黃色琉璃瓦，頂上一對五爪金龍，昂首盤旋，凌空欲飛，門樓前楹當中設帳幄御座。樓前廣場上，文武百官和孫傳庭帶來的獻俘將校一大早就趕來左右依次肅立，躬身等待著皇帝的駕臨。廣場正中稍南設獻俘之位，四周整齊地排列著數萬禁軍，一個個衣甲鮮明，威風十足。一些年紀高大的百姓遠遠地觀望、議論著。

接到孫傳庭的捷報，崇禎便從省愆居出來，沐浴更衣，臨朝議定了舉行獻俘之禮，遣官奏告天地、宗廟、社稷、岳瀆、山川、宮觀及在京十里以內神祠。兵部以所謂「露布」奏聞，禮部出告示曉諭百姓，京師中年過六十者齊集午門觀禮。剛交五鼓，他就吩咐起駕，乾清宮的掌事宮女魏清慧早已備好皮弁服，綴著五彩玉石的烏紗帽，一襲絳紗龍袍，跨上太平騟，顧盼自豪地沿著馬道馳上午門，在一片山呼萬歲聲中，將杏黃絲韁拋與馬元程，在龍椅上端坐，百官三呼萬歲行禮。

吱啞啞……隨著刺耳的聲音傳出，一個碩大的木籠給幾十個身罩紅衣的刀斧手簇擁著推來，掀開木籠上的青布罩，裏面赫然是披頭散髮的高迎祥，僅數十天的光景，他的模樣依然大變，雙頰深陷，身上的白袍污濁不堪。孫傳庭出班奏道：「臣等奉旨，將闖賊獻俘闕下，候旨定奪。」

崇禎按捺住心中的火氣，威嚴說道：「拿去！著法司各官，將這膽大妄爲的賊子凌遲。」

王德化朝下喊道：「萬歲爺有旨，剮了！」

木籠大開，刀斧手將高迎祥拖出來，高迎祥怨毒地盯著旁邊的孫傳庭道：「你的解藥遠勝過毒藥！」

孫傳庭冷笑道：「哼！你一介草民也能得見天顏，已是莫大榮耀了。好生改悔罷，閻王面前求個好的託生，贖贖罪過！」

「剮了他！剮了他！剮了他！」數萬禁軍和百姓一起叫喊，其聲震天，令人心蕩神驚。

王德化問道：「萬歲爺，割多少刀？」

崇禎起身，向下望著高迎祥，眼前彷彿看到了鳳陽那沖天的火光，他戟指厲聲罵道：「當年叛逆劉瑾凌遲三日，割了三千三百刀。闖賊焚毀皇陵，辱沒祖宗，再加三百刀，然後燔屍揚灰，萬劫不復。朕要親眼看著他求生不能，哀嚎而死！」

上來兩個刀斧手，七手八腳將高迎祥的衣服撕扯下來，裸露全身，用漁網緊緊勒住他的身子，渾身的筋肉一塊塊從網眼中鼓出。一刀、兩刀、三刀、四刀　由上而下，依次割下，每塊指甲蓋大小，用刀極是小心翼翼，生怕割得深了，犯人不足該割之數而死。那些紅豔豔的小肉片被扔進小筐，如同將要剁好的肉醬，兀自滴著淋漓的血水

第三回

皇太極稱帝崇政殿
張漢儒訐告錢牧齋

錦衣衛和東廠足以令人聞名喪膽，何況用刑慘酷的北鎮撫司詔獄和東廠刑房。三人嚇得戰戰兢兢，面無人色，等看清來人一身儒服，像個落魄文士，絲毫看不出兇神惡煞的模樣，登時放了心。

塞外節氣雖晚，可畢竟已是四月天，盛京城內外一派燦爛春光，薰風送暖，遊人如織。天啓五年，努爾哈赤將都城從遼陽遷來瀋陽中衛，大興土木，修築了一座八門的堅城，改名盛京，盛京取代遼陽而成遼東第一名邑，煙柳畫橋，戶盈羅綺，人煙稠密，商賈雲集。城正中聳立著一片巍峨的宮闕，四周圍以高大的紅色宮牆，金瓦殿堂，雕樑畫棟，氣勢莊嚴，富麗堂皇。宮闕內外修葺一新，全城大街小巷打掃得乾乾淨淨，彷彿過年一般。欽天監已擇定吉日，皇太極就要上尊號即皇帝位了。

晨光熹微，高大威猛的皇太極一身明黃的袞服，騎著隨自己征戰多年的名駒小白，在百官的簇擁下，前往德盛門外的天壇祭告天地。望見天壇，他遠遠地下了馬，緩步走到壇下。壇上擺放一張鋪有黃綾緞的香案，設天帝神位，並排供奉著牛、羊、豬三牲，碩大的香爐裏盛滿了篩過的細土。壇下四周遍插滿洲八旗、蒙古八旗、漢軍旗各色旗幟，五彩斑爛，迎風舒捲。皇太極回身掃視一遍，見諸貝勒大臣和百官分東西列於天壇兩側，外面布列數層八旗兵，束裝肅立。哥哥大貝勒代善身後，依次是濟爾哈朗、多爾袞、多鐸、岳託、豪格、阿巴泰、阿濟格、杜度等諸兄弟子侄，接著是額駙揚古利、固山額眞譚泰、宗室拜尹圖、葉克舒、葉臣、阿山、伊爾登、達爾漢，再往下便是蒙古八固山額眞、六部大臣、都元帥孔有德、總兵官耿仲明、尚可喜、石廷柱、馬光遠；外藩蒙古有察哈爾部、科爾沁部、紮賚特部、杜爾伯特部、郭爾羅斯部、敖漢部、奈曼部、巴林部、土默特部、紮魯特部、四子部、阿魯科爾沁部、翁牛特部、喀喇車哩克部、喀喇沁部、烏喇特部等十六部共四十九名貝勒，還有滿洲、蒙古、漢人文武百官都按各旗排列。兩個身穿異族服飾的朝鮮使臣也夾雜其間，顯得格外刺眼。

此刻，天色大亮，東方一片霞光。滿、漢兩名導引官來到皇太極面前，引領他來到壇前，拾階而上，面向天帝神位站立。贊禮官高呼：「上香！」皇太極在案前跪下，從導引官手中接過香，連上三次。接著，將帛和裝滿酒的爵恭敬地放到香案上。敬獻完畢，讀祝官手捧祝文登壇，面向西北跪下，高聲誦讀祝文。其文曰：「惟丙子年四月十一日，滿洲國皇帝、臣皇太極敢昭告於皇天后土之神曰：臣以眇躬，嗣位以來，常思置器之重，時深履薄之虞，夜寐夙興，兢兢業業，十年於此，幸賴皇穹降佑，克興祖、父基業，征服朝鮮，混一蒙古，更獲玉璽，遠拓疆土。今內外臣民，謬推臣功，合稱尊號，以副天心。臣以明人尙為敵國，尊號不可遽稱，固辭弗獲，勉徇群情，踐天子位，建國號曰大清，改元為崇德元年。竊思恩澤未布，生民未安，涼德懷慚，益深乾惕，伏惟帝心昭鑒，永佑家邦。臣不勝惶悚之至，謹以奏聞。」

宣讀完祝文，代善率眾貝勒王公大臣下跪大聲喊道：「吾皇萬歲萬歲萬萬歲！」

皇太極面帶微笑道：「平身。」掃視著眾人，揚聲道：「諸貝勒大臣屢次上表勸進，朕思之再三，也拒之再三，自慚大業未成之前，先受尊號，妄自尊大，恐上天降罪，是以躊躇不決，朕何德何能？」

代善道：「當年父汗以十三副遺甲起兵，東征西討，開拓疆土，臨終之時尙有兩大心願，一是伐明，二是平察哈爾。皇上幾度伐明，收穫甚豐，大長志氣。如今察哈爾已然臣服，又獲元朝傳國玉璽，實屬天命所歸，神意昭然，請皇上萬勿謙辭。」

眾人齊聲道：「請皇上稱帝即位，我等盟誓效忠！」

皇太極點頭道：「你們既然都這樣想，朕不好再堅辭了。」

眾人齊呼道：「皇上聖明，天下之福！鴻名偉業，丕揚天下！」

皇太極笑道：「從今後以後，我大金正式建國號爲大清，改元崇德。朕將兢兢業業，克興祖父基業，但願八旗軍民上下一心，揚我大清國威！」

眾人喊道：「吾皇萬歲萬歲萬萬歲！」

皇太極下壇進了搭好席棚中，在帷帳寶座上坐了，百官依次入座。皇太極將祭品親自分給百官，隨即回崇政殿受尊號。遠遠望見五間硬山式的宮闕正門，上面剛剛換好了金漆大匾，上寫著滿漢兩種文字「大清門」，與以五彩琉璃鑲造的殿宇正脊、垂脊及兩山的墀頭在春光中熠熠生輝。皇太極緩轡而行，穿過大清門，直至崇德殿前下馬。

崇德殿裏外粉飾一新，殿宇的模樣仿造北京的皇極殿，五間九檁硬山式，前後有出廊，開闢隔扇門，四周圍以石雕欄杆，雕刻麒麟、獅子、葵、蓮等圖案，頂蓋黃琉璃瓦鑲綠剪邊。殿前東置日晷，西設嘉量。皇太極抬眼望望兩個圓形殿柱間雕刻的那條雲龍，龍頭探出簷外，龍尾直入殿中，飛騰咆哮，叱吒風雲，會心地一笑。在導引官引領下，由大殿正面拾階登殿，邁上堂陛，入坐金交椅，百官仍分左右兩班站立。登時樂聲大作，贊禮官高呼：

「跪！叩！」百官行叩首禮。贊禮官又呼：「跪！」百官行三叩九拜大禮，多爾袞與科爾沁貝勒巴達禮、多鐸與豪格雙雙從左邊班列中站出，岳託與察哈爾林丹汗之子額哲、杜度與孔有德雙雙從右邊班列中站出，兩人合捧一枚皇帝御用之寶，上前跪獻。皇太極含笑示意接過，忽然卻發現那兩個朝鮮使臣立而不跪，一人負手挺胸踱步不止，一人滿臉的冷笑。他不動聲色地看著太監將玉璽收好，才喝問道：「你倆好大的膽子！這是什麼地方，朝會之所竟然如此無禮！」

一人哈哈大笑道：「我們跪的是天朝大國，豈是你們這蠻夷小邦？」

「你是何人？」

那人答道：「朝鮮使臣崔鳴吉。」又指著另一使臣道：「他是副使李承哲。」

皇太極不想在如此盛大的儀式上有絲毫閃失，忍住心中的怒氣，緩一緩面色，問道：「今日是朕的吉日，你們倨傲無禮，是要藐視朕麼？」

阿濟格與多鐸二人性子最急，不等皇太極下令，二人雙雙搶出，暴喝一聲，直撲到兩個使臣面前，各將他倆的手臂抓住。崔鳴吉與李承哲豈會甘心受制於人，奮力掙脫，「嗤」的一聲，衣袖登時撕裂，不想一下掙猛了，一齊重重跌在地上，頭上的帽子摔出老遠。阿濟格、多鐸見一招得手，豈肯甘休？欺身上前，雙手如鉤，緊緊抓住二人的袍襟，提離地面，二人卻待掙脫，無奈沒處著力，在空中手舞足蹈地亂喊亂叫，眾人見他們如此神勇，齊聲喝彩。阿濟格哈哈大笑，罵道：「皇上容你們觀禮，是多大的恩典，你們卻不知好歹，如此混賬！不給你們吃點兒苦頭，你們如何記得住？」

多鐸道：「哥哥，跟他們囉嗦什麼！」雙手一鬆，將李承哲跌在地上，兜身一腳，喝道：「還不跪下！」

崔鳴吉、李承哲二人狠狠地看了他們一眼，搖搖晃晃地站起，衣衫凌亂，髮簪已失，披散著頭髮，模樣狼狽不堪。二人將帽子撿起，端端正正地戴好了，依然沒有跪拜之意。阿濟格、多鐸大怒，要上前毆打，皇太極擺手阻止道：「放了他們！朕有話問。」阿濟格、多鐸朝二人揮了揮拳頭，退回原地，臉上怒氣不息。

皇太極揮手道：「取國寶來！」

兩個小太監抬著一個碩大的紫檀寶龕上來，小心地打開龕盒，揭開明黃裹袱，皇太極伸手取出一方玉印，眾人眼前登時閃起一道柔潤的白光，那玉印方圓四寸，上紐有五條龍交繞在一起，一角上鑲著黃金。皇太極冷笑道：「你倆好生看看，這是什麼？」

崔鳴吉怔了半晌，答道：「是那顆傳國玉璽。」

「不錯。確是那顆用和氏璧做成的天下共寶，秦以後歷代帝王都以得此璽爲符應。如今它在朕手裏，天命所歸，朕自該擁有四海，如何算是什麼蠻夷小邦？」

崔鳴吉頗不以爲然，反駁道：「說什麼天命所歸？此玉璽來路不明，大可懷疑。當年元順帝敗棄中原，攜玉璽北逃大漠，崩於應昌府，此璽不知去向。二百多年後，一個牧羊人，看到他一隻羊，三天不吃草，在一個地方不停地以蹄刨地，牧羊人心生好奇，往下深挖，找到這方寶璽。他將此璽獻給了順帝的後人博碩克圖汗，後被察哈爾林丹汗奪取，林丹汗死後，留給了妃子蘇泰太后和兒子額哲，他們歸順後金，玉璽自然不會旁落他人之手。」

「不管是如何得到，這上面『受命於天既壽永昌』八字篆文，自然應在朕身上，斷無可疑。」

「那八個字有什麼神奇？不過是秦相李斯篆書，咸陽玉工王孫壽雕琢，豈能昭示上天之意？當眞可笑！」

皇太極並不惱怒，問道：「你們視大明爲天朝，歲歲進貢；視我大清爲蠻夷，不放在眼裏，其實錯看了天命。朱元璋在金陵稱帝，建元大明，將元順帝逼逃蒙古草原，派遣大將徐達深入漠北，想要得到這方傳國璽，最終卻空手而返。若天命應在大明，如何應驗？若說不應在我大清，爲何二百年後，爲朕所得。」

崔鳴吉一時語塞，囁嚅難言。皇太極正色道：「你們朝鮮使節往來中原，漢人歷史自然詳知。總從有傳國玉璽之日起，歷朝更迭無不以此爲符應，昭告天下，據此名正言順地擁有四海。大明立朝至今已二百餘年，何曾一刻用過傳國玉璽？這麼多年竟是冒名僭越了。你們自家沒有見識，卻顚倒黑白，渾說一起，自以爲奉的是什麼正統，實在令人笑破口了。古人云：皇天無親，惟德是輔。天下者乃是天下人的天下，不爲一姓一家獨有，所謂有德者居之，無德者失之。匹夫有大德，可爲天子；天子若無德，可爲獨夫。就以遼東來說，當年的遼國也是由夷狄而爲天子；大金國滅了遼國，南下攻宋而有中原；元朝由北夷混一金宋而有天下，自古英雄不怕出身低賤，只怕德才不足以服人。」

崔鳴吉慨歎道：「皇上的一席話如醍醐灌頂，令人茅塞頓開。看來皇上不單是稱雄遼東，還有混一天下的壯志，好生景仰。」

皇太極站起身形，拍案道：「臥榻之旁，豈容他人酣睡？宋太祖這句話正合朕心。大金當年南下中原，宋人憑藉天塹，偏安江南，而大金後院起火，牧馬江北，徘徊不前，實在大覺可惜。朕不會教明人獨享關內的富貴，打算天氣一涼，出兵伐明。」

崔、李二人爲皇太極的雄才大略所動，又被辯駁得啞口無言，只好學著眾人的樣子，恭恭敬敬地行了三叩九拜大禮。殿內一片歡呼，鼓樂齊吹，皇太極含笑步出大政殿，排列儀仗，乘輿回宮。過了幾日，大封功臣：代善爲和碩禮親王、濟爾哈朗爲和碩鄭親王、多爾袞爲和碩睿親王、多鐸爲和碩豫親王、豪格爲和碩肅親王、岳託爲和碩成親王，阿濟格低一級，爲多羅武英郡王，杜度以下再低一級，爲多羅安平貝勒、阿巴泰爲多羅饒余貝勒，按以上等級，分賜銀兩。外藩蒙古貝勒也按親王、郡王等級分別敕封，烏克善爲和碩卓哩克圖親王、孔有德爲恭順王、耿仲明爲懷順王、尚可喜爲智順王，時稱「三順王」，是漢官中最高的封號。他們的部下也都論功封賞。

凌遲了闖賊高迎祥，崇禎著實興奮了數天，臉色有了一絲紅光，皇太極建國稱帝的消息便已傳來，將他的心緒攪擾得大壞，皇太極不過一個遼東的蠻王，竟然與大明分庭抗禮，如何不令人惱怒！他追憶著當年己巳之警，後金兵臨城下，皇太極縱兵馳突，鐵騎踏遍了京畿，不由羞憤交加，暗暗發狠道：等朕蕩平了內寇，必要出關親征，攘除你們這些外夷！正在獨自憤懣，馬元程送來兵部緊急文書，多爾袞、多鐸等率軍進兵山海關，阿濟格統率八萬大軍，分三路先後進入獨石口，已達京畿延慶州。崇禎帝大驚，急令京城戒嚴。

戒嚴令下，可忙壞了曹化淳，每日帶領東廠的番子四處偵緝，嚴防奸細混入城中，他深知皇上憂慮焦急，擔心突然生出什麼變故，措手不及，惹出紕漏，索性在東廠衙門裏安了家，吃住都在裏面，不敢絲毫馬虎大意，偏偏叔叔曹選派人送信說老太太病了，他以爲不是什麼大病，先忙過這陣子再去探望，曹選一連催了幾次，曹化淳只以皇命在身推脫，不料過了三日，老太太竟一命歸西。曹化淳想起祖母的恩養，後悔不迭，弔唁痛哭了一回，給叔叔罵得狗血噴頭，他應承替老太太風光大葬，但國難當頭，事情要緩一緩，先將靈柩寄放在智化寺裏，擇機發喪。他依舊回衙門辦公，可每天傳來的消息令他心疼不已，西山腳下的別業給清兵焚毀了，順義、香河兩處的田地給滿洲鐵騎踏得稀爛，秋收時沒指望了

他正在獨自惱怒沮喪，唐之征進來，笑嘻嘻稟道：「廠公，我老家來了兩個打小一起玩的朋友，千里迢迢地從江南趕來，想拜見廠公。卑職看廠公這些日子焦勞國事家事，忙個不住，沒敢打擾，一直命他倆等信兒。」

「什麼人？」曹化淳抬頭問道。

唐之征聽他沒有斷然拒見，媚笑道：「廠公與一人見過面，另一人或許有所耳聞。」

曹化淳蹙眉道：「老唐，你就直說吧！這裏沒有別人，東廠衙門裏你有什麼不放心的，

這般閃爍其詞？」

「是、是……一個叫董廷獻、一個叫吳……」

「是吳昌時吧？他倆都是周延儒府上的門客，你六天前私自放他們入城，哼……」

「廠公……」唐之征兩腿發軟，他想不到此事竟給曹化淳知曉了，「廠公贖罪，他倆十分可靠，又有急事要見廠公，卑職就做主　這是他們孝敬的……」他從袖中摸出一張銀票恭恭敬敬地呈上。

曹化淳見是一張三千兩銀票，上寫「京師平遙顏料會館山西日升昌老號」，乃是京師最有名的錢莊開出的，放心地收入懷中，問道：「找我什麼事？」

「這裏人多眼雜，不是拜見的所在，請廠公屈尊寒舍一晤。」

「你先回去預備著，我隨後就到。」曹化淳自恃身分高貴，不願與唐之征同行，再說來人出手就是幾千兩銀子，必是機密大事，他自然多加了份兒小心。

剛進大門，唐之征、吳昌時、董廷獻三人已在門內躬身侍立，曹化淳剛下轎，三人一齊圍攏上來，寒暄著簇擁他進了大廳。董廷獻將大紅的禮單呈上，上面多是金銀珠寶之類，曹化淳並不細看，仔細收了，問道：「心葵，何須如此破費，咱與周閣老也不是外人，有什麼是儘管說來。」

董廷獻賠笑道：「閣老多時不見公公了，十分想念，專派我倆來給公公請安，哪裏有什麼事。再說就是有天大的事，到了公公這裏也大事化小小事化無了。」

「你抬舉了，咱可沒有這等呼風喚雨的本事。」曹化淳明知他是極力奉承，可心裏大覺受用，眉開眼笑，「眼下京師正在危急之時，你們大老遠地趕來，心意咱領了。」

吳昌時見時機已到，拱手道：「公公果然目光如炬，我們確有一件事勞您費心。公公遠在京師，身居大內，江南的事可有耳聞？」

曹化淳不禁露出一絲苦笑，說道：「咱近日一門心思在京師治安，哪裏顧得上？」

「江南名士錢牧齋先生，公公可還記得？」吳昌時似是提醒道。

「怎麼不記得？當年咱親眼見他與溫閣老在殿上爭辯，臉色煞白 再說咱進內書堂讀書時的先生就出自他門下，算起來咱竟是徒孫了。」曹化淳忽然想起那年在虎丘雲岩寺夜訪錢謙益，彈指之間也有四五年的光景了，錢謙益知道他的來意後，眼中的那絲掩飾不住的驚懼慌亂宛然如昨，他暗暗歎了口氣，頓生滄海桑田之慨。

吳昌時哪裏理會他心中的曲折，感激道：「牧齋老先生若聽到公公此言，必是喜出望外。只是他最近遭人誣陷，官司纏身，一籌莫展。」

「哦？」曹化淳驚奇道：「牧齋先生桃李遍天下，什麼敢惹他？」

「自然是來頭頗大的人了。」吳昌時故意朝外看了看，才壓低聲音道：「此人的權勢極大，雖在京師，可江南的事哪一件不是他幕後操縱？當眞惹不起呀！不用說牧齋先生只是一個卸職回鄉的禮部侍郎，就是當朝的六部尙書，哪個不是唯唯諾諾，敢有半句怨言呢！」

「你說的原來是溫閣老，怨不得如此小心。二人恩怨極深，不過牧齋先生隱居江南，著書自娛，怎會與溫閣老有什麼瓜葛？」

「近年來，復社聲勢日益壯大，四年前的虎丘大會，牧齋先生攜門徒瞿式耜光臨，溫閣老必是忌憚他借助復社之力東山再起，便唆使常熟張漢儒具疏訐告，將牧齋先生與瞿式耜二人押解入京，關在刑部大牢。」

「哦，咱還不知道這事。」曹化淳暗覺不安，出了這麼大的事，東廠竟未得到絲毫的風聲，實在有些丟顏面，他一邊讚佩溫體仁手段老辣，一邊不動聲色地問：「他們搜羅了什麼罪證？」

「不畏明論，不畏清議，吸人膏血，啖國正供，把持朝政，濁亂官評，如此種種，不下五十八條之多。張漢儒乃是衙門的師爺，羅織罪狀本是他的拿手好戲。」

「此事到了什麼地步？」

「應天巡撫張國維、巡按路振飛都替牧齋先生上了辯冤的摺子，牧齋先生在獄中也連上兩道奏疏，可都給溫體仁壓下了，到不了皇上手中。」

「嗯，此事我都曉得了，沒什麼大不了的，你倆先回去，傳話給牧齋先生，教他安心。」曹化淳說著，從袖中拿出一疊銀票，推到吳昌時、董廷獻面前道：「這是前些日子你們託周應璧送給咱的四萬兩銀子，既是牧齋先生的事，咱也不好收下，你們帶回去吧！」

「這、這……如何使得？」饒是吳昌時機變過人，也在官場上歷練了多年，竟也支吾難言，大爲尷尬。

唐之征抓起銀票，塞到他們手裏，勸道：「廠公既已答應下來，你們自管放心地去。」二人遲疑不決，懵然地看著曹化淳。

曹化淳笑道：「咱也有件事求牧齋先生，請他大筆一揮，給太夫人寫一個神道碑文，也好勒石悼念。這樣一來一往，權當扯平了，互不欠賬。」

吳昌時、董廷獻心花怒放，連連點頭，千恩萬謝地走了。

次日一早，曹化淳便拿到了錢謙益連夜書寫的碑文，錢謙益身陷囹圄，悲怨正無處排遣，於是借此一吐胸中塊壘，將碑文寫得聲情並茂、悲愁淒美，曹化淳讀得動情，彷彿剛剛死去的祖母就在眼前，不由地悲泣有聲。正在流淚，一個小太監飛奔進來，稟道：「萬歲爺口諭，宣督爺即刻入宮。」

曹化淳急匆匆地趕到宮裏，進了清暇居，崇禎不待他施禮叩見，就將一張紙扔到他眼前道：「小淳子，你可越來越出息了。伸手就是四萬兩銀子，好大的氣魄！」

曹化淳忙不迭地從地上撿起那片紙來，竟是一個匿名的揭帖，慌忙首尾讀了一遍，上面說錢謙益用四萬兩銀子「款曹擊溫」，登時冷汗直流，跪地叩頭道：「奴婢斷無此不法事，想必是奸人惡意陷害，萬歲爺明鑒哪！」

「空穴不來風，這個道理你不會不知。」崇禎面色陰沉，話音甚是嚴厲。曹化淳將周應璧送銀票並昨日退還的前後仔細想過，不知什麼地方出了紕漏，竟會給人洩露出去，又想皇上將揭帖出示，實在是莫大的恩寵，必要趁皇上半信半疑之際，小心剖白，他穩一穩心神，細聲問道：「奴婢斗膽，這揭帖哪裏來的？」

「溫先生奏來的。」

「揭帖明言是據王藩出首而彈劾奴婢，可奴婢怎麼也想不起來，王藩是誰？奴婢所認識的舊雨新知，沒有一個叫這個名字的人中。此人言之鑿鑿，像是親眼所見一般，這可真奇了！」曹化淳搔頭冥思苦想，心覺此事蹊蹺太甚，疑點頗多，但梳理起來，卻是紛亂如麻，不知從何處入手。

「太祖爺的訓誡你可還記得？」

「奴婢時刻不敢有忘。洪武十七年，太祖爺命人鑄了一塊『內臣不得干預政事，犯者斬』的三尺鐵牌，高懸在宮門裏。成祖爺遷都時，把這塊牌子帶到北京，立在乾清宮旁的太監值房。」

「你記著就好。朕當年被困五城兵馬司，你拚死報信，朕心裏也記著。但朕不能徇私，救駕是救駕，貪墨是貪墨，不是一碼事兒，此事若是坐了實，可別怪朕翻臉無情！」

曹化淳叩頭道：「萬歲爺，奴婢若真有此事，哪裏對得起您老人家的獎掖愛護之心，不必您老人家動嘴，愧也早愧死了。但奴婢看此事實在蹊蹺得很，溫先生身居首揆，卻跟那些台諫官一般，只憑一些風聞，便急急忙忙地入奏，大違常例，似乎此事與他有莫大干係。奴婢請旨，徹查清楚，一則向萬歲爺交代明白，二則也可洗清自身。」

崇禎沉思片刻，才點頭道：「也好，朕就給你一個機會，但此事關係重大，不可四處驚擾。再說清兵尚在京畿擄掠，人心惟危，不可給清兵鑽了空子。起去吧！」

曹化淳回到東廠，與手下太監王之心商議，派檔頭、番子扮作各色商販、郎中、術士，溫府四周查探，監視跟蹤出入溫府的所有人員，隨後親往司禮監拜見掌印太監王德化，請命到內文書房調出批紅的張漢儒疏稿，命中書抄了帶回。那疏稿洋洋萬言，羅列了六大害五十八條款罪狀，逐款細看，隱隱感到有些誇大其辭，說得不盡眞切，但卻不知如何辯駁，絞盡腦汁，反覆翻看疏稿，累得頭昏眼花，不住地用濕手巾敷臉拭汗。日落時分，檔頭來報：「兩乘涼轎逕直抬入溫府去了。」

「轎中是什麼人？」曹化淳登時來了精神。

「轎簾遮得嚴嚴實實，看不分明，但聽進門時問話的口音，屬吳語無疑。」

「走！」曹化淳換了便服，快步出屋，帶了幾個便服的檔頭直奔溫體仁的府邸。

溫府所在的石大人胡同因內有權臣石亨的賜第而得名。天順年間忠國公石亨大將軍因奪門之變，擁戴英宗復辟，而權傾朝野，被賞賜了這套豪宅，宅子在胡同北面，幾乎佔了小半個胡同。溫體仁做了首輔以後，將石亨舊宅買下，修葺翻新，改作府邸。曹化淳命隨身的幾個檔頭在胡同裏的茶攤上吃茶，獨自走進斜對面的一家滷煮火燒小店，叫了一碗熱騰騰的滷煮火燒，用寬沿的涼帽遮了大半個臉，邊吃邊朝對面巡看。暮色之中，溫府裏的高大榆樹、槐樹蓊蓊鬱鬱地擠滿了庭院上空，樹葉上不時閃爍著金色的餘暉。將近定更時分，溫府的左角門吱呀一聲開了，出來兩乘青布小轎，朝西南快速離去。不等曹化淳示意，兩個檔頭已快步跟上，若即若離地隨在轎後。曹化淳付賬出店，隨後追趕。半個多時辰，兩乘轎子穿過前門大街，拐到一條胡同前，轎上下來二人，打發轎子回去，一人接過燈籠，一人抱著一捆東西，一前一後地進了胡同。胡同黑黝黝的，格外幽深。曹化淳小心地在胡同陰影裏跟隨，借著燈籠的微光，發現這個胡同寬不過一丈，彎彎曲曲，有死彎、活彎；有直彎、斜彎；還有彎連彎，竟似迷宮一般，沒有前門大街車水馬龍的喧囂，極爲僻靜。二人在一處略高的門樓前停下，持燈籠人上前輕拍兩下門板，黑漆大門開了一個縫兒，探出一個腦袋，問候道：「老爺回來了，少爺剛才還念叨呢！」

「嗯！」那人打了幾個酒嗝兒，將懷裏抱著的東西交給迎出來的家奴，招呼道：「漢儒，先到書房，想必小犬還在惦念著。」

二人提著燈籠進去，家奴將門嚴實地關好落栓。曹化淳一揮手，那幾個檔頭、番子縱身躍入院子，悄悄開了院門，曹化淳輕手輕腳地走進去。此處是一個不大四合院，北面三間正房，東西兩處廂房，庭院中花木扶疏，一時間也分辨不出都是些什麼花草，只聞到一股薔薇花的甜香。曹化淳看西廂房內燈影幢幢，花窗下正好有一架葡萄，長得枝繁葉茂，閃身在葡萄架下，果然聽到有人說笑聲，正要附到窗前細聽，忽聽一陣腳步聲，急忙隱住身形，卻見那家奴烹茶而來，進了屋內，片刻即出來，原路回去了。曹化淳等了半晌，四下寂靜無人，才從葡萄架下鑽出，貼近花窗，只聽一人說道：「履謙兄，還是你心思縝密，竟找了這等僻靜的所在。」

「這九彎胡同曲曲折折的十三道彎兒，寬處一丈有餘，窄處才容一人過得，平常人都不耐煩走，是個鬧中取靜的好地方，說話做事也方便些。」

曹化淳輕輕浸破窗戶紙，見屋內坐著三人，兩個四十多歲的中年文士，一個二十出頭的後生。一個檔頭附耳低聲道：「督爺，那高胖長髯的漢子叫陳履謙，消瘦微鬚的叫張漢儒，那年輕後生是陳履謙的獨子。」

只聽那年輕後生不勝豔羨地說道：「溫閣老何等尊貴的人物，竟如此禮賢下士，在府上留爹爹、叔叔吃飯，這般的榮耀晚輩不能夠躬逢，實在可惜！」

「賢侄，豈止是吃飯，溫閣老還將皇上賞賜的御酒拿出來給我倆喝呢！那御酒可眞香，我走南闖北的，酒吃了無數，還是頭一回喝到這等好酒。」

陳履謙道：「那匹葛布可收好了？」

「收好了，眼看到了五黃六月，明日尋個手藝上好的裁縫，給爹爹和叔叔做件袍子穿。」

張漢儒捏著稀疏的鬍鬚，呵呵笑道：「好侄子，虧你想得周全，叔叔也沾些光。只是那樣上好的葛布，做成袍子，我倒捨不得穿呢！少不得小心供放著，日後回到鄉里，也好誇耀。」

三人端茶吃了，陳履謙說道：「錢謙益果眞有些門路，竟買通了勳臣保國公朱國弼，參劾溫閣老欺君誤國。」

「朱國弼雖是開國勳臣之後，說話有些分量，但只上這麼一個摺子，空口無憑，沒有什麼實據，皇上不會動心的。這些年來，參劾的人還少嗎？誰得了好了？倪元璐、黃景昉、陳子壯、劉宗周……就是閣臣文震孟、何吾騶不都是因得罪了溫閣老，或降職或削籍。履謙兄，你就放心地等著這場大富貴吧！一等錢謙益斬首西市，溫閣老斷不會虧待了咱們。你那一處老家的宅子能值幾兩銀子？」張漢儒說得眉開眼笑。

「那宅子倒是值不了許多，只是嚥不下這口惡氣。我備了禮物求錢老賊替咱說話，他答應得好好的，可到了縣衙竟將我賣了，反替別人說話，將官司攪輸了。你說可惱不可惱？」

「爹爹，如今咱借溫閣老之力，將他送進了刑部大牢，也算替溫閣老除去了眼中釘，一舉兩得，還想著那宅子做什麼？京城總比常熟老家好得多了。」

「對對對……說得有理。咱們就留在京城，有溫閣老這棵大樹，怎麼說也好乘涼。」

「是呀！還是留下的好，京城好玩的地方不少，不見識見識豈不白來了？」曹化淳推門而入，將三人驚得一下子站起身來，變色道：「你、你是什麼人？怎麼擅闖民宅？」

曹化淳冷笑道：「咱是什麼人不用說，到了地方你們自然就知道了。」

「什麼地方？」

「北鎮撫司詔獄還是東廠大牢，你們隨便挑。」

錦衣衛和東廠足以令人聞名喪膽，何況用刑慘酷的北鎮撫司詔獄和東廠刑房。三人嚇得戰戰兢兢，面無人色，等看清來人一身儒服，像個落魄文士，絲毫看不出兇神惡煞的模樣，登時放了心。張漢儒惱聲說道：「這位兄台身在儒林，想是蹉跎科場，流落京師，日子過不下去，才出此下策，闖到民宅裏訛詐。若好聲請求，說不得看在同道的情面，贈你幾兩散碎銀子救急，但你這等無禮，咱們只好將你送官治罪了。」

「哈哈哈……你誣陷得了錢牧齋，可誣陷不了咱！你想去哪個衙門，咱一定奉陪，不過要先到東廠走一趟。」

陳履謙畢竟穩重些，他聽說東廠的番子常常喬裝易容，無孔不入，堆笑道：「兄台有話好說，我們三人奉溫閣老之命做事，還請……」

「做什麼事？正要帶你們回去問個明白。」曹化淳朝外一招手，門外的檔頭、番子呼啦衝進來，將三人圍住，不容分說，反剪雙手，裝入大口袋裏，扛了便走。曹化淳帶著其餘的番子將房子細細搜了一遍，竟搜到了揭帖的草稿，上面圈圈點點，依稀可見「款曹、擒陳、和溫」六字，將「擒陳」二字塗抹了，「和」字改爲「擊」字，正是溫體仁親筆所寫。

回到東廠，曹化淳會同王之心、錦衣衛掌印指揮使吳孟明連夜審訊，陳履謙、張漢儒自恃有溫體仁撐腰，緊咬牙關，拒不招認。曹化淳冷笑一聲，喝道：「到了這裏還敢嘴硬，不讓你們領教大刑，如何肯吐口？來人，給我著實打！」堂下上來二十多個身穿緊袖衣的錦衣衛校尉，各持一根手腕粗細的木棍，威風凜凜，殺氣騰騰，先將陳履謙三人扒下衣服，按翻在地，套上一個麻布兜子，連胳臂帶脊背一齊緊緊地縛住，一絲也動彈不得，只露出口鼻喘氣，再捆住雙腳，兩名錦衣衛牢牢按住，一名錦衣衛死死壓住兩條胳臂，另有一名錦衣衛騎在脖子上，兩腿夾住腦袋。兩名錦衣衛一人一根木棍，朝上施禮道：「督爺，請打多少？」

「重打四十。」

一聲吆喝，兩根大棍交替掄下，三人忍不住齊聲慘叫。

「上嚼子！」

錦衣衛各自將一條二指左右寬的皮條子勒入三人嘴裏，緊緊繫在腦後，三人再怎麼喊，也嗚啞不出聲來。

「換棍！」

按照規矩，十棍一換人，只恐氣力不濟，棍下有弊。十幾棍過後，三人早已皮開肉綻，鮮血把布褲染紅。陳履謙眼睜睜看著兒子與自己受刑，年屆半百，膝下只有這麼一個兒子，一旦下手重了，勢必斷了陳氏香火，他拼命晃動腦袋，想說招了，那坐在脖子上的錦衣衛還以爲他極力掙扎，雙腿用力夾住他的腦袋，陳履謙登時昏了。四十棍打完，血肉橫飛，三人都昏死過去。錦衣衛用涼水將三人噴醒，曹化淳問道：「招不招？」

陳履謙哀求道：「我招、我招！求公公開天恩，都是我與張漢儒做的，與我兒子無干，求公公把他放了吧！」

「無干？咱分明見你三人一起密謀，如何說是無干！」曹化淳一拍桌子，聲色俱厲。

張漢儒瞪起眼睛，惡狠狠地罵道：「老陳，不要亂說，費了這麼多苦心，眼看大事要成了，切不可軟了骨頭，眼看一場富貴打了水漂。」

王之心離座，踱步到張漢儒面前，命道：「拉起來！」兩個錦衣衛拉著張漢儒的胳膊，

生生扯著他坐在地上，剛剛將屁股打得稀爛，如何坐得下？張漢儒哀嚎一聲，額頭上登時冷汗滾落，兀自咬牙支撐。王之心點頭道：「好一條硬氣的漢子！可卻枉費了心機，東廠抓人向來是奉密旨行事，等溫閣老知曉了，未必會趕來救你們，即便趕來了，怕也是遲了，再有潑天的富貴，三個死人如何享用？你還是放聰明些的好！」

曹化淳一揚手中的稿紙，又將桌上的那匹葛布一拍，說道：「如今人贓並獲，你們即便不招，咱也可定案。不用別的法子，咱只將這草稿和葛布往溫府一送，溫閣老必想開脫乾淨，何須咱動手，他必輕饒不了你們。」

二人一唱一和，說得張漢儒面如死灰，默然不語。吳孟明叫道：「廠公，不必與這等人囉嗦，一頓亂棍打死算了，在東廠死個人還不是四個螞蟻一般。放下他，看他撐到幾時？」

兩名錦衣衛鬆了張漢儒的胳膊，張漢儒俯在地上，屁股上的血水不住滴落，他喘息片刻，閉上眼睛道：「我招，此事是我與陳履謙一起幹的，本來我們沒想參劾錢謙益，開始告的是陳履謙的堂弟河南巡撫陳必謙，想著奏稿必要經通政司送到內閣，過溫閣老的手，他又與錢謙益、瞿式耜積怨甚深，陳履謙也與他們有過節，就加上了他們。溫閣老看了，竟將陳必謙勾掉，專摺參奏錢、瞿二人。」

「爲何要告陳必謙？」

陳履謙回道：「他本是我堂弟，我借他的名頭辦些事，不料他聞知後大怒，貼出告示，說他與我做的事一概無關，我去求見，他還下令門房不准通報，六親不認，好生可恨！」

曹化淳暗想：他們份屬本家兄弟，血緣甚深，一事不合，竟到京告狀，心腸何等狠毒，如此蛇蠍小人，萬不可留他活口！主意打定，問道：「那匿名揭帖是怎麼回事？」

「那是我出的主意，寫好了一個匿名揭帖，找了一個朋友王藩送到通政司，稱錢謙益用四萬兩銀子託周應璧向公公求救，溫閣老得了揭帖，連夜寫了密摺，一併呈給了皇上。」

「這麼說，此事自始至終，都是溫閣老一手操縱？」

「沒有他撐腰，我們哪裏有這樣的膽子！」陳履謙在口供上畫了花押。

曹化淳等張漢儒和陳履謙之子都畫好了花押，喝道：「再打六十棍，上立枷！」

三人聽了魂飛魄散，一百棍子能活命已是僥倖了，若再上了二三百斤重的立枷，斷無生理。

第四回　張天如智激周閣老　盧象升大戰蒿水河

「此事不難。」吳昌時接過信札，「先請送信人熟記此札，再將信札割成碎片，藏於破爛棉絮之中，回到太倉，用蓑衣裱法將密札連綴成篇。如此就是給人識破，搜出這些碎紙片，也讀不懂。今後但凡機密大事，都用此法子，絕走漏不了消息。」

立枷創自神宗萬曆年間，乃是東廠和錦衣衛專有的刑具。魏忠賢提督東廠時，李永貞聽說唐朝著名酷吏來俊臣曾製作了十種大枷，名號極爲獨特：一曰「定百脈」，二曰「喘不得」，三曰「突地吼」，四曰「著即承」，五曰「失魂膽」，六曰「實同反」，七曰「反是實」，八曰「死豬愁」，九曰「求即死」，十曰「求破家」。他在內府藏書中找到這十種大枷的圖影，仿造了一百、二百、三百斤重的三等立枷。這種枷前長後短，長的一端觸地，犯人被枷住脖子，身體只能站在那裏支持，跪坐都不可能。用了立枷，犯人大多一天之內便會送命。僥倖不死，監刑的校尉就把枷鎚低三寸，犯人只能稍微彎曲著雙腿，勉強支撐，腳力不支，活活勒死。不管多麼驕橫凶戾的巨奸大惡，聞立枷之名而色變。三人已給打得兩腿欲斷，哪裏還有力氣站立，立枷一上，隨即氣絕身亡。曹化淳冷哼一聲，將供狀收入袖中。

溫體仁每每欲興大獄之時，必定稱病休假。他絲毫沒有察覺東廠插手了此事，以爲布局已定，勝券在握，一如往常地稱病躲進了湖州會館，一面靜候佳音，一面顯示清白，甚至向崇禎上了引疾乞休的摺子。

湖州會館在宣武區菜市口大街西側的半截胡同，半截胡同是京城宣南一帶主要街巷之一，胡同內還有江蘇、吳興、四川、瀏陽等數家會館。湖州會館門樓頗爲氣派，前後三進，約有七、八十間房子，溫體仁住在這裏，不是貪圖會館內的僻靜雅潔，而是本屆胡同南端有個京城有名的飯館隆盛軒，它的肴饌都是江南風味，烹飪極爲精潔，五柳魚、三不黏深爲溫體仁所愛。晌午時分，溫體仁獨坐小酌，悠然自得，桌上擺的是隆盛軒剛剛送來的幾樣名菜，他慢慢品嘗著，喝著琥珀色的花雕酒，屋內瀰漫著酒菜的香氣。忽然，家奴進來報告：「宮裏來人了。」

「快請！」溫體仁尚未站起身，馬元程一腳踏了進來，拱手道：「溫相爺病體可安康了？給相爺賀喜了。」

「我有什麼喜？皇上溫旨挽留也算喜麼？」溫體仁心中大奇，捉摸不出他話中是什麼意思，拿著筷子呆坐在椅子上，看馬元程展開一卷紙，一眼認出正是那張自己親筆書寫的乞休摺子。馬元程笑道：「萬歲爺准了相爺的摺子，相爺可以回老家頤養納福了，這不是一喜麼？」

「什麼，是皇上批的，還是張至發票擬的？」溫體仁身手俱顫，面色驚慌，一雙筷子掉落在地。張至發是自己一手提拔舉薦入閣的，他生性懦弱，絕不敢乘機落井下石。

「相爺自家看看吧，萬歲爺的朱批並張閣老的票擬都在上面，一清二楚的，萬歲爺說給相爺瞧瞧，再收回去。」

溫體仁捧起摺子，急急看起來，張至發草擬的數百字阿諛稱頌之辭一覽而過，最後目光落在三個朱紅的大字上：「放他去」，墨氣淋漓，筆勢酣暢，一氣呵成，溫體仁似乎看到了崇禎惱怒的臉色和不屑的神情，情知難以挽回了，口中喃喃自語道：「皇上、皇上……」歪倒在地，老淚縱橫。

住在勺園的吳昌時、董廷獻二人也得到了宮裏傳出的消息，都長長出了一口氣，董廷獻急著要回去覆命，吳昌時阻攔道：「這勺園可是京城有名的園林，若非園林名家張南垣出面，咱倆怕是進不來的。如今事情總算有了眉目，若不四處遊覽一番，豈不可惜？」

「此人身居江南，竟會與勺園主人米萬鐘相識，交遊可真廣闊。」董廷獻起身讚歎。

「不是他交遊廣闊，而是米萬鐘捨得花銀子。再說他倆從未謀過面，只是神交而已。當年勺園初建，米萬鐘親筆繪製了草圖，派人送給張南垣過目，張南垣當時正在構思我在鴛鴦湖邊的竹亭湖墅，不辭勞苦，多方指點，二人因此訂交，才能引薦我倆來勺園。米萬鐘故去了近十年，張南垣的一片字紙還是大有情面，他兒子米壽也是有義氣的人。」言語之中，竟有幾分惆悵之意。

董廷獻搖頭道：「我沒有你們那般的情致，消受不了名山勝水，哪裏是什麼山水，簡直是大把白花花的銀子，著實看著心疼。」

吳昌時取笑道：「心葵，你白活了這許多年，手裏攥著大把的銀子不用，與那些沒銀子使的有何分別？你看看米家，不光這座勺園好，還有米家燈、米家石、米家童，人稱米家四奇，享譽京師，這才算得享受呢！」

董廷獻放眼四周，園子雖不過百畝，幽亭曲榭，小巧別致，流水迴環，高柳掩映，給人以無限風光之感。一座石橋高過屋頂，橋下一泓碧水，西面小山逶迤，蜿蜒如眉，山北築有高堂，周圍怪石嶙峋，白蓮滿池，修竹翠綠，風煙如霧，歎氣道：「天天在這園子也見不出好來了，不如看著銀子心裏踏實。眼下兵荒馬亂的，清兵入關騷擾，城外多少莊園給燒了，

一旦……」

「這話可亂說不得。」吳昌時往四下瞥了一眼，遠處只有幾個奴僕在竹林的小徑大掃落葉，放心道：「此處幸虧不是客棧，否則人多眼雜，給東廠的番子偵知，那還了得！」

董廷獻一時失語，給他說得一身冷汗，想到多年在周府奔走，平日裏極爲小心練達，心中赧然，登時沒了說話賞景的興致，轉身返回屋內。不到半個時辰，卻見一前一後進來兩個鬚髮花白的老者，吳昌時一躍而起，迎上前道：「兩位先生受苦了。」

董廷獻抬頭見是錢謙益、瞿式耜，也忙著起身拜見，錢、瞿二人面色略顯憔悴，但精神均極旺健，錢謙益笑道：「外面韃子鬧得厲害，不知何時能回江南，先向你倆道聲謝，生受你們了。」說著竟要長長一揖。

吳昌時慌忙拉住，說道：「先生如此，弟子如何敢當？聖人云：有事弟子服其勞，該當的。先生平安回來，弟子總算展眉放心了。」

「來之，我替先生行此禮吧！」身形高大的瞿式耜搶步上前，一揖到地，吳昌時再攔已然不及，連忙打躬還禮。四人揖讓著落了座，瞿式耜喜道：「溫老賊給皇上罷了職，大快人心。來之，有酒先來一碗，痛飲以賀。」

吳昌時與他亦師亦友，說話自然不必虛飾遮掩，調笑道：「再忍這一會兒，也渴不死你肚子裏的酒蟲。牧齋先生來了，先說幾句話。」

瞿式耜在老師面前給他一駁，不禁有些尷尬，訕訕地說道：「可是要講講如何奔走的？

想必曲折動人。」

吳昌時正色道：「那都是過眼雲煙了，提它作甚！我是想著今後的打算呢！」

錢謙益撚鬚頷首道：「來之說得有理，此事我在刑部大獄裏也想過，只是諸事紛擾，沒理出什麼頭緒。你說說看。」

「自復社成立以來，門戶太過森嚴，天如等人執著於清濁流品之分，實則作繭自縛，孤立少援，走了東林黨人的老路子，甚不可取。」他看瞿式耜滿目怒色，錢謙益若有所思，接著說道：「兩位莫急，聽我慢慢說來。當年顧先生做的聯語，我等都記得清清楚楚：風聲雨聲讀書聲聲聲入耳，家事國事天下事事事關心。話說得不錯，但若想做得功業，切離不開權柄，一旦沒了權柄，不用說功名利祿，就是自身安危怕也難保。遠的不用說，就說東林與魏忠賢之間的恩怨，東林若有容人之量，不拘於虛名小節，與魏忠賢聯手治國，魏閹未必會向東林下手，諸君子未必會含恨冤死。再說近的，當年虎丘大會，溫體仁之弟育仁想入社籍，復社不納，才會有今日牢獄之災，若得溫體仁援助，張漢儒等人怎敢放肆！如今的情勢，復社若再樹敵過多，無疑是死路一條，今後的災禍必是應接不暇。」

「你以為該怎麼辦？」錢謙益聲音有些低沉。

「復社應學佛陀，法門廣大，普度眾儒，願入社籍的只管入，不必有門戶之分，聽我號令即可。」

「君子親親，也可引導那些小人修德趨仁。」

吳昌時受了鼓舞，慷慨說道：「這不過是權宜之計，根本之策是朝中必要有強援。自從牧齋先生和湛持先生被排擠後，復社在朝中勢力勢孤力薄，四處參劾復社的奏疏雪片一般，從未間斷，情勢岌岌可危，若非周玉繩復出，不足消解此禍。」

瞿式耜大叫道：「他？說得輕巧！復社與這等奸邪小人爲伍，那還有什麼黑白之分？」

「這不是意氣用事的時候，他雖是小人，但驅小人爲君子出力，有何不可？合得來則用，何不來就散夥，有什麼妨礙？」吳昌時看看沉吟不語的錢謙益，知道他與瞿式耜還沉浸在陳年舊賬的恩怨之中，怨恨周延儒排擠錢謙益丟官回籍，勸解道：「牧齋先生，你與湛持先生已遭皇上棄用，短時間內，復起極難，不是三天兩日能做到的，遠水解不得近渴，從長遠計議，不可囿於一時一事的得失，才好用周玉繩這隻虎驅散步步緊逼的狼群。」

錢謙益容顏似是蒼老了許多，長喟一聲，說道：「我老邁了，有心無力，今後還要靠你們，身後事雖說管不了，也要替你們鋪鋪路才對，不能眼看著復社孤立無援，任人欺辱！」

吳昌時拊掌讚歎道：「先生之風，高山水長，令人感佩。此事還須仰仗先生出力。」

「我能出什麼力？」

「非先生不足打動天如，先生給他寫封密函，請他勸周玉繩出山。不然，天如一味耽意經史，哪裏有心思想想如何應對政局？」

錢謙益搖手道：「他若知道溫體仁被黜，也會雄心再起的。整理經史文鈔，不過是障眼法兒罷了，我猜他一刻也未死了仕宦之心。」說罷，走到桌前，濡筆疾書，片刻草成了一封密信，將墨蹟吹乾，遞與吳昌時道：「眼下城門盤查極嚴，如何送出去？」

「此事不難。」吳昌時接過信札，「先請送信人熟記此札，再將信札割成碎片，藏於破爛棉絮之中，回到太倉，用蓑衣裱法將密札連綴成篇。如此就是給人識破，搜出這些碎紙片，也讀不懂。今後但凡機密大事，都用此法子，絕走漏不了消息。」

錢謙益說得不錯，張溥自從吳昌時、董廷獻二人入京奔走，日夜懸望消息，以致心浮氣躁，坐臥不寧，只好將屋內擺滿了古書，開始核校百卷巨帙《漢魏六朝百三家集》。接到吳昌時送來的密札，用蓑衣裱法連綴成篇，反覆琢磨著上面的幾句話：「東南黨獄日聞；非陽羨復出，不足弭禍。今主上於用捨多獨斷，然不能無中援。」嘿然良久，暗自遲疑，錢謙益與槳周延儒宿怨甚深，雖說眼下拋棄前嫌，但難保不是貌合神離，一旦鬧出什麼事端，禍起蕭牆，復社不敢說四分五裂，霎時樹倒猢猻散，但勢必大傷元氣，多年的心血毀於一旦，實在不甘心。思慮到半夜，依然躊躇不決，偏偏張采外出訪友，又沒有其他人可商量，輾轉到四更，才朦朧睡去。一早醒來，看著庭院外花木陰陰，葉蟬長鳴，虎丘大會的情景宛在眼前，他自語道：「就是這個時節，就是這個時節！」他打定了主意，要去宜興拜見周延儒。

周延儒回到宜興轉眼已過四年，當年首輔風光雖然不再了，但十九年官宦生涯，尤其是身居首揆將近四年，積攢了成堆的金銀珠寶，足以從容地娛遊林下，養尊處優，四十歲正是大展鴻圖的年紀，他卻從權力的巔峰跌落下來，心下頗為失意，甚至是絕望，強作歡顏地與前來拜望的門生故舊往來，心緒剛剛平靜下來，不料夫人吳氏身染沉屙，撒手西歸。吳門乃是當地望族，門中有十人考中進士，吳氏的叔叔吳宗達是萬曆三十二年的探花，正在少師兼太子太師中極殿大學士的任上，葬禮自然極爲隆重。夫人去世以後，周延儒愈發消沉，哀莫大於心死，凡事都少了興趣，一年多後，吳宗達也辭官回家，因夫人亡故，二人往來甚罕，董廷獻替他招致了幾個紫砂壺名家，周季山、陳挺生、陳君盛、徐次京、惠孟臣幾人攜壺入府，周延儒一見，大爲驚喜，竟沉湎其中，終日與這些匠人切磋製壺技藝。宜興紫砂肇於宋代，明代弘治以來，自金沙寺始，名家輩出，周延儒看這幾個名手做的壺百變奇出，花樣絕妙，命人描摹成圖，刊刻傳世。又命府上那些伶俐的家奴跟隨他們製壺，他不時過去查看，儼然一個平常的富家翁了。

張溥已等了一盞茶的功夫，花廳裏擺設的滿是金玉古玩、竹木牙雕，看來主人的心力多半用在了此處，「玩物喪志呀！」張溥心頭一陣難過，幾乎叫出聲來。正在想著見面如何勸說，卻聽一聲笑問：「天如，煩你久等了。」他轉身見周延儒從門外踱步進來，才幾年的光景，周延儒昔日玉樹臨風的英姿蕩然無存，變成了白面團臉的發福模樣，葛袍的袖口袍角濺了星星泥點，顯然剛從紫砂作坊趕來。

張溥急忙上前施大禮拜見，周延儒拉著他的手坐了，一個小童獻上茶來，周延儒端茶吃了一口，問道：「天如，這大熱的天兒，你不畏酷暑，可是有什麼緊要的事？」

張溥瞥一眼小童，周延儒暗笑，揮手命小童退了，自嘲道：「我已是久廢的人，還有什麼機要可談，你未免神秘其事了。」

「老師閒居得好安逸舒心。」張溥聽他猜到自己的來意，但話中未免有些自怨自憐，思慮著從何處談起。

「無官一身輕嘛！」周延儒從袖中取出一卷文稿，遞與張溥道：「你看看這書稿寫得如何？江陰有個在學的秀才周高起聽說我醉心紫砂，帶了一部書稿請我寫序，我還沒看完呢！」

張溥接過翻閱，見封頁上題著「陽羨茗壺系」幾個隸字，篇目有創始、正始、大家、名家、雅流、神品、別派、泥土等，分門條貫，後面的文稿繕寫精善，一筆不苟，分明是下了許多的工夫，緩緩將書稿放在桌上，拱手道：「老師，恕學生魯莽，聖人云：君子不器，老師春秋鼎盛，畢生事業豈無比紫砂大者？老師曾居首揆高位，身負天下士林重望，卻甘願與那些工匠賤役交遊，泯然與眾人為伍，學生實在替老師傷心感歎。」

周延儒笑道：「天如，此中大有樂趣，你只是尚未領會。」

「悠然心會，看來妙處難與學生說呀！」張溥賠笑道：「老師可知道京城最近紛紛揚揚，煞是熱鬧？」

「我久不問那些俗事了。天如，吃茶，這茶樹是我親手栽植，茶葉是親手採摘的，氣味如何？」

「果然好，老師真是大才，幹一行有一行的心得，一法通而百法通。」

「哈哈哈……我如今做了身隱鄉野的田舍翁，總得裝裝樣子嘛！」周延儒大笑幾聲，忽然笑容一斂，說道：「京城的熱鬧也是別人的，與我本不相干。」

「那權當笑話來聽。老師善能屬對，一時無兩，學生有個現成的對子，老師可對得出？」

「你說來聽聽。」

「這科北闈有個舉子在試卷的背面寫了一幅對聯，風行京師，成爲街頭巷尾的笑談。上聯是：禮部重開天榜，狀元探花榜眼，有些惶恐。所謂『惶恐』是『黃孔』的諧音，黃即黃士俊，孔即孔貞運，二人機緣湊巧，竟高中了。老師可想得出下聯？」

周延儒搖頭道：「想不出，此等對聯乃是專對，須言之有物，只從文字上下功夫是不成的。」

「下聯最爲精采：內閣翻成妓院，烏龜王八篾片，總是遭瘟。烏龜王八篾片，總是遭瘟。『烏龜』諧音『烏歸』，暗指湖州烏程籍歸安縣人溫體仁；『王八』諧音『王巴』，暗指四川巴縣人閣臣王應熊；『篾片』暗指阿諛奉承溫體仁、毫無主見的閣臣吳宗達；『總是遭瘟』，則說皇上受了溫體仁蒙蔽。赫赫內閣大學士，令人鄙夷到此種地步，豈是朝廷之福？」

周延儒摸著細長的鬍鬚說：「此聯罵得算是痛快淋漓，但不過書生之見。溫體仁就其才幹而言，確非庸碌之輩可比，也非局外人所能道及的。」他見張溥面有狐疑之色，接著說道：「我與溫體仁共事多年，他的才幹確實超拔眾人。其一，他精明幹練，長於心計，凡是內閣代皇帝起草諭旨，每每遇到刑名錢糧等專門知識，名目繁多，頭緒錯亂，其他閣員往往愁眉苦臉，唯獨溫體仁一看便了然於心，從無差錯，我佩服他的敏練。其二，他表面文章做得好，竟是滴水不漏。他入閣以後，清廉謹愼，賄賂從不入門。平心而論，我沒有他這個長處。其三，他苦心經營，一手引進的內閣同僚都是庸才，濫竽充數，如此反襯出他鶴立雞群。其四，溫體仁善於揣摩皇上心意，逢迎有術。這都非常人所能及。」

「饒是他老奸巨滑，終給皇上識破，聽說聖旨一下，大快人心，即便是清兵未退，鞭炮還是響了幾乎一夜，等他出京，只有幾個門生餞行，情形甚是狼狽。」張溥邊說邊觀察周延儒的神情。周延儒面皮微微顫動，他沉浸在往事的追憶之中，那年溫體仁趁人之危、落井下石，終致失寵罷職，自己眞是太托大了，沒有盡早識破他的狼子野心，不由咬牙道：「這是他的報應！溫體仁貌似忠厚長者，實則胸狹隘，睚眥必報，最容不得人。他自以爲長袖善舞，其實樹敵太多，好比堤壩擋水，遲早有崩坍的那一天。」

張溥乘機試探道：「溫老賊一走，老師少了勁敵，正好東山再起。」

周延儒擺手道：「我是不做這些癡想了，世人追逐的那些功名利祿，我什麼沒經歷過？讀書科考，中了狀元，鹿鳴宴坐首席，後來入閣參預機要，一年的工夫，升任首揆，何等的榮耀！曾經滄海，再復起也不過如此了，有什麼意趣？反不如擁被高臥，聞著新米蒸熟的香氣，玩玩紫砂壺呢！我年輕時，讀《三國志》，看到劉禪說此間樂、不思蜀的話，還暗暗嘲笑他沒志氣，如今想來倒覺得慚愧了，享樂納福乃是人的天性，何必委屈了自己呢！」

張溥早聽說周延儒新納了一房小妾，是個年輕貌美的寡婦。她丈夫死了不到一年，就耐不住春閨寂寞，約好了隨人私奔。男子雇健兒抬了迎親的花轎，吹打著經過門前，那寡婦假稱看人娶親，出門坐入花轎，一溜煙兒地走了。那寡婦的婆婆驚覺了前去告官，寡婦怕衙門緝捕，連夜投身周府，周延儒死了夫人，正在孤曠之時，貪戀她的美色，納做小妾。張溥微微一笑，說道：「溫柔鄉裏最是消磨英雄志，看來老師不能免俗。」從袖中掏出一張朱單，輕輕放在桌上。

周延儒捏起看了，不由勃然大怒，罵道：「那個寡婦自願寄身在我府，有何不妥，官府沒由來趟這渾水做什麼？管得恁寬了，一個小小的道台竟毫不知避諱，在朱單上指名道姓地說這等昏話。我倒在家裏大開著府門等著，看看他有多大膽量，敢來捉人！」

張溥暗自發笑，知道觸到了他的痛處，說道：「老師不必發怒，此事若驚動官府，不論那婦人斷與哪家，傳揚出去，也會有汙老師清譽。老師身分何等尊貴，終不成還要纏頭露面地對簿公堂？這等小事還是交給弟子處置。」取過朱單，幾把撕得粉碎，拋在地上。

「你、你怎敢扯碎了朱單？」周延儒驚愕不已。

張溥淡然道：「無妨，那張道臺本是弟子的門生，也是復社中人。弟子途中去了趟衙門，正趕上那寡婦的婆婆又到衙門吵鬧，他不得已開了朱單，給我瞧見拿了來。區區小事，不必介意，只是老師若沉湎兒女柔情，高臥不起，將來有什麼大禍，學生怕是愛莫能助了。老師正當盛年，遭人忌憚也在情理之中，閣臣們因有老師在而不安其位，生怕被取而代之，倘若有人像溫老賊陷害錢牧齋一樣，必欲置之死地而後快，老師如何應付？」

「好！我聽你的，只要有皇上旨意，我絕不推辭。」

「學生正在募集銀子，以便疏通關節。」

「需要多少？我這裏有的是銀子。」

「萬萬不可，老師樹大招風，天下不知有多少眼睛盯著呢！若給東廠的偵知，反而幫了倒忙。學生已勸說幾個志同道合的人拿些銀子出來，牧齋先生、來之、梅村三人籌集了三萬兩，馮銓、侯恂、阮大鋮也各出了一萬兩。」

「天如，馮、阮二人的銀子你都敢用，這是復社高於東林黨之處。東林黨說是給魏忠賢殘害了，其實是吃虧在門戶之見呀！」

張溥點頭道：「能爲我所用，學生求之不得，如何會拒絕？如今已湊了六萬兩銀子，準備北上入京。只是近日清兵四處騷擾，多爾袞殺入山東，沿途擄掠，路上不安寧，還要等些日子。」

「內憂外患，正是多事之秋呀！」周延儒搖頭歎息。

北京又面臨一場浩劫。揚武大將軍貝勒岳託統領右翼軍先行，從密雲北邊牆子嶺毀壞長城，破邊牆入關，薊遼總督吳阿衡大醉不起，睡夢中遭斬殺。奉命大將軍睿親王多爾袞統領左翼軍，自青山關毀邊牆而入，兩軍在京郊通州會師，然後繞過北京，至涿州，兵分八路向西前進，一路順太行山，一路沿運河，六路在太行山與黃河之間並進。崇禎大驚，下令京師戒嚴，詔天下勤王，以宣大總督盧象升督天下援軍，入京陛見。

盧象升的父親剛剛故去，他連上十疏，哀懇皇上准假奔喪，在家守孝三年。不料，皇上不但沒有准請，反而調星夜來京。清兵入犯，京師危急，他只好暫且放下奔喪的念頭，帶領一萬多騎兵日夜趕路。這日黃昏時分進了北京城，草草洗了把臉，吩咐謝絕賓客，在書房裏養足精神，準備一早入朝。四更時分，家奴顧顯叫醒，捧著二品錦雞補服，穿戴整齊，騎馬到了承天門西邊的長安右門以外，門內走出一個身穿一品仙鶴補服的中年人，四十多歲的樣子，中等身材，兩鬢和鬍鬚依然烏黑，雙眼炯炯放光，極是精明強幹，朝盧象升拱一拱手，笑道：「九翁，來得好快！算著你還有兩三天的路程，不想昨夜就進了城。」

「閣老消息好靈通！學生將步兵留在了後面。」盧象升認出來人是東閣大學士兼領兵部尚書事的楊嗣昌，急忙把衣帽整了一下，跨步上前施禮。

楊嗣昌拉住他的手打量一番，見他面皮白淨，軒眉朗目，英氣逼人，一邊往皇城內走，一邊說道：「皇上單獨召對，足見恩寵，教人好生豔羨！只是想到九翁多日不在京師了，有幾句話正要請教，也算提個醒兒。」

「請閣老示下。」

「東虜兵勢甚強，朝臣意見紛紛，莫衷一是。皇上問起來，九翁如何對答？」

盧象升駐足抬頭看一眼楊嗣昌，朗聲說道：「朝臣意見學生猜測得出來，必是不外主戰主和兩種，學生主戰。」

楊嗣昌嘿然道：「九翁忠心可嘉，但你可曾想過倘若一戰而敗，大局如何支撐？可要慎重三思哪！」

「學生既帶兵入京，唯有死戰退敵，粉身碎骨，以報皇上。」

楊嗣昌不悅道：「九翁何出此不祥之言？」

盧象升恨聲說道：「學生以不祥之身，馳援勤王，豈敢貪生怕死，坐視清兵蹂躪京畿，爲千秋萬世所不齒！」

楊嗣昌苦笑道：「外寇不足慮，而內匪實爲心腹之患。未能安內，何以攘外？山西、宣大之兵，皆國家精銳。流賊未平，務必爲皇上留此一點家當。不然一旦與清兵殺得兩敗俱傷，豈不是便宜了那些流賊？皇上一心要做聖主，這層窗戶紙捅破了，皇上也會爲難，望九翁仔細體會。」他望著前面高大巍峨的皇極殿，說道：「再往前頭就是建極殿，恕不奉陪了。」

二人揖拜而別，盧象升看著楊嗣昌的背影，心裏默默地思忖著：難道皇上竟會主和？他繞行皇極殿西，穿過右順門，遠遠看到殿外肅立著兩列錦衣儀衛，手裏持著各式的儀仗。太監引領著他從左邊彎腰登上臺階，望見崇禎已高坐在盤龍寶座上等候，十幾個太監鵠立兩旁，左右兩尊一人高的古銅仙鶴香爐青煙嫋嫋。他緊趨幾步，跪在丹墀上行了常朝禮，手捧象牙朝笏，走進殿裏。

崇禎第一次單獨召見盧象升，見他一副文弱書生的模樣，不像嫻於騎射、衝鋒陷陣的猛將，但崇禎早已看過吏部存檔的履歷，盧象升三十九歲，天啓二年進士，問道：「聽說你天生神力，一把練功的大刀重一百三十六斤，可是眞的？」

「那是臣幼年練臂力時所用，留在宜興家中，想必鐵銹斑爛，朽壞不堪了。」

崇禎半信半疑，命他平身，說道：「虜騎入犯，京師戒嚴。卿不辭辛苦，千里勤王，忠勇可嘉。」

「蒙皇上知遇大恩，爲王前驅，是做臣子的榮幸。今國危主憂，臣當肝腦塗地，以報陛下。」

崇禎安慰道：「朕知你喪父未久，不得已爲國奪情，卿不要辜負了朕意。」命馬元程拿出花銀、蟒緞，賜給盧象升。

盧象升兩眼含淚，便覺熱血沸騰，叩頭謝恩道：「恕臣直言，聽說有人主張輸銀割地，與東虜議和，每年輸銀六十萬兩，並將遼東割讓，以求朝夕偏安之局，這不是步宋室之覆轍麼？」

崇禎臉色微變，問道：「如今內憂外患，卿以爲哪個急迫？」

「自然是東虜了。」盧象升不假思索。

「哦？」崇禎似是有些詫異，追問道：「我軍各路尚未趕來入援，京城兵力單薄，如何禦敵？」

盧象升慷慨答道：「恕臣直言，自古能戰方能言和，如不能戰，時時想著議和，則必受制於敵。臣以爲目前所患不在我兵力單薄，而在朝廷舉棋不定！關寧、宣、大、山西援軍不下五萬，五軍營、三千營、神機營三大營四萬有餘，洪承疇、孫傳庭所統率之強兵勁旅，可抽調入援。況敵輕騎來犯，深入畿輔，其心在於掠取人畜財物，無意攻城掠地，嚴令畿輔州縣，堅壁清野，使敵無從得食，清兵輜重糧草必難接濟……」

崇禎打斷道：「洪承疇、孫傳庭剿賊正在緊要關頭，萬不可抽調，以免前功盡棄。」

「臣願率關寧、宣、大、山西諸軍，與虜決戰！」

崇禎躊躇道：「與東虜交鋒，勝少敗多，朕擔心有什麼閃失。東虜精銳，非流賊可比，更宜慎重。國家安危大計不可不顧。」

「勝負乃兵家常事，皇上不必過於憂心」

「不、不，年年打仗，災荒頻仍，兵餉兩缺，顧內不能顧外，朕不想頭緒太多，專心剿滅流賊，可是外廷臣工，多不解朕之苦衷！」

「城下之盟，《春秋》所恥。眞有與東虜議和之事？」

「自古未有內亂不止而能對外取勝者，議和不過權宜之計，不要看輸銀割地吃了虧，若清兵不再入關進犯，騰出手來，方可專心對付流賊。蕩平流賊，外征逆虜，光復遼東不難。」

盧象升憤然說道：「有人口口聲聲說虜騎精銳，只不過爲議和做鋪排，其實內心早懼怕了」

崇禎陡然沉下臉來，厲聲喝道：「這是怎麼回話？朕分明說了不過權宜之計，怎的就是怕了？虧你還是帶兵打仗的，兵法竟忘了不成！當年隆慶爺也曾與俺答汗議款，從此相安無事，朝廷得解除西北邊患，難道錯了？」

盧象升一驚，知道說話魯莽了，但事已至此，不得不當面痛陳，叩頭道：「皇上，當年袁崇煥在寧遠彈丸之地，大破後金，努爾哈赤羞憤而死。京師城牆高厚，易守難攻，憑此堅城，必可力挫東虜氣焰！」

崇禎面色緩和下來，說道：「我軍遠道馳援，東虜以逸待勞，勝負難料，不可強戰，一旦失機，京師震動，再難挽回。」

「臣……」盧象升還要向皇上披肝瀝膽地痛切陳詞，忽然看到崇禎凌厲的目光，不由心中一寒，登時報國無門的委屈與悲憤一齊湧上心頭，眼水奪眶而出，怔怔地說不出話來。卻聽崇禎安撫道：「卿鞍馬勞頓，起去歇息吧！」一位太監捧過一把尙方劍，盧象升雙手擎起，叩頭謝恩。

次日陛辭過後，騎馬直奔昌平大營，隨後崇禎派人送來四萬兩銀子，又賞賜御馬一百匹，太僕馬一千匹。盧象升想到楊嗣昌既有議和之心，監軍太監高起潛必會附從，倘若他兩人暗中掣肘，自己孤掌難鳴，關寧鐵騎、山西兵馬不過臨時節制，有二人從中作梗，號令難行，疏請與楊、高二人各分兵權，不幾日聖旨下來，將山海關、寧遠兵士分撥高起潛，象升麾下不足兩萬人，兵單餉薄，孤立少援。此時，清兵越過保定南下，破了高陽，告老在家的大學士孫承宗率家人同清兵巷戰，全家無一倖免。象升得到消息，極爲震動，正要帶兵截殺，卻收到兵部緊急文書，清兵西趨山西，太原危急，令督師馳援。象升把檄文投在桌上，幽幽歎了口氣，山西不過少數游騎以爲疑兵，佯作西窺之勢，兵部此舉意在不與清兵交鋒，保存實力，有心抗令不遵，大同總兵王樸竟也接到了兵部檄文，聽說家鄉危急，都鼓噪起來要回去保護家小，擁著王樸往西而去。盧象升手下三個總兵官，以王樸人馬最多。王樸走後，其他兩個總兵虎大威、楊國柱的部眾加上象升親領的標營，僅有五千多人。事到如今，象升進退維谷，率兵直趨嵩水橋，遠遠望見清兵如排牆一般，萬馬奔騰，地動山搖。象升見清兵來勢兇猛，分兵三路，虎大威在左，楊國柱在右，自率中軍，與清兵拚死相搏。大戰半日，傍晚紮營休戰。三更時候，月色蒼茫，觱篥聲突然從四面吹響，鼓聲大作，清兵開始從四面向明軍猛攻，盧象升急出營帳，率虎大威、楊國柱等奮力抵禦。

天色微明，清兵越聚越多，大威苦勸突圍，象升高聲道：「我自從軍以來，大小數十百戰，只知向前，不知退後。我與諸君同受國恩，早已以身許國，何懼一死！」

「軍門千萬不可孤注一擲，來日方長，先殺出去，以圖再舉。」

「哈哈哈……」盧象升仰天長笑，「我執意與清兵一戰，不想兵敗將亡，有何面目見皇上剖白？死西市，何如死疆場？我以死報君，才覺無愧！我引開清兵，你們突圍！」手執佩劍，殺入敵陣，他力大馬快，接連砍死幾個清兵，清兵抵擋不住，兩邊退走，盧象升縱馬向前，卻給一條兩丈多寬的河溝攔住去路，初冬時分，河水結冰不厚，已有幾匹戰馬陷入河中，待要折身殺回，清兵上來一排弓箭手，亂箭齊發，象升背上登時中了三箭，血染征袍，淋漓不止。電光火石之間，情勢極是危急，象升不容細想，大吼一聲，坐騎騰空一躍，跳到弓箭手眼前，揮劍猛劈狂砍，將弓箭手殺散。不料，後面的清兵見他人單勢孤，吶喊著蜂擁而上，他背上、臂上連中了數刀，身子搖晃幾下，差點兒栽下馬來。一個敵將看他威猛異常，叫道：「砍他的馬腿！」

話音剛落，坐騎一聲淒厲的嘶叫，猛地向前栽倒，盧象升重重甩落在地，待要拄劍掙扎站起，眼前幻起無數的刀影，頃刻之間，身上連傷七八處，鮮血迸濺，他大叫道：「將軍斷頭，死得其所！」連中數刀，身子堪堪捽倒，奮力將手中的利劍擲出，竟由一個清兵的胸膛穿出，刺入身後一個軍士的小腹。清兵忌憚他的威風，不敢靠近，那敵將呼喝著放箭。顧顯遠遠看見主人墜馬，瘋了一般揮刀亂砍，殺到切近，飛身撲到盧象升身上，一陣箭雨，被射成了刺蝟。

朔風如刀，屍骨盈野，夕陽西下，蒿水河中泛著片片血光

第五回

獻瓜果無心驚太子
罰站立有意戒貴妃

「給我撞開！」周皇后一聲令下，身後的太監、宮女上前一起拍門，敲得咚咚山響。不多時，劉清芬開門出來，臉上還殘存著春色，衣衫、鬢髮也有些散亂，周皇后怒沖沖地邁步進去，劉安從春凳上滾落下來，跪伏在地。「你倆做的好事，當值的時候竟敢如此放肆！穢亂宮廷」她突然想到什麼，繞過房中一道屏風，從那道暗門走進寢宮，見太子慈烺蓋著錦被睡在床上，輕輕鬆了口氣，但一雙靴子卻赫然露在錦被外面，上前一把扯開，看到慈烺驚慌而滿是汗水的臉。

清兵一路擄掠，沿著運河往南打，一直深入到山東，攻克了濟南府的府城，連克一府、三州、五十五縣，德王朱由樞被俘，山東的布政使、巡撫、知府都被清軍殺了，俘獲的人、畜、財寶、金銀幾十里地絡繹不絕，從長城口退回關外。京師無恙，只是一場虛驚。

初冬時節，北京已下過一場小雪，天氣寒冷於往年。承乾宮中，田貴妃坐在暖閣裏擁著火盆，觀摩著擺在梨木炕桌上內府收藏的前朝名家書畫，將近晌午，一個小太監挎著大食盒進來，說是國丈爺送的時令果品，王瑞芬打開一看，有幾十枚通紅的桃子和拳頭大小的紅棗，笑道：「這可是稀罕物，入冬時節了，竟還有這等的鮮貨，不知道爹爹從哪裏淘換來的？」

王瑞芬道：「這桃子產在直隸滿城縣，當地稱作雪桃，經過霜打才會熟透，往往下雪後才摘。那冬棗產自離婢子老家靜海不遠的河間府滄縣，脆過鴨梨，甘如密餞，落地即碎，入口即酥，聽說永樂爺時曾貢入宮裏，這些年反不常見了。」

「揀些出來，給長哥慈烺送去嘗嘗。」田貴妃取一枚雪桃咬了，果肉也是如果皮一般紫紅，滿口的蜜汁，「果然好吃，竟比深州的蜜桃還要甜呢！這麼稀罕的東西，經別人的手，我不放心，你親走一趟吧！」

王瑞芬答應著，各挑幾枚雪桃和冬棗放在一個錦盒內，密密包裹好了出門，往慈慶宮而去。不料，太子奉命去了周皇后的坤寧宮，王瑞芬想到貴妃娘娘的囑咐，不敢將雪桃、冬棗留下轉交，折身趕到坤寧宮。坤寧宮的正門朝南，名叫貞順門，此外還有兩座大門，朝東臨東一長街的名永祥門，朝西臨西長街的名增瑞門。進了永祥門，穿過天井院落，就是坤寧宮東暖閣。王瑞芬看看日頭，已過了晌午，庭院裏不見一個人走動，估摸著周皇后歇息了，不敢出聲喚人，不聲不響地走到東暖閣旁的屋子前。正要叩門，卻聽裏面有說話的聲音。不由遲疑起來，只聽屋內嘻地一笑，說道：「好妹子，我早看好你了，趁皇后娘娘往翊坤宮袁娘娘那裏去做九九消寒圖，好歹教哥哥解解饞。」

「你作死麼？咱兩人一塊兒伺候皇后、太子，終日裏廝見，哪裏能夠對食？再說你有你的心上人，我有我的菜戶，豈能做出這等苟且的事來，快放手！」

王瑞芬輕輕推門進去，無聲無息進了屋，繞過一架紫檀大屏風，這屋子的樣式與承乾宮相同，也是南北長東西扁一個長條房，只是大出許多，裏邊大櫃小櫃，齊整擺著金銀器皿並各種茶具酒具，還有各色貼著黃籤的茶罐，都靠東牆放著，西邊的一牆，是一道兩折合攏的金絲絨大帷幕，再往裏是一道鑲著玻璃的暗門，直通坤寧宮東暖閣，她知道自己進了坤寧宮皇后寢室內側侍候送茶的暗房，果然見坤寧宮掌事太監劉安與一個宮女拉扯在一起，欲行男女之事，登時羞得面紅耳熱，頭暈心跳，想要離開，無奈兩條腿竟似不是自己的了，怔怔地站著挪不動腳，躲在帷幕偷看。那宮女鳳眼蛾眉，五官端莊，卻是慈慶宮伺候太子的宮女劉清芬。此時她掙脫得氣喘吁吁，雙手兀自死死護在胸前。

劉安涎著臉隔著衣裳摸她的雙乳，嘴裏親親肉肉地亂叫道：「跟著我也虧不了你，你細皮嫩肉的，我早就看著動火了，不想還不及到手，你卻給一個小火者勾引上了，他一個最卑賤的人，能給你什麼？還不若從了我」

劉清芬流淚道：「他是我從小相識的，本來打算娶我，誰想我被賣入宮中，他一狠心，竟也淨身進宮，爲的是與我朝夕廝守，我怎好辜負了他？」

「那又怎樣？他既進了宮，那話兒也是萎靡不舉的，你還要替他守節麼？何苦一棵樹上吊死，當年奉聖夫人不是先和魏朝相好，後來卻換了魏忠賢麼？我給你一個好東西看。」說著從懷裏取出一卷書冊，展開送到劉清芬眼前。

「你哪裏來的春宮圖？」

「哼，你畢竟進宮晚些，前幾個皇爺哪個不喜歡看春宮？你看這本上還有正德皇爺的朱印呢！」

劉清芬再不作聲，兩眼盯著圖冊細看，劉安扯開褲子，將宮女的手拉入褲內。那宮女噫的一聲，十分驚訝道：「你、你不是太監？」

「怎麼不是？你摸摸，只是個半截的東西，但總比你那菜戶僵蠶似的好。」劉安看她緋紅著臉，有些情動的模樣，湊上嘴去，邊親邊說道：「萬曆年間的兩淮稅使高策公公，遇到一個異人，重金買了一個秘方，能使陽具再生。後來魏忠賢得到了這個秘方，才從魏朝手裏奪走奉聖夫人，成就了一場潑天的權勢富貴。」

「是什麼秘方？」

「生吃童男的腦髓，再弄點藥吃，就能長出來了。」

「啊呀，好嚇人！」劉清芬一聲驚叫，「你怎麼知道的？眞有那個藥！」

劉安登時住了手，冷笑道：「怎麼的，你想給你的情哥哥弄點吃吃？別做夢癡想了，這大把的銀子你能花得起？」

劉清芬給他說中心思，訕笑道：「沒有的事，你多心什麼？你長出這個東西來，如何躲過刷茬挨刀呢？」

「那個容易，宮裏的規矩是三年一小修，五年一大修，到時花些銀子就遮掩過去了。」劉安伸手到她衣內，不住撫慰。太監閹割之後，確實難有平常的男女之愛，但他心裏照舊想著自己是個男人，見了標緻女人，照樣地浮想聯翩，夢寐想著上手。自漢以後，宮中穢亂，太監宮女愛欲饑渴，男「曠」女「寡」，結成乾夫妻名曰「菜戶」，到明朝此風最盛，也是宮外不傳之秘。劉清芬聽劉安要強做自己的菜戶，輕啐道：「進宮的都是好人家的女兒，給你糟蹋了多少？」

「什麼話？她們都巴不得呢，說什麼糟蹋不糟蹋的！」劉安拉了她坐在一條寬大的春凳上，「那些小女子入宮時年紀幼小，人事不通，竟不懂半點風情，閉著兩眼挺屍似的躺著，一點兒都不舒坦受用　咱們仿著圖上的樣子來做吧！」說著從懷裏取出一個男根形狀的木棒槌。

王瑞芬見了，心頭鹿撞兔跳，暗自罵道：這個天殺的從哪裏弄了這骯髒淫亂的東西來，若是給娘娘見了，那還得了？劉清芬低頭不作聲，任憑他解衣脫褻，冬天的衣裙本來就厚重，劉安又有些做賊心虛，半晌脫不下來，急得罵道：「你閒著也是無用，不知道搭把手兒？要知道這樣，還不如到宮外的簾子胡同找個窯姐兒。」

劉清芬初諳人事，知道窯姐是天下最齷齪骯髒的，不想卻給他說得更爲等而下之了，一把推開劉安，惱怒道：「你去找吧！何必來煩我？」

劉安正在興頭上，恰如給人潑了一瓢冷水，跺腳道：「怎麼這般坑人，等不得了，快解了腰帶！」

劉清芬卻恍如不見，追問道：「簾子胡同有什麼好？」

「哎呀，說了你也體會不出。」

「你說說看嘛！」劉清芬巧笑嬌嗔，劉安酥了半個身子，說道：「我沒去幾回，聽說唐之征常去，有一回帶的銀子少了，一個乾茶園下來，剩不下幾錢，唐公公也是大膽，找了樂子後，竟教窯姐兒到宮裏取銀子。那窯姐兒眞不含糊，扮作男裝，混入宮裏，神不知鬼不覺地討到了銀子。唐之征一時情動，在值房內交歡起來，不料那個窯姐兒淫聲浪語叫得響亮，驚動不少人，有偷聽的，還有偷看的，差點傳到萬歲爺的耳朵裏。」劉安見那宮女將襟扣解了，露出鮮紅的肚兜，猛地撲了上去

王瑞芬聽裏面嬌聲呻吟與喘息攪成一團，不敢再凝神聽下去，轉身要走，卻瞥見暗門的玻璃後面隱約現出一個人的臉來，也在朝外目不轉睛地看，屋內光線有些昏暗，帷幕離暗門又遠，她一心又在劉安二人身上，竟不知那人是何時來的，一頭冷汗地出來，剛剛小心地關

上門，皇后的暖轎進了庭院，躲閃已是不及，只得恭身站立門外。周皇后出了暖轎，看到她有些吃驚道：「你在這裏做什麼？」

她驚得手足冰冷，哆嗦道：「娘娘，婢子沒做什麼？是、是送些瓜果給太子。」

「你說話怎麼吞吞吐吐的？」周皇后目光逼視著王瑞芬，看她往屋子瞥了兩眼，推門便要進去。王瑞芬嚇得趕忙用身子擋在門口道：「娘娘不要進去，裏面眞的沒什麼。」

周皇后變色道：「沒什麼，那門怎麼從裏面插死了？」

「這」王瑞芬大驚，自己剛剛帶上的門，怎麼一會兒工夫竟從裏面插牢了，想必是皇后說話的聲音驚動了他倆，他們一時昏了頭，反而欲蓋彌彰了。

「給我撞開！」周皇后一聲令下，身後的太監、宮女上前一起拍門，敲得咚咚山響。不多時，劉清芬開門出來，臉上還殘存著春色，衣衫、鬢髮也有些散亂，周皇后怒沖沖地邁步進去，劉安從春凳上滾落下來，跪伏在地。「你倆做的好事，當值的時候竟敢如此放肆！穢亂宮廷……」她突然想到什麼，繞過房中一道屏風，從那道暗門走進寢宮，見太子慈烺蓋著錦被睡在床上，輕輕鬆了口氣，但一雙靴子卻赫然露在錦被外面，上前一把扯開，看到慈烺驚慌而滿是汗水的臉，顫聲問道：「烺兒，你、你一直睡在這裏，沒醒過？」

「我、我　孩兒跟母后進了午膳，就睡、睡了……」

「那腳上怎麼還穿著靴子？」

「忘記脫……」

「胡說！冤家，你是龍子龍孫，金枝玉葉，今日為太子，日後就是天下之主，怎麼能……」

「我沒……只在門後看……」慈烺囁嚅著，不敢看皇后的目光。

周皇后氣得渾身亂抖，回到暗房，喝叫道：「來人！將這兩個不成器的混賬東西拉出去，亂棍打死！」

「娘娘饒命！」劉安一聲哀嚎，叩頭不止，劉清芬早嚇得昏了過去。坤寧宮的那些太監、宮女也都跪下求情，只有王瑞芬一個外人，不知如何是好，怔怔地站著，跪下不是，離開也不是。周皇后不願這件事鬧得太大，崇禎每日焦勞國事，傳到乾清宮中勢必給他添煩惱，打定主意，朝劉安命道：「我雖總領後宮，可也不能傷了大夥兒的心。長哥畢竟年幼，你來倆卻這麼教唆他學壞，輕饒你不得，死罪雖免，不可不重罰，且去南海子種菜，永遠不許進宮。」

「謝娘娘天恩。」

周皇后看著劉清芬道：「你比長哥年長五六歲，我原以為你機靈懂事，又讀過幾天書，所以挑選你服侍他。不想你不長進，在長哥面前，與劉安做出這等下流的事，知罪麼？」

劉清芬急忙叩頭答道：「婢子罪該萬死，伏請娘娘開恩，願去大高玄殿做女道士，每日焚香誦經，恭祝皇上和皇后萬壽萬疆。」

周后見她面目俊俏，再過兩年若勾引太子，還不知鬧出什麼事來，不如趁早將她趕離宮中，當即點頭說：「學道修行，消滅罪孽，自然是好事，我准你去，回去收拾東西吧！」

劉安、劉清芬叩頭謝恩，劉清芬照例又向太子叩頭辭別。周皇后這才轉向王瑞芬，怒顏道：「好個狐媚子，你身爲承乾宮管家婆，卻巴巴地到這裏來做什麼，給他倆望風麼？看來是有心要出坤寧宮的醜來了。」抓過錦盒丟在地上，錦盒摔得四分五裂，幾個冬棗碎成數半，雪桃也滾出來，桃皮破了，流出鮮豔的果汁。

王瑞芬登時又羞又愧，皇后吩咐太監和宮女不許將這事傳到乾清宮，這些平時無須叮囑的事，此刻聽來竟是一片茫然。她叩頭答應，慌慌張張地收拾起錦盒與破爛的瓜果，用袍襟裹著，逃也似地出了永祥門，一路急行，不知如何回到的承乾宮，見了田貴妃忍不住抽泣起來。田貴妃正在與七歲的兒子慈燦一起吃瓜果，看她失魂落魄的模樣，知道她性情謹愼溫婉，平常喜怒見不出臉上的顏色，今日這般難以自持，想必出了什麼大變故，忙命宮女帶慈燦出去，才問道：「你遇到了什麼委屈？」

王瑞芬哽咽著說不出話來，等問得急了，展開袍襟，將錦盒並瓜果傾在桌上，哭道：「婢子無能，誤了差事。」

「是不是路滑摔了一跤？」

「不、不是……」

「到底怎麼了？」田貴妃心裏納悶，王瑞芬入宮七八年了，做事小心，沒有出過什麼差錯，但聽她說話支支吾吾的，不禁有些惱怒起來。

「嗚嗚……婢子給娘娘惹禍了。」

「出了什麼事？你倒是說呀！」

王瑞芬將在坤寧宮看到的那一幕和周皇后斥罵自己的前後講了，田貴妃氣得臉色青白，咬牙道：「我好心好意地命人送了果子去，怎麼卻惹了一身的煩惱出來？打狗還要看主人呢！她是我宮裏的管家婆，也是有身分的人了，怎會巴巴地給他們把什麼風？怎麼這般誣賴人！」停了片刻，她問道：「你說的這事可千眞萬確？」

「婢子有多大膽子，敢在娘娘面前說謊，確是親眼見的。」

「你下去吧！不要聲張，我替你出這口氣！」

次日午後，田貴妃吩咐王瑞芬備暖轎，到乾清宮東暖閣去見崇禎。等她穿戴整齊出來，見八個小太監鵠立在暖轎兩旁，田貴妃命王瑞芬道：「將抬轎的太監都給我換成宮女。」

「娘娘，哪裏有宮女抬轎的先例，是不是……」

「囉嗦什麼！給我換了。」

八個太監戰戰兢兢，以爲犯了什麼錯，一齊跪下叩請，田貴妃知他們誤會了，笑道：「沒你們什麼事，我今個兒要嘗嘗女子抬轎的滋味如何，你們去吧！」

王瑞芬將八個太監打發走，趕緊挑選了八個慣做粗活的宮女，抬著暖轎往乾清宮來。出了廣生左門，剛進東一條街，便引來了無數詫異的目光，自古以來沒人見過小腳女人抬轎，宮裏的侍衛、太監、宮女交頭接耳，唧唧喳喳，看著八個宮女舞蹈一般地走過，香風瀰漫，久久不絕，竟有幾個大著膽子尾隨出老遠。

崇禎接到福建巡撫熊文燦發來的摺子，剿滅了海賊李魁奇、劉香老，想到接任盧象升總理河南、山西、陝西、湖廣、四川軍務的王家禎，身爲朝廷三品大員，卻管不住家丁，聽任他們鼓噪鬧事，火燒了開封西門，何以統率數萬官兵，擔負追剿流賊的重任？便想用熊文燦代他，召東閣大學士楊嗣昌入宮，賜坐晤談。

楊嗣昌道：「熊文燦是萬曆三十五年進士，在福建做官已有十年，由巡撫升任兩廣總督，頗多政績，招降了鄭芝龍，如今又斬殺了李魁奇、劉香老，福建海寇之患終於除去，百姓安居樂業，足見其才。但若求穩妥，皇上可命人到廣州試探他。」

「嗯！朕也有這個意思，知人任事嘛！再說總理五省軍務需要幹練之才，絕不可拖了洪承疇的後腿，不能呼應協同。」

「皇上睿見，臣這幾日一直在思慮剿賊的方略，已粗有了眉目。」

崇禎微笑道：「講來聽聽。」

楊嗣昌輕咳了一聲，說道：「臣以爲多年剿賊而屢剿不息，其實是給賊人鑽了空子。自古流賊以搶掠爲生，四處流竄，居無定所，因此圍剿他們務必通力協作，各守其地，嚴陣以待，使流賊四處受制，譬如一條惡狗，周圍有四人持棒圍殺，東走有人棒打，西逃也有人棒打，南北也是如此，則惡狗勢必無處可躲，無路可逃。臣將此方略取了一個名字，稱爲四正六隅十面網。」

崇禎點頭道：「四正六隅十面網？這個名字好，有氣魄！」

楊嗣昌既蒙崇禎褒獎，眼中放出灼灼的光亮，解說道：「陝西、河南、湖廣、鳳陽是流賊活動最爲頻繁的區域，此爲四正，可派四巡撫分剿而專防；以延綏、山西、山東、應天、江西、四川爲六隅，可派六巡撫分防而協剿。四正六隅合成一道十面羅網，可命三邊總督、五省軍務總理二個大臣，統一指揮，四正之地的將士可尾隨流賊，專任剿殺，六隅之地的將士只需固守以待，流賊自然無處可走。」

「好！」崇禎喝采道：「這條方略果然高明，若還各自爲政，不相統攝，依然會給流賊拖得疲於奔命，苦於奔波，還沒看到流賊的影子，早已師老，建功奏捷怎麼能夠？」招呼「賜茶」，楊嗣昌起身謝恩。

崇禎喝了口熱茶，說道：「不過，熊文燦在兩廣專意招撫，朕擔心流寇狡詐，賊性難改，一旦緩過氣來，又會作亂。」

父親楊鶴撫局失敗、獲罪遭戍的往事，楊嗣昌時刻沒有忘懷，每一念及，痛心疾首，他料到皇上遲早會有此問，已有準備。他也不願熊文燦故伎重演，鐵了心地招撫，熊文燦雖有平定海盜之功，但看他所作所爲似乎沒有洪承疇、孫傳庭用兵的手段，回答道：「招撫可爲緩兵之策，可趁此間隙，戒飭將士，整頓兵甲，以利再戰。」

「卿言甚是。朕一直想著等到陝西兵事到了尾聲，調洪承疇總督薊遼，與東虜對壘，屏障京畿，使東虜不敢隨意牧馬關內。」

「內亂若攘，騰出手來，即可對東虜大張撻伐。」

「你回去舉薦幾個得力人選接任十地巡撫，總理一職還是要看看熊文燦是否勝任。」這麼大的舉動，牽涉兵馬必多，崇禎還想議議糧餉，卻馬元程探頭進來，稟道：「田娘娘求見，暖轎已到了交泰殿下。」

楊嗣昌急忙叩辭，回了內閣值房。崇禎有數日不見田貴妃了，如今陝西大事初定，忽然感到身上無比的輕鬆，邁步出了暖閣，在殿門口活動了幾下手腳，田貴妃的暖轎緩緩到了，看那抬轎的竟是清一色的宮女，他知道田貴妃信聰慧異常，有些事情常常出人意表，進暖閣坐了，才問道：「近來承乾宮又有什麼新奇之事？」

「哪有什麼新奇事，還是老樣子。要說新奇，是皇上有日子沒去了，覺著新鮮。」

崇禎聽她話中頗有哀怨之意，握了她的手道：「將抬轎的都換成了宮女，還不算新奇麼？」

「皇上這陣子忙於國事，哪裏知道太監們恣肆無狀，坤寧宮中的小太監竟狎淫宮婢，臣妾氣得不行，怕承乾宮的太監也跟著學壞了，只好將他們攆了，遠離這些混賬東西，不准與宮女混處。」

崇禎莞爾道：「自漢朝以來，歷代宮中對食已成風氣，隋唐五代時的《宮詞》就說：莫怪宮人誇對食，尚衣多半狀元郎。所謂宮掖之中，怨曠無聊，解饞止渴，才出此下策。太祖爺曾嚴令取締，對娶妻成家的宦官處以剝皮之刑。永樂爺以後，卻又廢弛了，宮中太監宮女往來不禁。多年的積習，沒什麼大驚小怪的。」

「要是他們回到各自的屋舍，倒是沒什麼，祖宗們慈悲，皇上也不好太嚴厲。可如今這些奴才張狂了，竟在坤寧宮的暗房裏行苟且之事，還給長哥瞧見了，皇上怕還不知道吧！」

「什麼，竟然在值房裏……這些該死的蠢貨！光天化日，竟敢如此！皇后沒懲罰他們麼？」

田貴妃冷笑道：「罰了，太監劉安到了南海子種菜，宮女劉清芬去大高玄殿做了道姑。」

「劉安不是坤寧宮的總管太監麼？怎麼竟領頭做這等事？」

「臣妾不敢妄猜，怕是成了風氣吧！」

「走，朕到坤寧宮看看！」

「臣妾還是回宮等皇上吧！」

「嗯，朕一個人去，免得生什麼口舌。」轉身朝外喝道：「小程子，多帶些人手，跟著朕去坤寧宮。」

崇禎的暖轎一直抬進坤寧宮二門以內，果貞舜門時，守門的太監剛要扯嗓子喊「接駕」二字，就給馬元程喝止住了，崇禎從暖轎中走下來，周皇后才出來跪迎，崇禎望著跪在地下的許多太監、宮女，一言不發，逕直大步進了坤寧宮。周皇后見他冷若冰霜，一時摸不著頭緒，起身跟進來。崇禎喝道：「仔細搜！」

「皇上要找什麼？」周皇后笑語嫣然，她自信沒有什麼把柄在皇上手裏，「不是要找什麼木偶、符咒吧！自打皇上登極之日起，宮裏可從沒出入什麼方士女巫。」

「你不用辯白，一會兒就知道緣由了。」

果然，一盞茶的工夫，兩個太監抬著一個布袋進來，輕輕放下退出，崇禎冷冷一笑，問道：「皇后，你猜得出這布袋裏的東西嗎？」

周皇后搖搖頭。

「朕知道你不光猜不出，給你看了也未必識得出來。」崇禎一腳將布袋踢翻，嘩啦一聲，從布袋中滾出一個個棒槌形狀的東西，大小不一，有黃楊木的，有玉石的，有黃銅的，有陶瓷的……各種材質，應有盡有。

周皇后吃驚道：「這是什麼，從哪裏找出來的？」

「你看看像什麼？都是從坤寧宮四下隱秘的地方搜出來的。」

周皇后仔細看了片刻，紅了臉道：「坤寧宮怎麼會有這樣骯髒的東西？」

崇禎冷著臉道：「朕怎會知道？」

周皇后仔細看了片刻，紅了臉道：「臣妾知錯了，沒有統管好後宮，給皇上添了亂子」她語調一澀，強自忍住道：「皇上終日焦勞國事，臣妾竟不能教皇上省心，眞是、眞是……請皇上責罰。」

崇禎看她傷心的模樣，心裏一軟，歎口氣道：「不知者不罪，朕不怪你，擔心的是烺兒。我大明上百年沒有皇后嫡出的長子了，他年紀雖小，身爲儲君就是將來的天子，可不能給人教唆壞了，如先朝的皇帝那般荒淫無度，大明的江山不是後繼無人了？朕對他寄望甚厚呀！」

「臣妾理會的。」

「不要自責了，你也不願出這等事。但此事你不該瞞著朕。所謂養不教，父之過，朕雖給娘兒選了名儒宿學做師傅，但師傅們畢竟存了君臣上下之分，不敢犯顏進諫，朕不能撒手呀！」

「是哪個稟奏了皇上，臣妾自信也有改過之心　」

「你未必有容人之量，這話你不該問。」崇禎起身道：「好了，不要糾纏此事，朕還要去看摺子。溫體仁走了以後，張至發接了首輔，精明幹練相去太遠了，朕不得不多費些心。」

「楊先生不是見識明練的大才麼？」

「朕將兵部的事託付給他，已夠他忙的了，朕不想令他分心。」崇禎望望陰沉的天空，眼看就要飄雪了。

進了臘月，接連下了幾場雪。隆冬季節，雪後的北京，寒冷之極。崇禎十一年到了。

正月初一，崇禎皇帝在奉先殿與周皇后祭拜了祖宗，按照慣例萬壽、元旦、冬至三大節，天子要在皇極殿接受文武百官的朝賀，然後在此賜宴宗室、大臣，以示辭舊迎新，天下同樂之意。周皇后從奉先殿出來，就回了坤寧宮等著宮眷們拜賀。頭一個來坤寧宮的總是田貴妃，一來她的承乾宮離此不遠，二來宮眷們心裏都有個次序，不敢跑到她前面。田貴妃坐著小輦，進了貞順門，此刻的坤寧宮燈火輝煌，太監們焚香放鞭炮，穿著葫蘆景補子和蟒衣的宮眷捂起耳朵遠遠地看著。坤寧宮管家婆吳婉容早笑著迎接出來，笑道：「娘娘，奴婢去通稟一聲。」

田貴妃擺手道：「通稟什麼？我又不是初次來這裏，認得路，你自去忙吧！」吳婉容趕忙說：「奴婢怎麼敢冷落了娘娘？宮中的規矩、上下尊卑禮數牢記著呢！」搶身進了宮門，田貴妃聽到「禮數」二字，不由心裏一驚，登時腳步緩了下來，回身望望殿宇頂上積著厚厚的一層白雪，此時空中卻又飄起雪來，她伸出手掌，接住一個飄搖而落的雪花，那雪花倏的一下化成了水，手心一陣冰涼，順著手腕直沁心脾，她急忙把手縮進皮袍裏。吳婉容已小跑著出來，堆笑道：「娘娘，皇后正在換冕服，還要一會兒呢！說請娘娘略等等。奴婢失陪了，還要到裏面伺候著。」說罷，轉身小跑著進去。田貴妃剛才將王瑞芬幾人打發在貞順門外等候，如今只好一人孤零零地站著。

雪越發地下大了，又起了風，旋起地上的雪片，撲面而來。田貴妃拉緊了銀狐大氅，走進廊簷下避風雪，已過了一盞茶的工夫，還不見吳婉容出來，她強忍著心頭的不快，聽著遠近各處的爆竹一聲聲傳來，時而驟急，時而稀疏，腳下早是一片冰冷，連跺幾下，竟震得麻了，袖口、頸後、褲腳……冷風從各處吹來，深透骨髓，身子不由哆嗦起來，想著回到暖轎避寒，卻又怕給人看到這般狼狽的樣子，一直等下去，實在冷得難以忍受，正在進退兩難之際，貞順門外守門的太監一聲高喊：「翊坤宮袁娘娘駕到——」

「快請！」殿內傳出周皇后的聲音，田貴妃聽得心裏一陣陣冰冷，淚水幾乎禁不住流下來。

吳婉容跑出來，渾然忘了廊簷下凍得瑟瑟發抖的田貴妃，直到貞順門外，將袁貴妃迎了進來。袁貴妃披一件猩紅大氅，滿面春風地進了門，一眼見到廊簷下面色青白的田貴妃，上前施禮，詫異道：「姐姐還沒見過皇后麼？」

「皇、皇后在、在換冕服……」平日伶牙俐齒、言笑晏晏的田貴妃此時竟已凍得說不成完整的話了。

袁貴妃只生了兩個女兒，一直沒能生個兒子，知道皇上最寵田貴妃，翊坤宮的名次又在承乾宮後，如何敢僭越爭強？忙說道：「我怎敢搶在姐姐面前，還是姐姐先進去吧！」田貴妃順勢答應了，二人一前一後進了東暖閣。

東暖閣火盆裏的紅羅炭燒得正旺，冒著藍幽幽的火苗。田貴妃只覺一股熱浪撲面，竟有些灼痛似的，俯身跪拜，不料腿腳麻木僵硬，一個踉蹌，險些摔倒，慢慢施了大禮，周皇后淡然說：「你我姐妹一般，不須如此的。快上炕來烤火。」眼睛卻瞟著袁貴妃。

袁貴妃生性厚道，遜謝說：「我才從暖轎出來，沒經得多少風雪，倒是田姐姐冷得臉都青了。」說得田貴妃一陣酸楚，暗自怨恨。

周皇后大怒，罵吳婉容道：「你這奴才，好生大膽！怎麼教我田妹妹在外面受凍？」

吳婉容一怔，脫口分辯道：「方才娘娘不是在換衣裳……」

周皇后厲聲道：「胡說！你幾時見我換了？身上這套衣裳不是早穿好了麼？」

「這……」吳婉容何等聰明伶俐，撲通一聲跪地道：「是奴婢忘了。」

「忘了？你跟我多年了，大大小小的事業經歷了許多，從沒出過什麼差錯，分明是找說辭，拖下去，掌嘴二十！」

「娘娘……」

「不准狡辯，拖下去！」

袁貴妃看一眼田貴妃，又悄悄拉了拉她的衣角，求情道：「娘娘，這大過年的，別氣傷了身子，這些奴才們犯了錯兒，權且記下，等過了年再罰。」

周皇后拉著臉道：「那怎麼行！田妹妹在皇上那兒都給寵著，她一個奴才竟敢不放在心上，還當什麼差！此時不重加責罰，她怎能長記性？給我打！」

袁貴妃又拉一下田貴妃的衣角，田貴妃冰冷的身子經閣裏的熱氣一激，已暖和過來，渾身又麻又癢，說不出的難受，她知道袁貴妃的心思，想要自己做個人情，事既因自己而起，自己若寬大求情，周皇后自然不會追究，但想到外面的風雪，心頭的怨氣無法消除，哧地冷笑一聲，說道：「皇后的懿旨誰敢不遵？再說吳婉容既是坤寧宮的人，坤寧宮乃是六宮之首，處置自有法度，豈是旁人能左右的？我若存了菩薩心腸，一味心軟求情，壞了宮裏的規矩不說，倒顯得皇后不仁慈了，這事萬萬做不得！」

此話大出意外，不但袁貴妃，就是周皇后一時都有些怔了，坤寧宮裏寂靜得如同空寥無人一般。吳婉容何等的聰明伶俐，見周皇后尷尬無言，叩頭道：「都是奴婢瞎了兩眼，不，是昏了頭，竟將田娘娘忘在了外面，就是皇后娘娘不責罰，奴婢也放不過自己，奴婢該死！」說著，自己接連掌嘴十幾下，將一張粉臉打得紅腫起來，嘴角淌出一絲血痕，吳婉容兀自不停手。

袁貴妃臉色紅了又白，瞥見周皇后身子抖了抖，默然地看著吳婉容一下一下地打著自己的嘴巴，慍聲道：「你這不成器的東西，田娘娘大人大量，不與你計較也就罷了，還教如何謹慎當差，快過去叩謝！」

「不必了，我下次再來，若還趕上這般風雪天氣，教我少受些罪就是了，這些虛的倒不必拘禮。好在我還知道禮數，雖說受凍挨冷，皇后這裏沒失了禮，我心頭也是暖的，身子冷些回去烤火就是。」田貴妃施禮告辭。

周皇后看著她走向殿門，轉頭朝袁貴妃笑道：「這大冷的天，也要你巴巴地趕來，心裏不忍的，快坐下烤火。我吩咐御膳房加幾個好菜，用那副新貢的馬吊牌，取取樂子。」

「怎麼好叨擾？我教她們回去預備些餛飩。」袁貴妃心裏有些不安。

周皇后點頭道：「我怎麼忘了劉宮人的餛飩，乃是天下第一的美味，皇上都誇了好幾次。」

正在跨出宮門的田貴妃，聽著背後喧嘩的笑語，暖了的身子似又有些冰冷，一陣心疼悄然襲來，淚水忍不住涔涔而落

第六回

朱由檢怒打周皇后　田淑英謫居啟祥宮

「混賬！」崇禎怒不可遏，堂堂一國之君竟會與那些官紳商賈一般討妾麼？他將周皇后用力一推。周后哪裏禁得住如此的猛力，踉蹌幾步，坐倒地下，腳上名為一瓣蓮的鞋子甩掉了一隻。魏清慧、吳婉容、馬元程等左右太監和宮女們立刻搶上前去，環跪在崇禎腳下，連聲呼喊：「皇爺息怒！皇爺息怒！」早有兩個宮女趕快給皇后穿好鞋子，攙扶起來。

周皇后望著田貴妃遠去的背影，怒氣不息，責罰吳婉容不是，不責罰也不是，進退兩難，不免有些尷尬，無奈斥退了吳婉容，強忍著心頭的不快，與眾人說笑。袁貴妃與她相處已久，深知皇后尊崇慣了，最是看重臉面，金銀珠寶倒在其次，今日給田貴妃當眾頂撞，雖未形於顏色，心裏勢必惱怒異常，想到此處，便有些坐不住了，生恐有什麼言語不周之處，給皇后借題發揮地搶白，引火焚身，小心地陪了片刻，急忙告辭。周皇后破例挽留了一回，袁貴妃只得又陪了一會兒才得脫身。眾人見了，也隨著退下，坤寧宮登時寂靜下來，過年的喜慶也減了幾分。周皇后獨自坐著，越想越覺氣惱，此事都給眾宮眷瞧見了，用不了一兩天就會傳遍宮廷，我如這麼隱忍了，明事理的會讚我賢德大度，那些喜歡嚼舌頭的必會說我軟弱可欺，忌憚田貴妃的無邊聖寵，不敢懲治她，那今後群起效尤，我如何應付，如何統領後宮？正在苦思對策，吳婉容匆匆進來告罪，周皇后阻止道：「你不必往心裏去，你原沒什麼罪過，方才箭在弦上，不得不如此，你受委屈了。」

吳婉容看她臉上有些怒容，勸道：「娘娘切不可動氣，傷了身子，反如了他人的意。這事尚不算完，還要娘娘勞動呢！」

「難道要我帶人到承乾宮問罪？」

「不是，婢子以為娘娘該速將此事經過說與萬歲爺知道，不然給田娘娘搶了先，還不知她會怎樣指摘娘娘呢！若鬧出什麼么蛾子，辯解起來就難了。萬歲爺是個英明刻察的人，凡事都藏在心裏，輕易不表露出來，過節久了，勢必越積越緊……」

周皇后一驚，打斷她的話道：「你是怕她惡人先告狀？」

「娘娘，此事本來也是咱們的理虧，婢子就是有天大的膽子也不敢怠慢了田娘娘，萬歲爺如此英明，哪裏會看不出來？這麼大的錯兒，婢子想擔也擔不起來，這個謊不好扯得圓通，還是先說與萬歲爺的好。」

「好！皇上正在外廷朝見眾位大臣，你去前面盯著，一等廷見完畢，即刻回來稟報。不行，這還怕慢了，你先告知馬元程。」

「小程子長個榆木腦袋，婢子說了，怕他不明白。」

周皇后沉吟道：「嗯！皇上就是喜歡他木訥老實，不多事不生事，用著放心。皇上身邊是該安排個底細人，有個大事小情的，也通個風報個信兒，不然髒水潑了一身，還不知道是誰呢！我尋個機會，舉薦王承恩做個秉筆太監，他心情溫和忠厚，又是信邸的舊人，皇上不會起什麼疑心。」

「婢子與乾清宮管家婆魏清慧情同手足，不如請她幫忙。」

「請她出面更好，不過，我聽說小程子有個相好的在承乾宮，只要那個宮人見了小程子，他未必會聽得見魏清慧的話。」

「那婢子就先攔下那個宮人。」

「你去辦吧！切不可傷人，也不要留下什麼痕跡。」

「婢子省得。」吳婉容答應著出去。

紫禁城內，東西六宮靠四條幽長的永巷與外廷相通，日精門外向北有順德左門，再往北為南北方向通道，稱東一長街。東六宮中間又有一條通道，縱穿南北，與東一長街平行，稱東二長街，其南有麟趾門，北有千嬰門。東六宮分列在東二長街兩側，東側從南往北依次為延禧宮、永和宮、景陽宮，西側依次為景仁宮、承乾宮、鐘粹宮。自月華門往北的順德右門外也有一條南北方向通道，稱西一長街。西六宮中間也有一條與西一長街平行的南北通道，稱西二長街，其南有螽斯門，北有百子門。西六宮分列在西二長街兩側，東側由南往北依次為毓德宮、翊坤宮、儲秀宮，西側依次為啓祥宮、長春宮、咸福宮。承乾宮通往乾清宮的道路不外乎東一、東二長街兩條，東二長街最為便捷。吳婉容暗命幾個面生的小太監等在東二長街，裝作給街旁的路燈添油，剛剛安排妥當，就見一個標緻的小宮人急急地向麟趾門而來，那幾個太監相互遞了個眼色，等她來到切近，忽然抛出一隻大口袋來，當頭罩下，將那宮人裝入口袋中，扛了便走。那宮人在肩頭掙扎，剛叫喊出聲：「來人呀——」頭上早給重重地擊了一下，昏了過去。

元旦朝儀歷來較簡，不過是走走過場，君臣們見個面而已，本來就不處理什麼軍國大事，六部各衙門也都沒有陳奏什麼公事，崇禎問了幾句兵部進剿流賊、軍餉等幾件事，即草草罷朝。魏清慧叮囑了馬元程，馬元程一等崇禎進暖閣換下冕服，便將皇后請駕一事稟明。崇禎皺眉道：「剛才在奉先殿祭拜祖宗時已見了，她還有什麼事非找朕不可？」崇禎一大早起來，祭拜祖宗朝見勳戚大臣，已覺有些疲憊，正想歇息一會兒，想到皇后畢竟是六宮之主，平日也是極爲溫婉體貼的，既然打發人來請，想必是有什麼大事商量，便忍住不快，走出乾清門。

出日精門往東，穿過內東裕庫後邊夾道，剛到高大的奉先殿前，殿門忽然洞開，周皇后笑吟吟地走出來接駕。崇禎吃驚問道：「你怎麼還在這裏？」

周皇后見他臉上沒有喜色，趕快趨前答話道：「臣妾怕他們請不動皇上，趕到這裏接駕。」

「皇后到底有什麼急事找朕？不容朕片刻喘息。」

周皇后聽出他話中的不悅，頓生怯意，心頭怦怦地連跳幾下，但事已至此，不能隨意搪塞，小心說道：「田妃恃寵而驕，屢屢違反宮裏的規矩。臣妾想請旨處置田妃，以爲懲戒。」

「她怎麼惹你了？」崇禎反問道。

「方才元旦各宮眷到坤寧宮朝拜，正當臣妾換冠服，命她在永祥門內等候，她等的工夫大了一會兒，竟口出怨言，全不將臣妾放在眼裏」，她偷瞥一眼崇禎，看不出崇禎臉上的喜怒顏色，心頭一寬，接著說道：「還不止這些，平日裏她改換宮中的舊制，配殿、宮燈、花木、服飾……竟仿照江南民間的樣式隨意變動，皇家幾乎與草莽細民沒什麼分別，威儀體面何在？」

崇禎喜歡承乾宮的別致，田貴妃那些刻意變換的布置他都點頭激賞。田貴妃出生揚州，身材嬌小玲瓏，承乾宮的殿宇不免有些過於高大，她獨出心裁，改廊房爲小的屋舍，砌上曲折的朱紅欄杆，雕花隔扇，屋內陳設著從揚州採辦的各種奇巧物件：一張用螺鈿、翡翠和桃花紅瑪瑙鑲嵌成採蓮圖的黑漆紅木茶几，一隻金猊香爐，一把宜興紫砂壺，還有光滑脫俗的竹椅……崇禎每次在百忙中來到承乾宮，登時便覺心弛神爽。想到皇后竟拿出什麼宮規來，崇禎暗忖：如此小題大做，爲免滑稽可笑了，撲哧笑道：「宮殿本來就是供人居住，改變一些沒什麼大不了的，朕倒不覺得有什麼不妥。」

周皇后正色道：「臣妾身爲六宮之主，不能表率妃嬪，自然也是有罪。但不加以懲戒，宮規勢必成了一紙空文，後宮如何統治？」

「後宮的事，朕不需插手。后妃恃寵而驕的毛病，歷朝歷代都有，只要不因此與宮外通聲氣，專權生事，尙算不得大過，皇后打算如何處置她？」

「這……」周皇后躊躇起來。

「朕知道，你是想教她服個軟賠個罪，可如此一來，你不怕有人說你心胸狹窄了？田妃已爲朕養育了三個兒子，五皇子活潑可愛，深得朕歡心，尙且年幼，此事還是不要計較了爲好。」

周皇后恍然明白自己雖貴爲皇后，但在皇上心中卻不如田妃，她朝四下看了一眼，見周圍的太監宮女似是都盯著自己，不由臉上一熱，她從來不曾在崇禎的面前大聲說話，但在眾太監和宮女面前崇禎不顧自己的臉面，如此袒護田妃，她頓感十分委屈，鼓足勇氣，噙著眼淚，顫聲說道：「皇上不可太偏心縱容，怎能因她一人壞了宮裏的規矩？若不借此時機給她點兒顏色看看，她一天比一天恃寵逞威，將臣妾置於何地？不如讓了給她……」

崇禎不等她說完，厲聲斥責道：「胡說！朕息事寧人成了縱容田妃？你、你、你如此說，不是把朕看作了昏君麼？」

周皇后見他變了臉，心中駭然，低頭道：「臣妾不敢，也絕無藐視皇上之意。但田妃出身卑賤，性好嬉玩，不可再縱容了。若皇上於心不忍，臣妾就做一回惡人。」

「她怎麼卑賤了？」崇禎聳起眉毛。

周皇后深悔有些失言，一時不知如何對答。崇禎怒道：「快說呀！」

「臣妾聽、聽說她、她出身揚州瘦、瘦馬……」周皇后觸到崇禎凌厲的目光，渾身一陣哆嗦，她知道皇上動怒了。

「什麼是揚州瘦馬？」崇禎大聲追問，見周皇后閉口無語，命魏清慧道：「你說與朕聽！」

魏清慧不敢隱瞞，稟告道：「萬歲爺，養瘦馬在揚州是個賺錢的營生，有錢人家低價收買貧家童女，教以歌舞、琴棋、書畫，又以高價轉賣給官紳、商賈做小妾，俗稱『瘦馬』。就像販馬者把瘦馬養肥，得高價……」

「混賬！」崇禎怒不可遏，堂堂一國之君竟會與那些官紳商賈一般討妾麼？他將周皇后用力一推。周后哪裏禁得住如此的猛力，踉蹌幾步，坐倒地下，腳上名爲一瓣蓮的鞋子甩掉了一隻。魏清慧、吳婉容、馬元程等左右太監和宮女們立刻搶上前去，環跪在崇禎腳下，連聲呼喊：「皇爺息怒！皇爺息怒！」早有兩個宮女趕快給皇后穿好鞋子，攙扶起來。周皇后自從入了信王邸中，與崇禎結成患難夫妻，已有十幾年的光景了，沒想到他竟會在眾人面前動手推倒自己，一時羞憤交加，脫口叫道：「信王！信王！你忘了那年望吳臺上我是怎麼替你擔憂了！」掩面大哭起來。吳婉容怕她一時情急，再說出什麼斷情絕意的話來，更惹皇上震怒，給宮女們使個眼色，七手八腳將周皇后扶上鳳輦，向坤寧宮簇擁而去。崇禎餘怒未息，望望腳下仍跪著的太監和宮女，踢了魏清慧一腳，罵道：「什麼揚州瘦馬，你是怎麼知道的？怎敢瞞著朕！」恨恨地哼了一聲，轉身回了乾清宮東暖閣。

崇禎在暖閣中坐了一會兒，心中的怒氣越來越盛，恨不得闖入承乾宮中，當面質問田貴妃，弄個清楚明白。但轉念一想，如此莽撞，未必問得出眞情，不如等氣消了再追查。他忍著煩惱，批閱從各地送來的塘報和奏疏，大部分都是關於災情、民變和催請軍餉的。他在心中自問：「國庫如洗，怎麼好呢？」正自煩悶，馬元程進來稟報楊嗣昌求見，崇禎急命宣入賜座。

楊嗣昌年前就接到了洪承疇、孫傳庭聯名拜發的請餉摺子，眼看到了年關，他不忍教皇上勞心過不好年，與首輔薛國觀商量暫且壓下了，但心頭一直惴惴不安，洪承疇正與孫傳庭籌畫著在潼關一帶伏擊流賊，生恐因糧餉不足，軍心生變，勢必貽誤戰機，罪責可就大了。因此朝賀過後，他急忙揣著洪承疇的摺子趕到乾清宮。崇禎看了摺子，半晌才說：「朕知道你年前將所有請餉請兵的文書一律壓下了，可能壓到幾時？去年江北、湖廣、四川、陝西、山西、河南、山東　災荒慘重，甚至像蘇州和嘉興一帶的魚米之鄉，也遇到旱災、蝗災，糧價騰躍，不斷有百姓成群結隊，公然搶糧鬧事。他們只知道向朕討餉，朕哪裏來這許多的銀子！」

「古語說：君憂臣辱，君辱臣死。臣見皇上焦勞國事，實在慚愧無地。」楊嗣昌起身道：「臣倒是想了個法子，只是一直躊躇不決，不敢貿然說出。」

「說說吧！朕倚你爲股肱，就該知無不言嘛！」崇禎招手示意他坐下。

楊嗣昌侃侃說道：「兵法上說：置之死地而後生，長痛不如短痛，唯今之計只有加派餉銀，以補急需。」

「如何加派？」

「每畝田加徵一分銀子，全國可得七百三十四萬兩。」

「以何名目加派？」

「臣想可以練兵爲名，加徵練餉。」

崇禎沉思道：「自萬曆四十六年徵收遼餉，每畝田加徵銀九厘，崇禎四年把田課提高到一分二厘，派銀六百六十七萬餘兩，除兵荒蠲免，實徵銀五百二十二萬餘兩，另加關稅、鹽課及雜項，共徵銀七百四十萬八千多兩。去年又開徵剿餉兩百八十萬兩，原議只徵一年，看樣子今年也難以停止。若再徵練餉，各種賦稅累計算來，已高達兩千萬，全國每年正稅尚不足一千萬兩，這樣敲骨吸髓不是個法子，何況不僅洪承疇一處急需糧餉，必要愼重。再說各地徵集起來送到陝西，半年的工夫也未必能夠，實在是緩不濟急呀！」

楊嗣昌頌揚道：「皇上所慮周詳，又有悲天憫人的菩薩心腸，那些無知小民竟不知仰體聖意，實在、實在、實在是愚不可及。」

「嗯，民智未開，不可強逼他們，不然又會造反鬧事。」崇禎對簾外侍候的馬元程命道：「快叫張至發來。」

首輔張至發不知道皇上突然召見有什麼大事，一路上心中七上八下。他接溫體仁做了首輔，但才智、機變相去甚遠，他深知皇上多疑刻察，害怕應對失誤，招來禍患，進殿跪拜時，神情兀自有些慌張，誤踩住自己的袍角，幾乎跌倒。崇禎雖看不慣他的狼狽模樣，卻照例賜了座，緩聲說道：「朕召見先生，是為詳議糧餉，目前國事如焚，軍情峻急，不能一日缺餉。先生有何良策教朕？」

籌餉是最為頭痛的事，張至發聽了便覺頭昏目眩，往日在朝堂上，皇上一言籌餉，眾皆啞口，他也低頭不作聲，但今日奉旨召對，躲是躲不過了，他忽然想到前幾日看到的一個摺本，起立奏道：「臣連日與戶部尚書程國祥計議，尚未想出什麼可行的法子。微臣身為首輔，值此民窮財盡之時，彷徨無計，不能替皇上分憂，實在罪該萬死。不過，臣前些日子看到一個本章，倒談了籌餉之策，但臣以為妄誕，就沒有進呈。」

「講了些什麼？」

「懇請皇上下旨，命江南大戶輸餉。」

「哦？江南各地確實太平了多年，富庶異常，競相奢侈，叫江南大戶們捐輸些銀錢，倒也

理所應該。這個奏疏是何人寫的？」

「是個名叫李璡的太學生。」

「這倒可救救急……」崇禎不禁有些心動，但見楊嗣昌默然無語，問道：「你以為如何？」

楊嗣昌與張至發見了禮，才說道：「臣以為李璡此摺不過書生之見，一無可取。」

張至發漲紅著臉，含著幾分嘲諷道：「楊本兵想是有別出心杼的妙策了。」

「首輔謬讚，嗣昌沒有什麼良策，只是覺得必要三思。所謂勸輸實則是強徵，以此而論，有四不可行。國家人才大半出於江南，勸輸事關係甚大，牽扯到的縉紳大戶不少在朝為官，勢必群議洶洶，人心浮動，此其一不可行。國家歲入大半出於江南，京城的祿米和民食，以及近畿和薊、遼的軍糧，莫不如此，這等天下糧倉，不可輕動，此其二不可行。富家實乃貧民衣食之源，傷及一個富家，許多貧民便失了依靠，更沒了活路，不得不從賊，此其三不可行。最可怕者，此議一倡，亡命無賴之徒群起與富家為難，大亂叢生，再難遏制。」

楊嗣昌說得張至發無言以對，崇禎醒悟道：「這些富家實為國家根本，他們若是皮，貧民則為毛，皮之不存，毛將安附？向他們勸輸，還不如向京師諸戚畹、勳舊借助。」

張至發是萬曆二十九年進士，在京師任職已久，備知戚畹、勳舊內情，嚇得噤若寒蟬，心中不住地告誡自己：「說不得，可說不得呀！」遍體流汗，深深地低下頭去，不敢看崇禎一眼。就是頗想有番作為的楊嗣昌聽得也有些心驚，那些戚畹、勳舊或為皇親國戚，或屬數代受封蔭襲爵位的世家，與國咸休，尊榮無限，非一般仕宦可比，實在招惹不起，以免大禍臨頭，後患無窮。

過了片刻，崇禎等不到附和之聲，問張至發道：「卿看向戚畹借助，該叫誰家先出頭做個榜樣？」

張至發支吾道：「這、這……」

「先向誰家借助爲宜？」

「這、這……」張至發急得滿頭大汗，大張著嘴，聲音低得彷彿藏在喉嚨深處。

「到底是哪家？」

「這、這　臣實在不好說。」

「有什麼不好說的？」

「這、這……容臣回閣商議。」

崇禎厲聲責問道：「你身居首揆，不敢直言任事，如此尸位素餐，國事安得不壞！再若首鼠兩端，只求自保，定當拿問。起去！」

崇禎厭煩地看著張至發退走，歎口氣說：「這也是不得已的法子，朕心裏沒底，怕做起來有什麼阻礙。」

楊嗣昌躬身道：「若陛下獨斷，那些戚畹、勳舊世受國恩，自然不敢違拗，只是定要找個德隆位尊的人物，他肯出來做個榜樣，其他戚畹、勳舊隨後跟從，此事就好辦了。若領頭的人物選不準，事情容易辦夾生了，到時進退維谷，軍餉籌集不成不說，陛下有損威儀，有累盛德。」

「你看，戚畹中誰可帶頭？」

「戚畹非外臣可比，臣不如皇上清楚。再說臣身居京師沒有幾年，不曾結交一個戚畹、勳舊，其中的瓜葛利害實在不得要領。」

「朕節衣縮食，一個錢不敢亂用，屢減膳食日用，一些皇親國戚竟不知替朕分憂，隨意揮霍！聽說武清侯李國瑞新近擴建了清華園，竟花了十幾萬兩銀子！」說到最後，崇禎露出兇狠的目光。

「臣也聽說了。清華園經此次擴建，佔地方圓十餘里，引萬泉河水入園，前後重湖，一望漾渺，瀕水飛橋，涉溪攀柳，樓臺亭立，假山宛轉，水木清華，風香十里，林泉之勝，無愧都下名園第一，銀子自然少花不了。」楊嗣昌知道皇上的兩位岳丈周奎和田弘遇更爲殷富，但皇上似是已有拿武清侯開刀之意，他不敢節外生枝。

崇禎長歎一聲，半是怨恨半是無奈地說：「武清侯乃是孝定太后的侄孫，算起來朕還要稱他一聲表叔。朕知道新舊皇親中他是最有錢的人家之一，神祖幼時，孝定太后運出內帑不少，李國瑞若帶了頭，其餘眾家皇親才好心服。倘非國庫如洗，萬般無奈，朕也不忍心逼戚畹捐助銀子。」

「臣知道皇上也難……」楊嗣昌眼中一熱，只說了半句，便哽咽難言，再也說不下去了。

「總比太祖創業時容易……」崇禎心裏也是感慨良多，但在臣子面前不好流露，正極力掩飾，忽聽馬元程在簾外稟道：「萬歲爺，坤寧宮掌事太監劉安請見。」

楊嗣昌才告退出去，神色焦急的劉安進了暖閣，哭拜在地，「萬歲爺，皇后娘娘一直痛哭，不肯進膳，任奴婢們百般勸諫，全不理睬，幾個時辰了，娘娘水米未進，可怎麼辦好唉！」

崇禎一心想著籌餉，並未將劉安的話放在心上，他淡然說道：「你到鐘粹宮請太子，到擷芳殿請三皇子並眾皇女去坤寧宮，跪勸進膳。」

半個時辰後，劉安哭著跑了回來，流淚稟告皇后依然不肯進膳。崇禎命他到翊坤宮請袁貴妃來，崇禎將兩件禮物交與袁貴妃，命她去勸解。袁貴妃進了坤寧宮東暖閣，就見周皇后坐在床上哭泣不止，忍不住陪著哭了一會兒，才勸道：「皇上聽說娘娘未用午膳，在乾清宮坐立不安，連文書也無心省覽，想必是追悔莫及，娘娘就看在皇上終日焦勞國事的分上，勉強用些膳食吧！」

周皇后悲泣道：「好妹妹，你不知道我的心多苦，十幾年的夫妻了，眾人眼前，他竟全不顧惜我的臉面，我活著還有什麼意趣？倒不如死了乾淨！我今日明白了歷朝歷代的后妃們，不少是怨憤而死的。錦衣玉食、榮華富貴又如何，還不是過眼雲煙！皇宮中夫妻無情，禍福無常，嗚、嗚……還會有什麼好！不是年老色衰被打入冷宮，就是受人讒害被廢黜幽閉，還有更慘的賞給一杯鴆酒、三尺白綾……」

袁貴妃聽得膽戰心驚，但嘴裏卻勸解道：「娘娘多心了，皇上斷不是那樣的人，咱大明朝自太祖以來，至今傳了十幾代，說句對祖宗大不敬的話，列祖列宗淡泊女色的實在屈指可數，不過太祖、孝宗二人。娘娘但看皇上送來的禮物，就知道了。」她輕輕拍一下手，進來一個宮女和一個太監，那宮女捧著一個黃龍裹袱，太監捧著朱漆食盒。太監小心打開食盒，裏面滿滿地盛著甜食坊秘製的絲窩虎眼糖，那是崇禎最愛吃的甜食，周皇后心中一暖，漸漸止住了抽泣。宮女將黃龍裹袱展開，裏面赫然是一件貂褥，周皇后見了，驚問道：「這也是皇上命送來的？」

袁貴妃道：「是皇上親手交給我的。」

周皇后起身離床，一把抱過貂褥，熱淚又簌簌地滾落下來。袁貴妃吃驚道：「娘娘怎麼又哭了？」

「不是哭，我是歡喜的。妹妹方才說得對，皇上不是無情無義的人。」周皇后緊緊抱了貂褥，臉上已沒有了悲戚之色，「你想必不知道，這是信王府中的舊物，還是、還是我大婚時的陪嫁。那時我身子瘦弱，天氣極是寒冷，我娘託總管高時明帶入這件貂褥給我禦寒……」她臉上飛起一片紅霞，彷彿憧憬著新婚之夜的旖旎，她心底慨歎著，皇上日理萬機，竟還有這等細密如髮的心思，畢竟沒有忘記昔年的夫妻恩情呀！她登時感到自己的不是了，那些委屈消逝得無影無蹤，忙對袁貴妃說：「你回奏皇上，就說我已經遵旨進膳，萬請皇上不要因此煩心。」

黃昏時分，崇禎步出東暖閣，在回乾清宮正殿裏踱步，抬頭望見正殿內向南懸掛的大匾，「敬天法祖」四個大字氣勢雄渾，與皇后爭執的不快頓時消散，御案旁邊的九重博山宣爐正飄著嫋嫋輕煙，他覺得有些餓了，用過晚膳，馬元程見皇上沒說今晚要住在什麼地方，用手招進御膳坊的小太監，小太監按著宮中規矩，捧了一個錦盒跪在崇禎面前，打開盒蓋，露出來一排象牙牌子，每個牌子上刻著一個宮名。崇禎想今夜宿在哪個宮中，就掣出刻有那個宮名的牙牌，太監立刻拿著牙牌去傳知該宮嬪妃梳妝等候。可是他跪了好大一會兒，崇禎卻看著牙牌出神。「揚州瘦馬」，崇禎心頭不由自主地湧出這四個字，他想極力壓下，竟有些徒勞，這四個字總在腦海裏翻騰，如此清麗脫俗的妙人兒竟會是揚州瘦馬？他怎樣也不相信，可皇后的話卻縈繞在耳邊，揮之不去。他暗忖：給曹化淳一道密旨，命他暗中查訪一下，看看田貴妃的出身底細。主意打定，沉吟著掣出承乾宮的牙牌，小太監朝外喊道：「承乾宮田娘娘候駕——」蓋好錦盒，屏息退下。

承乾宮前後兩進的宮院，五間正殿都是雙交四椀菱花槅扇門窗，給高掛的金絲罩絹宮燈映照得一片暈紅。東西兩座配殿懸著崇禎親筆所寫的大匾：貞順齋、明德堂。承乾宮布置得精巧別致，陳設著從揚州採辦的精巧傢俱和新穎什物，靠窗的一張黃花梨大畫案上放著一方唐代箕形青玉硯，硯旁放著大半截御墨，上有「德澤萬方」四個描金篆字，「方」字已磨去大半。永樂年製的剔紅嵌玉筆筒裏放著各色的湖筆，一幅素馨貢箋上畫著一樹桃花，山下桃林深處隱隱露出一角草屋，上題「依舊笑春風」五個王體小字，給龍紋玉壓尺壓著。崇禎知道畫的是唐人崔護的故事，大有尋芳已遲之意。端詳片刻，頗有感觸，問道：「愛妃所學甚博，琴棋書畫皆臻精妙，都是何人所傳授？」

「是臣妾在揚州時學的，那時年紀尚幼，書畫妙諦參悟不深，教者又不講解，只教臨名帖摹畫譜，無趣得很！」

「在揚州學的？」崇禎心頭一陣痛楚，「請了幾個師傅？」

「只有一個。」

「那人自然也如愛妃這般多才多藝了。」崇禎越發起了疑心。

田貴妃沒有察覺，笑道：「那時自然了，不然怎麼教臣妾？」

「朕倒想見識見識你師傅。」

「好啊！」田貴妃拍手道：「臣妾也想見見母親了。」

「你師傅竟是……」崇禎一驚，妓女都稱老鴇為母，自己的妃子難道當眞出身青樓？他不敢再追問下去，生恐當面揭穿了，顏面掃地，不知道如何應付。

「皇上什麼時候傳旨？」田貴妃實在有些喜出望外，按照宮裏的規矩，后妃是不能隨便與家人見面的，哪怕是生身之母，也是如此，沒有諭旨不能入宮。

崇禎忍住不悅，敷衍道：「等天氣暖和諧再說吧！」

田貴妃見他臉色有些沉鬱，問道：「皇上怎麼又煩惱起來，難道是臣妾說錯了話？」

「不、不是……」崇禎擺手道：「朕是為帑藏空虛，籌餉不易煩心，打算向戚畹借助。」

「戚畹世受國恩，自該捐銀輸餉。」

崇禎幾乎要說：「你去勸導田弘遇，捐幾萬兩銀子。」話到嘴邊卻改口道：「朕有意先要武清侯捐助。」

「他要不捐助怎麼辦？」

崇禎冷哼一聲：「押入詔獄，看他出不出銀子！」

田妃勸阻說：「下獄怕不是辦法，未必能逼他出銀子。李國瑞年紀不小了，萬一哟一個三長兩短的，一則皇上的臉面不好看，二則也對不起孝定太后。」

崇禎恨聲道：「那是他自找的，朕顧不了許多。此事萬不能虎頭蛇尾，必要把李國瑞制服才行。不然，以後諸事都難辦了。」他一向不許后妃們過問國事，連打聽也不許，田貴妃說得雖有幾分道理，但卻犯了他心中的大忌。田貴妃擔心皇上逼令李國瑞借助只是頭一步棋，後面還有第二步、第三步……此例一開，戚畹家家都將隨著拿出銀子，父親田弘遇自然不能倖免，若父親依仗自己在宮中的恩寵抗旨或命自己向皇上求情，此事就十分棘手了，她鼓足勇氣說道：「皇上走的可是一步險棋，拿李國瑞開刀，眾戚畹勢必人人自危，各家貧富不一，認捐的銀子因而有異，勢必造成不公，不但京師的戚畹相互觀望、攀比，就是京師以外的藩王怕也心驚肉跳，大夥兒心裏記恨著皇上　」

「你是在替他們說情麼？后妃不得干政是朕定下的規矩，你好大膽！」崇禎拂袖而去，田貴妃怔怔地好久緩不過神來。她悔恨激怒了皇上，盼著皇上能消消氣轉回承乾宮。她耐心地等著，過了大半個時辰，王瑞芬急急地進來啓奏說御前太監馬公公前來傳旨，隨即聽見馬元程在院中扯著嗓子高聲叫道：「田娘娘接旨——」她趕忙整好冠服小跑著出來，跪在階下恭聽宣旨。一個小太監高挑著料絲燈籠，馬元程展開聖旨誦讀道：「皇上有旨：田妃恃寵，不自約束，妄議國政，袒護戚畹。姑念其平日尚無大過，不予嚴懲，著即貶居啓祥宮，痛自省愆。不奉聖旨，不准擅出啓祥宮門！五皇子年紀尚幼，皇上恩准帶往啓祥宮，其餘二皇子、四皇子均留承乾宮，不得擅隨。欽此！謝恩吶！」

「謝恩！」田妃彷彿一悶棍打在頭上，臉色慘白，身子一陣陣戰慄，緩緩地叩下頭去，若不是王瑞芬等人攙扶著，幾乎癱軟在地，站不起來了。啓祥宮是座冷宮，神宗皇帝因乾清宮、坤寧宮毀於大火，曾移居此處數年，此後近三十年再無人居住過，只有幾個太監宮女定時灑掃，殿宇年久失修，多處朽壞，寒如冰窖，與承乾宮不可同日而語，漫漫長夜如何度過，田貴妃不敢想下去，暗自幽怨道：皇上好狠的心！

王瑞芬替她取掉鳳冠，流淚道：「奴婢不能隨去啓祥宮伺候，這就去替您收拾東西。娘娘千萬要想開些，二皇子、四皇子還等著您出來呢！」

田貴妃拉著王瑞芬的手，慘然說道：「出頭之日？唉，我出了這承乾宮，眞不知道以後有沒有再回來的日子。二皇子、四皇子就交給你了，費心好生照顧他們，沒娘的孩子可憐吶！」

「娘娘放心，伺候兩位皇子本是奴婢分內事，不消娘娘囑咐。」王瑞芬取了一幅青紗首帕，替田貴妃蒙在頭上。奶子抱著睡熟的五皇子，一個小宮女提著包袱隨行，田貴妃辭別承乾宮的眾太監、宮女，連夜遷往啓祥宮。剛剛飄落的積雪，踩上去猶如棉絮一般柔軟，但走不多幾步，田貴妃便覺腳凍得冰涼。出了承乾門一箭之地，回望飛雪中的承乾宮，她忍不住以袖掩面，小聲抽泣起來。

第七回
籌糧餉嚴旨斂私產 保錢財設計過難關

「哈哈哈」田弘遇大笑幾聲，搖頭道：「你還沒明白我的意思，拆了賣是不值錢，可這座園子是孝定太后敕修的，給皇上逼得拆了變賣捐銀，如何對得起孝定太后？也有損皇上聖德。朝野物議勢必同情於你，皇上自然難以招架，事情就有轉機了。你若心疼不願拆，想著整個園子出手，這節骨眼兒上，誰敢買你的？不是有意向皇上交明家底麼！誰願做這等顯山露水的傻事，家裏的銀子使不完麼！」

東廠提督太監曹化淳進了乾清宮東暖閣，他雖不知道皇上為什麼宣召，但猜想必定有機密之事。崇禎不等他跪拜完畢，劈頭就問：「武清侯李國瑞到底有多少家財？」東廠平日就是形跡可疑的平頭百姓都多加偵察，何況是與皇家數代淵源的戚畹，他們的陰私事知道得自然更多。曹化淳掐指算了一會兒，說道：「他父輩留下的家產估計有四十萬銀子，他庶兄李國臣所得不足十萬兩，餘下的三十餘萬兩都給他仗勢鯨吞了。他修葺清華園雖花了幾萬兩，可他生性慳吝，不肯揮霍亂花，家財當不少於二十萬兩。」

「你到清華園傳朕口諭，要李國瑞拿出十萬兩銀子充餉。」

「奴婢這就去辦。」曹化淳告退轉身，崇禎從袖中摸出一道密旨，命道：「這道密旨朕沒用寶，只在上面畫了御字花押，此事萬分機密，不可教第二個人知曉。」

崇禎親筆書寫的御字花押乃是機密大事才用的信符，一般朝臣難以見到，曹化淳見了花押，自然明白其中的分量，他小心地貼身藏入懷中。往清華園的路上，他想自己的職責本是偵緝捉人，卻突然受命去傳口諭，乾清宮中的太監極多，何必要破例用東廠提督出馬，皇上如此隆重其事，看來是意在必得了。

武清侯李國瑞聽說曹化淳來了，嚇得急忙迎出來，東廠可比不得其他衙門，俗話說破家縣令、滅門刺史，東廠更是厲害了不知多少倍，如今孝定太后故去了幾十年了，沒有幾個人記著她的威風了，何況自己不過一個侄孫，李家的權勢今非昔比了，哪裏敢大端著架子，動輒以戚畹自居，他快步出來，老遠打躬道：「什麼風能把督主爺送到敝宅？敝宅多少年沒見過督主爺這般的貴客了，蓬蓽生輝呀！快快請進來！」

曹化淳似熱實冷地說道：「老皇親忒客套了！這是京師有名的園子，能進來開開眼的有幾人？咱還是頭一次來呢！可不要嫌咱骯髒了你的園子。」

「督主爺說得哪裏話？小老兒就是想請還怕請不來督主爺呢！」李國瑞滿臉堆笑地將曹化淳讓到湖心小島上的挹海堂，曹化淳不急著落座，卻扯著嗓子道：「武清侯聽旨——」

李國瑞急忙跪在紅氈上，卻聽曹化淳道：「皇上有旨，著武清侯捐銀十萬兩，不得違拗。」

李國瑞始而面色慘白，隨即滿頭熱汗，頓足叫罵道：「這是哪個挨千刀的向皇上進了讒言，我哪裏有這許多銀子，不是要我的老命麼！」

曹化淳沉下臉來，冷笑道：「聽說孝定太后時，賞賜武清侯府金銀財寶無數，宮裏的內帑大半進了李家，誰不知道武清侯富可敵國，清華園聞名天下，你哭得什麼窮？有錢整治園子，卻沒錢捐銀輸餉，咱就這麼回去交旨吧！」起身便走。

李國瑞上前一把死死拉住道：「剛才小老兒一時激憤，言語不周，其實並無半點不敬督爺之處，督爺千萬海涵。」說著將曹化淳引到後堂坐了，取出一張銀票遞上，賠笑道：「這大冷的天，督爺辛苦，買杯燒酒暖暖身子。」

曹化淳冷眼一瞥，見是三千兩銀子，袖著手端坐不動，暗罵道：知道大冷的天兒，還如此不識相，只拿著幾兩銀子打發咱，也太瞧咱不起了，咱豈缺你那點兒銀子？阻止道：「皇上國法無私，老皇親的厚禮不敢拜領！」

「這、這……」李國瑞一時語塞，給也不是不給也不是，神情甚是尷尬。

曹化淳哈哈一笑，說道：「咱喝酒向來用不著花銀子，到哪家府上討幾杯吃都容易，你還是收起來吧！」

李國瑞才明白他想多詐些銀子，將銀票強塞入他手中，又掀起堂中的一幅立軸，後面現出一道暗門，止不住地心疼道：「曹公公，這是小老兒的密室，祖上傳下來的珠寶等物都在這裏，你瞧著什麼好玩的物事，儘管拿好了。我知道公公是內書堂的高才，品性高雅，非一般人物可比，這些寶物能入公公青眼，也不致埋沒了。」

曹化淳跟他走進密室，就見裏面堆滿了珠寶珍玩，瞧得眼也花了，每件東西都是自己生平沒見過的，只覺什麼都是好的，不知拿哪一件才是，但想到拿的東西太多，未免扎眼，皇上怪罪下來不好搪塞，只揀了幾件古人書畫和一個漢玉扇墜，便住了手。李國瑞依稀記得孝定太后時武清侯府的風光，自從萬曆皇帝駕崩以後，李家的權勢一落千丈，他雖沒想著恢復祖業，但深知若要守著祖業平安過活，沒有強硬的靠山不行。曹化淳曾與崇禎朝夕在一起，是皇上身邊的大紅人，只要他能在御前替自己說幾句好話，捐銀的事說不定就會煙消雲散。只要將他好好籠絡住了，日後辦起事來自然事半功倍，受益無窮。李國瑞存了此心，自然不會放過巴結的良機，又拿起一個鏤花羊脂白玉瓶道：「這是漢代和闐產的美玉雕成，據說藏在未央宮裏，趙飛燕時常把玩，公公聞聞，還留有淡淡的香氣呢！」

趙飛燕是漢成帝劉驁最寵幸的皇后，姿容豔麗，秀美絕倫，實是百年難見的尤物，曹化淳心猿意馬地放入袖筒中，摩挲良久，歎口氣道：「侯爺，自古拿人錢財與人消災，咱沒那個本事，皇上是少見的英主，乾綱獨斷，誰也勸阻不了，這事你怕是非破些財不可了。」

「請公公指條明路。」

「還是那句話，咱要是不收你的銀子，你說咱不幫忙。咱收了銀子，其實也幫不上大忙。你多跑跑周府和田府吧！硬拖著可不是法子，皇上那裏咱替你好生回話。」

「多謝公公指點。」李國瑞千恩萬謝著送曹化淳出了門，回來即刻召集門客商議，準備禮物拜見國丈周奎、田弘遇，誰知那周奎性極貪吝，收了禮品，卻含糊著說不出子丑寅卯。李國瑞心下懊惱，白白使了銀子，沒有討半點主意，無精打采地來到鐵獅子胡同的田府，門前一對碩大的鐵獅子，張牙舞爪，威風十足。李國瑞請門子通稟，不多時，一個管家模樣的人出來接了，直入書房。李國瑞初次來田府，田弘遇總共也沒見過幾面，每次也是遠遠的，從未有當面交言的機會，心裏惴惴著，想到在周奎府上的冷遇，暗自愁悶，不知道再給他拒絕了，還能有誰幫得上忙。

田弘遇白面微鬚，頤養得十分精細，四十多歲的年紀，鬚髮墨染似的沒有一絲雜色，他看過大紅禮單，笑著招呼李國瑞落座，說道：「教老皇親破費了。」

「豈敢，此許微意，國丈能夠笑納，實在喜出望外。」李國瑞打量著田弘遇，暗忖道：京師都說他跋扈弄權，目中無人，誰想卻如此平和易處，全沒有頤指氣使的樣子。李國瑞哪裏想到，田弘遇因女兒遷居啓祥宮，一直焦急不安，哪裏還有抖威風的心思，自然沒了往日的驕橫。再說田弘遇性喜豪俠，交遊甚廣，結識的人物三教九流無所不包，待人接物遠勝周奎許多，不似周奎那般不知掩飾。

田弘遇命人上了香茗，慢慢吃著茶說：「我到京師不久，這幾年一直忙著找安腳的地方，與老皇親疏於交往，老皇親如此客套，如何敢當？」

李國瑞並不拐彎抹角兒，起身常揖道：「專請國丈搭救。」

田弘遇耳目靈通，早已知道了皇上命他捐助餉銀之事，卻故作吃驚道：「我能幫上什麼忙？」

李國瑞苦著臉說：「求國丈代爲叩請皇上，消減此認捐的銀子，我實在拿不出那麼多。」

田弘遇明白他意在請女兒求情，不用說眼下女兒受罰失寵，就是在往日，女兒也常常命人傳話，勸誡父兄必要收斂，切勿誇耀張揚，不肯在皇上面前討要什麼，但以女兒的變故推脫未免臉上尷尬，若不推脫，又是有心無力，他躊躇片刻，才道：「你該找嘉定伯想想法子。」

「我去過周府了，求了半晌，他全不吐口，沒有幫忙的意思。」

田弘遇從來瞧不起周奎，論才幹他相距甚遠，不過憑藉女兒的皇后之尊，封了個嘉定伯，自己卻只得了左都督的位子，私下裏一直與他暗中較勁兒，聽到周奎漠不關心，正好可借此機會拉攏人，戚畹捐銀波及面廣，皇親勳臣勢必觀望，若能幫大夥兒平安度過此劫，戚晼之中長幾分威信不說，看周奎還有什麼臉面以皇親老大自居？再說皇上也太無情了，將自己一個如花似玉的女兒打入冷宮，這口怨氣也要趁機出一出。想到這些念頭，田弘遇豪氣頓生，對李國瑞道：「皇上諸事獨斷，求他反而會引他生疑，那樣就適得其反了。皇上自幼喪母，極重人情，最看不得旁人難過，要想使皇上改變主意，只有想法打動他。我有個主意，不知你肯不肯用？」

「只要能少出銀子就行。」李國瑞本以為他無意幫忙，正覺失望，聽他如此說，彷彿抓住了一根救命稻草，忙不迭地點頭應允。

「聽說你剛剛修葺了園子？」

「不錯。」

「那座園子名震京師，是該好生修修，只是這園子太有名了，免不了遭人議論呀！俗話說：匹夫無罪，懷璧其罪。樹大招風，難怪皇上先拿你開刀了。」

「……」李國瑞一時頭暈腦脹，惘然地看著他，不知如何是好，想到這份祖業傳到自己手裏，惹得天下人眼熱，兒子竟無力守護，心中不由有些淒然。

田弘遇見李國瑞發呆，輕咳一聲，緩聲說道：「我的主意其實就三個字……」然後停下不說，兩眼盯著他。

「哪、哪三個字？」李國瑞給他盯得一陣心虛，心道：不會是「送給我」三字吧！

「拆了賣！」

「這……那能值幾兩銀子？還不如整個賣呢！」李國瑞大惑不解，心下頗不以爲然。

「哈哈哈……」田弘遇大笑幾聲，搖頭道：「你還沒明白我的意思，拆了賣是不值錢，可這座園子是孝定太后敕修的，給皇上逼得拆了變賣捐銀，如何對得起孝定太后？也有損皇上聖德。朝野物議勢必同情於你，皇上自然難以招架，事情就有轉機了。你若心疼不願拆，想著整個園子出手，這節骨眼兒上，誰敢買你的？不是有意向皇上交明家底麼！誰願做這等顯山露水的傻事，家裏的銀子使不完麼！」

「是，是，是！我這就回去拆園子，將那些磚瓦木料運到大明門前去賣，專揀人多熱鬧的地方。」李國瑞神情有些怨毒。

次日，曹化淳回宮奏稟說：「奴婢到武清侯府傳旨，李國瑞對奴婢訴了許多苦，連年災荒，各處莊子都沒有收成，在畿輔的幾處莊子前年給滿兵焚掠淨盡，他又剛修葺了園子，一時拿不出這麼多銀子，請萬歲爺寬限幾天，容他籌措。」

「嗯！只要他肯出就好，但不可耽擱太久，軍中等得急呀！朕知道今日迫在燃眉，向幾家戚畹借助可解一時之急，但終非長久之策。」崇禎輕喟一聲，「若非萬不得已，朕何忍向戚畹借助？」

曹化淳附和道：「萬歲爺說的是。若李國瑞一時確實拿不出十萬兩銀子，怎麼辦？」

崇禎反問道：「你說該怎麼辦？」

曹化淳試探道：「萬歲爺可否格外降恩，叫他少出一點，以示體恤，也好使這件事早日了結，以免成了僵局 」

「哼，成了僵局？他是孝定太后的侄孫，非一般外臣可比，若帶頭抗旨，朕絕不給他留情面，必要從重處罰！」過了一陣，崇禎冷笑道：「小淳子，李國瑞不會教你空手而回吧！」

曹化淳大驚失色，俯伏在地，連連叩頭道：「奴婢清謹守法，從不敢稍有苟且。武清侯捐銀是萬歲爺盯著要辦的大事，奴婢多大的膽子，絕不敢有半點兒徇私。」

崇禎掃了他一眼，徐徐說道：「有人上了密摺，奏你假借東廠權勢，受賄不少，京師人言藉藉，你要小心，若有什麼眞贓實據，給人抓住把柄，朕也護不得你！」

「萬歲爺爺明鑒，奴婢實在冤枉！」曹化淳連叩了幾個頭，背上浸出冷汗。

「起來吧！你到底是朕看著發達起來的，也壞不到哪裏去！但不管有什麼事，切不可背著朕胡來！」崇禎語氣一緩，撫慰道：「朕固然不疑心你，不過你以後須格外小心，不可造次。」

曹化淳流淚道：「奴婢死也不敢做一點苟且之事。」

「昨夜武清侯府有什麼動靜？」

曹化淳聽他轉了話題，知道皇上不會再追究下去，穩住心神，起身垂手稟道：「李國瑞本人不敢出頭露面，卻暗中同他的親信門客、心腹家人不斷密議，也不斷派人暗中找幾家來往素密的皇親、勳舊密商辦法。他一個人躲在書房裏，晚飯也是在書房吃的，一夜沒出書房，總在歎氣流淚，徘徊了大半夜，才和衣歇了。」

「商議什麼辦法？」

「無非是如何請大家向皇爺訴苦求情。」

「哪幾家皇親同李家來往最密？」

李國瑞是孝定太后的侄孫，世襲侯爵，在當今戚畹中根基最深，與各家皇親都有密切交往，曹化淳不敢細說，只含糊其辭道：「不只一兩家。」

「他派人出入了哪家皇親？」

「這……」

「直說無妨，不須避諱。」

「先去了嘉定伯府，又去了冉駙馬府。」

嘉定伯是皇后的父親周奎，冉駙馬是萬曆皇帝的女婿、駙馬都尉冉興讓，都是崇禎的長輩，崇禎冷笑道：「朕看他倆誰敢替武清侯求情？」

「京城戚畹盤根錯節，奴婢最擔心他們兔死狐悲，合起夥兒來暗中與萬歲爺較勁兒。」

「京師有什麼說法？」

曹化淳不敢隱瞞，說道：「戚畹們多有怨言，都說封在太原的晉王、西安的秦王、衛輝的潞王、開封的周王、洛陽的福王、成都的蜀王、武昌的楚王等宗室親王，藩地廣大，富可敵國，每家的銀子堆積如山，像濟南的德王給清兵擄去一百多萬兩銀子，為什麼不讓他們幫助軍餉？有三四家拿出銀子，一年的軍餉就夠了，況且離潼關比京師近得多，搬運也方便。

放著那些親王不借助，卻在幾家皇親頭上動心眼，豈非捨近求遠？皇上到底偏心同姓人，實在教人難以心服！」

崇禎聽了這些話，確實不無道理，辯解說：「藩王散在四處，若要傳旨借助，費時太多，不如在京師就地解決方便。」

曹化淳思想著還有什麼傳言稟告，卻聽馬元程在外面喊道：「秉筆太監王之心求見。」

曹化淳心中一怔，暗想必是出了什麼大事，不然他不會隔著自己這層入宮密奏。

隨著崇禎一聲：「宣進來。」王之心喘著粗氣，跪拜進來稟道：「武清侯在大明門外賣家產呢！」

「什麼？」崇禎的火氣一下子到了頭頂，武清侯分明是存心叫陣了。

「他拆了清華園，將園子的磚瓦木料還有衣服、首飾、字畫一應物件搬運出來，擺得滿街滿巷。」

崇禎怒喝道：「走，瞧瞧去！朕倒要看看他那些東西值幾兩銀子。」

正陽門北側，大明門外，橫亙著一條縱橫如棋盤的街坊，俗稱棋盤街，此處是京師最爲繁華的地方，商賈雲集，摩肩接踵，整日喧囂，熱鬧非凡。由於大明門至承天門、午門屬皇宮禁地，有與天安門連接在一起的中心御道「千步廊」，兩側左文右武對列著宗人府、吏部、戶部、禮部、兵部、工部、欽天監、五軍都督府、太常寺、錦衣衛等衙署；東、西兩城交通往來，均須繞道棋盤接通過，此地是京師官民最爲聚集之處。崇禎微服出宮，扮作一個商人的模樣，曹化淳帶著十幾個番子若即若離地跟隨左右，遠遠地望見三闕高聳的大明門，飛簷崇脊，大明門前圍滿了人，門前一左一右的兩個大石獅子和下馬石碑都給擋住了。崇禎望望大明門上的聯語：「日月光天德，山河壯帝居」，知道出自永樂朝大學士解縉之手，不禁生出許多感慨，當年成祖遷都北京，大明是何等的興盛，如今卻落得戚畹拆屋毀府　他暗自歎息著擠入人群，大明門下玉石欄杆四周擺滿了粗細傢俱、衣服、首飾、字畫、古玩、磚、瓦、木、石、獸脊，迤邐有半里地長，許多物件上都貼了小紙籤，標價出售，一張紫檀月洞式門罩架子床上貼著大紅的啓事：「本宅因欽限借助，需款火急；各物賤賣，欲購從速！」幾十個家奴守在四處，看熱鬧的人絡繹不絕，好像趕廟會一般。崇禎看見一幅書卷，或行或草，一氣呵成，剛柔頓挫，瀟灑自然，仔細看了落款，原來是元人鮮于樞所書《進學解》，上面沒有標價，正要問明，卻聽一聲暴叫：「那老頭不要亂動！」循聲望去，一個豪奴朝著一位老者喝喊，那老者正吃力地拿起一尊鏽色斑駁的龍紋商鼎，遭他喝止，愕然道：「這等古物，不上手細看，怎敢買入？可是八百兩銀子呢！」

「哼哼……八百兩銀子就想買商鼎麼？實在笑話！」豪奴不住冷笑。

「上頭標的可是八百兩呀！」

「標的銀價算不得數。」

「你到底想賣多少？」

「多少都不賣。」

「那擺出來做什麼？」

「看唄！給當今皇上看看，我家老爺實在沒別的法子，可是賣祖產、拆房子了。」

「換銀子？你們不賣怎麼換銀子！」

「換不換銀子，也用不著你來費心，快走，快走！囉嗦什麼！」豪奴上前推搡幾下，幾個有心想買的見了此種情形，紛紛放下手中的東西離去。圍觀的眾人悄聲議論，有的說武清侯不過是裝裝樣子，向皇上哭窮。有的說武清侯這條苦肉計眞不要臉，看著拆房子似是慷慨解囊，其實一毛不拔，想以此打動皇上，堵住皇上的嘴。有的說豈止是堵住皇上的嘴，其實是向皇上撒潑耍賴，陷皇上於尷尬境地……崇禎聽得心裏極不是滋味，轉身擠出人群，低聲命曹化淳道：「將李國瑞拿到詔獄，好生追繳銀子。十萬兩他不是哭窮不願拿嗎，這回要他拿二十萬兩，少一兩也不行！」

李國瑞過慣了錦衣玉食的日子，北鎮撫司監獄哪裏待得住？儘管曹化淳吩咐沒有用刑逼問，吃住上也不難爲他，但與在清華園中優遊享樂，實有雲泥之別。他命人備了厚禮央求田弘遇幫忙，田弘遇很是爲難，但與周奎明爭暗鬥多年，不甘心居於其下，最擔心別人只看周奎眼色，瞧不著自己。女兒的失寵反而激起了田弘遇的意氣，他定要幫李國瑞這個忙，以便樹立自己在戚畹中的地位，在勢頭上壓過周奎。他在床上輾轉了一夜，想不出什麼好法子，打算還是問問女兒有什麼主意。

田貴妃與五皇子遷居啓祥宮後，頓時倍覺冷落，身邊的太監宮女多是其他宮裏淘汰不用的，她有工夫每日逗弄五皇子，日子過得倒也安逸。接到父親田弘遇求在皇上面前替李國瑞說話的懇請，田貴妃心裏暗自埋怨，即便是父親不知道崇禎最厭惡后妃們過問外事，也該知道女兒在宮裏的境況，女兒都自身難保了，你竟還這麼多事，操這般的閒心！想到這裏，她心中一陣酸楚，連眼圈兒也紅了。愁悶著坐了好久，心中十分爲難，卻不願斷然拒絕，畢竟是自己的生身之父，何況又多年不見了。明朝宮廷的家法極嚴，沒有后妃省親的制度。田貴妃只聽說自入宮以後，父母在東城買了一所宅院，府第宏敞，門前立起一對碩大的鐵獅子，京城士民因此而改稱此處爲鐵獅子胡同，但她一次也沒見過，甚至家中派人送東西進宮也只能到東華門內，再由太監宮女轉交。她看著父親送進來的幾樣東西，每樣東西都用錦匣裝著，匣上貼著紅色灑金箋，分上下兩行寫著「承乾宮貴妃娘娘賞玩」，「臣田弘遇叩首恭進」，打開錦匣，一卷堅潔如玉、細薄光潤的澄心堂紙，三大冊北宋初拓《淳化秘法閣帖》，一串五彩絲線串就的鳳眼菩提念珠，確實都是珍貴罕見之物。這澄心堂紙是南唐李後主時所造的名貴紙張，到南宋時已很難得，經過七百年，越發成了珍品，宮中已無收藏，不料父親卻有辦法找到一卷送來。《淳化秘法閣帖》乃是法書叢帖之祖，收漢至唐名家一百零三人、名帖四百二十通，篆、隸、楷、行、草等諸種書體具備，成於宋太宗淳化年間。《淳化閣帖》在宮中不算稀罕，但是用「澄心堂紙」、「李廷珪墨」精印的北宋初拓本卻沒有收藏。田貴妃翻看了扉頁上幾方朱文的印章和最後一頁北宋人的墨書題跋，收藏者依次爲南宋宰相王淮、賈似道，元人趙孟頫，可算流傳有緒。她長年臨摹古帖，一直苦於見不到名貴拓本，晉人書法的風韻筆致無從領會，得了這北宋拓本，登時珍若拱璧，雙手小心地摩挲把玩，愛不釋手。那一串念珠是一百單八顆鳳眼菩提子用金線穿成，最下邊一粒大如鴿蛋，幽幽地閃爍著褐色光澤，兩邊依次略小，每粒上面都有一隻細長的圖形，圖形中間有個圓圈，似是鳳凰涅槃後剛剛張開的眼睛。據送來的家人說此念珠是印度古佛的遺物，可修一切法門。田貴妃本是極聰穎有慧根的人，謫居啓祥宮後，夜來獨坐，聽著朔風吹蕩，想著四時更迭。人生寄一世，奄忽若飆塵；浩浩陰陽移，年命如朝露；古詩中吟詠的人生苦悶、厭世訪道之情，令她頗有同感，《金剛經》中「一切有爲法，如夢幻泡影，如露亦如電，應作如是觀」，更是人生如夢，禍福無常。她常常閉目冥想，遐思神遊，甚至焚香趺坐，默誦佛經。如今忽然得到這串鳳眼菩提念珠，眞是機緣巧合，令人喜出望外。

她看著這三件合心的寶物，良久才從得寶的喜悅之中靜下心來，感到此事很是棘手，甚至無從下手。她手持念珠，焚香趺坐，始終進入不了物我兩忘的澄明境界，一陣北風迅猛吹來，隱隱約約聽到一陣陣鐘磬之聲。她睜開眼睛朝外問道：「哪裏來的鐘磬聲？」

一個年長的宮女進來稟道：「娘娘，今天是九蓮菩薩的誕辰日，英華殿的奉祀太監和都人們在爲九蓮菩薩上供。」

田貴妃掐指算了算，點頭道：「果然是她老人家的生日！」九蓮菩薩是萬曆皇帝爲生母聖慈孝定李太后上的尊號，李太后生前在英華殿吃齋禮佛多年，常坐寶座上刻有九朵蓮花。殿內設佛龕七座，供西番佛像。殿前出月臺，臺上設香爐一座。台前與英華門相接的高臺甬路兩側各有一株高大的菩提樹，是李太后親手所植，冠蓋巍峨，丫杈蔥蘢。自李太后移居英華殿後，每年萬壽節、元旦都在此做佛事，事畢之日有人扮作佛陀，懷抱金杵，面北而立，其餘僧眾奏諸般樂器，讚唱經文，當晚設五方佛會。如今的英華殿內供奉著李太后的御容，殿後另建一小殿，供奉她的塑像，身穿袈裟，彩繪貼金，趺坐九蓮寶座，四時祭奠，一如佛事。田貴妃聽崇禎說起幼年曾親見她在英華殿虔誠禮佛，追憶著她的音容笑貌，不禁暗暗歎息道：「她老人家若還活著，我就不會如此作難了。」正在胡思亂想，一陣咚咚的腳步聲，她不由抿嘴笑了，剛剛起身站起來，慈煥張著兩隻小手，撲到她懷裏，叫嚷道：「皇娘，聽說英華殿裏好熱鬧，快帶孩兒看看去吧！這幾天兩個哥哥也不來找孩兒玩，好生憋悶！」

她心頭一陣淒苦，不敢對兒子明說沒有聖旨不准離開啓祥宮，抱了慈煥，摸摸他的臉蛋說：「小孩子不准看的，天這般冷，你好生在屋裏玩，不要到處亂跑。」

慈煥小臉一揚，頗不服氣地反問道：「皇娘，孩兒是皇子，不是小孩子，誰敢不准孩兒去看？」

「是你父皇……」田貴妃幾乎脫口而出，但看著兒子嬌嫩的模樣，想到他畢竟年紀尚幼，自己謫居的事情不必教他知道，哄勸說：「沒有人不准你去，是、是……你知不知道，那裏曾住過一個老奶奶，雪白的頭髮，滿臉的皺紋，長長的指甲，她不願意小孩子過去吵鬧。」

慈煥驚恐地看看身後，一下子緊緊抱住她，將小腦袋深深埋在她懷裏，斷斷續續道：「那、那孩兒不去就是，老、老奶奶也不要來……」

田貴妃摟住慈煥，說道：「娘給你講講英華殿的故事，與你去看也是一樣的。」

慈煥好奇地問：「那老奶奶是什麼人？」

「說來話長了，她是你父皇的老奶奶，年輕時可是個美人呢！」

「她、她有皇娘這麼美嗎？」慈煥的恐懼之情頓減。

「娘也沒見過她，只見過她的畫像。」

「那皇娘怎知道她雪白的頭髮，滿臉的皺紋，長長的指甲，像個吃人的老妖怪？」

「是聽別人說起過，有一回做夢夢見了，也不知是眞是假？」田貴妃看著兒子狐疑的眼光，摸了摸他冰冷的額頭，驀然想起一個計謀，便笑著說道：「煥兒，你怕不怕夢到老奶奶？」

「怕、怕……」

「那老奶奶有個侄孫，就是武清侯李國瑞，被你父皇下了詔獄，老奶奶不喜歡父皇這麼做，到夜裏勢必要來找你，你可向父皇求情，就不會做噩夢了。」

「怎、怎麼求情？」

田貴妃一把摟住慈煥道：「你不應說別的，見了父皇，只說皇上待戚畹、勳舊太薄，孩兒天天做噩夢，給鬼魂纏住了，若父皇不慈悲，我們幾個兄弟都性命難保。」

「這、這是什麼話？孩兒記不住呀！」

「你好生記牢了，不然老奶奶夜裏來找你，皇娘也幫不了你。」田貴妃又哄又嚇，慈煥終於將幾句話記牢了。

慈煥受了驚嚇，連夜發起高燒，渾身火一般燙手，田貴妃急忙命太醫進宮診治，用了一劑桂枝二陳湯，燒漸漸退了下來，但依然昏睡不醒，捱到天亮，又用了一劑，卻無動靜，到了傍晚，慈煥仍未醒來，整整一天水米未沾牙，田貴妃慌了，急忙派人稟明皇上。這幾個孩子之中，崇禎以爲慈煥最像自己，因此也最喜歡他，聽說他昏睡了一日，急忙趕過來，見田貴妃守在床頭，不住地撫摸著他的額頭，急聲問道：「煥兒怎樣了？」

「還是有些發燙。」田貴妃紅了眼圈兒，拉著慈煥的小手兒說：「煥兒快醒醒，你父皇看你來了。」

慈煥似乎動了動眼皮，卻未能睜開眼睛，崇禎俯下身，伸手摸入他的後背，乾熱無汗，問太醫道：「病情如何？」

「似是受了驚嚇而引起虛熱。」

「是驚厥之症？」崇禎轉身疑惑地看著田貴妃，田貴妃心裏有些慌亂，避開他的目光，低聲說：「煥兒夜裏有些神志不清，不時驚恐尖叫，像是做了什麼噩夢。」

崇禎坐到床頭，摸著兒子發燙的小臉，搖搖他的胳膊，輕聲呼叫道：「煥兒，朕看你來了，有什麼事儘管說出來，不要怕。」

慈煥忽地掙扎幾下，兩腿亂蹬亂踢，嘴裏呵呵有聲，「走開，走開！」崇禎一怔，隨即明白孩子給噩夢纏繞著，兀自未醒，急忙抱起他來，喊道：「煥兒，煥兒，父皇在此，快醒醒！」

慈煥終於醒了，通身大汗，看見眾人，驚魂方定，田貴妃上前問道：「煥兒，你夢見了什麼？大喊大叫的，好生嚇人。」

慈煥臉上驀然現出驚懼之色，俯在崇禎的肩頭哇哇大哭起來，崇禎等他哭聲小了，才說道：「不要怕，講出來給父皇聽聽。」

「白、白頭髮……」

「什麼白頭髮？」

「老、老婆婆……」慈煥將頭深深埋入崇禎懷中。崇禎坐在床邊，將慈煥放在腿上，接過絲巾給他擦了淚水，撫慰道：「別怕，有父皇在此！」

慈煥神情漸漸安定下來，抽咽著回答說：「一個、個白髮、發老婆婆，伸出長、長長的指甲，要抓、抓孩兒。孩兒踢她咬她，卻踢不到咬不到，嗚嗚……她、她還咒孩兒……」

「她說什麼？」

「她自稱叫什麼九蓮聖母，說父皇待外戚甚薄，將會斷子絕孫。」

「怎麼會是她老人家？」崇禎臉色大變，「她還說什麼？」

「她還要過來抓孩兒，給父皇驚醒了。父皇，你知道這個老妖怪？」

「不得放肆！她老人家是父皇的高祖母孝定太后。」崇禎默然將慈煥放下，站起身來，問田貴妃道：「朕眞的做過火了？不然，她老人家怎麼會發怒咒自己的子孫？」

田貴妃見崇禎起疑，知道計策將成，故作平淡道：「他一個小孩子，又在病中，難免胡言亂語，不足爲憑。」

崇禎搖頭道：「不會，不會！就是朕也沒見過孝定太后的尊容，煥兒偏偏夢到她老人家，當眞奇怪的緊！必是她老人家在天有靈，看不慣朕用霹靂手段對付武清侯，才附體到煥兒身上，借煥兒之口告誡朕。」

「皇上的意思……」田貴妃本想追問，話一出口，又覺有干政之嫌，急忙住口。

「朕想放過李國瑞，他畢竟是朕的表叔，逼他鬧出什麼好歹，朕臉上也不好看。」崇禎歎了口氣，「他願意出多少就是多少吧！籌措糧餉，朕再想別的法子。」

「臣妾拿出些體己銀子，三五千兩還是有的。」田貴妃望著崇禎陰鬱的臉色。

崇禎嘉許地點頭道：「嗯！朕已命光祿寺消減膳食費用，朕每月膳費一千零四十六兩，廚料在外，製造御酒的粳米、老米、黍米都不算在內；皇后每月膳費三百三十五兩，廚料二十五兩八錢；懿安皇后相同；各妃和太子、皇子們的膳費相應減少。皇后還想要宮女們自己動手紡線織布，已命人往蘇州去買紡車了。可也省不出多少銀子來，杯水車薪，沒有大用！」

「父皇，孩兒這金鎖也可換銀子呢！」慈煥摘了項下的富貴長命金鎖，遞到崇禎面前。崇禎不由心中一酸，暗恨道：若不是李自成、張獻忠這班流賊，朕何以會有今日艱難處境！他強堆出笑臉，嘶啞著聲音道：「好孩子，這金鎖可是你姥娘給你的護身符呢！不能輕易做了別的用處，好生收留吧！父皇怎能用小孩子的東西？」

慈煥將金鎖塞到崇禎懷裏，歪著頭說：「父皇拿去吧！等殺光流賊清兵，天下太平了，孩兒還愁沒金鎖帶嗎？」

崇禎禁不住心中歎息道：「唉，那班戚畹、勳舊世家，眞是糊塗！見識竟不如一個五歲的孩子，全不理會朕的一片苦心。朕向你們借助一時，等到流賊剿滅，國運中興，再大大賞賜各家，有什麼不妥？你們的富貴自何而來？哪一家的錢財不是宮中賞賜？哪一家的爵位不是皇命誥封？倘若朕的江山不保，你們不是也跟著家破人亡？皮之不存，毛將焉附！」他不勝感慨地伸手摸了摸慈煥的小腦袋，想要誇讚幾句，不料手指觸及額頭，卻是炭烤一般的滾燙，看他臉色已變得有如金紙，身子搖晃著，站立不穩，驚叫道：「啊呀！煥兒又燒起來了，快傳太醫！」

第八回

吳昌時結怨薛首輔
崇禎帝賞花永和門

小丫鬟聽他說得有些下流，狠狠地瞪他一眼，卻不爭辯，閃開身子，低頭快步上樓。樓上迎面下來一個三十多歲的婦人，衣著甚是整齊，到了吳昌時跟前，萬福道：「客官還是聽丫鬟的好，咱們不夜宮不接外客已有數年了。」

爲周延儒的起復，吳昌時在北京四處活動。他在行人司做個正九品的閒官兒，遇到頒行詔敕、冊封宗藩、慰問、祭祀、出使藩夷等事，朝廷派行人前往或參加，實在沒有多大出息。吳昌時不甘心如此湮沒無聞，但自己一個微末的小官，不用說肩負著起復故相的重任，就是向上升遷，必要結交強援才行，俗話說：朝中有人好做官，沒有內援，諸事都要落空。好在董廷獻那裏有的是銀子，以此來攀附宮掖、結交大璫、勾通廠衛，不愁開闢不通一條道路。他按著節氣時令，定期給司禮監掌印太監王德化、東廠提督曹化淳送銀子，唐之征、王之心兩個大太監也有一份。但王德化等人囿於朝廷舊制，不敢輕易過問政事，只能等合適的時機，不動聲色地向皇上進言，因此周延儒起復的事一直沒有什麼頭緒。年關前，收到了張溥派人送來的密信，催問事情進展得如何，他淡然笑笑，心裏也沒多少底，不打算回信，只說了一句，還要等待時機。話一出口，感到實在缺少豪氣，便提筆寫了八個大字：萬事俱備，只欠東風。用手撕碎了，混入來人的棉袍之中，囑咐帶與張溥，回去再以蓑衣裱法還原。送走了來人，他心緒煩亂，盯著張溥的題詩。

張溥的詩是專門題贈吳昌時的，《寄吳來之》：紅葉從風溯遠堤，春回煙閣靜香提。素心道路難爲說，好事雲屏待子題。一諾久知千古重，三秋自此兩峰齊。平章梅雪看君子，賦有金聲報紫霓。吳昌時看了多時，心裏埋怨道：我比你們還急呢！正在愁悶，外甥王陛彥來拜，他猜測是來借銀子過年的。王陛彥雖是內閣中書，終日與閣臣們廝見，知道不少機密大事，但俸銀極低，不夠用度，時常過來討要借取。吳昌時本來不勝其煩，但內閣中書多少漏幾句口風，那幾兩銀子也就值了。果然，王陛彥坐了，並未像往常那樣開口借銀子，卻扯及戚畹捐助之事，神情有些詭秘地說道：「皇五子慈煥突然生了一種怪病，好似孝定太后鬼魂附體一般，口口聲聲勸說皇上不要薄待外戚勳舊。」

「竟有這等事？」吳昌時似是極有興趣，其實並不動心，閉目敷衍，誘他多透些消息。

「可惜武清侯命相不好，注定躲不過此劫難。他聽說田貴妃只說了一句求情的話就謫居啓祥宮，十分驚駭，登時絕望，昨日夜裏在北鎮撫司詔獄吞金自盡了。」

吳昌時睜眼道：「他此舉實在愚蠢得很吶！必會惹出無窮的禍患。」

「可不是麼！皇上聞知李國瑞自盡，又怒又悔，趕到奉先殿跪在孝定太后的神主前焚香祈禱，以求鑒諒。其實皇上心中卻暗恨李國瑞不識時務，竟敢以死抗爭，捨命不捨財，不知悔改。他是一了百了了，但將皇上置於何地，豈非有損皇上聖德？聽說皇上又改了主意，打算李國瑞的兒子下獄，繼續嚴追，查封家產！」

「他是自找的，怨不得別人。一個失勢的外戚，還敢向皇上較勁兒，真是可笑！」吳昌時搖搖頭。他來京之前，本想著攀附上田貴妃，請她在皇上跟前多替周延儒說說話，但她自己謫居啓祥宮，自顧尚且不暇，恐怕沒心思管別人的事了。不由地脫口歎息道：「真是難哪」

王陛彥只道他是說崇禎進退兩難，附和道：「可不是嘛！眼看成了僵局，皇上只好咬牙發狠地追比下去，不然何以樹威？」

「宮裏內帑多的是，皇上何必求人？」

「皇上的心思你還不明白？他將內帑看作祖宗的基業，再多也不忍動用。倘若連這些帑銀使用光了，他想做個守成之君都不行了，還說得上什麼做中興英主？因此，閣老們甫一提出向戚畹捐助，皇上即刻點了頭。」王陞彥往前靠了靠身子，低聲道：「聽說皇上對首揆頗多不滿，有意要換人了。」臉上頗有得色。

「他給皇上出了借銀子的下策，使皇上進退維谷，恩寵衰減也屬自然。」

王陞彥笑道：「舅舅呀！你不知道其中的內情，實話說與你吧！命戚畹捐助其實是薛閣老的主意，張至發那個老糊塗怎麼想得出來？皇上正是因他身居首揆，遇事沒有主張，才有意換人呢！」

「換哪個，楊文弱麼？」

「皇上雖說十分倚重他，但卻不會教他做首揆。」

「是何道理？」

「若是太平年景，皇上必會用楊文弱。但如今干戈四起，皇上將兵部看得比什麼時候都重，閣臣之中論幹練知兵，無出其右。楊文弱做了首揆，依照舊例，便會改爲掌管吏部，皇上怎麼放得了心？爲江山社稷著想，只好委屈他了。」

「這麼說薛閣老要……」

王陞彥從懷中取出幾張銀票，一一排在吳昌時面前，得意道：「嘻嘻　舅舅說得極是。轉眼就要京察考選了，朝臣們都知道薛閣老待我似兒子一般，紛紛求我多多美言。才有一絲風聲，薛閣老還沒做首揆，我就收了上千兩的銀子。唉！我可再也不用過那清苦貧窮的日子嘍！」說著將一張五百兩的銀票推給吳昌時道：「前幾年，老是空著兩手往舅舅這裏跑，討飯花子似的，想來教人活活愧煞！如今好了，我也有銀子孝敬您老人家了。」

吳昌時知道外甥時來運轉了，用手指撚著銀票，也賠笑道：「我與你娘是一母同胞的姐弟，只要你能出人頭地，光大門楣，我是喜不自禁吶！這銀子你拿回去，也該換換宅子，接我姐姐到京城來納幾天福了。」他起身從書櫥內拿出兩張銀票，遞給王陛彥道：「今後你自與先前不同了，往來應酬的事多了，手頭不可少了銀子。這一千兩銀子你且拿去，這五千兩送與薛閣老，也好謀個大大的前程。」

「這、這怎好再要舅舅的銀子？」

吳昌時歎氣道：「看著你出息了，舅舅也歡喜也慚愧，多年在功名路上奔走，如今還是個小小的行人，品級低微，毫無權勢，飽受了他人多少冷眼？不久就要京察了，舅舅也想挪個地方。你是薛閣老的心腹，替舅舅說上幾句話，總歸是有用的。」

王陛彥揶揄道：「哎呀！似舅舅這般有個閒差，又不缺銀子使，快活得神仙一般，何必惹那些紅塵？」

吳昌時苦笑道：「你哪裏知道舅舅的苦楚？這個沒什麼品級的小官，只不過聊勝於平頭百姓罷了，但若論起給人冷眼相待，還不如林下優遊得好呢！再說，你看著舅舅大把地使銀子，眉頭不皺一下，其實不過硬撐而已，在老家南湖上建那座園子花了不少銀子，平常的費用也要許多，再這樣下去，只好像武清侯那樣標價賣與他人了。」

王陛彥眼前浮現出一幅清麗的圖畫，面對鴛湖，北依城壕；樓臺亭榭，假山峭削；陂塘曲徑，煙雨迷濛；池中荷花，岸邊楊柳；青松蒼翠，秋楓紅醉；名士徜徉，佳人流連；風光旖旎，景物絕佳　這就是吳昌時在鴛鴦湖邊仿照京城米氏勺園而建的另一座勺園。是呀！偌大的園子單說灑掃修葺，就是不少的銀子。他小心地問道：「舅舅想謀個什麼差事？」

「一有油水可撈，二有人仰我鼻息。」

王陛彥暗嘲他不知足，嘟囔道：「那只有入閣拜相了。」

吳昌時心知此一時彼一時，不敢端出長輩的架子，竟不以為忤，搖手道：「入閣拜相有什麼好處？看著位尊權重，其實不如各部的郎官主事自在。我沒有別的癡想，只要到吏部做個吏科給事中，就知足了。」

吏部是六部之首，職掌天下官員的除授、調任、升遷、降職和罷免，炙手可熱。吏科給事中雖只是從七品，卻是「言官」和侍從之臣，不但有監督吏部之責，且對朝政也可進諫評說，為朝廷所重視，自然少不了納賄、敲詐、勒索的機會，前程也寬，有了這樣的職位，算是在京城站穩了腳跟。王陛彥暗自讚佩舅舅的老辣，拍胸脯說：「此事儘管放心，這是薛閣老一句話的事，包在外甥身上了。」

吳昌時心頭歡喜，嘴上卻說：「事情若辦不好，我可饒不了你！」看著王陛彥將銀票揣入懷中，親送他出門。

吳昌時一連幾天都在密切關注著張至發的去留，靜不下心來思謀周延儒起復之事，他甚至想好做了吏科給事中以後，下一步便要拜入薛國觀門下，博取功名利祿，不必死心塌地替周延儒賣命，不知變通，一棵樹上吊死。又過了兩天，果然等到了張至發回家養病、薛國觀升任首揆的消息，但接下來卻等到了一個壞消息，京察完畢，他升任了禮部主事，並沒有如願地得到吏部給事中的職位。禮部主事雖是正六品，但禮部是個冷衙門，而主事是堂官手下的部曹，沒有多少實權，反不如從七品的給事中受人重視。吳昌時憤懣不已，暗自怨恨薛國觀，卻也無可奈何，想將王陛彥劈頭蓋臉地痛罵一頓，但王陛彥卻躲著不見，他有氣無處發洩，便獨自到本司胡同尋歡解悶。

本司胡同俗訛稱粉絲胡同，乃是教坊司所在地，與演樂胡同、勾欄胡同相鄰，自元代起，一直聚集著許多男女藝人，笙歌喧囂，歌舞終日。正德皇帝最喜歡熱鬧，嫌出宮看戲不方便，將許多藝人召入宮廷，這幾個胡同日漸衰落，與周圍的馬姑娘胡同、宋姑娘胡同、粉子胡同一樣，變成了賣笑尋歡的娼寮，加上宣武門以南大柵欄一帶的陝西巷、百順胡同、石頭胡同、韓家潭、王寡婦斜街、萬佛寺灣、大外郎營胡同和胭脂胡同等，一時京師歡場眾多。只是去宣南的那些胡同多是商賈或販夫走卒，本司胡同周圍來的多是官吏、士子。

未時剛過，吳昌時走進本司胡同，選了樓門軒麗的一家進去，並沒人迎出高喊：「某姐有客了──」，進了廳堂，更覺得分外冷清，絲毫沒有秦淮河上「槳聲燈影連十里，歌女花船戲濁波」的熱鬧景象。正在遲疑，一個提著水桶的小丫鬟出來，吃驚道：「老爺要找什麼人？」

吳昌時幾乎啞然失笑，暗忖：這是什麼規矩？到青樓來還要需動問找什麼人，自然是找個粉頭了，她這般多此一舉，想必是尚未出道破瓜的幼雛兒。他登時大覺有趣，調笑道：「見了姐夫進來，卻這等沒頭沒腦地問話，可是要討姐姐打了。」

不料小丫鬟冷笑道：「老爺要找樂子，可是走錯地方了。」

吳昌時詫異道：「門上分明寫著『不夜宮』三個大字，必是取意於蘇東坡詩句：『風花競入長春院，燈燭交輝不夜城』，怎麼卻說走錯了地方？」

「我勸你還是趁早走的好。」小丫鬟轉身便走，吳昌時伸手攔了，不捨地問道：「爲何要走？你們這兒的姑娘都是石女麼？」

小丫鬟聽他說得有些下流，狠狠地瞪他一眼，卻不爭辯，閃開身子，低頭快步上樓。樓上迎面下來一個三十多歲的婦人，衣著甚是整齊，到了吳昌時跟前，萬福道：「客官還是聽丫鬟的好，咱們不夜宮不接外客已有數年了。」

「什麼是外客？難道你家的姑娘都嫁人了不成？」吳昌時憤然作色。

「沒嫁人，卻不能再接客了。」

「嫌給的銀子少麼？」吳昌時摸出一張銀票，遞到那婦人手裏。

婦人微微一瞥，隨即還給他道：「用不了這許多，只是我家只剩一個女兒，已有人約了。」

吳昌時譏諷道：「一個女兒還要這麼大的院子，當眞是家有搖錢樹了。」

「也算夠用度了。」婦人歎口氣道：「這是我們母女的命，違拗不得。今日就是再多的銀子，女兒也不會出來的。」

吳昌時隱隱覺察到婦人似有苦衷，不好追問，冷哼道：「好個金貴的女兒，還要指望著養老麼？」

婦人正色道：「我好言勸你，客官卻冷語相加，你自便吧！惹下什麼禍事，也怨不到我頭上。」說著朝樓上喊道：「小紅，你姐姐沐浴可好了？」

那小丫鬟探身出來，應聲道：「正在梳頭呢！」

「客人快要到了，快些吧！」

吳昌時不知是什麼人物，聽聞正德、天啓兩位皇帝時常微服出宮，到教坊司遊樂，看這婦人和丫鬟如此的排場，難道是當今皇上要來？若自己有什麼際遇，豈非分外之喜！他存了此心，便尋了個角落坐下靜等。

不到半個時辰，卻聽門外一聲高喊：「有客了。」東廠太監王之心搖擺著進來，逕直上樓而去。吳昌時初時看見他，心頭狂跳，但見他身後再無一人，才明白此處竟是王之心的私巢別院。又過了半個時辰，他聽到樓上傳出鏦鏦錚錚的琴聲，頃刻之間，滿樓之中似是充滿了風霧煙雨。吳昌時輕聲上樓，恰遇小丫鬟端著茶盤進屋，將銀票放到茶盤上，低聲說道：「請代爲通稟，吳昌時拜見王公公。」

小丫鬟一怔，脫口而出道：「原來你認識公公？」不待他應答，輕手輕腳地推門進去，不多時，出來招手道：「教你進去呢！」

吳昌時進屋見了禮，王之心招呼他坐下吃茶聽琴。吳昌時這才看清彈琴的是位年紀二九上下的姑娘，貌美絕倫，舉止嫻靜，十指飛動，端坐奏曲。他靜心一聽，知道彈的是《昭君怨》：「萬里邊城遠，千山行路難。舉頭惟見月，何處是長安。漢庭無大議，戎虜幾先和。莫羨傾城色，昭君恨最多。」

香霧繚繞，琴音幽怨，吳昌時自悲不遇，同病相憐，竟有了泣下沾襟之感。王之心見他聽得入神，等曲子終了，笑問道：「彈奏得如何？」

吳昌時翹指贊道：「此曲只應天上有，人間哪得幾回聞？公公果然好眼力，也好豔福！」

「哈哈哈……算你識貨。她深得妙手梁三姑的嫡傳，自然是非同凡響了。」

「梁三姑可是正德時教坊中的高才，姑娘這麼年幼　」

那女子離座，斂衽一禮道：「承先生謬讚，愧不敢當。梁三姑故去已有五年，小女曾得她老人家親炙，算是關門弟子。我入門的師父是姓薛，先生想必有所耳聞。」

王之心點破道：「就是聞名京畿的薛素素。」

「名師出高徒。」吳昌時蹙眉思索道：「我在金陵曾見過尊師留下的一方端硯，硯質甚細，微有胭脂暈及魚腦紋，一條金線隱約可見，珊瑚紅漆盒，右上篆『紅顏素心』四字，左下『杜陵內史』小方印，盒上蓋內刻細暗花紋薛素素像，憑欄立帷前，筆極纖雅，小巧精緻。硯背鐫名士王百谷行草書五絕一首：『調研浮清影，咀毫玉露滋。芳心在一點，餘潤拂蘭芝。』後題『素卿脂硯王稚登題』。唉！人間萬事消磨盡，唯有清香似舊時。佳人手澤，百代流芳。聽琴閒話，憶及前塵。睹物思人，空懷惆悵呀！」幾句話說得女子掩面而泣，道聲失禮，起身出去淨臉整妝。

王之心看著吳昌時道：「你怎麼也來這裏尋樂子？這可是咱包了數年的地盤兒。」

吳昌時淒然道：「尋什麼樂子，不過苦中作樂罷了。」

「你的事咱知道了，禮部主事雖不能如你所願，但即便朝廷出缺再多，咱也幫不上忙，那終究是外廷的事。不過薛國觀也真有點兒心黑了，內情咱雖不知，但自古拿人錢財，與人消災，他竟吞了魚餌，甩脫了鉤子，還有點兒人味兒嗎？」

「只怪我瞎眼看錯了人。」

「你也不必灰心，他未必靠得住呢！薛國觀做了外相，日子未必好過，他得罪的人太多了。那天在乾清宮東暖閣，萬歲爺說起朝廷貪賄之風屢禁不止，他竟說什麼倘若東廠和錦衣衛有得力的人統領，皇上自然洞察朝臣奸跡穢行，他們怎敢如此放肆！你聽聽這是什麼話？不是存心進讒害人麼？當時宗主爺王德化正好在一旁相伴，他看到萬歲爺瞥來的目光甚是凌厲，驚出一身冷汗，好幾天都心驚肉跳的，擔心萬歲爺給他蒙蔽了。」

吳昌時暗想：這薛國觀可是要吃不了兜著走了，按照舊例，新任首揆或閣臣要到內相和東廠太監的私宅登門拜訪，薛國觀敢當面說這等話，足見他驟然新貴，未將廠衛放在眼裏，王德化肯定嚥不下這口氣。吳昌時與曹化淳、王之心等人打了多年的交道，知道他們手段十分毒辣刁鑽，必定會暗派東廠番子四處打探窺伺，薛國觀的一舉一動再也不會逃出王德化的視線。倘若瞧準時機，上個參劾的摺子，薛國觀便坐不牢首揆之位，甚至會被逐出朝堂。吳昌時心裏登時生出一絲洩憤的快意，點頭道：「幸虧學生沒有列入他的門牆，此人如此心術不正，早晚會遭他毒手。公公且看他屢次給萬歲爺出的是什麼主意，惹下多少禍事！就是公公們心寬量大，那些戚畹怕也饒他不過，這樣僵持著，等皇上也惱了，看他如何收場？」

「咱們可不是好惹的主兒。」王之心笑得極爲自負。

吳昌時看他神態露出幾分猙獰，暗呼僥倖，仕途險惡，前程莫測，倘若自己成了薛國觀的心腹，豈非得罪了大璫們？那縱有什麼富貴，也不過曇花一現。想到寵冠後宮的田貴妃，那本是座師周延儒多年前攀附的內援，如今卻謫居啓祥宮，正所謂盛盡而衰，泰極否來，何況碌碌的眾生？他試探道：「田娘娘可安好？」

「能有好嗎？謫居冷宮不說，五皇子病得沉重，終日焦頭爛額的，哪裏還有舊時的風光！」王之心放低了聲音道：「外頭都知道她失寵了，可知道失寵的緣由？」

「還不是與周皇后爭鬥所致。」

「那只是皮相之談。」王之心朝著長幾上那張古琴努努嘴道：「都是爲了這個。」

「琴……？」吳昌時不解其意。

「田貴妃彈得好琴，周皇后遠遠不如，趕上萬歲爺問她幼年可曾習練，皇后卻答道：妾本

儒家，從來不學娼門煙花之技。萬歲爺本來風聞田娘娘是揚州瘦馬出身，並非田弘遇親生，登時起了疑心，這次謫居啓祥宮，不過萬歲爺借機發作罷了、。田貴妃這下可是栽到家了，如此汙跡清洗不乾淨，怕是永沒受寵之日了。」

青樓勾欄最能見識性情，這番話在衙門、酒肆什麼時候也是聽不到的。吳昌時暗覺此行不虛，竟知曉了許多的內情，這些事情攪擾在一處，不住在心頭翻騰，他忽然想出一條妙計。他沉吟片刻，向王之心道：「恭喜公公，這可是千載難逢的機會呀！公公若能居中斡旋，富貴自然更上層樓。」

「什麼機會？」

「責罰后妃，不論是廢黜、賜死，都是先行削去封號，可田娘娘除換了一處宮院外，毫髮無損，足見皇上不過是因疑心而一時憤怒。公公若想個法子替她洗去冤屈，田娘娘不知會多感念公公恩德，皇上也會記在心裏的。」

「你當咱是三歲的孩童，只看著眼前，不想著身後。咱這樣做，不是得罪了周皇后？」

「公公多慮了。如今周皇后怨氣已出，她自然不會與田娘娘結深了仇怨，你想她倆這般爭鬥，難過的是誰？不但是她倆，還有皇上。田娘娘謫居後，皇上勢必少了許多歡樂。他想著寬恕田娘娘，可這話不能由皇上先說出口，得借坡下驢，給皇上留面子」

王之心拍手道：「嘻……咱明白了，這是一石三鳥的妙計！給了萬歲爺臺階，成全了皇后的聖德，又燒了田娘娘的冷灶。不過，你小子誹謗萬歲爺是驢，可是大大的不該。」

「公公罪過更大，你將皇上與后妃三人都罵成了鳥人。」吳昌時哈哈大笑。王之心一怔，隨即笑得前仰後合。

田貴妃謫居啓祥宮已兩個多月了，周皇后看出皇上這些日子鬱鬱寡歡，越發沒了笑臉。有時留宿在坤寧宮，更多的夜晚則住在乾清宮，每日除了上朝和召見大臣外，就是埋頭審閱文書。漸漸地來坤寧宮的次數也稀少了，中間到過翊坤宮兩三次。周皇后忽然感到不安起來，她明白皇上心裏還牽掛著田貴妃，只是因爲沒人從中代爲求情，才不好召回田貴妃。王之心的話不錯，自己寬宏大度，使皇上和田妃和好如初，不只皇上會高興，田妃也會心存感激。找個怎樣的臺階呢？她想到早膳時吳婉容說宮後苑、永和宮等處花已含苞待放，暗想道：「永和，這個名字吉祥，就邀皇上一起往永和宮賞花。」她喚過坤寧宮掌事太監劉安，命他到前面看看，皇上若是得閒，就請三日後到永和宮賞花。劉安在宮裏當差久了，早已成了人精，明白皇上得閒的含義，連聲答應。

崇禎正沉浸在喜悅之中，剛剛收到洪承疇、孫傳庭聯名拜發的捷報，潼關伏擊一戰，大獲全勝，李自成僅率十八騎逃入商洛山中，正率大軍進山搜索，必要生擒，獻俘闕下。他過年以來捐助惹出的愁悶一掃而空，聽說皇后來請賞花，便不假思索地答應了。

適時下了一場微雨，紫禁城內春意盎然，天氣晴好。周皇后乘了鳳輦，花枝招展的宮女們擎著羽扇、團扇和黃羅傘，捧著食盒，簇擁著皇后的鳳輦來到乾清宮。袁貴妃穿一件天水碧蟬翼紗宮衫，早已在日精門外恭候，周皇后下了鳳輦，她上前拜見道：「怪不得皇上都讚歎娘娘是白衣大士。這件白紗衣穿在娘娘身上，眞是南海來的玉觀音活菩薩！」

「眞是巧嘴！你身上這件天水碧蟬翼紗宮衫，皇上不也讚不絕口麼！我可不是二八佳人了，與那些春花爭不得豔比不得美了，索性穿得素些。」二人說笑著進了乾清宮，崇禎也已換好衣服，頭戴烏紗褶上巾，身穿一件素葛直裰，腳上是薄底的皂靴，分外精神。三人一同乘輦往永和門，太監宮女們有日子沒見皇上、皇后如此高興了，個個滿臉含笑前呼後擁。在永和門下輦後，崇禎緩步踱入花園，周皇后、袁貴妃和一大群太監、宮女跟在後面。因還沒有到盛開的時令，永和宮花開甚稀，散在萬綠叢中卻格外醒目。永和宮的太監、宮女們下足了工夫，擺設得十分精緻，將那花房中養育的奇花異草搬出，點綴在綠色之中，還有幾缸金魚和數架盆景，增添了一些生機。花園一角有一架紫藤，枝幹虬曲，新葉吐綠，紫藤架下放著一張竹桌、四把竹椅。桌上擺著一把大彬壺和四個玲瓏小巧的茶杯，在四周富麗的黃瓦紅牆襯托下，更突兀出幾分儉樸閒適，頗得山野之趣。花牆邊的古松下，紫檀條桌上擺著一張古琴，一個宣德爐內焚著龍涎香，桌後放個青花瓷繡墩，碧空中的驕陽透過松枝灑落在琴上，光影斑駁。

崇禎在竹椅上坐了，興致勃勃地呼茶飲，吳婉容急忙命人提了熱水來，崇禎擺手說：「這是喝茶麼？快取全套的茶具來！」

眾人見他如此興致，各自快活，周皇后急忙命人取了經冬的雪水，袁貴妃親手點燃風爐，煮水烹茶，不多時，滿院飄蕩著茶香。周皇后見崇禎吃得嘖嘖有聲，趁機道：「皇上，如此佳日，品茗賞花，不可不聽曲兒，臣妾已命范選侍和薛選侍伺候著，她倆是田娘娘的入室弟子，專精琵琶。」

「喚來聽聽。」

兩個春衫輕薄鮮麗的宮娥懷抱琵琶，施禮已畢，在太湖石邊坐了，叮叮咚咚地撥弄一番，彈了一首《陽春古曲》，周皇后看他聽得心不在焉，小聲說：「可是她們彈得不好？不若臣妾將田娘娘召來一曲。聽說她在啓祥宮省愆多日，頗知悔過，這等熱鬧的事如何少得了她！皇上中興有望，逢了這等的大喜事，也該大赦天下，與萬民同歡了。」

崇禎含笑不語，不置可否。周皇后微笑著看了一眼袁貴妃道：「借你的輦一用，咱們姐妹齊全了，才好與皇上共用承平之樂。」袁貴妃如何不應，吳婉容見了，便帶著宮女去接田貴妃。

半盞茶的工夫，衣裙素淨的田貴妃乘輦進了永和門，穿花拂柳般走上前，盈盈地向皇帝和皇后行過禮，又同袁貴妃互施了禮。田貴妃憔悴清減不少，崇禎暗覺心疼，但眾人面前不好流露，只多看了她兩眼，眼中含著一絲若有若無的笑意。田貴妃避開他的眼光，低下頭去，她怕看得久了，忍不住辛酸流淚。周皇后有心化解積怨，忙拉過她的手，笑道：「田貴妃，你知道今日皇上爲什麼要來永和門賞花消遣？」

「臣妾不知。」

「潼關大捷，闖賊幾乎全軍覆沒，實在是多年未有的大喜事。皇上剛閒下來，便想到承乾宮來看梨花，可就是記錯了日子，梨花要開還有一個月呢！皇上分明是想承乾宮的人，還不明說。」

田貴妃偷瞥崇禎一眼，但見他兩眼盯在自己身上，臉上一熱，掩飾道：「恭賀皇上大喜。」

周皇后見她嬌羞可人的模樣，暗自歎息道：狐媚偏能惑主，我若是個男子，也把持不住了。朝她命道：「賀喜不能沒有禮物，你就彈奏一曲，以爲慶賀吧！大夥兒也正好一飽耳福。」

田貴妃躬身回答：「謹遵懿旨。臣妾自省愆以來，久未練習，指法生疏，皇上、皇后幸勿怪罪。軍前大捷，照理該奏《十面埋伏》，但此曲殺伐之氣太重，不宜稱觴賀喜。臣妾請旨彈一曲《漁樵問答》，慶賀今後國家太平，百姓安居樂業。」她見崇禎微微點頭，隨即走到松樹下，在青花瓷繡墩上端坐了，調幾聲琴弦，略微凝神片刻，錚的一聲，彈了起來。她玉指輕舒，或滾或拂或綽或注，上下翻飛，山之巍巍，水之洋洋，斧伐之丁丁，櫓聲之欸乃，都給她妙指彈出，琴聲泠泠，頓挫揚抑，一會兒幽細如髮，宛轉低迴，又忽然間五指撥滾，弦捲風雷，似是一個丹青高手描摹出一幅漁樵行樂圖，眾人都覺徜徉在山林之中，登時斷了功名利祿的念頭。田貴妃邊談邊唱道：「古今興廢有若反掌，青山綠水則固無恙。千載得失是非，盡付漁樵一話。」曲子彈畢，所有隨侍左右的太監和宮女都向崇禎跪下齊呼：「萬歲！萬歲！」

崇禎頷首道：「愛妃的琴技似乎又有精進，曲意因此更覺深長了。朕記得本朝楊慎所作的《廿一史彈詞》中有一首《臨江仙》，正可作此曲的妙解。」

「皇上聖睿，那詞寫得確比臣妾唱的原詞要好。滾滾長江東逝水，浪花淘盡英雄。是非成敗轉頭空，青山依舊在，幾度夕陽紅。白髮漁樵江渚上，慣看秋月春風。一壺濁酒喜相逢，古今多少事，都付笑談中。」

崇禎讚道：「你如今琴藝的境界已超越指法技巧，領悟得極深了。情動於中，而發乎聲，感於哀樂，緣事而發，與以前大不相同。」

「還是皇上知道臣妾的心……」田貴妃含淚欲滴，哽咽著說不下去。

周皇后醋意暗起，淺笑道：「她下過苦功夫，浸淫多年，宮裏頭自然是無人可及了。」

「揚州瘦馬。」崇禎心中的疑慮又冒了出來，不由皺起眉頭，臉色有些陰鬱，停了片刻，終於忍不住問道：「愛妃的琴技是何人所教？」

「臣妾的母親就是學琴的師父。」

周皇后追問道：「她是經何人傳授？」

「她的一個堂姐曾是揚州瘦馬，色藝雙絕，後來給我父親贖了身，一直寄居臣妾家裏，爲報答贖身之恩，將一身的本領傳給了臣妾的母親。」田貴妃暗自慶幸，好在有太監王之心的安排，不然還不知如何回答，倘若實話說出母親是揚州瘦馬出身，皇家的體面怕是不好看了，皇上少有反感，自己何日才能出頭見天日？

崇禎疑心去了大半，說道：「找個適當的日子，請她到宮裏來，朕也好見識一下你們師徒琴技的高低。」

「臣妾替母親叩謝皇上。」田貴妃心頭狂喜，親眷進宮可是難得的殊榮，也是皇上格外的恩典，後宮嬪妃沒有一個不夢想懸望的。她謝過恩，又說道：「臣妾想回啓祥宮一趟，實在放心不下煥兒的病。」

崇禎關切道：「慈煥的病可見輕麼？」

「這孩子的病忽輕忽重，服藥總不見效。臣妾天天爲他齋戒禱告，祈求上蒼垂憐。」田貴妃聲調有些哽咽。

崇禎生氣地說：「太醫院這班庸才眞是該死，煥兒只是受了些驚嚇，本沒什麼大病，竟不能早日治癒！」

「太醫院使吳翼儒親率兩名御醫天天給慈煥診病，斟酌脈方，並非不盡心。」周皇后看田貴妃紅了眼睛，怕好好的一場樂事給她攪了，笑道：「皇上沒聽說京城有幾句諺語，人稱四大可笑：翰林院文章，武庫司刀槍，光祿寺茶湯，太醫院藥方？」

「太醫晝夜當值，東廡撥給他們作爲商議處方和歇息的場所。爲方便他們問病，臣妾將煥兒安置在二門外的西廡，叫奶子和四個貼身服侍的宮女陪著。」田貴妃偷偷拭了一把眼淚，答道：「煥兒前日確實大好了，不料昨夜裏突然發起燒來，頭上身上火一般的燙，手腳卻冰涼，驚恐不安，不住地胡言亂語　這孩子久病虛弱，似是遇到了什麼鬼神……」

「他說些什麼？」

「請恕臣妾妄誕之罪。」

「快說吧！」

「煥兒翻來覆去就拿幾句話：『我是九蓮菩薩，我是九蓮菩薩。皇上待外家刻薄，我要叫他的皇子們個個死去。』」田妃再也忍不住，伏地痛哭。

「你可聽清了？」崇禎臉如土色，孝定太后顯靈了。這必是死去的李國瑞作祟，他到孝定太后那裏告了惡狀。他無可奈何地搖搖頭，起身道：「朕到啓祥宮看看，你們一起去吧！」

慈煥躺在床上，神智昏迷，奄奄一息。崇禎俯身看看，用手摸了摸病兒的額頭，轉向跪在地上的奶子和幾個宮女們：「你們都聽見了什麼？看見了什麼？」

「九蓮菩薩！九蓮菩薩！」奶子和宮女們都俯地不敢仰視，身子顫抖著，似是害怕之極。他頓足長歎，流淚連呼道：「朕對不起九蓮菩薩，對不起孝定太后！」隨即傳諭明日早朝免了，那些在南宮建醮的一百多名僧道和大高玄殿的女道士一齊替五皇子誦經禳災，然後匆匆乘輦去奉先殿，在孝定太后的神主前跪拜祈禱一番，回了乾清宮。王德化早在那裏等著，懷裏抱著幾份奏疏。他坐到御案後，見最上面的奏疏竟是參劾首輔薛國觀納賄，寫得頗爲翔實。他頭也不抬地問王德化道：「吳昌時是什麼人？他怎麼知道得如此眞切？」

「萬歲爺，薛閣老受賄之事不言自明，今年北闈，他與蔡弈琛爲正副主考，取士三百名，爲何將鄒式金、楊瓊放在前面？據查是收了不少的銀子。好在萬歲爺英明，三月廷試時，前四十八人一併召考。魏藻德才被拔爲狀元，鄒式金抑爲二甲，楊瓊抑爲三甲。」

「他還有什麼劣跡？」

「他有一次夜裏在書房點數銀票，不下十五萬兩。聽說在老家買了上百頃的良田，還準備著要蓋所大宅子。」

「他辜負了朕！」崇禎翻看下面的奏摺，多是參劾薛國觀的，正要細看，一個宮女慌慌張張地跑進來，哭道：「萬歲爺，五皇子不行了！」

崇禎全身冰冷，想著自己最疼愛的兒子竟因向戚畹捐助而夭折了，不由悲從中來，立刻提起朱筆，寫了一道手諭：薛國觀身任首輔，貪瀆營私，成何話說！著五府、九卿、科道議處奏聞！他忽然覺得處置輕了，難以向孝定太后交代，將紙團了團扔掉，重批下幾個字：著薛國觀回籍聽勘！

第九回

李自成遭伏遁商洛
洪承疇奉詔入薊遼

「不好，中了埋伏！」李自成猝不及防，知道眾寡懸殊，身後又有曹變蛟、賀人龍尾隨追擊，不敢戀戰，只得拼死向潼關城猛攻。城上官軍居高臨下，火炮、弓弩齊發，李自成的人馬登時潰不成軍。此時，城頭上豎起一杆大纛旗，隨風舒捲，斗大的「洪」字飄鼓起來，甚是醒目。李自成禁不住暗吃一驚，低叫道：「啊呀，洪承疇果然沒走！」

朔風如刀，滿地冰霜。將近年關，地處秦、晉、豫三省交界的天塹——潼關卻沒有絲毫辭舊迎新的喜氣，反而大軍雲集，戒備森嚴，六座城門都有一名千總親率數十個兵丁把守，嚴查出入。關上和幾處門樓雖與往日沒什麼兩樣，可關內的麒麟山、鳳凰山、象山、印臺山、筆架山及東西甕城屯滿了官兵。城外的幾處山坡上也駐滿了馬步軍隊。幾乎沒有人知道到底有多少人馬，單聽四處不斷的馬嘶聲中，足以斷定確實增添了重兵。

黃昏時分，洪承疇一身便服，在王輔臣、蔡九儀、金升等上百人的簇擁下，風塵僕僕地從西安騎馬趕到了潼關。他如今權勢更為燻赫，加封太子太保，掛兵部尚書兼右都御史銜，三邊總督兼攝河南等五省軍事，可算是一等一的封疆大吏，滿朝上下，無人能及。一路之上，他沒有驚動各處地方官，快到潼關時，才派人知會潼關兵備道丁啓睿，騰出道台衙門的大堂和簽押房以備急用，但明令不許聲張。丁啓睿更是機密其事，一邊匆忙地換上四品文官冠服，準備出城到十里亭迎接，一邊下令潼關全靜街，不許閒雜人等在街上行走，家家關門閉戶，加派馬步哨官帶兵沿街巡邏。丁啓睿帶領少數親隨，剛剛騎馬奔出潼關西門，洪承疇便到了。丁啓睿率領大小文武官員，分列官道兩旁跪迎。洪承疇下馬還禮，微笑頷首，略事寒暄，隨即上馬，趁著暮色四合，進駐了道台衙門。在簽押房稍事歇息，洗淨了一路的風塵，金升沏上一盞濃濃的武夷山岩茶，才分別傳見丁啓睿及總兵、副將，簡要詢問一番前方軍情，便吩咐參將留下商議軍情，其餘的將領趕回防地駐守。用過晚飯，正自閉目養神，陝西巡撫孫傳庭率領著一大群將領趕來。

孫傳庭自從黑水峪一戰，活捉闖王高迎祥，獻俘闕下，威名遠揚，甚至大有後來居上之勢，被朝野視爲難得的幹練之才。他挾連勝之威，整頓屯墾積弊，以充裕軍餉，短短數月之間，計得實額兵丁九千多名，餉銀十四多萬兩，米麥二萬多石，兵精糧足，再不受戶部糧餉掣肘，崇禎皇帝極爲嘉許。他正布置如何在城南設伏，生擒李自成，中軍參將劉仁達飛馬而來，說制台大人已進了潼關，有要事見面詳談。孫傳庭儘管有些暗自埋怨分了自己的心神，但卻不敢怠慢。

洪承疇與孫傳庭年紀彷彿，但孫傳庭中進士晚了一科，又是洪承疇的屬官，但洪承疇對孫傳庭頗爲賞識器重，以爲他是百年不遇的將才。聽到簽押房外又急又重的腳步聲，洪承疇起身出門，將身形魁偉的孫傳庭讓進房內，摒退左右，寒暄著讓了座，拂鬚道：「白谷兄，黑水峪大捷以來，剿滅蠍子塊拓養坤，擊潰大天王和過天星，陝西漸有清平之日。明日一戰，若能生擒闖賊，我兄不世之功不愁凌煙閣上題名了。」

孫傳庭看著全身上下一塵不染的洪承疇，知道他性喜潔淨，愛慕風雅，欠身道：「卑職一直在布防設伏，不及遠迎，又急著趕入城中，面目黝黑，袍服汙皺，制台大人海涵！」

洪承疇果然哈哈笑道：「只要克敵制勝，還怕沒有簇新的紫袍加身！前敵情形如何？」

孫傳庭答道：「闖賊目下急欲竄回陝西，他犯險而行，不顧前有潼關天塹阻擋，想出其不意，破關北進，哪裏想到制台大人妙算如神，調度有方，又親統雄師馳援，鼓舞士氣。如今卑職已布下三道埋伏，以逸待勞，絕不令其逃脫，即便不能將其生擒，定要將其斬殺，陝西全境剿賊即可畢其功於一役，萬請大人放心。」孫傳庭意氣風發，勝算在握。

洪承疇微微一笑，低聲道：「白谷兄，本部院在途中接到你的密札，知道你要在潼關南原設三伏以待闖賊，此計大妙！不知埋伏已就緒了麼？」

「兵力原本尙嫌不足，幸蒙制台大人俯允，孫顯祖和祖大弼兩總兵所率遼東鐵騎調赴前敵，暫受卑職節制，布下天羅地網，只等闖賊上門了。」

「潼關一戰成功，從此解除朝廷西顧之憂，實是本部院多年未了的心願。只要能生擒逆賊，潼關內外所有人馬可任憑我兄調遣。」

「多謝大人！」

洪承疇展顏一笑，隨即微蹙眉頭道：「本部院有些擔心，怕闖賊攻打潼關只是虛張聲勢，卻從別處逃脫。」

「大人所慮極是。不過依卑職所見，他用兵好走險棋，即便得知潼關南原駐有重兵，也會以爲官軍勢必自恃天塹，布下疑兵之計，卻在其他道路上伏擊，卑職料他必走潼關，自投羅網。」

「如此最好，但事有萬一，不得不防。」洪承疇心頭狐疑不止，拈著鬍鬚思忖。孫傳庭見他不很安心，解說道：「請制台大人寬心。縱令闖賊不走潼關，別尋生路，四下的關隘均已派重兵堵死，曹變蛟與賀人龍等在背後緊追不放，闖賊到了此種地步，萬難倖免。再說他手下不過兩千多人馬，哪裏抵擋得住四下的重兵合圍。」

洪承疇終於點點頭，緩聲道：「李自成雖係屢敗之賊，卻狡詐兇悍，部下雖人數不多，卻都是身經百戰的死士，非曹操之流可比，只恐偶一疏忽，功虧一簣，數日的心血白白搭上不說，上不能解君父之憂，下留無窮之患，我輩的罪孽就深重了。」

孫傳庭自赴任陝西巡撫以來，未遭敗績，聽洪承疇說得謹慎，暗笑他未免小心持重過了，但臉上卻不敢顯露出來，連聲稱是。洪承疇吁出一口長氣，感慨道：「本部院已接到皇帝兩道手詔和三道兵部檄文，清兵大舉入關，京畿危急，皇上嚴旨盡快剿滅流寇，然後星夜勤王。皇上深居九重，殷殷懸望，腹心之患不除，內亂不靖，何以攘外？」他掃了孫傳庭一眼，激勵道：「南原設伏，實在是天賜良機。此處地勢平坦，但南北狹長，兩側有流水深切的遠望溝和禁溝，休說闖賊餘孽不多，就是千軍萬馬，也無處施展，只有挨打的份兒了。闖賊懼怕者不過你我二人，本部院想放出風聲，說你我已北上勤王，闖賊勢必大膽前來，正可一鼓殲滅。」

孫傳庭起身道：「大人高見！可將清兵入關的塘報丟棄野外，闖賊見了，更加深信不疑。」

「好，好！如此更爲周密。」洪承疇嘉許地連連點頭。

「大人，潼關百姓苦於匪患，人心思治，各懷殺賊報國之志。卑職通令各處士紳，一俟流賊潰敗，督率鄉勇伺機截殺。闖賊等巨寇陣前僥倖脫逃，也無路可走，無處可藏。」

「倘能如此，夫復何憂！」洪承疇轉頭向簾外威嚴地喝道：「中軍，侍候升帳！」

中軍答應著進來，躬身候令。洪承疇吩咐道：「今夜布置伏擊大計，務要機密，儀式從簡。」然後換上大紅紵絲蟒服，頭戴六梁冠，偕著孫傳庭從簽押房步入大堂，居中坐定，目光炯炯地向四周掃視一遍，胸前補子上的錦雞似乎也平添了幾分威儀，喊道：「請尙方劍！」

中軍捧著黃龍套袱包著的尙方劍，闊步而進，小心地擺在大堂正中的楠木翹雲頭條案上，靠著貔貅黑漆屏風，左右肅立恭候的文官武將和堂外列立的武士，一個個鴉雀無聲，凜凜然暗生畏懼之色。升帳儀節雖然從簡，沒有了平日總督升帳放炮、擂鼓奏樂、文武官員大聲報名參見等儀式，但因供出尙方劍，總督大人又朝服整齊，文官武將們按品級依次行禮後，只有孫傳庭、丁啓睿和幾位總兵設了座位，其餘眾人參拜後依然肅立。洪承疇早已打定主意，大戰之前不能不鼓舞士氣，他輕咳一聲，說道：「闖賊李自成迭經痛剿，疲於奔命，所餘賊人不過數千，又遭四面堵截，今已在潼關南原張下網羅，只等他前來受死。望諸位奮勇殺賊，報效君恩，力爭將李自成等生擒活捉，獻俘闕下，或將他們斬殺，傳首京師。潼關大戰，全憑孫撫台籌畫調遣，本部院也親臨督戰。今上爲不世英主，天威難測。凡作戰不力，臨陣畏縮者，不論官制尊卑，有尙方劍在，本部院絕不姑息！」說道最後，洪承疇語調陡然嚴厲起來，臉上似是罩了一層嚴霜，冷峻異常，眾人各覺駭然，齊聲答道：「謹遵鈞命！」

洪承疇見孫傳庭、丁啓睿也都起身作答，莞爾一笑，登時換了一副面孔，招呼道：「闖賊模樣你們可識辨得出來？」

孫傳庭答道：「卑職已命畫工據降將翻山鷂高傑所言，描摹成圖，詳列闖賊的姓名、年齡、籍貫，發與各營。爲便於記誦，特題了一首《西江月》：此是李闖逆賊，而今狗命垂亡，東西潰竄走四方。四下天兵趕上，撒下天羅地網，看他何處逃藏？軍民人等綁來降，玉帶錦衣升賞。」

「唔，這首《西江月》寫得朗朗上口。想高傑與闖賊同鄉，又奪了闖賊的妻子邢氏，自然知曉闖賊容貌。諸位務必記清楚了，活要見人，死要見屍！」洪承疇估計已近戌時了，軍情緊急，不敢耽擱，即刻散帳，孫傳庭率領部將奔回駐地，自己也帶著一群幕僚和親隨馳歸大營。

月色蒼茫，寒星微明。精兵在前，老營拖後，李自成的大隊人馬出了山口，前哨進入了一道深長的狹谷。他看了兵士撿回來的塘報，清兵內犯京畿，洪承疇、孫傳庭北上勤王，那潼關自然就只剩下丁啓睿的本部人馬。他由秦入豫，由豫入秦，數次經潼關左右出入，潼關山川形勢了然於胸，潼關所以有險可恃，不過依仗禁溝和十二連城。禁溝南起秦嶺蒿岔峪口，北至潼關城南的石門關，由此突襲潼關，不易給官軍發覺，出其不意，攻其不備。十二連城城牆高厚，宛如一道天然屏障，東西橫亙，截斷了南北通路。他看著谷中荊棘叢生，四周一片寂靜，只聽到馬蹄聲、腳步聲和槍刀劍戟碰擊之聲，在寒風中飄蕩，擔心官軍在此設伏，命令大隊人馬遠遠跟隨在前哨後面，三三兩兩，絡繹而行，並派出哨探不時到兩邊山頭查看。天色放亮，人馬漸漸出了峽谷，前面隱約現出大片的山丘，連綿起伏，好似一大堆出籠的饅頭，並不險峻，這裏便是潼關南原。他暗暗舒了一口氣，勒馬跑上道旁的土崗眺望，依稀可以看到潼關城了。清晨尤其是隆冬季節的清晨，實在是劫城最佳的時刻，人們大多還懶在溫暖的被窩裏，睡意朦朧。他想著人馬接連征戰數月，沒有地方好好休整，又趕上瘟疫流行，死傷甚眾，能在潼關城中吃上幾頓飽飯，也好振奮一下士氣。正在思謀，忽聽前面一聲炮響，震天動地，隨即傳來陣陣喊殺聲和密如連珠的炮聲。

「不好，中了埋伏！」李自成猝不及防，知道眾寡懸殊，身後又有曹變蛟、賀人龍尾隨追擊，不敢戀戰，只得拼死向潼關城猛攻。城上官軍居高臨下，火炮、弓弩齊發，李自成的人馬登時潰不成軍。此時，城頭上豎起一杆大纛旗，隨風舒捲，斗大的「洪」字飄鼓起來，甚是醒目。李自成禁不住暗吃一驚，低叫道：「啊呀，洪承疇果然沒走！」

孫傳庭身披重甲，頭戴金盔，立馬高岡，遠遠望見李自成的人馬前隊游魚入釜般地進了伏擊圈內，鞭梢一揮，炮手點燃號炮，霎時伏兵四起。「隨我殺賊！」孫傳庭大吼一聲，橫刀躍馬，直衝下去，在谷底截住廝殺。圍追在後的曹變蛟聽見前邊炮響，殺聲驟起，催動軍馬趕來，左光先居右，賀人龍在左，一齊殺到。箭如飛蝗，官軍大呼著「活捉闖賊」，潮水一般蜂擁而來，將李自成等人團團圍住。李自成進退無路，揮劍拼死一搏。官軍人數頗眾，騎兵在前衝擊，步卒隨後廝殺，一場混戰，將李自成等人衝散，分割包圍，使之各自為戰，不能相顧。李自成拍馬舞劍，往來衝突，縱橫馳騁，饒是驍勇善戰，但到處是官軍，看著「闖」字大旗追殺圍堵，李自成身邊數百個親隨，人單勢孤，一時難以擺脫。一陣箭雨射來，他急

忙俯身在馬鞍上，但聽身邊的親隨紛紛墜馬，「闖」字大旗倒落塵埃，給那些驚馬騰踏，揚起幾塊布片，深秋殘葉般地在寒風中飄落。無數官軍將他們圍困在核心，左衝右闖，都給刀叢槍林逼退，李自成焦躁萬分，正在危急，忽見官軍背後一陣騷亂，旋風般捲過來一支人馬，當先一人手舞兩把大砍刀，正是勇將劉宗敏。二人合在一處，往外衝殺，撕開一條血路朝西南方向逃走。聽著後面的追兵漸漸遠了，李自成勒住馬頭，問道：「老營怎樣了？」

「都完了！」劉宗敏一聲哀歎，「沒有戰死，也會落入孫傳庭之手。」

李自成默然無語，兩眼掃過身邊僅存的十八騎，嘶啞著聲音道：「走，咱們躲入商洛山去！」

黃昏時分，南原各處的廝殺都已停止，滿山遍野都是刀槍、旌旗和屍體。孫傳庭不及吃晚飯，通令三軍，連夜打掃戰場，辨認死屍，搜尋李自成等匪首元兇的下落。兵丁們點燃火把，仔細辨識，花了一個多時辰，也沒找到李自成的蹤影。孫傳庭剛回到大帳，想著邊吃晚飯，邊等候喜訊，卻聽帳外一聲高喊：「制台大人到——」沒等孫傳庭出帳恭迎，洪承疇疾步跨了進來。洪承疇含笑朝躬著身子的孫傳庭拱拱手道：「白谷兄辛苦了，晚飯尚未用過吧！」

「不敢言勞，大人辛苦。」

等洪承疇坐下，孫傳庭才跟著坐了，等眾人退出帳外，他欠身問道：「大人乘著夜色親來敝營，可是急等闖賊的消息？」

「闖賊下落不明，確實令人心焦。不過他經此重創，即便漏網，要想恢復從前的聲勢，也不是一兩天能辦到的。暫且可將他放置一旁，率師勤王，刻不容緩呀！」

「只是闖賊不知死活，卑職難以甘心，不如留下卑職仔細搜尋，必要將他生擒或斬殺。」

「方才我剛接到兵部十萬火急檄文，嚴令啓程，違拗不得呀！白谷兄，你是個世事透徹通達、熟知權變的人，闖賊固是重要，但終究比不過皇上。這般火燒眉毛的當口兒，君父有難，咱們做臣子的唯有赴湯蹈火，若一味逗留拖延，皇上那裏實在不好剖白交代。」

「那誰來收拾殘局？」李自成生死不明，不弄個水落石出，孫傳庭有些捨不得離開陝西。

「關中治安及查明巨賊下落，可交付潼關兵備道丁啓睿。」

「這……」眼看大功垂成，自己卻不能善終其事，孫傳庭實在不甘心，但洪承疇話說得很重，又是推心置腹的金石良言，一時無從辯駁，他心中鬱悶異常。

洪承疇雖戎馬倥傯十餘年，但畢竟是兩榜出身，官場歷練多年，閱人無數，如何不知他此時的心境，長喟一聲，徐徐說道：「白谷兄，不瞞你說，此次北上勤王，本部院心中有些異樣，其中滋味你或許體味得出來。」

「大人請明言。」

「唉！本部院覺得怕是回不了西安了。」

「此話怎講？」

洪承疇起身踱步不止，許久才咬牙說出兩個字：「出關。」

「大人要遠赴遼東？」

「白谷兄，你想中原賊寇掃滅，你我下一步要做什麼？必是攘除外患，征討後金了。」

「大人可是聽到什麼風聲？」

「朝廷還沒有旨意，但依皇上的秉性，絕不會容忍後金三番五次地入關侵擾。」洪承疇搖搖頭。

「卑職也要到遼東麼？」

「白谷兄是難得的帥才，就是皇上沒有旨意，本部院也準備舉薦。遼東正是用人之際，少得正是知兵善戰之人呀！」

孫傳庭登時深覺知遇，慷慨應道：「卑職隨大人馳援京師。」

次日，洪承疇、孫傳庭二人不及休整兵馬，孫傳庭爲前隊，洪承疇隨後，各率人馬即刻取道北上。途中不斷有兵部塘報傳來，頭一份塘報就說高起潛在盧溝橋失利。孫傳庭進了河北地界，接到第二份塘報，知道盧象升戰死蒿水橋。他不敢怠慢，率精兵三千晝夜急進，離京師還有二十里紮下營盤。崇禎得到陝西援軍趕到的消息，擢升孫傳庭兵部右侍郎兼右僉都御史，代替盧象升總督各路援軍，並賜尚方劍。

清兵四次深入京畿，三次直逼北京城下，乘勝橫掃畿南幾十個州縣，又突入山東，攻克濟南，德王朱由樞被俘，布政使張秉文，副使鄧謙濟、周之訓，知府荀好善被殺，濟南城被焚掠一空，城內外積屍十三萬，馬踏中原千里，如入無人之境。崇禎每次想起都羞愧交加，恨得暗自切齒，幾次召大學士楊嗣昌到乾清宮商議對策。多次的召對使楊嗣昌更能體味崇禎的心思，他深知內賊雖需小心防範，但如今李自成潼關新敗，無論生死與否，倉促之間再也不會興風作浪，張獻忠、羅汝才等人又都給熊文燦招降，中原只剩十幾個不甚知名的小股流寇，已屬瘡痍之疾，東虜便成了皇上的心腹大患，皇上刻意中興，此時斷不會再言撫策的，再說和議密謀已有人風聞，滿城百姓也紛紛談論，人心不可違呀！他試探著舉薦洪承疇挾破賊軍威，總督薊、遼，出關對付清兵，新任陝西、三邊總督由洪承疇舉薦，崇禎思慮片刻，便准了。周皇后與田貴妃和好如初，雖經喪子之痛，但田貴妃在承乾宮夜夜承歡。中原匪患雖未敢說根除，李自成的生死，洪承疇報捷的摺子有些含糊其辭，只說正在加緊搜緝，而孫傳庭卻連章奏捷，聲稱闖賊全軍覆滅，非俘即亡。兩家抵牾，使他對李自成已死心存疑慮，但潼關一戰畢竟是十年以來不曾有過的大捷，數年剿賊算是有了暫結之局，用兵遼東的時機到了。他得知洪承疇將到京師西南的良鄉，特命楊嗣昌代為郊勞。等擊退滿清韃子後，與孫傳庭一起入京陛見。清兵此次入關，依然是意在騷擾，無意略地，一經飽掠，便出青山口北還。京師雖又經一次磨難浩劫，但慶幸並無大恙，不過一場虛驚。

洪承疇耳目極多，楊嗣昌未到良鄉，他已紮下大營，遠遠趕來迎接。洪承疇當年在楊鶴麾下就已聞楊嗣昌之名，知道他博涉文籍，工於筆札，詩文奇崛，富有辯才，卻一直不曾謀面。張鳳翼死後，正丁憂在家的楊嗣昌被奪情起復為兵部尚書。他到任後上的奏摺《敬陳安內第一要務疏》寫得不同凡響，洪承疇讀到後曾為之擊節讚賞。他還記得奏摺中的幾句名言，必先安內然後方可攘外，必先足食然後方可足兵，必先保民然後方可蕩寇，佩服楊嗣昌的遠見卓識，何況楊嗣昌以東閣大學士掌理兵部，又是皇上身邊的第一寵臣，今後仰仗之處還多，自然不敢輕慢。上次皇上駕臨良鄉親勞大軍，因自己掩飾不住驕矜之色，吃了大虧，若不是賊寇蜂起橫行，要想官復原職都不知是什麼年月了，晉封宮保掛兵部尚書銜怎敢奢望？君子不二過呀！洪承疇不斷告誡著自己，他看見馬上的楊嗣昌年紀與自己相若，面皮白淨，頷下漆黑的長鬚絲毫不亂，跑了幾十里的路，大紅一品仙鶴補服依然顯得整潔，心裏頓生好感。楊嗣昌因他是父親舊部，又見他洵然一派儒將之風，大起惺惺相惜之意。二人寒暄著，在禮炮聲中步入大帳，洪承疇跪接了聖旨，將楊嗣昌讓向黑漆貔貅屏風前面的虎皮金交椅。楊嗣昌笑著推辭道：「九老，學生雖忝居閣中，卻也知曉軍中法紀，自古虎不離山，帥不離位，莫要謙讓了，還是你來坐才是。就像朝中站班，亂不得呀！」

洪承疇打躬道：「如此就不客套了。」他先命人給楊嗣昌在上首設好了座席，才穩穩坐了，喊道：「來人！閣老不辭勞苦，代聖天子出城勞軍，傳令參將以上入帳參拜。」

楊嗣昌擺手道：「莫急，莫急！學生還有幾句話要與九老抵掌相談。」

洪承疇揮退眾人，不等楊嗣昌開口，直截了當地問道：「閣老說的可是關涉遼東？」

「不錯。」楊嗣昌莞爾一笑。

「閣老，此時出兵遼東似嫌尚早，李自成生死不明，張獻忠、羅汝才等人未必真降，若盡撤中原之兵，豈不是給了流賊喘息之機？野火燒不盡，春風吹又生，等流賊氣焰復張，再行撲滅可就難了。如今東虜已退走關外，京畿無憂，中原不可久虛，還應乘勝追擊，剿滅流賊。靡不有初，鮮克有終，分心兩顧，不能專辦一事，左支右絀，實在是兵家大忌呀！」

「剿兵難撤，敵國生心，要絕了東虜入關之心，必要有雄師拱衛京畿。內患初靖，滿清爲我之敵，與流賊不同，只可戰，不可和，和則怯敵，實在有損皇上聖德呀！」

「九邊綿延將近萬里，關隘無數，難以個個守得牢固，東虜鐵騎往來飄忽迅急，不教他們入關，怕是沒有這個把握。當年袁崇煥守住了寧遠、山海關一線，可卻阻止不了東虜自西邊進犯。」

楊嗣昌壓低聲音道：「皇上有意趁流賊蟄伏之機，一舉剪滅東虜。」

「那就更難啦！長途征伐，關山萬里，急切之間，如何得手？卑職不才，可不敢冒如此的風險呀！」

「九老是先父的舊屬，我不用瞞你。皇上心意已決，不要再爭辯了，何必惹皇上不快呢！」

「卑職擔心皇上按期責功，交不了差呀！」洪承疇面色沉鬱，憂心忡忡。

「你且寬心，只要學生在閣一日，皇上那裏必代你剖白。」

「多謝閣老。自古未有朝中無內援而外將立功者，有閣老這句話，卑職就放心了。」洪承疇離席長長一揖，「卑職蒙皇上知遇大恩，理應整頓關外軍務，替皇上稍解東顧之憂，但有兩件事需請旨恩准。」

「什麼事？」

「東虜與我朝對峙多年，如今又僭立僞號，絕非努爾哈赤十三副遺甲起兵之時，不可小覷。若持久對壘，步步爲營，與他們拼耗財力，卑職以爲這法子雖愚笨，卻最爲可行，絕不可輕易言戰。孫白谷深諳兵事，是難得的將才，若能留他守衛京畿，東虜即便破關而入，京師也不致有什麼危難。卑職可乘機揮師北進，直搗盛京。這兩件事如獲皇上恩准，遼東恢復並非遙遙無期。但流賊尚未根除，卑職恐不能專心遼東，若內外輾轉，必然事倍而功半。」

楊嗣昌點頭道：「學生回去，先給皇上吹吹風，過些日子還要平臺召對。召對前，九老可上摺子請求陛見，親口向皇上陳情。」

平臺召見的不只洪承疇一人，還有總督各路援軍的孫傳庭。孫傳庭已聽說了洪承疇改任薊、遼總督，還知道洪承疇到了京師，皇上特命閣臣楊嗣昌隆重郊勞，又被允進城陛見，此次潼關大捷，自己功勞應在洪承疇之上，卻沒有此等殊榮，他自是鬱悶塡胸。崇禎升座後，等洪承疇、孫傳庭行過常朝禮，問了洪承疇一些何日啓程和兵馬糧餉準備如何等等，用兵方略在那日陛見時已准其所請，今日無須再問，接著勉勵他早奏捷音。命洪承疇起來，崇禎看著跪在地上的孫傳庭，問道：「孫傳庭，陝西三邊總督之缺，你看有何人接任爲好？」

孫傳庭伏著身子，恭候問話，卻未料到皇上竟會有此一問，他心中暗喜，以爲皇上有意命自己接任，平臺召對儼如朝堂，自然不好狂妄自薦，但放眼天下，實在有些捨我其誰，他躊躇片刻，才回道：「全憑聖裁。」

「你是難得的將才，屢次剿賊立功，朕想留你在總督保定、山東、河南軍務，護衛京畿，你可願意？」

孫傳庭私下以為洪承疇既然改任為薊、遼總督，陝西、三邊總督的遺缺，無論是憑戰功，還是比用兵才能，都該由自己升補，不料皇上急於穩定關外局勢，竟破例將自己回調，與洪承疇相比，皇上似乎有些偏心，孫傳庭不由一陣傷感，有些負氣地答道：「聖意如此，微臣焉敢不遵！」

崇禎聽出他話中的哀怨，撫慰道：「你不但剿賊有功，練兵籌餉也見才能。朕留你在身邊，一是要你接著練兵，二是要向你借兵。」

孫傳庭一怔，脫口道：「借兵？」

「不錯，朕要調集天下可用之兵，戮力出關，征討東虜，一舉解除遼東之憂。你手下的陝西兵馬是屈指可數的精銳之師，朕想交給洪承疇指揮。」

「皇上，萬萬不可如此！」孫傳庭驚得猛然抬起頭來。

崇禎以為他捨不得讓出，勸說道：「朕不是賞罰不分明的人，斷不是狡兔死走狗烹，削奪你的兵權，實在是遼東急需調用將士，卻又等不及練兵。京畿腹地開闊，朕撥你些內帑銀，不出一年，你手下兵馬不會少於今日。」

「皇上，臣絕沒有擁兵自重的私念，截留秦兵，臣以為有三不可。」

「哪三不可？」

「截留秦兵，陝西勢必防衛空虛，是替賊寇清除了官軍，賊寇必然乘機滋蔓，若成燎原之勢，則陝西剿賊數年心血毀於一旦。此一絕不可留。秦兵的妻子兒女一家老小都散居陝西，秦兵戍邊久了，必然思念家人，不是嘩變就是逃回，回到老家，又擔心官府緝拿，只好投奔流賊，這些逃兵不能為朝廷用卻為流賊用，是驅兵從賊呀！此二絕不可留。遼東嚴寒，水土與秦地大不相同，秦兵遠赴遼東，水土不服，勢必非病則弱，實在無助於薊、遼邊防，不如以遼人守遼土。此三絕不可留。其中安危之機，伏請皇上明察。」

崇禎不悅道：「遼東黎民本來就少，只選遼地之兵，如何夠用？遼東何日恢復？東虜何日可平？張獻忠、羅汝才都已歸順朝廷，他們如何滋蔓？你是擔心李自成吧！朕且問你，闖逆現在何處？」

李自成的下落一直沒有查實，活不見人，死不見屍，孫傳庭心裏沒底，隱約感到闖賊逃到了什麼地方，躲藏了起來，見皇上責問，如何說得明白，登時急出一身冷汗，硬著頭皮，含糊答道：「微臣前奏闖賊全軍覆滅，確係實情，不敢有絲毫欺飾。」

「強辯！」崇禎一拍御案，追問道：「既是全軍覆沒，闖逆等元兇巨惡如何一併漏網？如此浪對，還不是欺飾麼？」

孫傳庭叩頭道：「君父在前，微臣怎敢強辯。潼關一戰，臣與洪制台麾兵圍剿，設三伏以待賊，確將闖逆全軍擊潰。因臣星夜率師勤王，未能擒捉闖賊及其他渠魁，想來多半死於亂軍之中，但死傷遍野，遺棄甲仗如山，一時難以搜活巨賊屍體，獻首闕下，以致闖賊下落至今未明，實是微臣心頭一大恨事。」

「你知不知道逆賊渠魁均已漏網？」

「臣率兵勤王，到了山西境內，聽說有漏網餘賊逃入商洛山中。爲斬草除根，免遺後患，臣飛檄潼關兵備道丁啓睿進山搜剿，又派副將賀人龍帶兵折回協助。漏網賊人是不是闖逆，臣實不知。」

「你看看吧！」崇禎從御案上拿起來幾份奏疏和塘報，扔給孫傳庭。

孫傳庭一直抱著李自成死於亂軍之中的希望，他寧願相信因屍首殘破或腐爛辨識不出來，也不願相信李自成全身而逃，隱藏在無邊的山林。他撿起文書，捧著匆匆流覽一下貼在一旁的引黃，叩頭道：「臣以爲這些文書都是妄奏。那些打闖賊旗號的絕非闖賊。」

「何以見得？」

「闖賊倘若未死，定必潛伏起來，待機而動，絕不會剛剛殘敗，養息尚且不暇，而妄豎大旗，指引官軍追剿。」

「唔，此說倒是深合情理。」崇禎微微點頭。

洪承疇道：「闖逆狡詐，不會輕易冒此風險。」

孫傳庭歎息道：「倘非奉詔北上，星夜勤王，絕不會有一賊漏網。」

「大膽！孫傳庭你竟如此目無君父，拿下！」

登時有兩個錦衣力士從地上拖起孫傳庭，褫去衣冠，推搡出去。洪承疇慌忙跪下叩頭道：「國家正當用人之際，孫傳庭素閒韜略，亦習戰陣，伏乞聖上息雷霆之怒，念他數年剿賊，不無微勞，令其戴罪立功。」

崇禎冷笑道：「朕不如此，秦兵怕是調不動了。朕已諭示兵部，將前屯衛總兵王廷臣、薊州總兵白廣恩、寧遠總兵吳三桂歸你節制，玉田總兵曹變蛟等你的舊部，還有孫傳庭麾下勁旅，亦供你驅使遣，天下精兵半數匯集山海關。望卿實心任事，全力恢復，不教東虜入關半步，滅寇雪恥，卿其勿負朕望！」

洪承疇含淚道：「潼關設伏雖稱大捷，但闖賊等人漏網，臣尸位總督，論法不能辭其責，自該具疏請罪。皇上不唯免予懲處，還將遼東重任付臣，知遇之恩，天高地厚，臣感激涕零，唯有以身許國，拼死報效。」

崇禎微笑道：「起去吧！你放心經營遼東，不要有後顧之憂。朕不怪孫傳庭，還要用他拱衛神京。明日正午賜宴平臺，文武百官未時一刻在朝陽門外爲你餞行。」

洪承疇叩頭謝恩，暗忖：皇上恩威莫測，倘若此去遼東無功，實在沒有顏面再回朝廷，只好成仁取義了。他剛站起身子，一個太監疾步踏上臺階，口中喘著長長的白氣，躬身將一封文書放在御案上，垂首鵠立一旁。崇禎看他大冷的天，卻跑得一臉熱汗，放下手中的茶碗，急問道：「王承恩，什麼緊急大事？」

王承恩答道：「萬歲爺，五省總理熊文燦六百里加急呈送密摺，張獻忠請降。」

「請降？其中有詐吧！」崇禎接過密摺看了，問道：「勇衛營監軍太監劉元斌沒有回奏嗎？」

「沒到呢！文燦有摺子來，他必定也會跟著呈遞。」

「嗯！」崇禎取來朱筆，在密摺上批道：兵連勝賊勢已窘，撫之則可；未戰勝而賊勢未窘，則斷不可撫。撫之而求散則可，撫之而求聚則不可；撫之而求殺賊則可，撫之而求擁眾自固則不可。小心賊人再施車廂峽故計，提防有詐。停了片刻，又寫道：賊首張獻忠曾驚擾祖陵，罪不可赦，絕不可放走了他！

第十回

熊文燦廬山訪高士
李自成穀城激故人

只聽見一陣隆隆的聲響傳來，如同龍吟虎嘯一般，又似夾雜著颯颯的松濤聲，正在驚愕，轉入一個山坳，仰頭望見一條瀑布劈空而下，懸掛數十百丈，飛珠濺玉，蔚為壯觀。懸崖邊上，空隱已汲了山泉水，點火煮茶。熊文燦喘著粗氣爬上懸崖，見崖上有塊一丈見方的大石盤，光滑如鏡，似是給人刻意打磨的一般。此時，日頭西下，萬道霞光映照在山間、樹木……染了一層金光，那條瀑布如一匹長長的織錦，光華燦爛。

七月伏天，驕陽似火，大地如籠，正是一年中最爲難熬的季節。雄奇秀挺的廬山卻剛入初夏，依然涼爽宜人。廬山南面，翠壁黃崖的雙劍峰東麓，有一座黃岩寺，寺院規模不算大，不在廬山五大叢林之列，甚是僻靜。傍晚時分，一隊人馬來到了黃岩寺前，軍卒都是一水兒的鳥銃，引得三五個避暑的遊客駐足觀看，指指點點，不知哪裏來的精兵。爲首的一人身穿大紅錦雞補服，鬚髮有些花白，但氣度雍容，有儒將之風。他在寺門前下了馬，問門前的小和尚道：「小師父，敢問空隱大和尚可在？」

小和尚何曾見過如此陣勢，不敢絲毫怠慢，恭敬回道：「老爺上下如何稱呼，也好回稟師尊知道。」

「煩請稟告上人，就說故友熊文燦造訪。」

話音未落，寺門裏轉出一位年歲略長面容清秀的僧人，快步迎上，合掌施禮道：「熊老爺，家師接到老爺的書信，日日懸望，等了多日了，快請裏面淨室相見。」

熊文燦隨著那和尚進了寺門，轉過大雄寶殿，到了後面的一間淨室，裏面端坐著一位老和尚，鬚眉皓白，面色紅潤，正在閉目清修，和尚通報道：「師父，熊老爺到了。」

老僧倏地睜開兩眼，翻身赤腳下床，上前迎接道：「文燦老弟，老衲算著你兩天前就該到了。」

「大師，路上山洪暴發，道路阻絕，拖延了兩日。」

空隱一指身邊的蒲團道：「老衲接到老弟的手札，知道你北上赴任，特地繞道江西，趕來廬山相會，心下感念，看來老弟沒有忘記故人吶！一死一生，乃知交情；一貧一富，乃知交態；一貴一賤，交情乃現。眞是千載不易的良言！」

熊文燦環顧室內，盤膝坐下，笑道：「大和尚乃是方外高士，何故有此浩歎？豈是勘不破紅塵紛擾、利祿功名？」

「我佛出入兩無礙，入得愈深，愈勘得破。不從地獄中打拼磨煉，如何到得西方樂土？」空隱面有悲憫之色。

「入得愈深，愈勘得破」，熊文燦禁不住點頭道：「十五年不見，大師佛理又精進了一層。」

空隱粲然一笑，合掌道：「阿彌陀佛，不過一層窗戶紙罷了，捅破它即可。」向那清秀和尚道：「函可，將老衲親手採摘的雲霧茶取來。」

不多時，函可手捧一個小錫罐進來，空隱手提茶爐、茶壺等一應用具，出了寺門，步履如飛，直向東邊的山峰而去。熊文燦加快腳步，卻越來落得越遠，沿著蜿蜒的山路追趕，走了不遠，只聽見一陣隆隆的聲響傳來，如同龍吟虎嘯一般，又似夾雜著颯颯的松濤聲，正在驚愕，轉入一個山坳，仰頭望見一條瀑布劈空而下，懸掛數十百丈，飛珠濺玉，蔚爲壯觀。懸崖邊上，空隱已汲了山泉水，點火煮茶。熊文燦喘著粗氣爬上懸崖，見崖上有塊一丈見方的大石盤，光滑如鏡，似是給人刻意打磨的一般。此時，日頭西下，萬道霞光映照在山間、樹木……染了一層金光，那條瀑布如一匹長長的織錦，光華燦爛。空隱聽著瀑布落入深潭的轟鳴聲，說道：「這條瀑布古稱開先瀑布，當年李太白曾到此遊歷，留下名篇傳世，飛流直下三千尺，疑是銀河落九天，何等的氣魄！」

江山勝蹟，名士風流，留下不少千古佳話。熊文燦自幼飽讀詩書，自然少不了文人習氣，遠遠眺望，雲煙蒼茫，瀑布斜飛，藤蘿倒掛，感歎道：「時光如梭，人世代謝，當年李太白不會想到我輩登臨，若干年後，我輩也不知誰會到此。」

空隱問道：「聽你話中隱含惆悵之意，實在不像是出自一位以兵部尚書銜兼右副都御史的五省軍務總理之口。你必是有什麼心事，不妨說來聽聽。」

「吉凶難定，聽說廬山大佛頗爲靈驗，我想在佛前卜問前程。」

「老弟錯了。佛本心生，不可妄求。你前世種什麼因，今日自然得什麼果，求人不如求己呀！」

「大師說我不該來？」熊文燦臉色微變。

「你在嶺南做你的太平總理，有什麼不好？何苦千里迢迢地蹚這渾水？」

「哎！都是貪杯誤事。」

「願聞其詳。」

熊文燦低頭道：「我招撫了海盜鄭芝龍和劉香老，升爲兵部右侍郎兼右僉都御史，總理兩廣軍務兼巡撫廣東，功成名就，也想著久鎭嶺南。兩年前，皇上派往親信太監王承恩往廣西採辦珠寶，路過廣州，我是個遠離朝廷的封疆之臣，朝中的貴使哪敢怠慢，自然是厚贈宴飲，一連留了他十天，他臨走那天，更是喝得痛快酣暢，他稱回京之後，一定美言。不知如何話鋒一轉，說起中原戰亂，慨歎無人能爲朝廷出力。我當時酒已多了，拍案大罵諸臣誤國，若如提兵挺進中原，斷不會任流賊猖獗！不料王承恩當即坦言相告：實是借往廣西採辦珠寶之名，來暗查我的虛實。見我如此慷慨豪邁，以爲中原非我不能辦。回京後，即向皇上保舉了。我那姻親禮部侍郎姚明恭也跟著添亂，聽到王承恩保舉我的風聲，竟向兵部尙書楊嗣昌說，我有宮中內援，可向皇上舉薦。楊嗣昌正好對五省總理王家禎不滿，我便取而代之了。」

一壺茶堪堪吃完，空隱命函可道：「你且收拾茶具回去，我陪熊老爺在山中走走。」看著函可走遠了，起身循著原路回去。暮色四起，山中分外寧靜，林間偶爾有幾聲蟬嘶鳥叫，山下的蛙鳴響成一片。空隱問道：「老弟，你自己想想統領兵馬，足以剿滅流賊麼？」

「我手下兩千精兵，縱然有火器，但那些流賊又不會坐等我去打殺，東躲西藏，四處流動，找他們的影子都難，如何剿滅？實在是難爲我，眞不能做到。」

「你手下有沒有獨當一面的將才？」

「手下將領多是剽悍異常，都是桀驁不馴、不肯聽話的主兒，怎肯誠心聽我節制，爲我死力賣命？有的將領，我至今不曾見過一面，還對不上號呢！」熊文燦不禁有些悻悻然。

「這兩件事你辦不到，皇上卻授你如此高位，寄以厚望，實在是拿你在火上烤呀！一旦不見功效，恐怕會禍及自身。」

「我該怎麼辦？」

「眼下是晚了。你難道忘了，莊子說要處於材與不材之間，你卻有些過於成己之才了。滿招損，謙受益，乃是天下至理，自古露才揚己有幾個是好下場的？」

熊文燦停下腳步，望著四下黑黝黝的山影，緩步走進寺門，在大雄寶殿前躑躅良久，才黯然道：「我施展故計如何？」

空隱失聲笑道：「果然不出老衲所料，招撫雖說可行，但流賊不是海寇，撫得了一時，撫不了一世，終成中原遺患，你要慎之又慎呀！」

「招撫不可輕許，必大創流賊，使之走投無路，才可招撫。」熊文燦步入大殿，在佛祖前跪了，禱告道：「此次如能平安身退，願青燈經卷、朽軀殘年，長伴我佛。」空隱暗暗搖了搖頭，暗道：「流賊已走投無路，又何必給他們路走！」

熊文燦不敢在廬山逗留，住了一夜，天明即刻北上。急行數日，到了河南南陽城外，只見旌旗招展，金鼓大作，兩支人馬正在廝殺。熊文燦將兩千精兵分為兩隊，左右包抄。此時，那兩支人馬激戰正酣，身披白袍手舞大刀的大將與一身黑袍黃面黃鬚的大漢殺得難解難分。熊文燦到了切近，已然看明白旗號，知道是總兵左良玉與八大王張獻忠交戰。張獻忠生得又高又瘦，臉色焦黃，貌若病夫，但咆哮似虎，一桿大砍刀舞得車輪一般，極為驍勇，熊文燦不由一陣陣心驚，惋惜道：「如此悍將屈身做賊，實在可惜了。」左良玉久戰張獻忠不下，撥轉馬頭退走，張獻忠哈哈大笑，拍馬追趕，不料左良玉伏在馬背，偷偷扯出彎弓，搭上狼牙大箭，霍地翻轉起身，嗖的一聲射出。張獻忠聽到弓弦聲響，急忙閃身躲避，那箭貼著前額飛過，將眉心劃開一寸多長的血口子，登時淌出鮮血，將一隻眼睛遮了。張獻忠大吼一聲，用袍袖連擦兩把，叫道：「姓左的，就你會射箭麼？也吃你張爺爺一箭！」伸手從背後摘下彎弓，卻聽左良玉高喊道：「姓張的孫子，你竟敢冒充左爺爺的名號，四處欺瞞百姓。你左爺爺堂堂朝廷命官，豈會聽任你這殺人魔頭玷污？看我射你的胳膊！」

張獻忠給他搶了先機，不敢大意，急忙一個鐙裏藏身，躲到馬腹下，但那箭如流星一般射到，正中拿弓的手指，手指未斷，但傷及骨頭，痛徹心脾。張獻忠撒手扔了弓箭，翻身起來，氣得兩眼通紅，揮舞大砍刀，朝左良玉衝來。左良玉見他拼了性命，吃了一驚，雙手一緩，再要搭箭射他，已然不及，只得打馬奔逃。張獻忠乘機大呼，領兵衝殺，逼得官軍紛紛潰退，一舉扭轉了劣勢。風雲突變，官軍眼看要敗，熊文燦一揮令旗，兩千精兵上前攔住張獻忠，一字排開，一陣火藥射出，張獻忠猝不及防，兵馬死傷眾多。左良玉大喜，回身追殺，趕到張獻忠身後，舉刀便砍，張獻忠慌忙抵擋。兩把大刀撞擊在一處，張獻忠額頭的箭傷震裂，眼睛又給鮮血遮住，急忙伸手去抹，左良玉大刀反手橫推，向張獻忠掃來。張獻忠聽到耳邊金風聲響，猛扭身形躲閃，饒是如此，臉頰依然給刀尖劃出一道血槽，張獻忠痛得扔刀落馬，左良玉大喝道：「看你還往哪裏逃！」俯身砍下，張獻忠情知難免，心頭一陣悲涼，兀自掙扎著就地翻滾，左良玉一連幾刀都未砍中，但卻將張獻忠的衣衫袍袖劃破，頭上的帽子、腳上的一隻靴子也都滾掉了，神情甚是狼狽。正在危急，一個手持長槍的大漢殺到，暴叫道：「一堵牆孫可望在此，休傷我們大當家的！」攔下左良玉奮力拼殺，手下的兵卒救起張獻忠，奪路突圍，直奔麻城而去。

初戰告捷，熊文燦欣喜異常，乘勝遣將四出追擊。監軍道張大經與太監劉元斌、盧九德率勇衛營禁軍從舒城、六合、固始、光山往麻城、黃州追襲，湖廣巡撫余應桂率左良玉、陳永福自南陽等地出擊，自率馮舉、苗有才兩部五千邊兵，一齊剿殺。此時，十面張網，四處合圍，陝西、山西、延綏、湖廣、鳳陽、山東、應天、江西、四川等地都布下重兵，張獻忠、闖塌天、革裏眼、老回回等人無路可走，敗逃湖廣穀城縣。張獻忠駐紮在穀城四郊，嚴令部下不得入城擄掠擾民。穀城地處湖廣西北，南依荊山，西偎武當，東臨漢水，南北二河經縣城東流入漢江，西北、西南三面群山環抱，但通往四川、陝西的道路都給官軍堵住，熊文燦又率大軍自河南圍追而來，如何躲過眼前這一劫，他心裏一時沒了主意。穀城知縣阮之鈿看到流賊聚集城外，又急又驚，嚴守城池，等待朝廷大軍救援。最先趕到的是總兵陳洪範率領的延綏邊兵，張獻忠聞知，準備好美女珠寶，與孫可望連夜到營中拜見。

陳洪範聽說張獻忠只帶一個隨從，下令開營門放入。張獻忠進了大帳，見陳洪範居中端坐，兩道蒼眉依稀還有往日威風，髯鬚花白，精神未減，一股滄桑之感油然而生，匍匐跪拜，行過大禮道：「大人可還記得小人？」

「記得。」陳洪範睜大眼睛，逼視他片刻，搖頭道：「我倒是沒看走眼，可惜你火焚皇陵，驚天動地，不走正路，枉負我當年求情放你一條生路之恩。」

張獻忠想起當年在延綏鎮當兵，因誤傷人命，按軍法當斬，參將陳洪範見他相貌堂堂，是條漢子，殺了實在可惜，趕到大營向總兵王威求情，死罪饒過，重責一百軍棍，趕出軍營。自己僥倖不死，留下了性命，都是陳大人的一念之仁，噙淚哽咽道：「大人再造之德，小人沒齒難忘。小人也想過平安日子，只是一向沒有遇到明主，又常遭官軍百般欺辱」

陳洪範截住他的話道：「當年你們身陷車廂峽，朝廷也曾有恩詔，爲何卻又再叛？」

「當年小人出了車廂峽，分頭安插遣散，但押解的官軍屢屢刁難，不把我等當人看，小人嚥不下這口氣。」

「我知道你不會久居人下，必會幹出一番轟轟烈烈的事業。當今邊患未除，內亂不靖，正是用人之際，你若眞心歸順朝廷，我可替你向督台大人面請。」

張獻忠面露喜色，叩頭道：「多年前，小人蒙大人一句話得以免去死罪，救命大恩一直沒有報答，今日在穀城危難之中得遇大人，實在是天意。小人有天大的膽子，也不敢與大人刀兵相見，願率本部人馬歸降，在大人軍中報效朝廷。」

「你眞有此心，我斷不會爲朝廷埋沒人才。明日我稟明督台大人。」

張獻忠接過孫可望手中的錦袋打開，袋內光芒閃爍，都是金玉珠寶，呈到陳洪範眼前，恭敬地說道：「這些珠寶是小人多年積攢的，特地獻給大人。」

軍中俸祿極低，陳洪範一輩子的俸銀也買不了幾顆珍珠、美玉，他這些珠寶必是從鉅賈大戶人家擄掠而來，絕非出自尋常百姓，想來多半也是不義之財，就不推辭，笑著收了。張獻忠輕擊兩掌，帳外進來兩個十七八歲的美人，朝上盈盈下拜。陳洪範軍旅寂寞，見了兩個如花的尤物，登時酥了半身，結結巴巴地說道：「這、這是何、何意呀？」

孫可望堆笑道：「我們首領一直感念大人救命恩德，今後雖追隨左右，但終不能日夜侍奉，特找了這兩個美人代爲伺候大人衣食起居。大人也好養足精神，帶著小人們多爲朝廷出力。」

「好好！」兩個美人左擁右抱，陳洪範心花怒放，「督台大人那裏還需……」

「督台大人的禮物，小人也備下了。」張獻忠從懷中取出一個紅木小匣，放在桌上打開，裏面赫然是一支兩尺多長的碧玉珊瑚樹，色綠如水，光可鑒人，令人禁不住心神蕩漾，就是大內皇宮裏也未必有如此稀世之珍。陳洪範看得兩眼發直，就見張獻忠又掏出一個小小的錦囊，裏面是兩顆一寸大小渾圓的珍珠，幽幽地閃著光芒，「請大人代爲轉交督台大人，轉圜疏通。」

「一定辦到，一定辦到！」陳洪範給那兩個美人又扯鬍鬚又捶後背，伺候得心猿意馬，滿口應承。

熊文燦聞知闖塌天劉國能曾是有功名的秀才，家裏還有老母在堂，闖塌天又極爲孝順，正要派人接他母親過來幫著勸降，想著先招撫一兩股流賊，一則引誘其他流賊來降，二則可打擊流賊的氣焰，聽說張獻忠願意歸順，而陳洪範有大恩於他，大喜過望，立時准允，上專摺請旨招撫。張獻忠聽到消息，即刻回應，貼出告示：「本營志在匡亂，已逐闖兵遠遁。今欲釋甲歸朝，並不傷害百姓。」穀城百姓見他秋毫無犯，平價買賣，也不加防備。兩個落第秀才潘獨鼇、徐以顯出城投靠，做了張獻忠的軍師。

崇禎接到劉元斌的摺子，坐實了張獻忠歸降一事，心中實在不願赦免張獻忠之罪，卻又擔心不容他改過，無異逼他狗急跳牆，躊躇多時，只在摺子上批了剿撫並用四個大字。熊文燦決定在穀城受降，湖廣巡按林銘球、襄陽道王瑞旃與左良玉密謀，明以撫示，陰以剿殺，待張獻忠一到，即刻捉拿斬殺。不料給熊文燦知曉，嚴令禁止。張獻忠猜測朝廷必然心存疑慮，按照軍師潘獨鼇的主意，請來當地鄉紳耆老具結作保，情願歸順，但只受陳洪範節制；三萬人馬縮減一半，縮減者就地務農，在城外十五里的白沙洲建造房舍數百間，以為長久居所。徐以顯親自做媒，娶當地高姓女子做妾，並給他起了一個文謅謅的表字——敬軒。張獻忠、劉國能投降後，混十萬馬進忠、射塌天李萬慶、曹操羅汝才、過天星惠登相、整世王王國寧、托天王常國安、十反王楊友賢、花關索王光恩等部陸續投降，湖廣、河南等地漸漸平定。

秋風送爽，北雁南飛。進了十月，張獻忠的傷已養好，每日聽徐以顯講解孫吳兵法。想到熊文燦火器厲害，暗自打造三眼槍、狼牙棒、排弩等兵器，特地打造了一支鑲金嵌銀的三眼槍，張獻忠極為喜愛，終日不離手。這日正在帳中擺弄，一個親兵進來稟道：「闖王李自成來了。」

「他怎麼來了？」張獻忠一驚，不由站起身來，焦急道：「天下多少雙眼睛盯著穀城，多少人懷疑咱是詐降，他此時來穀城，若給官軍知曉，可是惹了大麻煩。」

「大帥不必擔心」，軍師徐以顯笑吟吟地進來，「天賜良機，切莫錯過。」

「什麼良機？兵馬尚未休整好，官軍若發覺咱們與李自成往來，豈肯坐視？」

「此事好辦。李自成自投羅網，大帥正好乘機將他捉了，押送到武昌，交給督台大人。一來可顯示對朝廷的忠心，二來也除去了心腹大患。」

「我與他不過有些小怨，不必殺個你死我活。」

徐以顯笑道：「大帥誤會了。李自成新經潼關慘敗，論理該苟延性命，躲在深山，坐待時機。可他卻甘冒風險，只帶兩個隨從，奔波數百里，到穀城白沙洲來見大帥，足見膽識不凡。今後能與大帥一爭長短的，非此人莫屬，絕不可留他！」

張獻忠沉吟道：「我倆也算多年的兄弟，不能翻臉無情，壞了江湖規矩。你跑一趟，將他接進來，千萬不可露了形跡。」

李自成許久沒有見過這樣的佳餚美味了，聞著酒香，不由想起下落不明的妻女，心中一陣痛楚。張獻忠見他對著酒菜走神，拍拍他的肩膀，有幾分奚落道：「山中的日子東躲西藏，想必清苦。李兄不如跟隨我投降朝廷，豈不勝過奔波受罪？」

「哈哈哈……」李自成仰面大笑，「老弟，我怎比得了你？如今手下不足百人，早已沒了投降的本錢，哪個還願意在我身上花銀子？我來穀城混口酒飯吃，還是老弟看著以往的情分呢！」

「李兄乃是當世英雄，哪裏缺得了酒飯？你必是有什麼打算。」

「痛快！」李自成一拍大腿，「真人面前不說假話，我是特來勸你起事的。」

「日子過得平平安安，起什麼事？」張獻忠嚥下一杯酒道：「你嘗嘗這是穀城有名的花石酒，醇香無比呀！」

李自成長歎一聲，惋惜道：「想不到當年叱吒風雲、縱橫四海的英雄豪傑，竟也氣短如此。看來穀城我是白來了。」說罷，站起身來，欲言又止，拱手告辭道：「後會有期。」

「慢著，有話說完不遲。」

李自成冷笑道：「老弟，你在穀城自以為享樂納福，在我看來你上受朝廷疑忌，不給職銜，不發關防，不給糧餉；下受地方官紳訛詐，日日索賄，不過困居而已，非大丈夫所為。」

徐以顯陰惻惻冷哼道：「如意算盤打得不錯，卻騙不得人。我們起事，引來官軍廝殺，得便宜的卻是你。在山中做快活神仙，好生自在！」

「古語說：寧為雞首，無為牛後。哪個自在，張老弟心裏明白。」

「還是自己當家快活　」張獻忠大笑未絕，一個兵卒飛跑進來，急急說道：「知縣阮之鈿來拜，已到了營門。」

「阮知縣想必聽到了什麼風聲。」張獻忠詫異地看了李自成一眼。

「老弟可將我獻出請功。」

「人在江湖，義字當先。李兄還是快走吧！出後營門往東，從仙人渡浮橋過河，順著官路再往西北，人煙稀少，山嶺重疊，就不難隱身了。」張獻忠拱手離席。

阮之鈿身爲穀城的地方官，張獻忠就在他眼皮底下，所作所爲就是再機密，也難保不弄出丁點兒動靜，所謂江山易改，本性難移，忍得一時忍不得一世，終會露出馬腳來。張獻忠才駐紮穀城時，不妄取百姓一草一木，買賣公平，有時向幾個爲富不仁的鄉紳借糧，卻不敢胡作非爲，近來公然向富戶徵索糧食和財物，威逼拷打，目無法紀。日夜趕造軍器，天天練兵，囤積糧食，又從河南來的災民中招收一萬多人，並將輜重往均州、房縣一帶急運，看來他賊性未泯，起事作亂不過早晚之間，而近在襄陽的熊總理硬是裝聾作啞，但穀城是自己的署地，推脫不得也逃避不得，實在沒有退路可走。他坐轎來到白沙洲大營，身上的七品大紅公服分外鮮豔，看到虎皮椅上高坐的張獻忠，想到城裏城外說張獻忠詐降的傳言，暗自擔憂，但想到身陷此地，自該與穀城共存亡，不是死於流賊之手，便是爲國法所不容，橫下一條心，氣昂昂地上前，劈面問道：「張將軍，闖賊李自成在哪裏？」

張獻忠見他孤身一人，沒帶什麼兵馬，知道他並無什麼確證，意在詐人，不動聲色地說道：「你該去問洪承疇、孫傳庭，不該到白沙洲來，走這遭冤枉路。」

阮之鈿冷笑道：「亂臣賊子，人人得而誅之，何必非找洪、孫兩位大人？有人分明眼見他進了大營。」

「知縣大人若有疑心，不妨在我營中搜查一遍，也算幫我洗個清白。」

阮之鈿明白一個人進了十萬兵馬的大營，便如鳥歸山林，魚入大海，縱使自己化身百千，也難找到他的影子，不由神氣為之一餒，溫語勸說道：「張將軍不如捉他獻給朝廷」

張獻忠極不耐煩地打斷他的話道：「向朝廷討官做麼？他奶奶的，當初答應給的副將職銜還沒有實授，關防也沒發，朝廷分明沒把咱放在心上，何必自尋煩惱，惹那些閒氣生？別說李自成沒來，就是來了，也不關咱什麼鳥事！」

「外間謠傳甚多，真假且不去管他，將軍不想借此機會表白忠心？將軍豈不見劉國能將軍，反正後赤誠報效，天子手詔封官，厚賞金帛，封妻蔭子，何等風光！」

「自古有幾個忠臣有好下場的？別人不理，自各兒何必緊趕著去獻媚討好！哈哈，你以為咱稀罕朝廷的一顆關防銅印？老子什麼時候高興了，刻顆斗大的金印，豈不比朝廷的關防闊氣得多！」張獻忠捋著散亂的虬髯，向後仰靠在椅子上放聲大笑。

「看來你是存心窩藏闖賊了？」阮之鈿聲色俱厲。

張獻忠跳了起來，指著阮之鈿的鼻子喝問道：「怎麼？你這芝麻粒兒大的七品縣官，也敢教訓起老子來了！咱就是窩藏欽犯，你又能怎麼樣？」

「學生動不得你，也惹不起你。可還有監軍道、巡按，還有熊大人，他們若是知道了你尚存反意，自然有法子對付。」阮之鈿兩眼直視著張獻忠，絲毫不讓半步。

「你知會了張大經、林銘球？」

「不錯。」

「你看看這可是你寫給熊文燦的文書？說什麼獻忠必反，可先未發而圖之。」張獻忠從懷裏掏出一張團得皺巴巴的紙，輕蔑地哼道：「他信你的一紙文書，還是喜歡白花花的銀子？熊大人坐鎮襄陽，撈起銀子來，手一伸便到了穀城。你的那些上司，除了襄陽道王瑞旃以外，哪一個沒使過咱的銀子？你們吃國家俸祿的，千里做官，只爲吃穿，有幾個想著老百姓的？」

阮之鈿見密信竟遭張獻忠截獲，想到熊總理尚給他蒙蔽，焦躁不安，但穀城四門都給張獻忠的人把守，城外數十里都有兵卒巡邏，脫身乏術，消息難以送到襄陽。這是天意麼？他暗自歎息，臉上卻十分沉靜，冷聲道：「學生今日來見將軍，原是一番好意，想爲朝廷惜才，將軍若執迷不悟，可別怪學生沒提個醒兒。」

張獻忠瞪起眼睛，恨聲罵道：「哼，你向熊總理告老子的狀，還是向崇禎奏上一本，隨你娘的便，老子一點都不在乎！來人呀，給老子把他先押起來！」

阮之鈿雙眉聳立，朝上前的兵卒喝道：「我是朝廷命官，你們不可放肆！」

「不可動粗！」張獻忠嘿嘿一笑，擺手道：「阮知縣，你究竟還算有些氣節，咱不想殺你，但要教你看個明白。來人，拿我的令箭去請張大經來！」

阮之鈿給兩個親兵架到大帳後面，不一會兒，張大經坐著轎子到了轅門，張獻忠迎出二門，張大經慌忙喝住了轎，不待轎子落穩，急忙下來，喘喘地說道：「學生在此監軍，一向與將軍交厚，有什麼得罪之處，今日竟用令箭相召，這、這未免有些不成體統，將軍要給學生略存些臉面才好。」

張獻忠連笑兩聲，拱拱手道：「咱是個行伍出身的粗人，不懂那些臭規矩，因事情緊急，只想早一會兒見到你，有什麼不妥，多多海涵吧！」

「言重了。」張大經在客位上坐下。

張獻忠朝後看了一眼，估摸著阮之鈿聽得清楚，笑道：「張大人，今日請你來，想吐吐心中的苦水。」

張大經吃驚道：「朝廷恩旨不日就要到了，將軍請發六個月的糧餉也都如數撥付，該喝將軍的喜酒了，還有什麼苦水？」

「咱倆都姓張，五百年前是一家，私下裏還是以兄弟相稱親近些。你年長幾歲，咱就喊你做大哥吧！」

「這、這……」

「你是朝廷四品命官，不是嫌咱出身草莽，高攀不上吧？」

「哪裏……豈敢……那、那咱們就以兄弟相稱。」張大經給他說中心事，神情有些尷尬，呼著他新取的表字，掩飾道：「敬軒，什麼人給你氣生了？」

「不是哪個人，是……咳，一時也說不清楚。咱出身貧苦，造反也是因遭遇不平，嚥不下那口惡氣。在穀城歸順朝廷，也想爲地方造福。如今身入宦海，已半年多來，見到的都是官吏貪墨，豪紳橫行，加上官軍隨處擄掠，百姓實在沒了活路。當年咱在綠林，大碗喝酒，大塊吃肉，不曾見過這等烏七八糟的事，如今卻終日要見，想不見都不行，就是閉上兩眼，也在心頭上晃悠。咱實在受不了了，做這樣的鳥官，還不如佔個山頭快活自在，你如願意同咱共圖大事，日後絕不會負你。若你還想做官吃俸祿，咱也不強求，等咱離開穀城地界，即刻放了你！」

張大經驚得面無人色，暗想：既然知道了張獻忠要起事復叛，事關機密，他絕不會容自己活著逃出穀城，與其死在他刀下，不如虛以委蛇，先活下去，走一步說一步。倘若張獻忠兵敗，便一口咬定並未投賊，只是遭流賊威逼挾裹，大不了削籍丟官，卻勝似丟了性命。電光火石之間，張大經心頭想了幾遍，起身道：「敬軒！你爲民請命，再樹義旗，愚兄感佩不已，情願追隨左右，共圖大事，出民於水火。倘有二心，天地不容！」

「好哇！這才是識時務的英雄俊傑，不像那死讀書的腐儒窮酸。來人，請阮知縣出來！哈哈哈哈……」

阮之鈿昂然走出來，對著張大經冷笑數聲。二人官階相差許多，但他一不搭言寒暄，二不揖拜行禮，只翻了翻眼皮，竟將張大經視若無物，不放在眼裏，實在是輕蔑已極。張大經暗自臉熱，沒想到營帳中有同僚在，訕訕地坐著，尷尬萬分。張獻忠問道：「張大人堂堂的四品官，都願與咱共襄大事，你還有什麼留戀不肯的？」

「我自幼讀聖賢書，別的沒記住，只記住了一個忠字。張大經甘心從賊，我無力管他，但替他祖宗憂懼，張家祖墳今後怕沒人照看了。」

剛剛進來的軍師潘獨鼇反駁道：「你眞是不知時變的腐儒！自古勝者爲王，敗者爲寇，

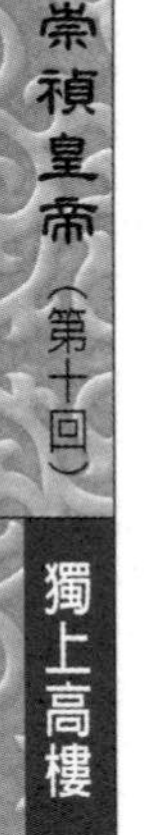

張大人棄暗投明，同舉義旗，來日即是新朝之開國元勳，不單祖墳不必擔心無人照看，還可往上追封三代，光宗耀祖呢！」

「呸！你這沒天良的逆賊，枉負了這頂頭巾！」阮之鈿戟指大罵。

潘獨鼇大怒，森然喝道：「再敢胡說，割了你的舌頭！」

「我既敢來白沙洲，早已將生死置之度外，沒打算活著回去，不用囉嗦，快快動手！」

「好漢子！」張獻忠磔磔大笑，「咱偏不殺你，留著看熊文燦，不、不，看崇禎如何處置你。」

「不必了。有死而已，夫復何懼！」阮之鈿嘴角抽搐了幾下，跪下身子向北拜了四拜，然後咬破手指，在帳幃上奮力書寫，竟成一首短詩：

讀盡聖賢書籍，
成此浩然心性。
勉哉殺身成仁，
無負賢良方正。

——穀邑小臣阮之鈿拜闕恭辭

張獻忠命道：「來人，護送阮知縣回衙，好生伺候，不可教他走漏了消息。」幾個軍卒進來，將阮之鈿連拖帶推，送回縣衙。

穀城四門都已換成張獻忠的人馬把守，沒有令箭，誰也出不了城。不斷有人進來稟報，一會兒說已打開官庫，運走庫中銀錢；一會兒說已打開監獄，所有囚犯都放了出來。張獻忠哈哈大笑，呼道：「快拿酒來，與眾位痛飲上幾杯！」

上好的花石酒端了上來，張獻忠舉大杯在手，三杯酒下肚，忽然懊惱道：「咱四海縱橫十年，不想會在穀城委曲求全，竟要看別人的臉色行事，當眞好恨！」

潘獨鼇勸解說：「大丈夫能屈能伸，譬如雲中之龍，能大能小，能升能隱，乘時變化。大則興雲吐霧，小則隱介藏形。升則飛騰於宇宙之間，隱則潛伏於波濤之內。能息馬穀城，養精蓄銳，便是今日大舉的本錢。」

「還是老潘知道咱的心。來來來……吃酒，吃酒！」他帶頭乾了一杯，向左右問道：「看緊了林銘球，不要教他跑了。」

潘獨鼇走到帳外，提著一顆血淋淋的人頭進來，稟道：「那狗官已然驚覺，乘船要跑，給我帶人追上殺了，這便是林銘球的狗頭，請大帥驗看！」

張獻忠不愧殺人不眨眼的魔頭，見了血淋淋的首級，沒有絲毫吃驚害怕之色，用手提提人頭上的長髮，罵道：「這便是貪官的下場！」

第十一回

左良玉兵敗羅猴嶺
楊嗣昌督師襄陽城

「督師升帳——」隨著一聲呼喊，身穿皇上欽賜斗牛服的督師楊嗣昌，在一群官員的簇擁中從屏風後緩步而出，走到圍有紅緞錦幛的楠木公案後坐下，背後的屏風上高懸著黃綾子裝裱的御制詩，兩個高大健壯的執事官分捧尚方劍和「督師輔臣」大印侍立左右旁，眾幕僚也分列兩旁肅立侍候。

襄陽古城號稱七省通衢，南船北馬，四通八達，乃是歷代兵家必爭之地，名勝古蹟繁多，城東南角城牆上，有一座雙層重簷歇山頂的高樓，雄偉壯麗，相傳是漢代詩人王粲作《登樓賦》之處，後代改建爲樓宇，取王粲字而名仲宣樓，與晴川樓、黃鶴樓、岳陽樓並稱湖廣四大名樓。端午佳節，仲宣樓上，筵席初開，笙歌盈耳。五省總理熊文燦正在宴請大小官員。二樓上也是五楹開間，紅松鋪地，楠木隔扇、抱柱上雕著蟲魚花鳥雲樹仙人，還有各色道家人物故事，居中的一塊大屏風上鏤著王粲的名篇《登樓賦》，銀鉤鐵畫，顯然出自名家手筆。樓宇年久失修，丹漆蒙塵，雕花剝落，有一種繁華不再的失落與惆悵。熊文燦吩咐道：「人都齊了？告訴下頭開席。不必上來敬酒，各自盡興吧！」

侍衛朝下喊一聲：「督台大人有命，樓下開宴！」

湖廣巡撫余應桂剛剛被參出缺，巡按林銘球又在穀城與監軍道張大經監督張獻忠，其他各省的巡撫、巡按相離較遠，只有鄖陽巡撫戴東旻趕來赴會，襄陽城中文官夠品級作陪的只有道台王瑞旃一人，其他的則是左良玉、副將羅岱、馮舉、苗有才一班武將。熊文燦上席，戴東旻、左良玉左右相陪，王瑞旃執壺斟酒。王瑞旃端杯道：「荊襄形勝，自古論者以關中爲上，荊襄爲次，金陵爲下。督台大人統率雄兵，各路流賊聞風而降，湖廣、河南一時河海晏清，多年沒有了太平景象，實在可喜可賀！」

「不少人說我是頑寇呢！」熊文燦吃下一杯，「余撫台三番五次地向皇上密奏，說張獻忠反心未滅，可大半年了，他還不是乖乖地待在古城？娶妾生子，安享天倫。不少部眾又做了種田漢，買田蓋屋，以爲久居之計。前些年招撫，動不動就遣散回家，實在勞民傷財，將這些撫眾就地安插，少了許多周折，也省了許多銀子。」

戴東旻帶眾人一齊喝了，說道：「招撫一事也見膽識，這工夫火候需拿捏得極準，聖人說過猶不及，實在是萬古不易的金玉良言。」這話明明是讚頌熊文燦，但說得不露痕跡，王瑞旃等人也暗自佩服。

熊文燦極爲受用，點頭道：「此次招撫與以往絕不相同。張獻忠行伍出身，有些見識。我推誠待他，陳總鎮又是他的恩人，自然更知道他的底細，有陳總鎮引薦，諒張獻忠也不會存什麼欺詐之心。如今張獻忠已成驚弓之鳥，最怕別人不信他，將心比心，絕不可反覆試探，以致使他驚懼不安，總擔心刀斧將至，性命不保。如此哪裏是招撫，分明是逼他再反麼！」

「督台大人此舉有兩不易呀！」王瑞旃也不甘於後人，給熊文燦滿滿斟上酒。

「什麼兩不易？」左良玉、羅岱等人都是粗莽的漢子，拙於言辭，逢迎起來自覺還不如帶兵打仗、衝鋒陷陣容易，搭不上話，又不好埋頭吃酒，聽王瑞旃轉了話題，急忙插話。

「左總鎮，張獻忠驍勇剽悍，不易招撫，這是一不易。其次，上自本兵楊大人，下到古城知縣阮之鈿，都說張獻忠據城要撫，並非眞心歸順，若不能殺賊自效，就該早想法子除去他，以免留下禍患。眾人皆日可殺，而熊大人鐵了心地要招撫，爲此遭了多少彈劾，這可眞不易呀！」

左良玉附和道：「這如同用兵打仗一般，最怕號令不一，軍心若亂了，勝負之勢已判，仗其實不用打了。」

「都是皇上聖明。」熊文燦難掩得意之色，「若非皇上不聽余應桂等人的聒噪，哪裏會有如此太平景象？」說到最後，卻有了自誇的口氣。眾人齊聲稱頌，紛紛起身敬酒。

酒過三巡，熊文燦推杯不飲，起身踱到花窗下，憑欄遠眺，只見沮、清、漳三條大河交匯於此，滾滾東去，感慨道：「仲宣樓，我是久仰了。自廣州來到湖廣，就想著何時得空閒登臨四大名樓，但流賊未平，哪裏有心思風雅。登茲樓以四望兮，聊暇日以銷憂。王仲宣說得牢騷話，你我諸人深受皇上知遇大恩，又拿著朝廷俸祿，必要替君父分憂才是。」

「仲宣的文章固然千古卓絕，但終究不過一個文人墨客而已。他當年登高遠望時，天下豪傑並起，天下牛糜爛於戈戟，卻不能立尺寸之功，文章再好也不過無病呻吟，於世毫無裨益。大人重登此樓，與他興會自然不同。」戴東旻說得熊文燦心花怒放，但嘴上卻謙遜道：「王粲登樓，千古風流，也值得欽佩。不然後代哪裏會有許多吟詠名作？」

王瑞旃接道：「卑職倒還記得一首《摸魚兒．仲宣樓賦》寫得極好。倚危梯，酹春懷古，輕寒才轉花信。江城望極多愁思，前事惱人方寸。湖海興，算合付、元龍舉白澆談吻。憑高試問，問舊日王郎，依劉有地，何事賦幽憤？沙頭路，休記家山遠近。賓鴻一去無信。滄波渺渺空歸夢，門外北風淒緊。烏帽整，便做得、功名難綠星星鬢。敲吟未穩，又白鷺飛來，垂楊自舞，誰與寄離恨。」

「詞情並茂，卻與眼前景象不合。」戴東旻搖頭道：「袁中道有《登仲宣樓》詩五首，其一曰：『久矣承平日，登臨壯郢疆。水邊三市潤，樹裏萬家藏。南浦笙歌沸，西園劍舄忙。驅車行樂好，遊子不思鄉。』倒是像親眼見了熊大人的豐功偉績，民心思治呀！張獻忠概莫能外。」

熊文燦輕拈髫鬚，沉吟道：「我倒覺得還是前朝張江陵那首《題仲宣樓》寫得氣魄極大：一樓雄此郡，萬里眼全開。孤嶂煙中落，長江天際來。看題尋舊跡，懷古寄新裁。不見操觚者，臨風首重回。那襟懷確是不凡。」

「熊大人平賊之功，當朝幾乎無人可及，出將入相不過早晚之間。」戴東旻環視眾人一眼，「咱們再敬熊大人一杯如何？」

眾人吵嚷著隨聲附和，剛剛端起杯子，卻聽樓梯一陣亂響，一個衙役飛跑上來，兩個侍衛又急又恐地跟在後面。那衙役撲通跪下，連叩幾個響頭，流淚道：「熊大人，張獻忠又反了，我家老爺自知逃不過此劫，服毒自殺。」

好端端一場歡宴給攪了，熊文燦大怒，拍案道：「你說張獻忠已造反，有什麼憑據？」

「穀城四門都給張獻忠的人把守，小人是拚死才逃出來的。」

「胡說！巡按林大人、監軍道張大人都沒消息來，怎麼偏偏會由你一個小小的衙役報信？分明是受人蠱惑！」

「小人不敢謊報。如今穀城已給張獻忠佔據，阮大人的官印給賊人搶去　」

「張獻忠是造反還是向阮之錮洩私憤，你說得清嗎？」

「這……老爺說的小人不明白。」

熊文燦冷哼道：「張獻忠在穀城外十五里的白沙洲造房買地種麥，本是經我准許的，阮之錮卻四處遊說他已無土可守，無民可牧，無賦可徵，還向他的故交南京兵部尙書范景文寫信抱怨。你當我不知道麼？」他目光凌厲地盯著衙役道：「是不是張獻忠到縣衙找阮之錮尋仇去了？從實招來。」

「小人只看見那些賊人拆毀城牆，搶劫糧倉，釋放囚犯，又將縣衙一把火燒了。」

「阮之錮呢？」

「小人一看火起，乘亂逃了出來，不知阮大人的下落。」

「這個混賬東西，阻撓招撫大局，若果眞逼反張獻忠，一年多的心血就白費了。」熊文燦面色陰沉。

左良玉起身道：「督台大人，末將也曾風聞張獻忠這半年來，在穀城招納亡命之徒，打造兵器，購買馬匹，又在漢水之上架造浮橋，反跡已露。必要發兵剿襲，切不可養虎遺患。」

左良玉是威名素著的大將，熊文燦最爲倚重，語氣登時緩和下來，含笑道：「昆山，此次招撫不止張獻忠一部，他雖懷二心，但尙未公開叛亂，若派兵襲擊，必然引起其他幾路賊人的驚覺，本來他們就懷疑朝廷招撫是權宜之計，所謂明以招撫陰以剿殺，必會再叛，那時烽煙四起，難免顧此失彼，如何向皇上交代？兩害相較取其輕，小不忍則亂大謀，還是忍忍吧！再說張獻忠等人畢竟出身貧賤，粗知國家法度，不可以正途出身的臣子標準要求他們，需慢慢誘導，才能改邪歸正。操之過急，逼得急了，他們鋌而走險，什麼事做不出來？」

左良玉擁兵自重，戰功又多，心裏有些看不起那些自命儒將的人，聽他動輒勸誡以大局為重，反駁道：「督台大人難道不怕一味縱容張獻忠，他有恃無恐，為所欲為，其他賊人學他的樣子？若他們個個不受大人節制，不遵朝廷號令，招撫不招撫又有什麼分別？」

「畢竟湖廣地面太平了許多。」

「不過是一時局面，終非根本長久之策。」

熊文燦有些勉強地笑道：「哈哈，昆山還是個急性子呀！」

「張獻忠招撫前，大人不是常說必大創流賊才好招撫麼？如今張獻忠反跡既顯，再派兵痛擊，使他死了復叛的心，不敢膽大妄為。」

「那、那還是往死裏逼他呀！」熊文燦尷尬道。

戴東旻、王瑞旃一齊打圓場道：「來來來，吃酒吃酒！不要辜負了端午佳節。」命人將穀城縣衙役帶下樓去，看管起來。

眾人剛剛坐定，探馬飛跑上來稟報：「張獻忠佔據穀城，林大人死難，張大人從賊了。」

「怎麼，他、他竟敢殺了林大人？」熊文燦一口酒正要嚥下，卻堵在喉嚨間，辣得眼淚幾乎流出來。

左良玉請戰道：「末將願率人馬替林大人報仇。」

熊文燦想到林銘球與左良玉、王瑞旃二人商議捕殺張獻忠，如今林銘球卻給張獻忠殺了，暗自歎息一番，心裏卻仍然存著僥倖，以爲張獻忠不過出於個人恩怨，絕非造反，若左良玉率大軍進擊，張獻忠想不造反也勢所難免了。他猶豫道：「張獻忠憑藉穀城，居高臨下，將軍貿然出擊，未必建功，挫動士氣，實在得不償失，不如等他鬆懈下來，伺機偷襲。」

「大人此話並非知兵之言。」左良玉擺手道：「逆賊善於野戰，而不善於守城。何況據方才衙役講，張獻忠拆毀城牆，已無險可依，他也沒想著堅守穀城。我們出其不意攻其無備，將穀城圍了，切斷他的糧餉，不出兩月，流賊勢必自亂陣腳，軍心渙散。如此賊寡我眾，賊散我合，賊怠我奮，攻之必拔，襲之必擒。如此良機，若失去了，實在可惜。」

熊文燦阻攔道：「將軍不必著急，張獻忠正向房縣運送糧草，他必不會久據穀城，不如等他離開，在房縣途中阻攔追擊，且從容飲酒，看他還有什麼動靜。」

左良玉嘿然道：「督台大人既如此說，我等何必犯險廝殺，但皇上怪罪下來，並非我等怯敵不肯盡力。」

熊文燦訕笑道：「那是自然，有什麼罪責，我絕不推卸。」

初夏晝長，將近申時，日頭尚高，酒宴方酣，熊文燦依舊留左良玉等人飲酒作樂。期間探馬不住來報，羅汝才聞張獻忠動手，在房縣起事呼應。張獻忠火燒穀城，退走房縣，與羅汝才合兵，殺了知縣郝景春及其子鳴鸞，並送進一張告示。熊文燦酒已吃到七成，接了告示在手，只看了兩眼，便大驚道：「好賊子！我誠心待你，想保舉你出人頭地，你卻恩將仇報，如此害我！」

左良玉不識幾個字，不知告示上寫的什麼，但見戴東旻取過告示看了，面如土色，結結巴巴道：「這賊子可、可惡！竟、竟血口噴、噴人。我何曾見過他、他一文錢！」

王瑞旃歪頭掃看一遍，心頭不住怦怦直跳。哪裏是什麼告示，分明是一份送禮納賄的清單。張獻忠詳列了各級官員敲詐勒索的錢財，上自五省軍務總理熊文燦，下至縣令、縣丞，密密麻麻寫滿了湖廣、鄖陽各地的官員姓名、索賄數目、日期等，一筆筆都寫得清清楚楚，開頭便說：「獻忠之叛，總理使然」清單的第一行就是「熊文燦索賄金銀珠寶貨累萬萬」。王瑞旃沒有找到自己的姓名，暗呼僥倖，張獻忠也曾送來五百兩銀子，自己沒有收下，命來人帶了回去。不然，自己的大名勢必也會列在其中，這些告示不知道在通衢大街上貼了多少，如何瞞得住？

熊文燦臉色鐵青，雙手顫抖著，許久說不出話來，恨不得一刀劈了張獻忠，可此事給告示宣揚出去，眾人的嘴是堵不住了，只有殺了張獻忠，將所有罪責推在他身上，皇上那裏才好遮掩。熊文燦打定主意，想著方才未聽左良玉的勸告，正躊躇著如何下這個臺階，使左良玉欣然帶兵進剿，中軍官匆匆上樓來，躬身稟道：「請大人趕快回去接旨。」

「有聖旨到了？」熊文燦即刻從椅子上站起身來

「已到了道台衙門。」

道台衙門是熊文燦的臨時行轅，欽差到了，不敢怠慢，熊文燦起身道：「諸位快隨我去接旨！」一邊整理衣冠，一邊下樓上轎。戴東旻、王瑞旃、左良玉等全體文武緊緊跟隨，也都是邊走邊整衣冠。熊文燦隱隱有些不安，猜到聖旨必定與剿賊有關，若是張獻忠焚毀穀城的事給皇上知道了，不知會受到怎樣的嚴責。

熊文燦趕到行轅，一個背著黃包袱的太監已在轅門外等候。熊文燦急忙命人在大堂上擺好香案，與眾文武分兩行跪接聖旨。那太監捧著黃包袱，穿過儀門，昂然步入大堂，尖細著嗓子，向眾人道：「熊文燦、左良玉聽旨，其餘文武官員退下！」

等眾文武退出以後，太監打開黃緞包袱，取出一個朱漆描金盤龍匣子，匣子裏面有一個黃綾暗龍封套，封套中嚴嚴實實地放著詔書。他不緊不慢地取出詔書，朗聲宣讀：

奉天承運皇帝詔曰：流賊禍國，十載於茲，萬姓塗炭，陵寢震驚。凡我臣子，誰不切齒！上天有好生之德，下民皆大明赤子，朕甚憫焉。前已迭下手詔，諄諄告諭，凡有悔過歸順之心者，一律准其自新。然賊首張獻忠曾驚祖陵，不可輕赦。熊文燦不能仰體聖心，專意招撫，竟允其據城擁兵，為其請官開賞，欺蒙已甚。革去熊文燦總理一職，立功自贖。欽此！

詔書宣讀已畢，熊文燦叩頭謝恩，許久才站起身來，顫抖著雙手接過詔書，放在香案上，向傳旨太監寒暄道乏，吩咐在花廳準備酒宴。與左良玉陪吃了，天色已晚，安頓好傳旨太監歇息，請左良玉到書房議事，吩咐任何人不得打擾。一進書房，熊文燦長揖到地，哀求道：「昆山救我！」

左良玉猝不及防，伸手拉住，故作不解道：「督台大人，何故行此大禮？末將擔當不起呀！」

「昆山，你就不要裝糊塗了。方才的聖旨你親耳聽到了，我就要大禍臨頭，你若忍心袖手旁觀，我唯有一死以謝聖上了。」

「督台要末將做什麼？」

「我已不是總督，不要以此稱呼了。你若願意幫我，咱們就以兄弟相稱，不拘什麼虛禮了，喊我一聲老哥哥。哥哥求你帶兵追擊張獻忠，必要一鼓殲滅，哥哥才好向皇上有個交代。事到如今，哥哥也不求什麼官職了，只求能全身而退，回到老家，安享餘年。」

左良玉冷笑道：「在仲宣樓我向你請戰，攻打穀城，你卻百般阻攔。如今再要圍追，已經晚了。方才我得到信報，張獻忠已將軍械糧草從容運到房縣，離開穀城，躲入大山之中。良機已失，恕難從命。」

「昆山，我自信待你不薄。剛來湖廣，手下的兩千火器軍不爲你所容，我隨即將他們遣散回廣東。你就忍心看著我給緹騎押解回京，斬首西市？」熊文燦頗覺失望。

「不是我不願分憂出力，實在是心有餘而力不足了。孫子云：夫地形者，兵之助也。料敵制勝，計險隘遠近，上將之道也。知此而用戰者必勝，不知此而用戰者必敗。流賊居無常地，四處竄伏，張獻忠據穀城而守，不過是急著移運糧草，並不在乎一城的得失，他心裏明白穀城無險可恃，因此他拆毀城牆，怕給官軍攻取。當時，若派兵圍攻，流賊本不善守城，張獻忠必定顧此失彼，逃向房縣。途中設伏，必可大勝。如今他竄入深山密林，卻是有險可依了，不用說追擊，就是找到他的影子也難，如何作戰？再說即便找得到，也未必戰之能勝。若損兵折將，只能罪加一等，對督台恐怕沒有什麼裨益。」

「你是不願幫忙了？」

「情勢不容。」

熊文燦一指桌上，陰惻地說道：「昆山，你看這是五省軍務總督的印信，這是我準備拜發的疏稿。你若願意進兵追剿，這總督關防可由你隨意加蓋。若不願意，哼！也休怪我心狠手辣，參劾你故意逗留縱賊之罪。皇上既將剿賊大事相託，你我便是拴在一條繩上的螞蚱，誰也別想躲得遠遠的，沒有一點兒干係！」

左良玉大怒，一張本來色如重棗的臉盤變得紫紅，拍案大叫道：「分明是督台縱虎歸山，卻將屎盆子扣在我頭上！你身爲總督，便是首惡，有什麼罪責也要你先承擔。我不過一個部將，風雨再大能打濕多少？你用六百里快馬緊急發出吧！看看到頭來，是哪個倒的楣大！」

熊文燦歎了口氣，拿起疏稿放到燭火上點燃，看著燒爲灰燼，摸著鬍鬚道：「昆山，原本不該逼你，怪不得你惱怒。唉！我老了，本想在嶺南安享晚年，不料卻誤走了這步棋！你就不同了，我記得你是萬曆二十六年出生，四十歲的年紀，正是春秋鼎盛的好時候，正是大有作爲之時，容不得半點兒差池。一旦有什麼閃失，妄想鹹魚翻身，難哪！你想想崇禎元年你在遼東任車右營都司，寧遠兵變遭撤職，後來累積戰功，才授了個游擊。若不是昌平督治兵部右侍郎侯恂推薦，你一個有前科的人想升爲副將，不知道要等多少年！你的機緣不錯，遇到了貴人。可難說永久幸運，世上也沒有那麼多侯若谷！你前程遠大，好生珍重。去吧！去吧！」他頹然倒在椅子上，緊閉兩眼，舉手擺了兩下，「我個人一死不足惜，只怕連累了家人。」

左良玉是個驕悍不畏上的人，但熊文燦的一席話卻打動了他。他出身微賤，自幼父母雙亡，未曾上過一天學，憑著一身好武藝，弓馬嫻熟，才升到總兵的職位，其中千辛萬苦刻骨銘心，自然不願輕易放棄，見熊文燦閉目呆坐，老淚縱橫，將總督關防一推，高聲道：「這印信是朝廷發授的，他人豈敢輕動？大人還是好生保管著，我這就去追張獻忠！」說罷，抱一抱拳，大踏步走了。

五黃六月的季節，大軍冒著暑熱急行，苦不堪言。副將羅岱帶領兩千人馬爲先鋒，左良玉率一萬大軍隨後，向西追擊。過了房縣八十里，眼前是一片連綿起伏的山巒，樹木茂密，林陰森森，乃是房縣有名的羅猴山。已近晌午時分，羅岱下令歇息造飯，士卒們紛紛躲在樹下乘涼，將兵器丟在一邊，有的甚至解開衣甲，袒胸露乳，仰臥在地。羅岱喝罵不住，正在焦躁，卻聽一聲炮響，伏兵四起，山頭上一個黃臉的大漢大呼道：「羅岱，張爺爺布下了天羅地網，快快下馬受死！」

羅岱大怒，奮勇向山頭衝來。不料，山道上藤蘿遍地，絆住馬腿，饒是羅岱騎術甚精，也險些摔下馬來。急忙一提絲韁，那馬原地轉了兩圈兒，忽地騰身而起，馬腿卻給藤蘿纏繞緊了，連人帶馬重重摔倒在地。張獻忠大笑道：「見個面兒倒也不必大禮參拜，作個揖就行了！」羅岱又羞又怒，揮刀砍斷藤蘿，上馬再進，前面又是一片茂盛的藤蘿，將山道密密遮住，只得棄馬登山。不到半里，給人團團圍住。羅岱大喝一聲，舞刀廝殺，左右衝突。左良玉聞報先鋒與流賊廝殺，生恐羅岱兵少不敵，急令大軍救援。剛到山下，得知羅岱給賊人圍困，力竭遭擒，心知不妙，急令退軍，卻給張獻忠截斷了退路。左良玉拼死衝殺出去，官軍大敗，左良玉的軍符印信盡失，士卒死傷過萬人，丟棄的軍械物資千萬有餘。

崇禎得到左良玉羅猴山慘敗的消息，急忙召楊嗣昌進宮密商大計。楊嗣昌惶恐不安，不等崇禎問話，跪下叩頭道：「熊文燦剿撫無方，致有穀城之變，貽誤封疆，深負陛下倚任。臣無知人之明，所薦非人，致使城破師辱，亦不能辭其咎。」

「熊文燦因循誤事，敷衍時日，致使張獻忠盤踞穀城，勢如養虎。但以封疆事重，朕不肯輕易易人。穀城之變，朕還是不肯治他的罪，仍望他立功自贖。沒想到他竟逼迫左良玉輕進，損兵折將，深負朕望，實在可恨！必要拿問，置之重典。」崇禎看著匍匐在地的楊嗣昌，寬慰道：「此事罪在熊文燦一人，卿不必自責過深。左良玉雖敗，但並未傷元氣，並不足憂，朕憂的是何人接替熊文燦，去襄陽主持大局。」

楊嗣昌小心地說：「孫傳庭可用。」

「哼，他倒是知兵，可不知權變，太任性了，心裏哪有君父？」

「孫傳庭遭皇上嚴旨切責，驚懼以致耳聾，似並非有意推脫總督河北、山東軍務，聽說他在獄中深自悔悟」

「不必說他了，還不到時候，朕要磨磨他的稜角。」

「臣願自請督師襄陽，竭犬馬之力，剿平逆賊，略贖罪愆。」

「先生不辭辛勞，朕心甚慰。西望雲天，殊勞朕憂！而朝廷百事叢脞，亦不可一日無先生，朕左思右想，躊躇不決。」崇禎臉上閃過一絲笑意，隨即歎口氣道：「朕經營天下十餘年，大臣瀆職，小臣貪墨，國事糜爛至此，可爲浩歎！朕不意以四海之大，竟沒有如關雲長、岳武穆一流的將才！」

楊嗣昌感激道：「臣蒙皇上知遇，銘記五內。自任本兵以來，清兵入塞，破名城，擄藩王，損主帥，聖心焦勞。每一念及，惶驚萬分。皇上不以此罪罰，臣有尺寸微功，即刻褒揚，命翊贊中樞。聖眷恩重，敢不報效？」

「朕想你此去襄陽，用『督師輔臣』官銜爲宜。朕實不忍心先生離開左右，但寇亂日急，不得已煩先生遠行。」崇禎嗓音有些沙啞，吃了口冰糖燕窩，說道：「卿去湖廣，以剿獻賊爲主，但亦當兼顧商洛。倘若闖賊從商洛山中竄出，亦不要使之與獻賊合兵一處。」

楊嗣昌答道：「皇上英明天縱，燭照賊情。臣至襄陽，當謹遵皇上所授方略。」

「先生此去，還有什麼事需準備？」

「大軍雲集於川、楚交界與陝西南部，距離督餉侍郎駐地池州甚遠，請命張伯鯨移駐湖廣用兵之地，最爲便捷。左良玉雖然新敗，但此人有大將之才，他麾下多是精兵，乞皇上格外施恩，封他爲『平賊將軍』，以壯士氣。」

崇禎頷首道：「卿可放心地去襄陽，所需一切，朕即諭各有司即日供辦。」

次日，崇禎下旨楊嗣昌以閣臣督師湖廣，賜精金百兩，大紅紵絲表裏四匹，斗牛衣一件，賞功銀四萬兩，銀牌一千五百個，紵絲和排絹各五百匹，發給「督師輔臣」銀印一顆，餉銀五十萬兩。傳旨中午皇上在平臺賜宴，爲他餞行。午時一刻，楊嗣昌由王德化引進平臺後殿，鼓樂聲中隨著鴻臚寺官的鳴贊向皇帝行了常朝禮。光祿寺已在殿中擺了兩席，一席擺在御案上，一席擺在下邊。楊嗣昌叩謝後入席，向北與崇禎相向而坐。崇禎舉起玉斝向他敬酒，楊嗣昌急忙離開座位，雙手跪捧，輕呷一下，畢恭畢敬地把酒澆在地上，叩拜道：「謝聖恩！」垂手躬身而立。

御前太監馬元程雙手捧著一個黃綾雲龍錦盒，尖聲道：「楊嗣昌謝恩吶！」楊嗣昌又跪下叩了頭，捧接錦盒。崇禎道：「朕昨夜寫了一首詩，爲先生出征送行。願先生旌麾所指，寇氛盡消。」

楊嗣昌又叩了一個頭，雙手顫抖著小心打開錦盒，盒內有一卷正黃描金雲龍蠟箋，展開細看，上有御筆親題的一首七絕詩，每字兩寸見方，他朝上望了一眼，見崇禎面帶微笑，低頭朗誦道：

「鹽梅今去作干城，

上將威嚴細柳營。

一掃寇氛從此靖，

還期教養遂民生。」

兩眼登時湧滿淚水，詩後題著的「賜督師輔臣嗣昌」七個字，又一行字是「大明崇禎十二年己卯九月吉日」，還有加蓋著的「崇禎御筆」和「表正萬方之寶」兩方篆體陽文朱印，都有些模糊了，哽咽著說不出話來。

平臺賜宴雖說隆重，但只是走走過場，用不了多大工夫。賜過御詩後，儀式即告完畢，撤去酒肴。光祿寺和鴻臚寺的官員們先退走，王德化、馬元程等幾個太監也都退下，殿內只剩下崇禎、楊嗣昌二人。崇禎招呼楊嗣昌將凳杌移近，緩聲問道：「先生遠離京城，奔赴襄陽，實在萬不得已，朕捨不得先生。剿賊重任繫於先生一身，朕所望甚厚。」

楊嗣昌起身要拜，崇禎伸手阻攔道：「殿內只有你我二人，不必拘禮，坐著說吧！」「君父面前不可失儀，皇上格外恩典，臣不勝惶恐。」楊嗣昌依舊叩拜，才說道：「臣蒙知遇，受恩深重，唯有鞠躬盡瘁以報皇上。然臣一離國門，便成萬里，不似在京師大內，可睹聖顏，當面請旨。孫子云：『夫兵久而國利者，未之有也。』然以今日情勢而言，欲速勝恐不甚易，流賊需次第殲滅，不能一蹴而就。如此耗費糧餉必多，朝臣拘於習氣，物議橫生，但有皇上做主，臣可放心。只是朝臣若陽奉陰違，暗中掣臣之肘，兵馬、錢糧、軍械、獎懲　不能因需而定，凱旋勢必遙遙無期。臣剿得了刀槍之賊，卻奈何不了衣冠之寇。」

「先生放心，朕不會教他們蒙混欺瞞的。」

「目前將驕兵惰，臣此去襄陽，先整肅軍紀，而後進剿流賊。」

崇禎點頭說：「朕已賜你尚方劍，總兵以下將領有罪，斬殺處罰便宜行事，不必奏陳。有先生坐鎮襄陽，指揮剿賊，朕甚覺安心，擔心的是東虜不待剿賊成功，又將大舉進犯。」

「臣愚見與皇上遠慮略同。方今國家多事，內外難以兩顧。若專力剿賊，必要對東虜用撫，羈縻一時，等內亂肅清，再對後金大張撻伐不遲。」

「傅宗龍缺少權變之才，未必能擔此重任。」

「軍旅之事，皇上可以問傅宗龍。宣大總督陳新甲精明幹練，實爲難得人才，可由他去辦議撫之事。」

崇禎道：「流賊爲國家腹心之憂，千斤重擔都在先生肩上。望先生專意剿賊，不必議撫分心。已令大臣們明日在國門外爲卿餞行，先生凱旋之日，朕必要親勞郊迎。」

次日清早，楊嗣昌進宮陛辭後，來到廣寧門外眞空寺，首輔薛國觀率領著六品以上的文武百官奉旨郊餞督師。寺院中搭起了布棚，擺滿了桌椅。寺門外，車、馬、轎子、各色執事人等，熙熙攘攘。綠呢八抬大轎由幕僚、家人和護衛兵丁簇擁而來，離寺門半里地左右，那些三品以下的官員躬身肅立，遠遠迎接。在三聲禮炮和鼓樂聲中楊嗣昌下轎拱手還禮，再重新上轎，直抬到山門，首輔、眾閣臣、六部尙書和侍郎，都察院左右都御史等三品以上官員依次站列門外。等楊嗣昌在寺院中向北叩頭謝恩後，薛國觀率領全體文武同僚敬酒三杯。楊嗣昌王命在身，隨即辭別，上轎登程，往盧溝橋而去。一路不敢耽擱，轎夫們輪流替換，路經磁州、彰德、衛輝、封丘、開封、朱仙鎮、許昌、南陽和新野，二十九日，到達樊城東郊十五里的張家灣，連夜進了襄陽城，次日即在熊文燦總理行轅中升帳理事。

天色微明，轅門外，一對五六丈高的大旗桿上懸掛著兩面杏黃大旗，左面繡「鹽梅上將」，右面繡「三軍督司」。兩排一丈三尺的小旗桿上掛著彩色門旗，每行五面，旗方七尺，一律是火焰形杏黃旗邊，旗子正中繡一隻飛虎。咚咚咚三聲炮響，轅門大開。從轅門到大堂是兩進大院，中間一道二門，二門外直到大堂階下，甬路兩旁站列著許多侍衛。一聲炮響，文武大員陸續進入轅門，在二門外肅立等候。二次鳴炮，二門內奏起鼓樂。「督師升帳——」隨著一聲呼喊，身穿皇上欽賜斗牛服的督師楊嗣昌，在一群官員的簇擁中從屏風後緩步而出，走到圍有紅緞錦幃的楠木公案後坐下，背後的屏風上高懸著黃綾子裝裱的御制詩，兩個高大健壯的執事官分捧尚方劍和「督師輔臣」大印侍立左右旁，眾幕僚也分列兩旁肅立侍候。楊嗣昌環視四周，威嚴地說道：「請眾位大人進帳。」等候在二門外的文武大員由湖廣巡撫方孔昭領頭，後邊跟著監軍道、總兵、副將和參將等數十員，文東武西，分兩行魚貫而入，按照品級，依次向楊嗣昌行了報名參拜大禮。眾人都給督師輔臣烜赫的權勢震懾住了，屏聲靜氣，躬身肅立。

楊嗣昌手拈鬍鬚，站在公案後，掃看了眾人一遍，說道：「文燦失職，剿賊無功，皇上震怒，有旨拿問，錦衣旗校已在路上。此事責在文燦，諸位也難辭其咎。如今皇上格外開恩，諸位應同心戮力，將功補過，以報陛下。本督師受朝廷重託，誓必滅賊。有功必賞，有罪必罰。如有玩忽，絕不寬貸！」他略停一停，環視著眾人，隨後喝問道：「方孔昭可到了？」

方孔昭昨日率領左良玉從當陽趕來晉謁，簇新的四品文官雲雁補子紅羅蟒袍，極為隆重。他是安徽桐城人，天啓初年因得罪閹黨遭削籍，崇禎登極後被召復起，十一年春以右僉都御史銜巡撫湖廣，一直不滿熊文燦招撫之策。聽到楊嗣昌直呼其名，有些羞憤，答道：「卑職在。」

楊嗣昌臉色一變，站起來說道：「皇上有旨！」方孔昭大吃一驚，戰慄著跪下。只依稀聽到「方孔昭不思報效，致有香油坪之敗，將亡師辱　著校尉押解入京聽勘　」部將楊世恩、羅安邦奉命進剿，在香油坪全軍覆沒，可不該由自己做這個替罪羊。但事已至此，分辯也沒什麼用。他朝眾位同僚拱拱手，扭頭便隨兩名校尉走出大堂。楊嗣昌送到大堂門外，歉然道：「嗣昌王命在身，恕不遠送，一路保重。」

方孔昭仰天長歎一聲，回身冷冷一笑，一言不發地走了。眾人各覺駭然，心中暗忖：楊督師的氣象果然與熊文燦不同，不可怠慢了。

十二回

瑪瑙山勇戰雪前恥　將軍印妄許生離心

「點燈！」為首的一個黑衣人低喝一聲，一個黑影爬上身旁的大樹，將帶著細索的燈籠點燃，細索繫在樹杈上，一盞紅燈在寒風中冉冉升起，越飄越高。左良玉帶著大隊人馬等在山下，望見紅燈，大喜道：「得手了，跟我上山殺賊！」上馬舞刀，往山上便衝。

楊嗣昌目送著方孔昭的背影出了儀門，才回到公案後面，勉勵勸誡一番，吩咐大家下去歇息，等候分別傳見，然後略一拱手，退回內院。眾文武大員躬身叉手相送，然後從白虎堂中依次肅然退出，在行轅等候。不大工夫，一聲吆喝：「督師有令，請湖廣總兵左大人！」

左良玉一陣心慌，不知道督師爲什麼傳見。撫台方孔昭罪不致此，卻給校尉押出大堂，逮至京師待勘，自己羅猴山慘敗，只貶了三級，是不是皇上變了主意，要重加責罰？不過轉念一想，倘若眞有什麼密旨，督師也該當眾開讀。他以輔相之尊，又是天子腹心之臣，正好趁機樹立威嚴，以儆效尤，絕沒有背著眾人的道理。左良玉提心吊膽地隨著承啓官繞過白虎堂，又穿過一進大院，來到後面的小院前，依然思慮不透。小院的月洞門前侍立這兩個帶刀護衛，透過月洞門，望見一片蒼翠的竹林，深處掩映著一座明三暗五青磚起脊的廳堂，既不宏敞，也沒有雕樑畫棟，但堂前高懸一塊朱漆匾額，上書「節堂」二個黑漆大字，透出幾分殺氣與威嚴。這個地方左良玉並不陌生，熊文燦任總理時，也來過幾次，但今日卻覺得有些異乎尋常。剛到堂前，便聽一聲傳報：「左總鎭到——」

「請！」左良玉緊走幾步，登階拱手高聲稟報：「湖廣總兵左良玉參見閣部大人！」一位中軍副將打起猩紅緞鑲黑邊的夾板簾，將他迎進去。左良玉進到門裏，看一眼端坐著的楊嗣昌，急忙跪下行禮。

楊嗣昌略直一下身子，面帶微笑，拱手還禮，吩咐安排座位。左良玉告了座，楊嗣昌語氣親近地稱呼道：「昆山將軍！」

左良玉惶恐地站起，叉手施禮道：「實不敢當此稱呼。」

「你是個有將才的人，出身履歷本督師早已知道。」，楊嗣昌看著身材魁梧的左良玉垂手肅立，不緊不慢地說道：「你生於萬曆二十七年，山東臨清五里莊人。自幼父母雙亡，由叔叔撫養，習學武藝，可左右開弓。自遼東從軍，升爲遼東車右營都司。崇禎元年參與寧遠兵變被撤職，到昌平軍中做了一名小校。崇禎四年八月，東虜圍攻大淩河，皇上急詔昌平駐軍星夜赴援。昌平總督、兵部右侍郎侯恂力薦，破格提升爲副將，率兵出關，松山、杏山兩戰兩捷。本督師可有遺漏？」

「句句屬實。」

楊嗣昌感歎道：「其實若谷兄拔將軍於行伍之中，置之統兵大將之位，雖說是有識人之鑒，可最爲人佩服的還是薦人之膽，他冒著多大風險，你想必體會得到。一旦你兵敗大淩河，他身上三品的朝服怕是穿不得了。」侯恂是萬曆四十四年的進士，晚於楊嗣昌三科，年紀也小了一歲。他與侯恂雖沒有深交，但素來對東林黨人頗有好感。侯恂升爲戶部尚書，不久罷歸商丘老家。李自成攻破開封，以按兵不救之罪，逮入京師問罪，羈押詔獄。數年之間，物是人非，看到英氣勃勃的左良玉，楊嗣昌不禁對侯恂大起惋惜之情。

「末將一輩子感激侯大人，沒齒難忘。」左良玉回想起往事，感念之情油然而生，嗓音有些哽咽。

楊嗣昌點頭道：「心存感激就好，將軍秉性忠義，本督師早有所聞。開封城破，若谷兄以按兵不救之罪，久繫詔獄。聽說昆山每過商丘，不避嫌疑，必登堂叩拜其父碧塘老先生，執禮甚恭。止此一事，亦可見將軍忠厚，有德必報，不忘舊恩。」

「末將出身微賤，沒讀過什麼書，但也知道三綱五常，自信不是個忘恩負義的人。」

「本督師頭一個就傳見將軍，知道你是個出類拔萃的將才！如今遼左頻傳烽煙，中原未定寇氛，正當國家用人之時，將軍生逢亂世，大有作爲。今上天縱英明，勵精圖治，對臣工功過，洞鑒秋毫，有罪必罰。羅猴山之敗，皇上震怒，但憐惜將軍人才難得，僅貶秩三級。本督師陛辭之時，懇請皇上格外降恩，赦免前罪，加封平賊將軍，想不久就會有旨意，平賊將軍印信也隨即發下。將軍好生仰體皇上的苦心，立幾個大功，以報聖上天覆地載之恩，也不負本督師一片厚望。」

大明立朝以來，平賊將軍只有正德皇帝賜給仇鉞一次。左良玉身爲武一品的湖廣總兵，加封平賊將軍，官階雖不能再有什麼擢升，但卻是百年難遇的殊榮，身分和名聲迥出中將之上。他喜出望外，跪下連連叩頭道：「皇上天恩與閣部大人厚意，末將就是粉身碎骨，也難報答萬一。流賊一日不滅，末將一日不罷兵，甘願與剿賊一事相始終，死而後已。」

「哈哈哈……」楊嗣昌摸著細長的鬍鬚，朗聲大笑道：「好個死而後已，本督師要的就是這句話！來來來，坐下敘話，不必拘禮。」他等左良玉仄著身子坐下，叮嚀道：「自古爲大將者往往恃功而驕，因此大多身敗名裂，沒有好下場。《詩》云：靡不有初，鮮克有終，實在是千古不變的至理。你出身隴畝之間，位至一品總鎮，都是一刀一槍，用性命拼出來的，實在不容易呀！能有今天的富貴，更該好生珍惜，切不可放縱自己，貪一時的痛快，毀了半世英名。」

「督師訓誡的是。」

楊嗣昌喝了一口茶，接著說道：「熊文燦剛到襄陽，從廣東帶來兩千火器軍，用的都是從澳門等地新購買的西洋火器，衝鋒突襲最為有效，可將軍卻逼著文燦將他們遣散回去，確屬孟浪了！還有你與劉國能入援京師，回兵征討河南境內的流賊，途經泊頭、吳橋，縱兵大掠，與流賊何異？」他見左良玉默不作聲，停了片刻，似是勸誡又似開脫道：「將驕兵惰，非將軍一部，乃是軍營的同弊，朝廷威令僅及於督撫，而督撫威令不行於將軍，將軍威令不行於士兵，令人堪慮。自曹文詔、艾萬年之後，你與曹變蛟，還有新近嶄露頭角的吳三桂，當朝名將不過幾人，屈指可數。當今亂世，正是大丈夫橫刀躍馬、博取功名之時，將軍當一掃積習，表率諸軍，戮力王事，何患不能剿滅流賊！」

「末將實在看不慣他畏賊如虎，一味招撫　」左良玉還要分辯，但看到楊嗣昌眼中陡然射出一道寒光，急忙改口道：「今後再也不敢了。」

楊嗣昌本想再說幾句，但想到都是熊文燦在襄陽時御下過寬所致，那時眾將到襄陽拜見後，除非軍情十萬火急，總要逗留些日子，家眷在此的自不必說，家眷不在襄陽的也會流連青樓，招妓縱酒，不把軍務放在心上。楊嗣昌暗暗埋怨道：「只此一事，文燦安得不敗！」他知道此時不好強求左良玉一人，隱忍不發，話鋒一轉，問道：「如今闖賊新敗，蟄伏商洛山中，陝西總督鄭崇儉派兵四面封剿，擒滅不過旦夕之間。其他三股流賊，張獻忠在西邊的楚、蜀與陝西交界處屯兵養銳，革裏眼、左金王等四營流竄在東邊的隨州、應山、麻城、黃岡一帶，曹操、過天星等十營，散布在南邊的南漳、房縣、興山、遠安之間。張獻忠兵力雖不如曹操，但最為狡黠慓悍，且有徐以顯等衣冠敗類為之羽翼，實為當前心腹大患。擒賊先擒王，用全力剿滅獻賊，則曹賊可不戰而降。革、左諸賊，素無遠圖，不過癬疥之疾，何足掛齒。故目前用兵方略：全力圍剿獻賊，務期一鼓蕩平。對闖賊則加緊圍困，防其逃逸，俟蕩平獻賊後，再移師掃蕩商洛。曹操、革、左諸賊，暫且防其流竄，一旦獻、闖授首，他們便不足慮了。昆山有什麼高見？」

「一切都憑督師調度。末將只是擔心張獻忠竄入巴蜀，難以遏制。」

楊嗣昌撚鬚微笑道：「本督師已嚴檄四川巡撫邵捷春將入蜀各處隘口嚴密防守，斷獻忠入蜀之路。本督師擔心的卻是他逃竄陝西，歷來流賊遭重創，莫不如此。已飛檄陝西總督鄭崇儉沿漢水設防，斷其入秦之路；湖廣大軍自東面促之，合圍剿滅。」他見左良玉眼中仍有些狐疑之色，暗忖：此人不可理喻，果眞難以節制，必要想個法子，使他有所忌憚。端一下茶杯，說道：「且喝茶！」

左良玉明白召見已畢，躬身告退。楊嗣昌離座送到簾外，拱手目送，又分批召見了幾位總兵、監軍、副將。楊嗣昌久歷宦海，人情世故極為透徹通達，深知做官人的心理，只要給上司召見，給幾句好言語慰勉一番，無不受寵若驚，願出死力做事。等召見完十幾個有戰功的參將，已近傍晚，但仍命眾人星夜返回防地，不得任意逗留襄陽。

知道朝廷和督師如此借重自己，左良玉欣喜異常，卻又有些惴惴不安，楊嗣昌與熊文燦確實大不相同，不可掉以輕心，自己平日放縱士卒擾害百姓，殺良冒功，朝廷已然知道，倘若再有什麼把柄落在閣部手裏，他上密摺參奏，輕者遭貶，重者丟命，豈不麻煩？回到住處，他獨自痛飲，不多時便有了幾分酒意，吩咐親兵去找個人來彈唱侑酒。親兵為難道：「就要靜街了，若是督師大人知道了……」

「督師深居行轅，你們一乘小轎把人抬來，他如何知道？快去！」左良玉眼睛一翻，親兵們不敢再分辯，偷偷去青樓找妓女去了。

已過亥時，楊嗣昌毫無睡意，披衣坐起，想著左良玉驕橫慣了，今日不過一時忍耐從命，倘若抗令，諸將都群起效尤，自己便成了孤家寡人，無兵可遣，縱有萬般妙計，也難以施展。必要扶植一個能與他抗衡的人，才好籠絡住他，俯首貼耳地聽從驅遣。「二桃殺三士」，他心頭陡然想到了一個計策，平賊將軍印信不可輕授，當作利物使二人相爭最好。他取出從兵部抄出的將領履歷，細細翻閱，目光盯在陝西副總兵賀人龍的名字上：米脂縣人，出身秀才，後投筆從戎，考中武進士，在延綏巡撫洪承疇麾下做了一名守備。作戰悍勇，人呼「賀瘋子」，屢建戰功，一步步由都司僉事升任參將、副總兵、總兵。楊嗣昌當即寫文書給陝西總督鄭崇儉，傳見賀人龍，務必在一個月後的大會諸將前趕到襄陽。

兩個多月的工夫，兵馬糧草都已籌集齊備，此時已到隆冬季節，流賊搶掠、躲藏也都比夏秋兩季難得多，這是一年中較好的作戰時機，大軍可以進剿了。三聲炮響，白虎堂前一聲吆喝，新任湖廣巡撫宋一鶴率領眾將經二門魚貫而入。楊嗣昌依然穿著御賜的斗牛服，在堂上的大案後坐定。宋一鶴身穿簇新的四品雲雁補服，躬身走進大堂，在案前叩拜道：「卑職右僉都御史、湖廣巡撫宋一鳥參見閣部大人！」

「請起。」楊嗣昌點頭微笑，宋一鶴起身肅立。左右的幕僚和隨侍中軍心中竊笑，宋一鶴爲避楊鶴的名諱，每次呈遞手本總把自己的名字寫成宋一鳥，如今竟公開改了稱呼，阿諛逢迎的本領當眞無人能及。隨後左良玉等眾將官和監軍等入堂參拜。忽然承啓官匆匆走進來，把一個紅綾殼職銜手本呈給中軍。中軍看了，向楊嗣昌躬身稟道：「陝西總總兵賀人龍在轅門外恭候參見。」

「快請！」楊嗣昌喜出望外。中軍退到堂外，高聲呼喝道：「督師有令，請賀總鎭入堂參見！」二門口幾個人隨聲附和，聲音一直傳到轅門。

賀人龍全副披掛，精神抖擻，大步進來，報名參拜。楊嗣昌看了左良玉一眼，問道：「將軍千里奔波，一路勞乏，看座！」

湖廣巡撫和總兵等人都肅立左右，卻給賀人龍一人設座，眾人都覺愕然。賀人龍受寵若驚，遜謝道：「督師鈞檄，不敢耽擱。輕騎奔走，算不得勞累，督師面前不敢就座。」

楊嗣昌不過是做個樣子給左良玉看，但也不想做得出格，刺激左良玉一班悍將，點頭道：「將軍辛苦了。」

「不敢。」

賀人龍千里赴會，對答又如此恭順，楊嗣昌暗喜選準了人，微笑道：「將軍退在一旁，會後在傳見詳談。」隨即環視著眾人，面色鄭重道：「本督師坐鎮襄陽，已近三個月，之所以按兵不動，尚未向流賊大舉進剿，一則為準備糧餉甲仗，二則為調兵遣將。如今諸事妥善，嚴冬已到，流賊無處覓食，最宜進兵圍剿，上慰皇上宵旰之憂，下解百姓倒懸之苦。」楊嗣昌頓了一下，聲色越發嚴厲起來，說道：「聖人曰：不教而誅為之虐。本督師自到襄陽，三令五申，然軍中驕玩之積習仍存，藐視法紀，違令不遵，一如往昔，以為尚方劍不過是個擺設，無足輕重。大軍進擊，首重號令。號令不行，如何滅賊？劉備當年諄諄告誡其子劉禪勿以惡小而為之。史稱諸葛孔明治軍，善無微而不賞，惡無纖而不貶。邦域之內，咸畏而愛之，刑政雖峻而無怨者，以其用心平而勸誡明也。皇上一再諭示，亂世宜用重典，不可稍存姑息。沒有霹靂手段，不顯菩薩心腸。殷太白，你可知罪？」

興山道監軍僉事殷太白驚魂落魄地跪到地上，叩頭道：「卑職也是無心之過，其中原委已向督師陳述明白，求閣部大人恩典！」

「不必狡辯！綁出去，立斬！」

「卑職冤枉呀！」

楊嗣昌冷笑道：「你冤枉什麼！當年孫武子以婦人小試兵法，吳王有寵姬二人不聽號令，梟首示眾，宮人無不震懾，軍容整肅。何況我等負剿賊重任，絕非兒戲，斬訖報來！」

他離座向北拜了四拜，請了尚方劍，脫去黃綾套，授予中軍。中軍跪地雙手接了，捧出大堂。片刻之間，他回來跪稟道：「殷太白已在轅門外斬訖！」

楊嗣昌望望大家，長歎了一聲道：「本督師並非好殺，實不得已。我容得了他，國法軍令卻容不得他。望諸君以殷太白為戒，恪遵軍令，努力殺賊，勿負朝廷，勿負國恩！」

眾人看他借殷太白的首級樹威，個個心驚肉跳，忙不迭地答道：「謹遵鈞諭！」

稍後的傳見，賀人龍被安排在宋一鶴之後，且是單獨召見，以激起左良玉的醋意。楊嗣昌滿面春風，如同世交子弟閒話一般，全沒有督師的架子。問了問士卒數目和糧餉情形，親把賀人龍送出節堂，誡勉道：「將軍與左大帥都是難得的干城之才，如今左大帥已加封平賊將軍，將軍不是甘於居後的人，多立幾個戰功，我定如保奏左大帥一般保奏將軍，覺無偏私。」

「謝大人栽培！」賀人龍欣喜若狂。

「本督師剛剛接到密報，張獻忠逃到了四川的太平縣，人馬駐紮在西北七十里處的瑪瑙山。自古太平縣就是秦川鎖鑰，北上陝西，南下重慶，東走武漢，西進成都，指日可達。將軍不要把功勞都讓與左良玉呀！那樣可無法向皇上請封了。」

「末將連夜趕回防地，即刻進兵。」賀人龍急急告辭，帶著親兵飛馬而去。

羅猴山大勝後，張獻忠即與羅汝才分開。張獻忠向西南奔走，打算伺機入川。羅汝才則躲到竹溪、竹山一帶。楊嗣昌到了襄陽，官軍一連數十天按兵不動，他也準備歇馬休兵，收集糧草過冬。剛到枸坪關，左良玉隨即趕來，張獻忠見官軍勢大，急忙退走，將人馬拉到川、陝交界的太平縣境內，老營和三千人馬駐紮在瑪瑙山。此地處在大巴山脈北麓，易守難攻，進退自如。左良玉向楊嗣昌請命，從漢陽、西鄉向四川一路追趕，不料楊嗣昌已有安排，命陝西總督鄭崇儉率賀人龍、李國奇從西鄉入蜀，命左良玉駐紮興平。左良玉想到楊嗣昌單獨傳見賀人龍，如今平賊將軍的印信尚未實授，難保賀人龍不有所覬覦，倘若他立下大功，生出什麼變故，豈不是白白空歡喜一場？左良玉聽著幕僚反覆朗讀的督師羽檄：「我料獻賊必不能入川，仍想避走秦界。將軍從漢陽、西鄉入川，萬一流賊從舊路急返平利，仍入竹山、房縣，將何以抵禦？流賊若逃向寧昌，入秭歸、巫峽，與曹操合兵，將軍親自尾追，不過促使流賊再返楚地，實非良策，遣一裨將領三千人馬足矣。」

左良玉乾笑數聲，不屑道：「不過紙上談兵，全是虛妄之言。蜀地肥沃，自古號稱天府之土，獻賊苦於少糧越冬，勢必拼死入川，怎敢回竄鄖陽挨餓？兵合則強，兵分則弱。如今已留劉國能、李萬慶駐守鄖陽，若再分三千人尾隨入蜀，我兵力已薄，駐守興平，以逸待勞，也未必擋得住流賊大舉進攻。用兵的上策是出其不意，疾攻流賊，如能重創，他們自然瓦解，縱使折回房縣、竹山，此間已經他們擄掠，人跡斷絕，他們從哪裏覓食？何況鄖陽兵馬扼守在前，陝西撫台在興安等地攔截，他們無路可逃。寧昌、秭歸、巫峽等地路途遙遠不說，張獻忠與曹操面和心不和。張獻忠敗逃歸附曹操，少不得會遭黑手，死期不遠了。」

他話停了，那幕僚也筆錄完畢，問道：「就這樣呈送督師？」

左良玉不耐煩地一揮手，說道：「稍加潤色就行。將在外，君命有所不受，何況不過一個督師！只要立了軍功，他奈何不了咱！不必管他，一邊呈送，一邊進兵，先一步搶到獻賊前面，守住漁溪渡。」

楊嗣昌雖說惱怒左良玉不聽節制，但暗喜自己籠絡了賀人龍，沒有一味倚重左良玉，不然長此以往，局面勢必無法收拾。左良玉說的也並非全無道理，他只好睜一隻眼閉一隻眼，不再堅持己見，心中對左良玉的戒備又多了一重。左良玉將人馬分幾路向瑪瑙山悄悄逼近，先鋒營埋伏在離瑪瑙山只有幾十里的深谷密林之中，偃旗息鼓，不露炊煙，伺機偷襲。左良玉知道這一仗對自己的前程、威名舉足輕重，只能勝不能敗。倘若此戰大捷，不唯一雪羅猴山之恥，且不必擔心平賊將軍印給人奪去。倘若敗了，正好給了楊嗣昌口實，他必會上本參劾，乘機治自己的罪。因此左良玉極爲用心，不敢輕舉妄動，不管楊嗣昌連來羽檄並轉來崇禎手詔，催他進兵，十萬火急，只是偷偷調動兵馬，等秦軍一到，兩面夾擊。他知道張獻忠撒在各處的奸細、坐探極多，防不勝防，帶著大批親信留在平利縣城內的鎮台行轅中，終日飲酒作樂，裝作不聽節制、按兵不動的樣子。得到秦軍賀人龍和李國奇兩支人馬從西北向瑪瑙山包圍的密報，派出飛騎約定進兵時辰，連夜趕到瑪瑙山下，親臨坐鎮。

剛進二月，陽氣初發，依然春寒料峭。瑪瑙山一帶接連幾天，大霧瀰漫，晌午時分才慢慢消散，斜掛南天的日頭光影仍有些朦朧晦暗，似乎沒有一絲熱氣。四更時分，瑪瑙山上一片寂靜，偶爾有幾個放哨的守衛走動取暖。臨時搭建的寨門上掛著兩盞白紙燈籠，不住在冷風中搖晃，在霧氣中發出朦朧的微光，正是酣睡難醒的時刻。一隊人影乘著霧氣和夜色悄聲繞到寨門前，藏身在陰影裏。不遠處的岩石上，幾個身影矯健地攀援而上，翻入山寨，將寨門的守衛一刀殺了，用油葫蘆在門軸上灑了，悄無聲息地打開寨門，一隊人影穿門而入，撲向寨門內的幾處窩鋪。那些守衛有的睡夢中做了死鬼，有的驚醒過來，來不及招架，就給砍翻在地。有幾個闖出窩鋪，四散奔竄，大聲狂呼：「官兵劫寨啦！官兵劫寨啦！」

「點燈！」爲首的一個黑衣人低喝一聲，一個黑影爬上身旁的大樹，將帶著細索的燈籠點燃，細索繫在樹杈上，一盞紅燈在寒風中冉冉升起，越飄越高。

左良玉帶著大隊人馬等在山下，望見紅燈，大喜道：「得手了，跟我上山殺賊！」上馬舞刀，往山上便衝。

官軍潮水般向寨中湧進，從兩面圍向張獻忠的老營，吶喊聲、怒罵聲、刀劍碰擊聲，混成一片。張獻忠正與妻子敖氏在房中歇息，突然驚醒，一躍而起，不及點燈，胡亂披了件夾袍，順手摸起一把大刀，跳到院中。外面有無數的人馬衝來，不住喊著，「休教張獻忠逃走！不可放走張獻忠……」大門外一片吶喊聲，不知有多少官軍殺到，幾處營寨已起了火，他一邊穿著送來的衣甲，一邊向身邊親兵喝道：「關緊大門，關緊大門！」折身朝後面跑去，到了一處較低矮的寨牆下，翻身便跳，不料卻被人一把抓住，哭喊道：「老爺，別扔下我們娘倆——」卻見敖氏拉著十來歲的女兒不知何時追了上來，緊緊抓住他的衣襟，孩子跪在地上，抱住他的大腿。張獻忠暴叫道：「快放手！顧不得你們了。」揮刀一劃，割下一大片衣衫，掙脫了大腿，翻身攀上寨牆，跳入微明的夜色中。敖氏抓得正緊，衣袍割裂，登時無從發力，向後一仰，一屁股坐到地上，號啕大哭。此時，大門被撞開，衝進無數的官軍……

天已大亮，官軍佔據了瑪瑙山的各個路口、各處寨牆，火光、濃煙瀰漫天空。張獻忠在山坳裏遇到徐以顯、潘獨鼇敗逃的兵馬，合在一處，往西北便逃。剛到山下的樹林邊，一聲炮響，殺出數千人馬，張獻忠看大旗上繡著「賀」字，大驚道：「啊呀！賀瘋子來了！咱們怎麼逃？」

徐以顯已經帶傷，催馬奔到張獻忠身邊，低聲說：「大帥換了兵卒的衣甲快走！不可遲誤！」

張獻忠與親兵互換了衣甲，又揮刀將濃密的鬍鬚割去大半，混入人群。賀人龍已衝到跟前，大喝道：「獻賊在哪裏，快快出來投降！」

張獻忠掃了一眼身穿自己衣甲的親兵，暗中用刀一拍他的馬腿，大叫道：「八大王在此！」

賀人龍一驚，見那親兵左右有不少人簇擁著，兩個軍師模樣的人分外扎眼，馬鞭一指，大喊道：「活捉獻賊，賞銀千兩！」

徐以顯等人不待招架，向西潰逃，官軍隨後追趕。張獻忠帶著幾個貼身死士，乘機向東飛奔。

瑪瑙山大捷，賀人龍生擒假張獻忠、潘獨鼇等人，親自將他們押送襄陽。楊嗣昌已接到

左良玉大勝的快報，正因張獻忠、徐以顯等賊首漏網大覺遺憾，中軍匆匆進來，稟報道：「督師，張獻忠給賀總鎮拿了。」

「當眞？」楊嗣昌又驚又喜。

「已到城門外。」

「速速押來。」不押解到襄陽城中，楊嗣昌還是有些擔心，怕再生什麼變故。

兩輛木籠囚車緩緩地到了督師行轅，賀人龍剛下了馬，見中軍已在轅門外恭候，進了儀門，白虎堂前，楊嗣昌將階相迎，上前挽著賀人龍的手，含笑道：「賀將軍辛苦了。」

賀人龍拱手道：「戮力王事，不敢言苦。」他曾是縣學的秀才，說話比左良玉斯文多了，楊嗣昌聽來很是入耳。

二人步入大堂，賀人龍見楊嗣昌走向公案後面，忙上前低聲道：「督師大人且慢升帳，末將有幾句體己話要說。」

「請到後堂細談。」楊嗣昌見他神秘其事，轉身往後面而來，賀人龍緊跟其後，將堂上的眾人晾在一旁。

楊嗣昌破例招呼著賀人龍坐下，緩聲問道：「賀將軍，有什麼機密大事？」

賀人龍謝座道：「督師曾言向朝廷保舉，末將敢不盡力？此次大捷實是大人之功。」

楊嗣昌微微蹙眉道：「功大自然該向朝廷保舉，賞罰分明是本督師分內的事，你不必擔憂。大夥兒都在堂上，不好教他們等久了。」

「有這句話，末將就放心了。」賀人龍急忙起身。二人回到大堂，楊嗣昌威嚴道：「帶獻賊！」

不多時，一個面黃多鬚的大漢捆綁上堂，身後是一個寬袍大袖的儒士，也給背縛著雙手。「跪下！」侍衛們四下一聲吆喝，大漢微微一怔，看看身後的儒士，毫不理會。侍衛上前一腳踹倒，將他的頭摁到地上。楊嗣昌擺手道：「不必折辱他了，既成階下之囚，自然羞愧狂躁。」

「哈哈哈哈……」那大漢仰天狂笑，「階下囚？我張獻忠何等的人物，竟會遭了你的毒手！可歎，可歎！」

「你這不知死活的賊寇，大難臨頭，還敢狂妄！你忘了當年高迎祥的下場？」楊嗣昌拍案叫罵，但看到大漢仰起臉來，目光閃爍，游移不定，似是有些恐懼卻極力忍耐，他心裏陡然一驚，一眼瞥見他臉頰上甚爲光滑，沒有半點疤痕，急問道：「你是何人，竟敢假冒張獻忠？」

那大漢冷笑道：「我們大帥何等英雄，怎會輕易給你這老狗捉住？當眞可笑！我不過是他老人家貼身侍衛而已，如今大帥去得遠了，要殺要剮，你們隨便！」

賀人龍大驚，上前扯住他的衣襟，但見方才掙扎而出的汗水不住滴落，淌過之處竟露出黑紅的膚色，原來是用蠟塗成了黃色。他一腳將那親兵踢開，回身向那個儒士追問道：「潘獨鼇，終不成你也是假冒的？」

「非也，非也！」潘獨鼇搖頭晃腦道：「學生俯仰天地幾十年，絕不是盜名欺世之徒。」

霎時之間，大喜大悲，饒是楊嗣昌修養的功夫過人，也禁不住變色道：「何必與他們囉嗦，押入大牢，等捉了張獻忠，一併解入京師，獻俘闕下。」說罷拂袖退入二堂。

賀人龍猶如兜頭澆下一盆冷水，追上道：「末將不小心遭人愚弄 」

楊嗣昌冷笑道：「你謊報之罪，本督師先不追究了，保舉的事也要往後緩一緩。我昨日已看到左良玉的捷報，他斬殺掃地王曹威、白馬鄧天王等渠魁十六人，俘獲張獻忠的九個妻妾，追奔四十餘里。論功自然是第一，你若非捉住張獻忠，不然本督師如何向皇上保舉你取而代之？」

「是末將無能。」賀人龍羞愧而退，出了儀門，路過簽押房，只聽裏面兩個師爺閒話，一個說道：「東翁的心胸當眞廓大無私，一心以國家爲念。那左良玉如此桀驁不馴，一有戰功，仍保舉他加封太子少保，何等榮耀！可惜不知左良玉領不領情？」

「依小弟愚見，對這等悍將還是應該稍加裁抑才是。」

「勝者王侯敗者賊，督師也是沒法子，誰教他打了勝仗呢！」

「那賀人龍不也勝了？」

「老弟，你糊塗了！此處正見督師御下之術的高妙。譬如二犬逐兔，若有一隻野兔，它們自然奮勇向前，拼力追趕，爲的是什麼？不過野兔的腸肺而已。但若是一群野兔，它們就不必如此爭搶了，隨便捉一隻足矣，人人有份，不用使出十二分的氣力。平賊將軍就是那隻野兔啊！」二人一起哈哈大笑，賀人龍聽得心如椎擊，快步出了轅門，上馬飛跑出城，直奔左良玉的營地。

左良玉大勝以後，搜山三天，沒有找到張獻忠，四處探查，得知張獻忠率領殘部逃入興山、秭歸一帶，將人馬駐紮在興安州和平利、紫陽兩縣境內。楊嗣昌一再羽檄催促，又告知保舉他加封太子太保的事，左良玉這才將自己的行轅移到平利城內，蓄勢待發。剛剛住進行轅，賀人龍就趕到了。左良玉大喇喇地等他進來，嘲諷道：「是哪陣風把平賊將軍吹到了？」

賀人龍聽他言語刻薄，知道他嫉恨頗深，不敢糾纏他的問話，看了看左右，施禮道：「末將有機密事稟告。」

「說罷，這裏都是我的心腹。」

賀人龍看他如此輕慢，激他道：「將軍可是害怕與我單獨會面？」

左良玉驕橫異常，何曾怕過什麼，果然跳起來道：「我從遼東一路殺到湖廣，刀下的死鬼無數，不知道什麼是害怕！你們都退下！」

賀人龍一笑，將腰刀解下拋給堂上的侍衛，等眾人退出，問道：「左將軍可聽說了督師要奪去你平賊將軍一事？」

左良玉翻著白眼看著賀人龍道：「督師上奏朝廷的文書誰見了？不過是宵小之輩撥弄是非，妄想著漁翁得利。我左良玉有的是軍功，看哪個動得了咱？」

「沒有人能看到文書，但絕不是無根之談，捕風捉影，而是確有其事。」

左良玉指著賀人龍的鼻子咆哮道：「你不是眼紅我左良玉了吧？你當我不知道，撥弄是非的小人就是你！」

「你如此糊塗，我也不強辯。等你什麼時候心平氣和了，我再來拜會！」賀人龍拱拱手，起身便走。

「這是什麼地方？你以爲是你的大營麼，任意出入！想來容易，想走麼，哼哼……」左良玉連聲冷笑。

「要殺要剮，你大可隨意。但我賀人龍自認是頂天立地的好漢，要說什麼撥弄是非的小人，你可到襄陽問問督師。」

「問他做什麼？」

「他親口許了我平賊將軍大印，只要我打勝了，即刻保舉，誰知他竟變了卦。」

「他許了你平賊將軍，一女聘給兩家？」左良玉半信半疑。

「他是要我倆爲爭平賊將軍，好生替他殺賊立功。」

左良玉抓起桌案上的茶杯，往地上一摔，叫道：「這般耍弄我，老子何必替他賣命？」外面的侍衛聽到聲響，一起擁入，拔刀指向賀人龍。左良玉與賀人龍相視大笑，揮手喝道：「大膽，不聞呼叫，竟敢擅入！不要命了？」

那些侍衛急忙退下，左良玉又喊道：「準備酒宴，我與賀總鎮好好喝上幾大碗！」

整雞、整魚、大塊的方肉上來，二人圍著熱氣騰騰的菜肴，痛飲一碗。親兵剛剛斟上第二碗，一個校尉急步進來，在左良玉的耳邊嘀咕幾句。左良玉朝賀人龍抱拳道：「新娶的那個小妾有事召喚，不要嫌哥哥怠慢。」命身邊的親兵道：「你們幾個好生陪賀總鎮吃酒，他若不能盡興，小心我扒了你的狗皮！」笑著起身隨校尉出去，才問道：「張獻忠派來的人在哪裏？」

第十三回

李自成痛飲福祿酒
張獻忠遠贈親王頭

幾個軍卒抬來一口大鐵鍋，架柴便燒，水剛滾沸，將殺好的兩隻梅花鹿放入煮燉，一個壯漢手持牛耳尖刀，兇神惡煞般地一把抓住福王肥白的胳膊，尖刀輕輕一挑，福王的手腕上割出一寸多的口子，鮮血登時噴濺而出，血箭似的灑入滾沸的大鐵鍋中，倏忽不見，沒留下一絲痕跡，眾人看得無不聳容失色。

左良玉剛走進後院，一個儀表堂堂的漢子納頭便拜，神色極為謙恭地說道：「小人馬元利叩見鎮台大人。」

「你火燒穀城縣衙，逼死縣令阮之鈿，犯了什麼罪，你該明白。平賊將軍的行轅是什麼地方，龍潭虎穴你也敢闖，好大的狗膽！」

「小人是來救大人的。」

「哈哈哈……」左良玉不怒反笑，逼問道：「你要說不出子丑寅卯，跑到這裏胡謅，割了你的舌頭餵狗！」

「大人息怒，容小人慢慢回稟。」

「本鎮看你耍什麼花招？」左良玉大步邁進花廳，仰坐在一張大椅上。

馬元利緊跟在後面，摸出一個油紙包，雙手呈上道：「這是我家主人給大人的書信，請大人過目。」

「他娘的，張獻忠這個狗娘養的，知道老子不識幾個字，還寫什麼書信！有屁就放，囉嗦什麼！」左良玉皺了皺眉頭，朝外喊道：「過來個識字的。」

一個幕僚接過書信，不緊不慢地朗讀道：「草民張獻忠再拜於昆山將軍麾下：瑪瑙山將軍得勝，已足以雪羅猴山之恥。不惟可邀朝廷之厚賞，亦可銷將軍之疑憂。古語云：輔車相依，唇亡齒寒。有獻忠在，將軍方可擁兵自重，長保富貴；獻忠若亡，則將軍必隨之。此理至明，敬望將軍三思，勿逼迫太甚。謹備菲儀數事，伏乞哂納。區區之意，專此布達，不勝惶恐待命之至！張獻忠頓首。」念完，將書信並一份大紅禮單放在桌案上。

左良玉譏諷道：「你這匹夫還敢說來救本鎮，分明是張獻忠命你來向本鎮乞降求饒的！」

馬元利搖頭道：「鎮台大人的話說錯了。治世重文，亂世崇武，若沒有了我們這些反賊也好草寇也罷，鎮台大人能如此威風八面麼？古人云：高鳥盡，良弓藏；狡兔死，走狗烹；敵國滅，謀臣亡。漢代的齊王韓信之死，鎮台大人想必有所耳聞。大人自信與他相比，功勞是大是小？可後來韓信終究難逃一死，教人心寒呀！做大將的不死於戰場，卻斬首西市，誰願意有這樣的下場？如今楊閣部隱忍不發，是還要倚重大人，不然大人不會如此安逸悠閒，輕則免官去職，重則麼，大人自己理會得出。」

「放肆！」左良玉給他說中心事，一陣煩亂，但恐給人覺察出來，無法發作，緩和了語氣，似是無奈道：「皇上有旨，張獻忠曾驚祖陵，絕不可赦。閣部大人也嚴令不許招撫，本鎮如何敢違命受降？」

「豈敢，豈敢！」馬元利笑了笑，抱拳道：「不過大人所見有誤。我家主人並不是乞降，只想與大人相依為命，同享榮華富貴。再說，我家主人剛從穀城起事不久，朝廷信不過我們，自然也容不得，何必自討沒趣？說句到家的話，我們這些賊寇可是大人的潑天富貴呀！別看我們的命賤，可值不少銀子呢！若沒了我們，大人想克扣軍餉都難，什麼時候軍餉足過？」

左良玉道：「你們這條緩兵之計騙不了本鎮。」

「是不是緩兵之計並不要緊，要緊的是我們心裏想著大人，為著大人的富貴前程，不想眼看大人這等蓋世名將遭人欺凌。務請大人三思。」

左良玉心裏暗覺受用，但依然陰沉著臉色道：「本鎭胸中自有主見，還要你指手畫腳？本鎭為朝廷大將，唯知剿賊報國，一切傳聞都不放在心上。你這狡賊休要挑撥離間，順嘴胡說。還是趁天不亮離開的好。平利城中，楊閣部的耳目不少，一旦被人偵知，可不是好玩的。那時你就是送來金山銀海，本鎭也不會留情。或者立刻將你斬首，或者將你綁送襄陽。」

「小人既敢來平利城，早已將生死置之度外。鎭台大人殺了我不難，可於我家主人何傷？」

「十天以來，督師大人不斷羽檄督催。今日黃昏，又有檄文發來，督催火急進兵。本鎭親領大軍進剿，張獻忠不過一千多人馬，已成驚弓之鳥，還能飛上天去？」

「大人還是要進兵？」

「職責所在，豈可玩忽？」

「窮寇莫追，大人不怕把我們逼急了，反身咬你一口？依小人之見，還是網開一面的好。」

「你怕了？」

「小人怕什麼？原本就是一條賤命，赤條條來去無牽掛，倒是有什麼閃失，大人卻不好交代。」

「區區一千多人馬，勢必聞風而逃，本鎮能有什麼閃失？」

馬元利冷笑一聲，說道：「我家主人豈會與鎮台大人硬拼，那是莽漢子的做法！小人也不必隱瞞，我家主人已躲入興歸山中，與曹操大軍會師。興山、秭歸一帶，綿延數百里盡是高山峻嶺，道路崎嶇，處處可以藏身，處處可以設伏，處處可以堅守。大人進兵倘若勞師無功，那顆平賊將軍大印還能保得住麼？若平賊將軍大印給賀瘋子奪去，不唯是大人終身之恥，半生威名也都敗壞了。羅猴山之戰，大人敗在了哪裏？就是敗在地利上。如今我家主人人單勢孤，大人盡佔天時，但仍不佔地利。天時不如地利，更不如人和呀！」

「你想教本鎮怎麼樣？」

「大人最好暫時按兵不動，就地休養士馬，自然不會有進兵受挫之憂。」

「違抗軍令，本鎮豈不是要背逗留不進之罪？」

「當年大人不受熊文燦節制，又能如何了？他還不是拿大人沒法子！」

「楊督師與熊文燦不同，他可是個嚴苛的人。」

「羅猴山戰敗，大人貶了三級，戴罪任職，朝廷並未將大人從嚴治罪，僅過了三個月，大人又拜封為『平賊將軍』。只要手擁重兵，皇上都拿你沒法子，楊嗣昌能怎麼樣擺布大人？」

左良玉默然，拿起禮單看了看，幕僚急忙附到他耳邊，低聲告知：紋銀一萬兩，黃金一百兩，另有珍珠、瑪瑙、玉器等寶物十件，吩咐道：「收起來罷。」隨後朝馬元利微笑道：「你回去吧！」

「大人沒有什麼口信要帶？」

「本鎮自有主張，不煩你們操心。」

「小人明白了，這就連夜趕回去。」

左良玉命幕僚道：「好生安排送他出城，不可洩漏了形跡。」幕僚答應著帶馬元利退下。他快步走向前廳，剛進角門，便聽賀人龍大呼小叫：「你們左帥呢，快喊他來陪我喝酒！」

左良玉應聲道：「今日一醉方休！」

「好好好……一醉方休……哈哈哈……」賀人龍的舌頭有些發硬。

「不過喝酒前，我有句話要問。」左良玉抓住賀人龍的胳膊。

「快說，快說！」

「老弟本來在陝西待得好好的，何必到襄陽趟這渾水？」

賀人龍搔頭道：「還不是爲那顆平賊將軍大印。」

「這顆大印老弟願要，只管拿去。」

「這……大印既是老兄的，小弟絕不會動一手指頭。」

「那老弟還留在湖廣做什麼？」

賀人龍一怔，隨即仰頭將酒碗一口喝乾了，砰的摔在地上，咬牙道：「小弟明日便回陝西老家。他娘的，何必巴巴地跑來這裏賣命！」

沒有了左良玉、賀人龍兩部人馬的追剿，張獻忠從容在興山縣城西六十里的白羊山紮營，官軍雖在巴東、夷陵、當陽、安遠、南漳、房縣等地都駐有人馬，歸州和興山兩城池也在官軍手中，但見左良玉按兵不動，各處官軍自然不敢冒險。張獻忠慢慢聚集人馬，逐漸振作起來，向四川疾進。楊嗣昌飛檄四川巡撫邵捷春阻截，但邵捷春卻以上馬渡、中馬渡、下馬渡水淺地平，退守觀音岩，張獻忠殺敗官軍，闖入開縣、達州，攻克瀘州。楊嗣昌急令左良玉、賀人龍追擊，又將督師行轅從襄陽遷到重慶，親臨調度。入川的路上四處張榜，有捉住張獻忠者，賞黃金萬兩。不料，次日一早，他的行轅裏竟貼了不少標語：「有能斬楊嗣昌頭的，賞銀三錢。」楊嗣昌大怒，加緊進剿，張獻忠憑藉山川之險，與之周旋。

商洛山中的李自成探知中原空虛，躲過陝西總督鄭崇儉的數次搜山，偷出武關，由鄖陽潛入河南。河南正逢大旱，蝗蟲蔽天，赤地千里，饑民遍野。李自成收攏災民，人馬驟然壯大，連克永寧、宜陽、盧氏、陝州、靈寶、澠池、新安、偃師、密縣、寶豐等十餘縣。中原震動，福王朱常洵擔心洛陽安危，上書請朝廷發兵。崇禎急命兵部派參政王胤昌、總兵王紹禹、副將劉見義、羅泰率軍守衛，挖護城河，修築城垣。

殘陽如血，寒氣逼人。朔風中，李自成披了斗篷，與新來投靠的舉人牛金星，帶著數十個親兵，策馬來到洛陽城西關。遙望高聳的麗景門，喝采道：「好一座鐵打的堅城！我兩次到此，都未能進城走走。」

牛金星看著他有些神往的神情，笑道：「當年大禹治水，三過家門而不入。闖王如今也是三到洛陽了，還不想進去？」

「是啊！這是第三回了。崇禎六年，我與舅父高闖王攻破澠池、宜陽，卻繞過洛陽城東去。崇禎九年，我與舅父還有張獻忠攻佔陝州、澠池、新安，圍困洛陽，也未能邁進城門一步。看來洛陽城不易進呀！」

牛金星攛掇道：「洛陽乃天下名邑，九州腹地，古稱居天下之中。河洛形勝，王氣甚重，爲九朝建都之地，非一般城邑可比。萬曆四十二年，洛陽成爲福王朱常洵的藩地，朝廷耗費二十八萬兩白銀營造王府，極爲壯麗，如同北京的金鑾殿一般，闖王該進去看看，不能總是止步城外。」

李自成一時拿不定主意，沉吟道：「此事還需細細籌畫。」

牛金星通曉天官、風角及孫、吳兵法，新來投奔，有心參預帷幄，建功揚名，拈鬚微笑說：「古語說：不飛則已，一飛沖天；不鳴則已，一鳴驚人。闖王蟄伏商洛日久，目前楊嗣昌深入四川，中原空虛，正可一舉而破洛陽，先佔地利，再斂福王的金銀，半作軍需，半賑災民，收拾人心，爭衡中原。」

李自成點頭道：「楊嗣昌無力東顧，這倒是個時機。」

「若能取下洛陽，便可據河洛而取天下。」

李自成攥緊拳頭，贊道：「先生眞是我的智囊。」

「不才愧不敢當。」牛金星目光閃爍道：「不負智囊之名的倒有一人，是一位朋友。此人精通兵法，深有韜略，觀星望氣，奇門遁甲，九流百家，無不通曉。闖王欲成大事，可速差人迎他來軍中相助。」

「這位奇人是誰？」

「此人姓宋名獻策，乃是柳莊相術的傳人，當年曾給當今皇上測過字，那時崇禎還在潛邸做信王。不想給人暗算，傷及骨骼經絡，身材如嬰孩一般，人稱宋矮子。自此之後，四海漂萍，江湖寄身，靠賣卜算卦爲生，其實懷王佐之才，待時而動，心裏想著風雲際會，有一番作爲。」

「等攻破洛陽，必去請他。」李自成撥轉馬頭，緩轡回營。

福王府巍峨壯麗，遠遠超出一個平常藩王的規格，五楹的朱漆府門，一色的黃色琉璃瓦。府門前一對漢白玉獅子栩栩如生，有著無上威嚴。王府的殿宇、花園等都仿照北京紫禁城的體制，只是略小一些。奪嫡爭儲位已成陳年往事，福王朱常洵已是五十六歲的花甲老人，早沒了當年的雄心壯志，他最喜歡的是醇酒美人，養了一個大戲班子，每日擁著美人聽戲飲酒，從不厭倦。王府東邊的一座僻靜宮院裏，笙、簫、琵琶之聲不絕如縷，飄蕩在宮院上空。

檀板輕敲，曲調婉轉。炭火正旺，福王懶慵地半躺半靠，渾圓的身子幾乎塞滿了鋪著貂皮錦褥的寬大紫檀圈椅，兩腳伸到紅絨厚墊的雕花檀木矮几上。跟前的紅氍毹上，一個樂伎竟穿著羅衣，曼聲清唱：風靜簾閒，透紗窗麝蘭香散，啓朱扉搖響雙環。絳台高，金荷小，銀釭猶燦。比及將暖帳輕彈，先揭起這梅紅羅軟簾偷看　福王睜開睡眼，盯著眼前輕歌曼舞的女伎，淫笑道：「你偷看到了什麼？想必是那人脫得光溜溜的，你也脫了吧！」

女伎不敢違命，脫去外衣，露出一抹大紅的兜肚兒。福王意猶未盡，催促道：「這屋裏溫暖如春，怕什麼？冷不著你，再脫再脫，一件不留！」

女伎看看紅氍毹旁手持笛、簫諸色樂器的一干姐妹，大覺尷尬。她身隸樂籍，本來賣藝不賣身，可一入王府，只得任由福王擺布，但在眾位姐妹面前裸體，頗覺不堪。正在躊躇，一個太監掀簾進來，向福王躬身稟道：「呂維祺求見，說有緊要大事。」

「什麼緊要大事，非得這個時候來？」

太監俯下身子勸道：「王爺，呂大人已等候多時了，急得坐臥不安，在院子裏不停地亂轉，歎息不止，口口聲聲說為洛陽城官紳百姓的死活而來。」

「怎麼要死要活的，是要天塌還是地陷？眞是奇聞！」

「近來闖賊聲勢很大，兵馬已到宜陽、永寧城外，聲言要破洛陽　」

福王半睜倦眼，不耐煩地說：「不必說了，宣他進來吧！」又瞥一眼半裸的女伎，命太監道：「晚膳後，送她到寢宮來。」

朱常洵吃力地翻身起來，換了衣冠，剛剛坐好。呂維祺便被帶進殿內，行了跪拜禮。福王吩咐賜座賜茶，喘息著問道：「先生有什麼要緊的事，非見寡人不可？」

「王爺可聽到城中的童謠？」

「寡人長於深宮，難出府門一步，如何得知？你說吧！」

「吃他娘，穿他娘，開了大門迎闖王。闖王來時不納糧！」呂維祺乃是理學宿儒，平日何曾說過這等粗鄙的話，老臉紅漲，急忙掩飾道：「還有一首略雅的：朝求升，暮求合，近來貧漢難存活。早早開門拜闖王，管教大小都歡悅。」

「這主何吉凶？」

「大凶之兆。王爺沒聽說闖賊兵臨城下了？」

福王打了個哈欠，手撫著凸起的肚子道：「那些賊人不過虛張聲勢。洛陽經賊也不是這一回了，不都是有驚無險嗎？如此堅城，何懼草寇！」

「此次與以往都不相同，洛陽是親藩封國重地，萬萬不可大意。流賊奸擄燒殺並不可怕，可怕的是他們不奸擄燒殺，同朝廷爭奪人心。闖賊入豫，遍發揭帖，僞行仁義，收拾民心，其志確實志不在小，非一般草寇可比。倘若人心思變，百姓頓忘我大明三百年雨露之恩，焚香迎賊，河洛瓦解，瞬息之間。」

「寡人已向朝廷請了援兵入衛。」

「冰天雪地，來援的將士們都駐紮在城外，糧餉又不能及時供給，饑寒交迫，哪裏有心思殺賊守城？城中饑民甚多，怨言沸騰，難免沒有從賊之心，洛陽危在旦夕呀！」

「依先生之見 」福王一陣心跳，大口喘息一會兒，連咳幾聲，憋得臉色紫紅。

「恕臣直言了。一是請城外將士入城守衛，二是出金銀養兵，散糧食濟民。軍心固，民情安，洛陽穩如泰山。不然，禍必不測。」

「哼，原是逼寡人出錢的！」福王恍然大悟，有些惱怒地看著呂維祺問道：「守城之責，怎麼都落到寡人身上了？如此還要那些文武官員做什麼？白拿朝廷俸祿麼？」

呂維祺爲難道：「洛陽文武無錢無糧，實在一籌莫展。」

「軍餉不足，怎麼不向朝廷請求，卻要先生來向寡人伸手？他們怎麼不自己來討餉？」朱常詢憤然作色，厲聲道：「皇上向戚畹捐助，都沒驚動各地的藩王，你們竟敢動寡人的心思，好大膽，好大膽！洛陽城守不好，自有大明國法在，看他們哪個有此狗膽？」從座上站起身來，推開兩個太監過來攙扶的手，氣喘喘地出殿而去。

呂維祺孤零零地發呆，頓足悲呼道：「大勢去矣！千金之子，坐不垂堂。王爺何等尊貴的人，竟捨身犯險，不以社稷爲念，將何以見二祖列宗於地下啊！」

次日，福王准許總兵王紹禹入城防守，劉見義、羅泰兩個副將仍駐守東關。傍晚時分，李自成從四門一起攻城，二將正憤恨福王不准他們入城，知道打又打不勝，守也守不住，竟投降了李自成。北門軍士嘩變，獻城投降，李自成由此破城而入，福王與世子朱由崧逃到迎恩寺，給人發覺。福王肥胖，急切之間，上不得馬，朱由崧獨自騎馬逃走，福王被五花大綁著押回王府。

僅僅數日，福王府已是面目全非，只剩下一片瓦礫。李自成進城後，打開福王府的倉庫和地窖，搜出數萬石糧食、數十萬兩金銀，一把火燒了王府，大火三日不絕。四門和城內的大街都貼出了闖王告示，上列福王十大罪款，要在周公廟前審問福王，替天行道。

天色微明，周公廟前的空地開始有了三三兩兩的人群，將近卯時，已是人山人海，沿途擠滿了等候觀看的男女老少。卯時剛過，一輛囚車在軍士的護送下，緩緩向廟前而來。福王深居簡出，洛陽城的百姓平日難得一見，爭著擠在兩旁觀看，議論紛紛。

「嘖嘖嘖……他方面大耳的，果然有些福相。看那身肥肉，洛陽城中找不出第二個來！」

「你若家裏有著如山的金銀，也會長著一身肥肉的。」

「死到臨頭了，好說什麼福相？他是把一輩子的福都享完了。要那麼多銀子做什麼？若是給守城的將士們分一些，他也未必會走到這一步！真是捨命不捨財呀！」

「自作孽，不可活呀……」

福王神情萎靡，目光呆滯，一縷亂髮披散在額頭，身上改裝的布袍污濁不堪，袍角撕了一個大口子，腳上只剩下一隻靴子，模樣極爲狼狽。不斷有人恨聲咒罵：「他媽的，這蠢豬似的人，竟騎在咱們頭上作威作福，天理何在？」

「說什麼天理，還不是他祖宗的陰德？不是出生在帝王家，他哪裏會有這麼大的府第、花不完的銀子？」

「到頭來銀子再多有什麼用？還不是不得善終……」咒罵聲、歎息聲、嬉笑聲交織在一起

「闖王來了！」鼓聲驟起，人群一陣騷動，伸長脖子四處瞧看。李自成在眾位將領的簇擁下，策馬而來。五百名士兵手持長槍，擋在四周，圍出一塊五十丈見方的空地。空地上早已擺好了從王府搬來的桌案、椅子，紫檀描金鏤花寶座上依然鋪著厚軟的黃緞座褥，座前擺設

掛著繡緞桌圍的長案。東西兩邊各擺一把花梨木交椅，鋪著猩紅坐墊。鼓聲停止，李自成居中坐下，謀士牛金星、大將劉宗敏陪侍左右。

「帶人犯！」李自成低沉地呼喝一聲。兩個身形魁梧的士卒打開囚籠，拉出福王，一左一右架到座前，吆喝道：「跪下！」福王驚恐交加，雙膝無力，癱倒在地。

闖王厲聲喝問：「朱常洵，你惡貫滿盈，如今天怒人怨，你知罪麼？」

「知罪知罪……」福王叩頭不止，顫聲道：「求、求大王饒，饒命！小王願捨、捨棄所有家財……」

「福王，眞是好封號呀！」李自成略俯一下身子，逼視著福王道：「你老子將宮裏一半的金銀財寶賜給你，在洛陽營造大片的宮殿屋宇，又賞賜了兩萬頃膏腴良田，你還嫌不足，又求抄沒張居正的財產以及江都至太平縣沿江荻洲雜稅並四川榷茶、鹽井稅銀全賞給你，每年還有二十萬斤的淮鹽鹽引，天下人哪個不知道『帝耗天下以肥王，洛陽富於大內』？你有個好老子，福緣不小呀！」

「小王沒福，小王沒福！情願不要這些賞賜，懇請大王饒命。」福王叩頭出血。

「你沒福？天下誰會信你！你與周王、鄭王、崇王、唐王、潞王等人的田莊遍及各地，河南大半田地貴了你們朱家子孫。不用你們動手，天上便掉下來富貴，錦衣玉食，吃喝不盡，還不是福？」

「那都是父、父皇所賜……小王……」福王仰頭看到李自成淩厲兇狠的目光，嚇得不知如何是好。

「哈哈哈　」李自成縱聲大笑，眉毛一挑，說道：「你的福緣這麼大，我也想借一點兒。」

「大王隨意取拿，只要是小王有的……」

「你想不借也由不得你。來人，把他的衣裳扒了！」李自成冷笑一聲。

數九寒天，福王和曾受過這般苦楚，頃刻之間，一身肥白的細肉凍得又青又紫，忍不住瑟瑟發抖。李自成離了座位，指點道：「殺了你，怕可惜了這一身白肉！只是你的肉又老又肥，想也好不到哪裏去！血還算新鮮的，正好做熱湯喝。點火！」

幾個軍卒抬來一口大鐵鍋，架柴便燒，水剛滾沸，將殺好的兩隻梅花鹿放入煮燉，不多時，一陣肉香飄出，圍觀的眾人不由得食指大動，有的清早起來趕著看熱鬧，尚未吃早飯，聞到肉香更覺饑餓難耐。李自成看著縮成一團的福王，笑道：「這肉湯裏少了你這一味，可稱不得福祿酒了。火候差不多了，放血！」

一個壯漢手持牛耳尖刀，兇神惡煞般地一把抓住福王肥白的胳膊，往大鐵鍋邊上拖拉，福王驚得魂飛天外，嚎叫一聲，昏死過去。眾人也不知壯漢做什麼，無數隻眼睛緊緊盯著他手中的尖刀。那壯漢將福王的手腳捆了，放在鐵鍋前的木桌上，尖刀輕挑，在福王的手腕上割出一寸多的口子，鮮血登時噴濺而出，血箭似的灑入滾沸的大鐵鍋中，倏忽不見，沒留下一絲痕跡。福王大叫一聲，在桌上滾翻幾下，卻給壯漢眼明手快地按牢了，動彈不得。福王哭嚎不止，壯漢將一團破布緊緊塞了他的嘴，又將另一隻手腕挑開，那血已流出不少，噴濺之勢大減。眾人看得無不聳容失色，眼看那血越流越少，福王漸漸停止了掙扎，渾身上下變得雪片似的慘白。

李自成走到鐵鍋邊，舀起大半碗肉湯，用鼻子一嗅，讚歎道：「好鮮美的福祿酒！都來喝啊，人人有份兒！」等那碗裏肉湯冒起的熱氣少了，大口喝下。身後的將士齊聲歡呼，劉宗敏等人依次上前品嘗，一大鍋福祿酒瞬間喝光了。又續水猛燒，福王早已沒了氣息，再無鮮血流出。壯漢將他解作數塊，扔到鍋中，與鹿肉一起燉煮。

「王爺——」一聲撕心裂肺的痛哭，呂維祺跌跌撞撞地闖出人群，不顧持槍兵卒的阻攔，衝到鐵鍋前大哭。

劉宗敏已連喝了三大碗福祿酒，上前抓起呂維祺道：「你嚎什麼喪，他是你親爹麼？」

呂維祺翻著白眼看著劉宗敏，默不作聲，忽然撲通跪在他腳下，連連叩頭。劉宗敏大笑道：「這就是了，你拜他不如拜老子！」

呂維祺瞋目怒斥道：「我呂維祺身爲朝廷大臣，理學名儒，綱常名節至重，豈會向你們這般流賊屈膝？」

劉宗敏頗爲詫異，譏諷道：「那你拜我幹什麼？」

「王爺的血肉安葬在你的肚裏，我見了你如見王爺的陵墓，怎能不拜！我不單要拜你，凡是喝過福祿酒的人，我個個要拜。」

劉宗敏惱羞成怒，抓起一隻大碗往地上一摔，大罵道：「住嘴！你這老畜牲再說出一個

『賊』字，老子拔掉你的舌頭！」

「呸！你拿死來嚇唬誰？我自束髮受教，讀的是聖賢書，遵的是孔孟道。如今活了五十多歲，經歷的人和事也算不少，總沒見過你這麼無君無父的禽獸！」呂維祺戟指大罵，隨後朝北方跪了，叩頭痛哭：「皇上，臣沒用呀！只好一死盡忠了。」站起身來，朗聲念道：「孔曰成仁，孟曰取義，惟其義盡，所以仁至。讀聖賢書，所學何事。而今而後，庶幾無愧。你動手吧！」

牛金星悄聲勸李自成道：「呂維祺在海內尚有人望，他正要借此成就氣節，不可……」「輕殺」兩個字尚未出口，劉宗敏血紅著兩眼，拔刀一揮，呂維祺的人頭滾落在地，鮮血濺出一丈多遠，心底暗自歎息一聲

李自成有些心動，命道：「將福王的頭懸掛三天，然後准許迎恩寺道濟方丈來收殮屍首。」

洛陽城破後的十四天，正是崇禎十四年二月初四，黃昏時分，一隊飛騎馳至襄陽城南門。洛陽失陷的消息雖未傳到襄陽，但楊嗣昌臨行入川前反覆叮囑兵備道張克儉、知府王承曾，襄陽城禁依然森嚴，除非持有緊急公文，驗明無誤，閒雜人等一概不許入城。騎兵立馬在吊橋外邊，為首的那個身穿把總衣甲的大漢朝城上呼喊道：「放下吊橋，督師有令！」隨即晃一晃手中加蓋了火漆的公文。隔著五十多丈的護城河，又是暮色微茫的時候，城上的守軍看不真切，但見來人不多，將吊橋放下，大漢帶人直奔城下，將公文遞進甕城城洞，守城

把總見是一封火漆密封的火急文書，注明遞交襄陽兵備道張大人，右上角寫著「急密」二字，背面中縫寫明發文的年月日，上蓋督師輔臣行轅關防。他不敢怠慢，客氣道：「老兄請稍候，待小弟稟明，即便回來。」

大漢不悅道：「難道公文有假麼？」

那把總賠笑道：「公文自然是眞的，只是還需稟准黎大人後，才能開門。職責所在，不敢造次，老兄莫怪！」

「公文緊急，誤了督師大事，小心要掉腦袋的！」

「老兄寬心，絕不會誤事。黎大人就在南城樓上，來去用不了多大工夫。」

襄陽總有六座城門，東門陽春，南門文昌，西門西成，大北門拱宸，小北門臨漢，東長門震華。楊嗣昌駐節襄陽時，每座城門都有一位掛副將銜的將軍司職門禁，晝夜在城門樓上或靠近城門裏邊的宅院中當值辦公。楊嗣昌入川後，門禁鬆弛一些，也沒有了那麼多的副將遣用，除文昌門由游擊將軍黎民安守衛外，其餘五座城門都改爲千總駐守。黎民安將公文仔細看了，沒有可疑之處，但放心不下，到甕城門洞裏查問道：「你是專來下這封公文麼？」

大漢恭敬地答道：「是，大人。」

「督師行轅的人我都曾謀過面，你怎麼這般眼生？」

「四川到襄陽上千的路途，日夜飛奔，睡不得一個囫圇覺。卑職剛到行轅當差，資歷最淺，這等苦差卑職不來教誰來？」大漢話中似有些不平之氣。

黎民安查不出什麼破綻，點頭道：「你們來了多少人？」

「回大人，二十八個。」

「就在南關找家客棧休息等候。我立刻派人將公文送進道台衙門。一有回文，即便交你帶回。」

大漢見黎民安轉身要走，急忙說道：「大人，督師十萬火急的文書，明令張道台、王知府守住襄陽，嚴防奸細混入城內。必要將兵符呈繳張道台，不能在城外延擱。」

「有兵符？拿來我看。」

大漢從懷中取出一半兵符呈上，黎民安看兵符是黃銅鑄製，閃著烏金般的光亮，用手掂了兩下，神色緩和道：「你們在吊橋外飯鋪中稍候片刻，我親自將公文、兵符送進道台衙門。」不等他說完話，身後有個蒼老的聲音說道：「不必了。」

黎民安一怔，轉身見一個五十多歲的老者從城樓上下來，衣甲鮮明，急忙躬身施禮道：「道台大人怎麼趕來了？」

兵備道張克儉道：「大軍輜重糧草都囤積城中，督師臨走時反覆叮囑嚴守，大意不得呀！」說罷，接過兵符，又從懷中取出另一半兵符，兩下勘合，絲毫不誤，命道：「放他們進城，安置住在承天寺。」黎民安答應著，命人領他們往承天寺而去。

已到亥時，襄陽城中一片寂靜，只有城頭上的兵卒燃著火把，來回巡弋。襄陽府大牢依然燈火通明，僻靜的單間牢房裏擺著一桌酒宴，圍桌坐著一男二女，那男子三十歲出頭，面色白淨，下頦稀稀留著幾縷髭鬚，頭戴烏角方巾，身穿寶藍色直裰，外罩皮袍，大冷的天，手中兀自捏著一柄摺扇。那兩個女子生得美豔不凡，略微年長些的在二十五歲上下。那男子已有了幾分醉態，搖搖手中的錫壺，朝外喊道：「快湯酒來！」

牢頭於公慌忙進來，端著一個碩大的炭火盆，滿臉堆笑道：「府台老爺，容小的先換過了這火盆。這房裏可有些冷，不如到前面廳堂裏，小的也好伺候周全。」

王承曾道：「前面人多眼雜的，給那些閒雜人等看見，又亂嚼舌頭了。」

「他們哪個敢？誰不知道老爺是探問張獻忠那狗賊的內情，獄卒們誰敢亂說，小的打斷他們的狗腿！」

「好啦！老爺知道你是個明白人，今後少不了你的好處。方才聽兩位妹妹說你平日想得周到，將她倆的刑具都去了。是呀，她們兩個原本都是良家女子，都是受張獻忠的挾裹，不得已從賊。上天有好生之德，她們又願意說出賊情，襄助老爺。」

那兩個女子是張獻忠的兩個小妾敖氏、高氏，瑪瑙山一戰給左良玉捉了，押在襄陽大獄。王承曾暗自垂涎她倆的美貌，但楊嗣昌軍令森嚴，又剛剛保舉他升作知府，他不敢造次，只是藉口巡查常到獄中探看，來的次數多了，敖氏、高氏二人漸漸明白了他的心意，每逢他到來，便嬌呼哀號，王承曾看她們楚楚可憐的模樣，命牢頭換成小號刑具，等楊嗣昌離開襄陽，竟將她倆的刑具去了，轉到一間僻靜的單間。敖氏聽他說得虛假，忍不住撲哧一笑，露出一口細碎的銀牙，嬌聲道：「老爺，你還真是巧嘴，說什麼探問賊情。每日與我們兩個賊婆娘在一起，哪裏說得清？」

高氏乜斜著眼說：「可不是麼，上次大白天的你就來了，拉著敖姐姐的手又摸又捏的，半晌捨不得放開……」

「你還說！當著于頭的面，竟敢接老爺的短處，看我不扯爛了你的嘴！」王承曾乘著酒興，嬉笑著伸手摸了高氏的臉一把，高氏咯咯笑著，連連告饒。

于公尷尬萬分，急忙說聲去燙酒，躲了出去。敖氏端了杯子，笑道：「老爺既然沒有喝足，賤妾這裏還有半杯殘酒，替我吃了吧！」不容王承曾推辭，便要給他灌下。

王承曾將她摟住，淫笑道：「你若餵我，我便吃了。」趁勢在她臉上亂啃，敖氏略掙扎幾下，故作驚駭地叫道：「妹妹，快來救我！」

高氏見他兩個纏繞在一起，彎腰笑了片刻，才上前拉著王承曾的胳膊道：「府台老爺你好不正經，倘若給楊督師知道了，可吃罪不起了。」

「咳！你怕什麼？督師遠在四川，怎麼會知道我在襄陽的所作所爲？再說光一個張獻忠就夠他勞煩的了，他哪裏有心思管這些小事。」

高氏伸出尖尖的手指，擰住王承曾的耳朵，提醒道：「敖姐姐可是八大王……不、不，是張獻忠的心肝寶貝兒，他知道姐姐受了欺負，肯定不會放過老爺，必要到襄陽來尋仇。」

「你是嚇唬我麼？」王承曾放了敖氏，起身捉住高氏，寬慰道：「都說張獻忠殺人不眨眼，凶戾之極，可你們不用擔驚，他遠在四川，正給督師的大軍緊緊圍著，料想也不會從天上飛來！就是逃出重圍，襄陽鐵打的一座堅城，三面環水，一面依山，他要進城也是妄想，你們不必過慮。」

「我們想什麼？有府台老爺照看我們姐妹，不是勝過跟著張獻忠東躲西藏，擔驚受怕的。」

「哈哈哈……你倆果然聰穎……」王承曾笑聲未絕，只聽外面一聲炮響，驚天動地。敖氏、高氏驚得花容失色，王承曾故作鎮靜道：「不要驚慌，想是什麼地方走火了。」

于公提著酒壺跑進來，有些慌張地稟道：「老爺，承天寺失火了。」

「必是混進了奸細！」王承曾霍地起身，來到院子裏，卻見起火的不只一處。正在驚愕，衙役們飛奔來報：「文選台起火！」

「文昌門起火！」

「襄陽王府端禮門起火……」

王承曾跌跌撞撞地朝外跑，夜色深濃，往日寂靜的街巷人聲鼎沸，有人驚呼：「張獻忠進城了——」他剛到端禮門外，就見火光之中一隊兵卒從襄陽王府出來，推搡著一個鬚髮盡白的高個兒老者。「那不是襄陽王麼？」他幾乎驚叫出聲，慌忙隱身在黑影中。一陣馬蹄聲響，張獻忠帶著親兵衛隊到了，用馬鞭一指那老者道：「可是狗王朱翊銘？」

「捉到了。王府已派兵嚴密看守，不許閒雜人出進。」

「好，好！楊嗣昌不是要我的人頭麼，我就借襄陽王的人頭送給他！」

第十四回

楊督師驚心服毒藥　周延儒蒙寵入內閣

楊嗣昌仰面躺在床上，嘴角和鼻孔有血跡滲出，被褥、頭髮有些零亂，床頭赫然整齊地放著督師輔臣銀印一方、敕書一道、尚方劍一口。萬元吉看著楊山松撲到床前放聲痛哭，不斷用頭碰擊大床，他垂淚拉出楊嗣昌所在袖中的一隻手，指甲發青，翻看枕頭，下面有一張皺巴巴的草紙，還黏著星星點點的白色粉末。「砒霜——」他心中陡然一緊，渾身的血液都要凝固了，無限酸楚地埋怨道：「師相，你何必尋此短見呢？」

一隊官船浩浩蕩蕩順江而下，江流湍急，船如箭發，船上懸掛的大小旗幟迎風飄揚，宛如一條長長的巨龍，緩緩停泊在沙市古渡口。督師楊嗣昌心情頹喪，徐徐走出船艙，看到岸邊早有荊州府文武官吏、士紳跪接。楊嗣昌暗叫一聲慚愧，命中軍參將站在船頭傳諭地方官紳免參，破例朝大家略一拱手，隨即上轎往沙市徐園而去。他已得知洛陽失陷、福王遭戮的消息，心痛不已，憂憤交加。張獻忠從夔州、大昌出川，一直行蹤詭秘，他十分擔心襄陽，那可是根本重地，儲備了大量的輜重糧草，若一旦出什麼差池，勢必萬劫不復。「將悍兵驕，皆不用命，焉能剿賊？」他心裏無限悵恨，張獻忠一股明明已被包圍在夔、巫之間的叢山中，不難殲滅，無奈四川巡撫邵捷春不奉軍令，賀人龍和李國奇兩鎮將士又在開縣鼓噪，奔回陝西，致使堵禦西路的兵力虛弱，一切堵剿謀劃全都落空。督師至今，費了上百萬銀子的軍餉，一年半的心血竟毀於一旦，功虧一簣，實在有些不甘心！他心底無奈地歎息道：「朝中諸公，有幾個知道我爲國的一片苦心！」

徐園佔地十餘畝，乃是鄉宦徐礦的一座花園，僻靜清幽，頗有林野之趣。楊嗣昌剛在花廳坐定，隨即傳令監軍萬元吉和幾位親信幕僚議事，一個侍衛匆匆進來，耳語道：「有人給督台送來一個包袱，可要收下？」

「什麼人送來的？」楊嗣昌皺了一下眉頭，他不願議事時給人攪擾。

「不知道。是一個要飯花子送來的，卑職再三問他是什麼人指使的，他卻說不清楚，只說得了那人一兩銀子。」

「呈上來吧！」

不多時，侍衛提著一個黑色布包進來，解開布包，捧出個一尺見方的白茬兒桐木小匣來，看那簇新的木色想必是新做成的，有些扎眼。楊嗣昌沉著臉，吩咐道：「打開！」

侍衛拔出佩刀，將木匣小心撬開，裏面是一層黑色油布，打開油布，是一層杏黃的錦緞，上面繡著金絲雲龍，那錦緞邊角兒露出毛茸茸的線頭，似是從什麼地方撕扯下來的，隱約有幾處暗紅的血污。侍衛用刀輕輕挑開，赫然是一顆血淋淋的人頭。眾人一起驚呼，楊嗣昌離座近前細看，見木匣中有一封書簡，抖開一看，上面寫著：「楊嗣昌，我原想殺你，可你遠在四川，我殺不到，只好借襄陽王的頭來換。我砍掉他的豬頭，崇禎就會砍掉你的狗頭。八大王。」

「襄陽失陷了？」楊嗣昌大叫一聲，噴出一口鮮血，仰後摔倒，眾人急忙將他扶入臥房歇息。楊嗣昌隨即醒來，見長子山松守在床頭，搖頭歎息道：「皇上，皇上，臣力竭矣！」淚流滿面，掙扎著坐起身來，招手道：「快、快去查查，襄陽是、是怎麼失守的？」

萬元吉小聲勸慰道：「督師莫急，將息身子要緊。」

「襄陽鐵打的城池，怎麼會淪落賊人之手？我、我實在不甘心呀！」楊嗣昌連連拍打著床欄，仍有些半信半疑，全沒有了平日儒雅的氣度。

萬元吉回道：「方才知府王承曾來了，但畏懼有罪，不敢拜見大人。」

「傳他來！傳他來！」楊嗣昌大口地喘著粗氣。

王承曾依然是寶藍色直裰，外罩皮袍，但袍服沾滿了塵土污垢，頭髮蓬亂，方巾也折皺了，神情狼狽不堪，踉踉蹌蹌地進了花廳，哭拜於地，叩頭不已道：「卑職無能，丟了襄陽，求督師大人重罰。」

「襄陽、襄陽眞的丟了？」楊嗣昌臉色越發慘白，渾身抖動，牙齒顫得咯咯作響，「可是出、出了奸細？」

「沒出奸細，是張獻忠派人混入了城中。」

「我一再嚴令門禁，他們怎麼混入的？」楊嗣昌氣急敗壞。

王承曾偷覷一眼，見楊嗣昌牙關緊咬，目眥欲裂，憤怒已極，慌忙道：「獻賊在途中截獲了督師的文書、兵符……」

「天乎，天乎！」楊嗣昌捶胸大叫，「張克儉在哪裏？」

「張道台與推官鄺日廣、攝縣事李大覺、游擊黎民安都遭了毒手。」

楊嗣昌逼視著王承曾，氣咻咻地責問道：「你怎麼逃出來的？」

「卑職與福清王、進賢王兩位王爺從城北臨漢門逃出……」他看到楊嗣昌殺氣騰騰的目光，嚇得將後面的話縮了回去。

「你是襄陽知府，怎能置襄陽王於不顧？」

「卑職……」王承曾心裏暗自發狠，自己一個手無縛雞之力的文官，哪裏抵得過那些如狼似虎的賊寇？這不是明擺著要自己捨生取義麼？他知道無法辯解，只好默然不語。

楊嗣昌心情大壞，閉目仰在椅背上，有氣無力地說道：「不用說城中的百姓，只襄陽王府一處，襄陽王、貴陽王，還有蘭陽王母徐氏、太和王妃郎氏、宮人李氏共四十三條人命，怎麼向皇上交代？」他見王承曾一言不發，擺手道：「你下去吧！」

楊嗣昌獨坐花廳，神情頽然，想到自己一年多來，千里奔波，由湖廣而四川，又自四川返回湖廣，戮力王室，不料卻落得如此境地，不到一個月的工夫，兩座城池失守，兩個親王被殺……枯坐良久，晚飯也沒吃。萬元吉等人擔憂不已，但都知道督師軍令森嚴，誰也不敢進去勸說。楊山松更是分外焦心，自父親見到襄陽王人頭的刹那間，立時憔悴了許多，好似大病了一場，面色青白灰暗。他輕手輕腳地推門進去，恭敬問道：「父親可是身子不爽？」

「是松兒呀，坐下吧！」楊嗣昌抬起頭，極力堆出笑容，但笑得卻有些淒然。

楊山松側著身子坐了，看見寬大的條案上放著一大摞整整齊齊的文稿，扉頁上新題著「楊文弱集」四個隸字。楊嗣昌指著文稿道：「松兒，這是我一輩子的心血，行軍之餘，稍加整理，約莫百萬餘言，尚無序跋。古人說：太上立德，其次立功，其次立言，謂之三不朽。立德立功，我是不能企及了，立言或許有望。即便無望，你也要想法將這部文稿刊刻行世，要讓世人由此知道我楊嗣昌有著一片爲君父的忠心。」他說得斬釘截鐵，神情極爲悲憤，竟有些慷慨激昂。

山松勸道：「父親文名早爲世人所知了。公安三袁與鍾惺、譚元春都對父親推崇備至。父親早年曾刊刻《詩擇》、《野客青鞋集》、《地官集》，近年又有《撫關奏議》、《宣雲奏議》、《中樞奏議》、《督師載筆》、《樂饑園詩集》之刻，卷軼浩繁，不啻充棟，名山事業，流傳後世，自是不難。」

楊嗣昌歎息道：「是呀！我眞是羨慕三袁與鍾、譚二人，優遊山林，獨抒性靈，過無拘無束的日子。無奈皇上兩次奪情召用，爲人臣子，只好將尋山訪水的心思放在一旁，盡心替朝廷出力。當時，我還想著功成身退，再接著了卻夙願，沒想到陷入其中，抽身無門了。」

「父親剛屆天命，春秋方長，一等戰事了結，兒子陪您徜徉山水，也學徐霞客暢遊天地之間，爲名山大川留下圖志文記。」

「安得功成棹歸去，前溪忽逗武陵煙。如今想起我以前的詩句，也是不勝感慨呀！徐霞客此人我也聽說過，他五十歲以前，就遊遍了南北名山，泰山、嵩山、華山、箱山、五臺山、黃山、廬山、普陀山、天臺山、雁蕩山，最遠到過福建的武夷山。寫下了不少的名山遊記。我今年五十四歲了，比不上他了。」楊嗣昌搖搖頭，接過兒子遞過的茶水喝了兩口，拉著兒子的手道：「仕宦之道，亦如飲酒，適興而已。聖人心法在乎中庸，中者，天下之正道；庸者，天下之定理。不過中庸實在不好把握，我當年一連三疏救你爺爺，情願以身代父罪，機緣巧合，皇上青眼有加，以致感激報效，奔波了這麼多年，心力交瘁，大違初衷。我勸你們兄弟三人，可讀書不可出來做官，仕途險惡不說，終日給瑣碎俗事纏繞心神，辜負了大好的光陰。」

「謹遵父訓。」山松答應著，問道：「明日是父親五十四歲生日，監軍大人準備在行轅置辦宴席，給父親祝壽 」

「我如何承受？」楊嗣昌打斷他的話，「自我受任以來，他們跟隨著備嘗辛苦，如今兩載慘澹經營付之東流，我怎忍心教他們強作歡顏？」

楊山松心頭大痛，強自忍耐道：「兩年來，行轅將吏替父親備宴席祝壽已成慣例，這次尤其不可缺了，哪怕應個景也好。不然，豈不傷了大夥兒的心，眾人的士氣如何重振？」

楊嗣昌點頭道：「你說的有理。下去準備吧，一切從簡，不可鋪張。」

宴席果然簡單，與去年在襄陽時候的盛況大不相同，沒有戲班子唱戲和官妓歌舞，酒肴也不豐盛。楊嗣昌強打精神接受將吏們拜賀，在宴席上坐了一陣，略端了端杯子，濕了濕青紫色的嘴唇，宴席便草草結束。他在臨退出拜壽的節堂時，噙淚拱手道：「大夥兒盛情，嗣昌何以爲報？拖累你們了。」

「我們追隨督師，爲朝廷剿賊，何言拖累？」監軍萬元吉環視眾人，「大夥兒說是不是？」

楊嗣昌熱淚盈眶，不待眾人作答，唏噓道：「多承各位厚意，嗣昌心領了。要是朝臣們也這麼想，多好啊！上心不會輕變，咱們就能放膽去做，不用太多顧忌。話是這麼說，做起來就難了。不用說朝臣，就是能眼見咱們剿賊的四川士紳們，自從在川、楚交界用兵以來，不是一直散布流言蜚語麼，說什麼我是楚人，不欲有一賊留在楚境，盡力驅趕流賊入川，以鄰爲壑，實在可笑已極。他們將我當成了專司湖廣一地治安的巡撫，獨不想我是朝廷輔臣，奉旨督師，統籌全局，責在滅賊，並非一省封疆守土之臣，將流賊趕出湖廣地界，便大功告成。遠在京師的朝臣，想教他們不能風聞而奏，體諒我的苦衷，怎麼能夠？我今日才明白了袁崇煥的難處，奉旨出關，何等威風！不料卻落得西市凌遲，闔家流放。怨皇上麼？不能、不能啊！皇上本有令袁崇煥戴罪立功之意，卻受那些朝臣蠱惑，不得不忍痛下手。唉！也怪不得朝臣。出國門時，大夥兒熱望甚殷，兵馬錢糧任意取用，卻不能馬到成功，他們能不怨你恨你？糜費百萬金錢，剿賊潰敗，失陷藩王，你們都跟著我成了孤臣，我如何對得住大夥兒。」

萬元吉道：「師相多慮了。師相聖眷正隆，咱們當謀再舉，切不可執著一城一地一人一事的得失，灰心絕望，坐失亡羊補牢之機。」

「師相保重！」眾人紛紛起身，目送楊嗣昌出門進了花廳，步履有些蹣跚。

回到花廳，楊嗣昌獨坐案邊歇息，思緒紛亂如麻。恨恨地想朝廷必定一片譁然，劾奏糜餉師潰的不在少數，皇上或許來旨切責，命自己戴罪圖功，挽救頹勢，焦灼不已。左良玉和賀人龍等將領的驕橫跋扈，不聽調遣，鄭崇儉、邵捷春兩位封疆大吏對自己心存猜忌，百般阻撓用兵方略，又惱怒又憤懣，無從發洩。一時覺得六神無主，頭暈目眩，公文上的字跡模糊難識，索性走進裏間，和衣而臥。閉目養神，眼前總是浮現著臨出京時皇帝賜宴和百官在廣寧門外餞行的情形，那時的抱負和威風哪裏去了？「不能辜負聖恩呀！」他長喟一聲，撐起身子，向隨從討了熱手巾，擦了把臉，加披一件紫羅灰鼠長袍，走到案後批閱緊急文書。批完一件，又拿起一件，竟是左良玉發來的。他對左良玉厭煩已極，瑪瑙山大捷以後，驕橫跋扈，難以節制，命他進軍追剿，連發九檄，左良玉竟推脫有病，高臥竹山一帶，眼睜睜看著張獻忠收拾潰散殘部，逃入深山。他看到左良玉這三個字又頭疼又厭煩，出川前檄令左良玉赴襄陽一帶去追剿張獻忠，不知到了何處。他耐著性子打開文書，左良玉簡要說了正在全力追剿，卻指摘不該尾隨張獻忠入川，以致窮於奔波，襄陽失陷，鑄成大錯。「眞是小人！」看左良玉如此放肆，他眼前有些發黑，手腳冰冷，出了一身虛汗。想到裏間床上躺下，站起身來，卻覺一陣眩暈，連同椅子一起摔倒在地。隨從聞聲急忙進來，扶他坐好，楊嗣昌問道：「方才誰來過？」

「萬大人來探老爺的病情，小的怕打擾老爺，勸他回去了。」

「混賬！萬大人是監軍，你怎敢攔他？」楊嗣昌的語調雖然不高，但卻極嚴厲，嚇得隨從連忙道：「小的再請萬大人回來。」

「不必了，我還沒有走。」萬元吉進來，望望他蒼白的臉色，關切道：「師相身體不適，還是命醫生瞧瞧，以解眾人懸憂。」隨從知道他們有話要談，小心地退下。

「坐，快坐下！」楊嗣昌頷首道：「偶感風寒，並沒有什麼大病，吃幾粒丸藥，靜養幾天就好了，不用驚動醫生。不然，明日不知有多少撥兒人來探望，我實在不勝其煩，不堪其累。」

「有病忌醫，師相實在大有苦衷。但不可瞞著皇上吧？」

楊嗣昌神色黯然，搖頭說：「這病怎麼說也是個人的私事，我不敢以此教皇上擔憂剿賊大局。我正要與你商議糧餉之事，襄陽陷落，所有輜重都給張獻忠掠去，還需盡快籌集。」他忽然看見萬吉元袖中露出一角文書，問道：「可是來了什麼緊急文書？」

萬元吉見遮掩不過，只得拿出文書道：「河南巡撫李仙風稟報洛陽失守和福王遇害經過，卑職先看了，想著等師相身子恢復後，再呈送寓目。」

饒是早已得到傳聞，如今坐實了，楊嗣昌仍然禁不住渾身一震，顫聲道：「洛陽情形……？」匆匆展看文書，看到福王被割血與鹿肉同在鐵鍋中煮成福祿酒，再也把持不住，放聲大哭。萬元吉不住勸解，楊山松等人聞聲趕來，先將楊嗣昌扶到床上歇息，一起寬慰一陣。楊嗣昌只留萬元吉在床邊，命楊山松在外間侍候。此時，他心緒稍稍和緩，對萬元吉道：「我受皇上恩重，不意剿賊一再受挫，局勢敗壞如此，眞無面目再見皇上！」

「師相的苦心別人不知，這一年多來，卑職耳聞目睹師相批閱文書、商調人馬、籌集糧草……哪一天不到子夜？殫精竭慮，專心剿賊，事無巨細，鞠躬盡瘁，與先賢諸葛孔明相彷彿。卑職何幸，得以追隨左右！」

「可惜呀！我未必有他那樣的身後美名，但我倆的結局卻是相同，出師未捷身先死，長使英雄淚滿襟吶！」楊嗣昌連咳幾聲，喘著粗氣道：「實話說與你，我的病情並非什麼風寒，乃是積勞成疾，油盡燈枯，勢難再起，行轅諸事，全仗仁兄悉心料理。」

「師相不過是旅途勞累，並非什麼疑難之症，寬心養病，自然會有轉機。」萬元吉陡然感到自己將他比作諸葛孔明，實在有些不祥，壯志未酬，星隕五丈原，也是五十四歲，怎麼這般糊塗，出語孟浪呢！他一邊勸說，一邊暗中自責。

楊山松在外間聽了，忍不住進來勸道：「父親縱不自惜，也需要爲國珍重，不能辜負了皇上聖恩。」

「皇上聖恩只有來世再報答了……」楊嗣昌畢竟是多年皇上身邊的密勿大臣，涵養鎮定的功夫高人一籌，話到嘴邊，強忍著沒說出口，話鋒一轉，說道：「十餘年來，流賊之所以不可制者以其長於流走，乘虛搗隙，倏忽千里，官軍追則疲於奔命，防則兵分勢弱，剿賊非一日之功。萬幸洪亨九與孫白谷在潼關設伏，闖賊幾乎全軍覆沒。獻賊瑪瑙山大敗，妻妾都給官軍俘虜了。可惜鄭崇儉數萬人馬，重重包圍數月，竟給闖賊逸出，實在令人不解。可恨左良玉不聽檄調，擁兵觀望，貽誤戎機，坐視張獻忠到興、歸山中安然喘息，後到夔東與曹操合兵……」他越說越激憤，雙頰潮紅，呼吸沉重起來。

萬元吉擔心他氣壞了身子，截住話題，婉轉勸道：「眼下大人治病要緊，不必心急用兵。最該做的是盡快給皇上上摺子，爲襄陽失陷事向皇上請罪，用兵方略緩一步再說。」

「容我再想想。」楊嗣昌身擁厚被，圍坐在床上久了，十分疲憊，萬元吉告辭退出，眼淚止不住滾落下來，他實在替楊嗣昌傷心不平。儘管一再失利，但師相提出的各種方略卻沒有什麼疏漏，錯就錯在將不用命，士無鬥志，縱有善策，亦難見諸於行，行之亦未必有效。號稱十幾萬人馬的大軍，剿賊卻似乎成了師相一個人的事，這種苦差就是大羅神仙也會束手無策，何況有血有肉的凡夫俗子。萬元吉在榻上輾轉難眠，約莫三更時分，才有了一絲倦意，房門卻給人敲響了，「監軍大人，睡了麼？」

萬元吉聽出是楊山松的聲音，急忙翻身起來，答應道：「大公子請進來。師相服藥了沒有，病勢如何？」

「我剛才去看了，服過藥後，病有點輕了，只是……，萬大人！你看這個。」楊山松從袖中取出一張紙來，萬元吉展開一看，上面工整的抄錄著一首詩：昨夜扁舟雨一蓑，滿江風浪夜如何？今朝試卷孤篷看，依舊青山綠樹多。他鎖眉說道：「這是朱子的詩句，哪裏來的？」

「是家大人方才抄錄的，掉在了床頭，我偷偷撿了起來。」

「玩味詩中之意，師相仍存振作雄心，徐圖恢復，整頓兵甲，未必不可轉敗為勝，彌補二府三州十九縣之失。」

「大人再看看這個。」楊山松取出一個書簡，遞與萬元吉道：「這是在家大人文稿中翻檢出的，寫給湖廣巡撫宋一鶴的信函，尚未發出。愚侄擔心家大人……一旦……可怎麼好？務請大人明日勸解家大人，速速打起精神，議定下一步剿賊方略，為亡羊補牢之計。至於個人榮辱，暫時不必掛在心上，靜待聖命，再做安排。據愚侄看，一則聖眷尚未全衰，《諭督師輔臣》詔書上說得明白，『卿自昨年九月初六日辭朝至今，半載有餘矣。無日不懸朕念。與行間將士勞苦備嘗，而鬚髮盡白，深軫朕懷』實是其他大臣從未有的恩遇；二則流賊情形與將士弊病，皇上也早有洞鑒，縱然……」

「公子見解的不錯。大臣中能為朝廷做事的，也只有師相大人與洪亨九兩位而已。倘若皇上不看他是難得人才，斷不會如此接連提升，如此倚信。今日天下潰亂，豈是一二任事者之過？皇上還要用人，師相若沒有心死之哀，不會招禍。」萬元吉勸慰著展信細看，信函收尾處似有絕命之意，「天降奇禍，突中襄藩，僕嘔血傷心，束身俟死，無他說矣。」暗呼不妙，正要叮囑楊山松將父親看緊些，忽聽院中一陣雜亂的腳步聲響，隨從在門外連聲叫道：「大公子！大公子！」聲調既慌張又悲痛。

楊山松霍地起身開門，驚問道：「什麼事，這樣驚慌？」

那隨從撲通跪在臺階上，哭道：「老爺、老爺去了。」

「怎麼會？」楊山松、萬元吉頓覺嗡的一聲，渾身一震，一起問道：「什麼時候去的？」

「小的也不知道」

楊山松、萬元吉不暇細問，一起奔往後院。

楊嗣昌仰面躺在床上，嘴角和鼻孔有血跡滲出，被褥、頭髮有些零亂，床頭赫然整齊地放著督師輔臣銀印一方、敕書一道、尚方劍一口。萬元吉看著楊山松撲到床前放聲痛哭，不斷用頭碰擊大床，他垂淚拉出楊嗣昌所在袖中的一隻手，指甲發青，翻看枕頭，下面有一張皺巴巴的草紙，還黏著星星點點的白色粉末。「砒霜——」他心中陡然一緊，渾身的血液都要凝固了，無限酸楚地埋怨道：「師相，你何必尋此短見呢？」

洛陽陷落的消息傳入北京，崇禎大爲震驚，停止上朝三日，得知福王世子朱由崧逃到安慶，特發御前銀一萬兩，周皇后等人也湊了一萬兩銀子，由司禮監秉筆太監王裕民、駙馬都尉冉興讓前往撫卹。二人剛剛啓程，重振接到宗人府傳進襄王次子福清王的緊急文書，襄陽竟然也失陷了。楊嗣昌在哪裏，怎麼聽任張獻忠四處騷擾？襄陽失陷、襄陽王身死這麼大的事，怎麼也不見他片紙奏報？洛陽失陷，他當時遠在四川，鞭長莫及，罪責都在河南巡撫李仙風身上，可襄陽是督師行轅的駐地，有重兵防守，怎麼也落入賊人之手？崇禎獨自一人坐在乾清宮東暖閣裏，眼前是一大摞參劾楊嗣昌的奏疏，他逐一翻看，從奏摺中抖落一張紙片，上面寫著兩首詩，都是借題諷詠：

其一

鹽梅佐酒自無雙，剿寇督師負上皇。
本是肢端一癬疥，楊君治罷入膏肓。

其二

襄陽失罷失洛陽，一鼎湯沸煮福王。
枉負天恩千城意，束身俟死愁斷腸。

下注一行小字：京師新謠諺，不知傳自何人。崇禎臉色大變，將奏摺丟在案上，朝外吩咐道：「速宣六部九卿科道進宮來！」

在外面當值的王承恩答應著，小跑著出去，不多時，科道官員都到齊了。崇禎掃視著眾人，壓下火氣說道：「楊嗣昌在江南爲朝廷出力剿賊，你們並未親歷其境，親歷其事，如何能說到實處，悉知軍中詳情？動輒上摺子參劾，怎麼就不體諒一下他的難處！」

「皇上，臣等身爲言官，有風聞參奏之權。」

崇禎看了說話人一眼，問道：「左懋第，你身上補服繡的是什麼？」

「繡的是神獸獬豸。」

「我朝補服都是太祖皇帝所定，你知道其中的深意麼？」

左懋第不愧兩榜出身，引經據典，侃侃答道：「《艾子雜說》說：堯之時，有神獸曰獬豸，處廷中，辨群臣之邪辟者觸而食之。《論衡》說：獬豸者，一角之羊也。性知有罪。皋陶治獄，其罪疑，乃令羊觸之。《神異記》說：東北荒中有獸如羊，一角，毛青，四足，性忠直，見人鬥則觸不直　名曰獬豸，一名任法獸。《異物志》說：北荒之中有獸，名獬豸，一角，性別曲直。見人鬥，觸不直者。聞人爭，咋不正者。《漢書音義》說：解豸似鹿而一角，人君刑罰得中則生於朝廷，主觸不直者。太祖高皇帝以臣等爲朝廷的獬豸，拾遺補缺，司職風憲，誅伐奸佞。」

「你說得不錯，有這個規矩。可你別忘了，風聞不是捕風捉影，信口雌黃，風聞也要據理而奏，不當妄誕。全憑意氣，徒逞筆舌，豈會有公論？你說楊嗣昌擁兵自衛，迄無成功，瑪瑙山不是功是什麼？此功雖不能掩飾兩藩淪陷之罪，但也不至於六大可斬、抄家滅門，就是死了，也要斷棺戮屍！你們就那麼忍心？楊嗣昌是朕特簡拔用的密勿大臣，用兵不效，自有朕斟酌處罰。你們這般詆毀他，將朕置於何地？你們哪裏參劾楊嗣昌，分明是朝著朕來的！」

崇禎越說聲調越高，他起身離案，踱步道：「楊嗣昌不易呀！臨危請命，萬里奔波，嘔心瀝血，上摺子說憂心如焚，以致頭髮都白了。有了捷報，你們眾口一詞地歌功頌德；遭了敗績，你們又眾口一詞地訐告他，是平心之論嗎？左懋第、雷縯祚，你們居司憲之位，不該揣摩朕的心思，投朕所好，以朕的好惡爲是非，如此用心不公，對得住身上的補服嗎？不怕獬豸頂你們、咬你們、吃你們嗎？」

左懋第囁嚅道：「臣並無私心，只是……」

「只是什麼？」

「襄、洛天下形勝，卻給賊人輕易攻破了，可歎我大明三百年的大好河山，竟任憑賊人如此蹂躪！臣實在傷心……」左懋第嗚咽失聲。

「楊嗣昌願意如此嗎？」崇禎歎氣道：「你們爲什麼定要以攻訐爲能事，而不想著爲朕出一良謀，獻一善策，想著代朕出京督師，爲天下討賊？剿賊不是楊嗣昌個人之事，怎麼出了禍端定要他一人承擔？上到閣臣、六部，下到總督、巡撫、總兵、副將、知府、知縣，都難辭罪愆！你們怎麼不參？古人說：天下興亡，匹夫有責，怎麼到了危難時節，都推得一乾二淨？忠心何在，天良何在？這些摺子朕都留中不發，存入內閣大庫，你們告老還鄉的時候，朕再賜還，永爲戒鑒。」

左懋第並未心服，叩頭道：「總得給天下人一個交代吧！」

「朕自會向天下交代。」崇禎見他咄咄逼人，冷笑一聲，說道：「朕御極十有四年，國家多事，流賊橫行，竟致親叔不保，都是朕不德所致，眞當愧死！朕下罪己詔，反躬自省，足

以謝天下了吧？」

眾人一起跪倒，左懋第身邊的臣子紛紛伸手拉他的袍袖、衣襟甚至靴子，崇禎怒道：「不必攔他，他有什麼話儘管說出來！」

正在僵持，王承恩匆匆進來，稟報道：「萬歲爺，襄陽六百里加急文書。」

崇禎一把抓過來，拆開看了，默然不語，臉上悲怒交加，捏在手中的文書微微抖動，瑟瑟作響。乾清宮裏一時寂靜異常，聽得到紅羅炭嘶嘶的燃燒聲。眾官跪伏在地，王承恩鵠立一旁，都盯著崇禎手中的文書，不知道出了什麼驚天大事。良久，崇禎才長長歎息一聲，淒然道：「朕想責罰他也不能了，楊嗣昌三月一日已故去。你們下去吧！朕要親筆寫一篇祭文給他。」

柳泉居的雅座裏，吳昌時獨自喝著黃酒，吃了半壺酒，一身便裝的王德化推門進來，他急忙起身讓座，王德化擺手道：「不必客氣，教你久等了。咱從司禮監衙門剛出來，就給皇上召入宮裏，問了問首輔薛國觀的動靜。他聽說皇上召見科道言官時對閣臣不滿，一夜坐臥不安。」

「若不是他如此尸位素餐，流賊也不至於猖獗難剿。」吳昌時將王德化讓到上座，他心裏早將薛國觀恨入骨髓，京察之前，他託外甥王陛彥送了銀子，吏部郎中一職已經薛國觀口允，不料卻到了清水衙門禮部做了個主事，其中的緣由竟沒有一言片語交代，他多次乘向王德化送禮之機抱怨。

王德化微笑道：「來之老弟，你不用心急，這次你大可出那口怨氣了。」

「多謝公公。」吳昌時眼光一熾，忙給他斟滿酒。

「不必謝咱，多行不義必自斃，都是他自家做下的孽！」王德化端杯喝了，用筷子夾起一塊龍卵吃下，說道：「做官麼，貪贓枉法的事難免，但不可過貪，只往自家懷裏扒拉銀子，手縫兒卻一點也不漏出來，總想著蠍子尾巴獨一份兒，那怎麼成？當年他那兩樁賣官鬻爵的買賣，你也知道。咱們廠衛偵知了，只是想分點兒銀子花花，並不是非得與他爲難。他可好，竟密奏給了皇上，說廠衛擾民。後來竟當著皇上的面兒說我的壞話，你說可氣不可氣？」

「這可眞是不知死活了。」

「那次皇上平臺召對，閒談之間，歎息道：『眼下貪賄成風，奈何！奈何！』薛國觀瞟了咱一眼，說什麼：『倘若東廠得人，大小朝臣哪個敢徇私？』當時嚇得咱汗流浹背，一句話也不敢辯解。出宮後，咱都沒回司禮監衙門，直奔東廠，將這事跟曹化淳說了，派了十幾個得力檔頭、番子，晝夜盯在薛國觀的府第周圍，看他怎麼乾淨？」

「想必有所獲了？」

「他怎麼少得了把柄？咱之所以一直隱忍未發，是時機不到。如今是時候了，前些日子他向皇上進言命戚畹捐銀助餉，周國丈、田國丈等皇親國戚人人自危，恨得咬牙切齒，皇五子因此喪命，那可是皇上的心頭肉呀！這賬也要算在他身上。他自以爲很得皇上信任，什麼銀子也敢拿，貪贓納賄竟牽扯到流賊身上，這不是自家找死麼？」

「他與流賊有往來？」吳昌時吃了一驚。

「可不是麼！張獻忠被左良玉追剿得無處藏身，派手下叫馬元利的帶著許多金銀珠寶進京獻給薛國觀，想要歸順朝廷，他貪財貪功，十分賣力，這才有熊文燦招降，也就埋下了穀城之變的隱患。」

「公公怎麼拖到此時？」

「薛國觀尚未利令智昏，收銀子的時候已想好了退路。穀城之變，有熊文燦做替罪羊，奈何不了他。如今卻不同了，流賊橫行，督師楊嗣昌沙市死難，皇上心情壞到了極點，尤其是在奏摺中發現了兩首歪詩，嘲諷皇上倚重楊嗣昌，竟胡說咱們大明朝日薄西山、病入膏肓。皇上命曹化淳暗地查訪，估計難以查實，但這些摺子都是由內閣送入宮的，薛國觀身為首輔，怎麼也脫不了干係！」王德化從袖中摸出一張紙道：「這是所有出入過薛府的人名單，備了什麼禮物都記得一清二楚，你斟酌著用吧！只要上摺子參劾，皇上勢必命咱們查訪，看他怎麼躲得過此劫？」

「薛國觀樹敵甚多，只要我上了摺子，跟進的想必不會少。」吳昌時陰惻惻地說道：「先拔了老虎的牙，看它怎麼咬人？只要它咬不得人，很快就會變成死虎。若要擺布薛國觀，先將他逐出朝廷。」

「嗯！你託咱貢給田貴妃的那些象生花，已送進了承乾宮，娘娘見了滿心歡喜，她說雖不便舉薦周玉繩，但可找時機在皇上面前提提他的名字，給皇上提個醒兒。」

「如能這樣，已是難得了。」

王德化咂了一口酒道：「單這樣做還不行，皇上英明刻察，貴妃說多了反會弄巧成拙，將事辦糟了。周先生最好自家上個摺子，不愁皇上想不到他。」

「好法子！」吳昌時舉杯喝了，拿出一張銀票遞上，王德化笑吟吟地揣入懷中

果然，吳昌時的摺子一上，戚畹們無不額手稱慶，紛紛鼓動交往密切的朝臣跟著參劾，崇禎對薛國觀已心存不滿，等王德化查實了，不待薛國觀自己奏辯，便寫了一道手諭：薛國觀身任首輔，貪瀆營私，成何話說！著五府、九卿、科、道官即這議處奏聞！牆倒眾人推，眾人齊議致仕回籍，薛國觀灰溜溜回了山西老家。不久，周延儒上的請安摺子到了，睹物思人，崇禎果然想起他的諸多好處，在摺子上批道：「還是他做。」

聖旨還沒發下，吳昌時已經得知，立時派僕人王成帶著書信回太倉。張溥用蓑衣裱法將散碎紙片重新裱好，連夜趕往南京，周延儒正在那裏寓居。見面後，他拜賀道：「宮裏傳來消息，恩師起復的旨意就要頒下。」

「天如，終於等到這一天了。」周延儒大喜，隨即歎息道：「眼下內憂外患，首輔也不好當呀！」

「自古亂世出豪傑，恩師改弦易轍，不愁沒人出力，不愁留下千古英名。」

「天如，你們費盡心機，辛勞了數年，我總不該教大夥兒失望吧！起復之後，我定當銳意進取，以謝諸公。」

張溥從懷中取出兩本厚厚的冊頁遞上道：「恩師，這兩本冊子一本寫的是該重用的人名，一本寫的是該罷黜、懲罰的人名，請恩師收好。」見周延儒接過，放入袖中，卻沒注意他微蹙一下眉頭。張溥心情正好，「明日在秦淮河畔定好了酒席，弟子與復社眾人給恩師道賀餞行。」

「該我謝大夥兒，怎麼還要你們破費？」

「萬請恩師賞光。」

「那我就當面謝謝大夥兒。」

晴空萬里，京杭大運河上一艘巨大的樓船向北緩緩行駛，高高的桅桿上掛著一面，紅色大旗，用黑線繡著「東山再召」四個大字，船頭笙歌簫鼓，響徹兩岸。張溥等復社眾人揖手作別，目送船帆遠行

第十五回

張若麒監軍寧遠城
多爾袞襲擊筆架山

夜半時分，山風微涼，一輪殘月斜掛在東南天際，松濤陣陣，像是埋伏著千軍萬馬。皇太極和范文程在幾位親兵的護衛下，悄悄避開明軍營盤，爬上了松山。見西南方向隱隱約約有兩處燈火，東南方一片燈火似銀帶子一般，彷彿在無邊的夜色中游動，問道：「那三處火光是什麼地方？」

洪承疇率領玉田總兵曹變蛟、薊州總兵白廣恩、寧遠總兵吳三桂、廣寧前屯衛總兵王廷臣抵達寧遠後，探查了松山、塔山、杏山等地的地形，向崇禎上奏摺請調宣府總兵楊國柱、大同總兵王樸、密雲總兵唐通、山海關總兵馬科會集寧遠，共有人馬十三萬。自崇禎十三年五月將中軍大營移防寧遠，轉眼過了整整一年還沒有大舉征討進軍。他所以如此持重，知道這一仗打得好壞關係重大，自袁崇煥寧遠、寧錦大捷以後，十幾年來明軍再沒有勝績，不能不多加小心。清兵以騎射見長，飄忽不定，行蹤詭譎，慣於野地浪戰，最宜以車營步步進逼，持久消耗，稍有不慎，輕舉妄動，身敗名裂自不待說，恐怕會動搖大明江山的根基。

他小心翼翼、分外謹慎，卻急壞了兵部尚書陳新甲。開春以來，一連兩個多月，他的兵部衙門和私宅裏，每天都有抱怨訴苦的人，尤其是戶部、工部，從尚書、侍郎到郎中、員外郎、主事走馬燈似地輪流登門，攪擾得陳新甲不勝其煩，開始不好推脫，還硬著頭皮、賠著笑臉相見，後來找的人太多了，應付不過來，索性躲起來不見。戶部、工部的那些郎官竟到兵部大堂前搬椅子坐了罵大街：「兵部出的什麼餿主意，十幾萬大軍在關外，一晃一年了，今天要物明天要錢，就不知道猴年馬月才開戰，那麼多人空耗糧餉，咱戶部又不能生金子拉銀子，哪裏去湊？」

「兵部派兵時答應得痛快，怎麼要糧餉時就當縮頭烏龜了，只知道向戶部、工部伸手，大軍一天耗費多少銀子，他們算不出來？再這般要銀子索性將戶部、工部合併到兵部算了，教他們嘗嘗給人討賬的滋味！」

陳新甲知道他們上面有閣臣和尚書撐腰，不敢得罪，自楊嗣昌出京直至身死，再也沒有領兵部事的閣臣，陳新甲人單勢孤，將洪承疇催討糧餉的文書往案上一扔，頹然倒在椅子上發呆。他的心腹兵部職方郎中張若麒悄聲進來，吃驚道：「大人可眞忍得住！任憑他們這般辱罵？卑職喊上幾個同僚，把他們趕出門去，何苦受他們的鳥氣！」

「不要多事，把他們趕走有什麼用？只要寧遠不斷要糧要錢，他們就會不斷上門抱怨，他們拿咱兵部作出氣筒，其實不全恨咱們。十三萬大軍，籌餉實在不易呀！」

「那、那總這麼好茶好水地伺候著他們，什麼時候有個頭呀？他們有本事到寧遠罵洪承疇去！」

「不要說這些氣話了，他們怎敢招惹洪承疇？楊閣老不在了，咱們沒人撐腰，只好忍氣吞聲。隨他們去吧！反正又沒什麼損傷。」

「卑職是嚥不下這口惡氣……」張若麒抱頭坐在椅子上，臉色蒼白。

陳新甲沉吟半晌，無奈道：「他們逼咱們，咱們只好去逼洪承疇了。我這就入宮去見皇上。」

崇禎也在爲遼東戰事憂心，看了陳新甲送來的洪承疇催討糧餉諮文，一邊思忖一邊說：「當時平臺召對，朕准了他的用兵方略，以持重爲上，步步爲營，集我大明人力物力，與建虜消耗比拼。朕知道遼東打仗打的是錢糧，持久對壘，我軍必勝。」

「臣擔心他過於持重，勞師糜餉爲兵家之大忌，如今戶部、工部爲籌集糧餉、軍械，叫苦連天，臣也覺棘手」

「輕易出戰，倘若將士銳氣消磨，出師無功，殊非國家之利。」

「臣知道皇上的心思，只是擔心糧餉籌來不易，何況朝廷急待關外一戰，解了錦州之圍，好將幾支精兵調回關內，剿滅闖獻二賊，實在拖不起呀！臣以爲當派一人到寧遠監軍，一來可以督促洪承疇早日進兵，二來那裏有什麼事，皇上也受不了蒙蔽。」

「朕心裏也不踏實，派個人去也好。這次朕不想派太監，兵部可有合適人選？」

「職方司郎中張若麒熟知關外輿圖，幹練有爲，倒是不錯的人選。臣擔心他資歷太淺，洪承疇未必將他放在眼裏。」

「朕寫道手諭給他，再說朕派他去，不是要他指手畫腳，多看少說，定期有個密摺回來就行了。」

「臣明白了。」

「朕有意命丁啓睿掛兵部尚書銜，總督湖廣、河南、四川及長江南北諸軍，仍兼總督陝西三邊軍務，賜給尚方劍、飛魚服和印敕，接替楊嗣昌之缺。」

「他若能應付到洪承疇凱旋入關，就是大功。」

「朕知道剿滅流賊，非洪承疇不可。」

「孫傳庭才識也堪大用。」陳新甲小心地說道，他不知皇上有沒有寬恕孫傳庭的意思，上次他力諫留下三秦兵馬，實在是有用兵自重之嫌，皇上起了疑心，將他改任總督保定、山東、河南軍務，不料孫傳庭竟以耳疾請求辭官回籍，皇上震怒，將他下了詔獄。

果然，崇禎搖頭道：「孫傳庭倒是個難得的將才，但他野性難馴，不到萬不得已，朕不會用他。你看這是他在獄中寫的《詠菊》詩，毫無反省悔悟之意。朕還要再關他些日子。」

陳新甲雙手捧住那張紙片，見上面寫著一首七律：園林搖落盡堪傷，唯見階前菊有香。豈是孤芳偏傲物，只因群卉不禁霜。葉雕寒玉深凝碧，花嵌精金密復黃。我亦清幽堪作侶，朝朝把酒醉君旁。不禁感歎道：「皇上聖明，他還是那個狂狷傲物的秉性，眼裏容不得人，眞該磨礪磨礪他的稜角。」叩頭退下。

關外重鎭寧遠本是遼東總兵的治所，曾是商旅輻輳，流移駢集，遠近望爲樂土的商貿集散地，但自天啓五年以後，屢經戰火，百姓幾乎逃光，如今成了一座兵城。正方形的城池，四面正中皆有城門，東爲春和門，南爲延輝門，西爲永寧門，北爲威遠門，城門上皆建有門樓，城門外有半圓形甕城。洪承疇的行轅就在當年袁崇煥兵備道衙門，半年多來，洪承疇每日黎明即起，半夜方才就寢，治事勤謹，躬親簿書，又累又乏，表面不急不躁，但內心卻深藏著憂慮和焦灼。有時公務之餘，儒服方巾，只帶貼身書僮金升和侍衛蔡九儀，在城中四下查看。寧遠果然是座堅城，城牆基砌青色條石，外砌大青磚，內壘巨型塊石，中間夾夯黃土。城上各有兩層樓閣、圍廊式箭樓，各有坡形石砌登道上下自如。城四周高築炮臺，架著紅衣大炮。這天他換了藍色半舊圓領湖色淡綠袍，腰繫紫色絲條，戴一頂七成新元青貢緞褶角巾，前邊綴著一塊長方形碧玉，登上鼓樓，向南望見通向延輝門那條大街，酒館、錢莊、茶樓、絲綢店鱗次櫛比，只是出出入入的少有老百姓。他不勝感慨，握拳如棰，在那面八尺見方的牛皮大鼓上輕輕一敲，低沉的鼓聲傳出很遠，不禁想起了當年的寧遠大捷。下了鼓樓，走在延輝街上，兩座相距不足百步的高大石坊是崇禎皇帝爲鎭守邊關有功的祖大壽、祖大樂堂兄弟敕建，前爲祖大壽的「忠貞膽智」坊，後爲祖大樂的「登壇駿烈」坊，廊柱上浮雕著精美的人物、鳥獸、花卉等，柱下是威武的雄獅。「祖大壽不易呀！」他喃喃自語：「祖總鎭，受洪某一拜。」說罷長長一揖到地，蔡九儀、金升也跟著拜了。

中軍副將王輔臣匆匆趕來，稟報道：「大帥，朝廷派了一位監軍，已到延輝門外，可去迎接？」

「來的是什麼人？」

「兵部職方司郎中張若麒。」

「一個小小的五品官兒，還用得著我這個十二年的總督去接嗎？」洪承疇陰沉著臉，冷笑一聲，「你去陪他進城就行了，我在行轅等他。」

張若麒一行人在王輔臣的引領下，騎馬進了寧遠城。張若麒在馬上四處瞭望，但見從城門口的甕城、外城直到內城，住滿了軍士。大街上，每隔不多遠，便有一個持槍的軍士，釘子似地站在那裏，目不斜視。一隊隊巡邏的兵士不是走過，就是查驗可疑之人。他久聞洪承疇治軍有方，手下兵卒號稱「洪軍」，今日一見，果然不凡。行轅門口，那氣象更是森嚴。官兵如林，明盔亮甲，刀槍劍戟在豔陽下閃著寒光。一面鐵桿大纛旗高矗在轅門外邊，上掛一幅藍底黃字緞幛，寫著一行斗大的字：欽命總督薊遼軍務洪。寬闊的行轅門旁，立著兩面丈餘高的鐵牌，一面上寫著「文官下轎武官下馬」，另一面則寫的是「肅靜迴避」。二十名威風凜凜的軍校排列兩邊，守候在鐵牌旁。這條街道早已斷絕百姓通行，等閒之人不准靠近。王輔臣在離轅門十丈以外的地方下了馬，對依然騎在馬上的張若麒道：「監軍大人，督台升帳了，請在此歇馬。」

張若麒一路上想了如何與洪承疇相見，如何勸告更是想了許多遍，但沒想到洪承疇竟如此刁難，表面隆重其事，其實是要借森嚴軍威震懾自己。他摸了摸懷中皇上的手諭，心頭仍止不住怦怦亂跳，急忙下了馬，含笑道：「請上覆督台，我進去拜見好了。」

咚咚咚三聲炮響，轅門大開。從轅門到大堂是深深的兩進大院，中間一道二門，內外各站著兩行侍衛。門外石階下，左右一對石獅，張牙舞爪，栩栩如生，左邊的那尊石獅旁樹了一面墨綠貢緞製成的中軍大坐纛，中心用紅色繡出太極圖，八卦圍繞，外邊是斗、牛、房、心等等星宿，鑲著白綾火焰邊；旗桿上垂下五尺長的杏黃纓子，滿綴珠絡，纓頭上露銀槍。一座三楹的高屋，門額上寫著白虎節堂四個黑色大字，臺階下豎著兩面七尺長的豹尾旗，旗桿頭是一把利刃。白虎節堂乃是軍機重地，大小官員非有主將號令，不許擅入，違者拿辦。隨著一聲傳呼，張若麒走進大堂，見洪承疇身穿二品文官仙鶴補服，威嚴地端坐在大案後。堂上文官一身整齊的補服，武將衣甲鮮明，躬身肅立，聲勢威儀端得怕人。洪承疇繞過大案，笑道：「本該到接官亭親迎欽差，無奈軍務繁忙，甲冑在身，還望包涵。」

「豈敢勞動督台大人。卑職奉旨到軍前效力，自今而後，就在麾下效命，凡有使令，一定俯首凜遵！」

洪承疇聽他說得客氣，但「奉旨」二字卻有以皇命壓人之嫌，從容不迫地說道：「你既是奉旨的人，我如何敢差遣你？一路勞乏，稍候到後帳洗塵。不過，塞外苦寒，比不得京城安逸，你要是待不慣，等戰事稍有轉機，我可奏請聖上，讓你體體面面地回京覆旨。」

張若麒暗忖道：怎麼，才來就想趕我走？那可不行！我若三五天就回去，本兵大人那裏也不好交代，今後的仕途算走到盡頭了，除非掃滅東虜，將關外一舉恢復。他咧嘴一笑，謝道：「大人盛情，卑職心領了。若非皇上明詔，卑職怕是不好回京，要與遼東戰事相始終。」

洪承疇心裏暗自發狠道：「皇上派你來監軍，看來是對我遲遲未用兵心存疑慮，奈何不了皇上，還擠兌不了你一個書生？」他獰笑道：「好！接到兵部邸報，聽說你要來，我擔心你吃不了苦呢！遼東情形如何，你出了山海關，想必親身經歷了。寧遠是前敵，距給清兵圍困的錦州一百二十里，與你剛出關又是大不同了。眼下五黃六月，還有新鮮的青菜吃，到了隆冬，不用說青菜，就是刀子似的白毛風就要人命。」他故意停頓一下，用眼睛瞟著張若麒道：「糧餉再不能及時運到，餓著肚子，饑寒交迫，不用說打仗廝殺，能保住命就不易。」

張若麒給他說得一陣陣後背發涼，但心裏暗笑他未免聳人聽聞，我好歹也是個欽命的監軍，就是餓死千人萬人，還能沒我吃的？再說我此次來寧遠，就是要速戰速決，何必要等到入冬，堂皇道：「苟利國家生死以，豈因禍福趨避之？卑職身膺重任，自該與三軍將士同甘共苦。」

「知道你從京城來，代皇上巡視大軍，我這才升帳，教你看一看軍容。」

張若麒這才收斂笑容，朝兩旁的眾人說道：「皇上有密旨給洪督台。」解開項上的披風，赫然露出背上的黃龍包袱，取下捧在手中。因是密詔，不必排擺香案，等洪承疇跪好，張若麒打開黃緞包袱，取出一個黃綾暗龍封套。洪承疇恭恭敬敬地接了，回到大案後，小心拆開細看，那手諭上寫道：

諭薊遼總督洪承疇：汝之兵餉已足，應盡早鼓舞將士，進解錦州之圍，縱不能一舉恢復遼瀋，亦可紓朕北顧之憂。已簡派兵部職方司郎中張若麒總監援錦之師，為汝一臂之助。如何進兵作戰，應與張若麒和衷共濟，斟酌決定，以期迅赴戎機，早奏膚功。此諭！

洪承疇看完，仔細收藏在袖中。張若麒又從黃龍包袱裏取出一個紙卷，說道：「欽賜御筆條幅，洪承疇跪接！」

洪承疇急忙跪下，雙手接過，叩頭謝恩，山呼萬歲。然後站起身來，展卷開視，三尺長短、一尺寬窄的暗龍紋描金宮絹上寫著「滅寇雪恥」四個大字，上蓋「崇禎之寶」大印，右下方有一手書御字花押。文武官員看了，無不感奮，一齊山呼。洪承疇向張若麒道乏，吩咐在花廳準備酒宴。張若麒道：「先不忙著吃酒，卑職還有幾句話要對督台大人稟告。」

「請到書房略坐。」

洪承疇的書房極為寬大，但卻看不到一本書，到處堆放著軍帖文案，一個木製的大沙盤上插了各色的小旗。洪承疇指點著沙盤道：「你是老郎中了，看看這沙盤可精確？」

兵部職方司掌輿圖、軍制、城隍、鎭戍、簡練、征討之事，張若麒自然對遼東的地形山川不陌生，他客氣地誇讚了幾句，坐下先談了洛陽、襄陽失守，以及楊武陵沙市自盡。這些消息洪承疇已在邸報上得知，過了多日，算不得什麼新聞，但也禁不住唏噓道：「文弱韜略精熟，敗在急於求成，大將又不聽調遣，實在可惜。不然，剿滅流賊已多日了，皇上也不必焦心，朝廷可專心全力對付東虜。」

「卑職正要請教東虜之事，大人講如何進兵？」

「方略不變。」

「皇上已有手諭，大人還如此固執？」

「自古將在外君命有所不受，只要錦州無恙，遼東慢慢恢復，皇上不會怪罪。」洪承疇撚著細長的鬍鬚，鎭定自若，似乎沒把手諭放在心上。

「恐怕皇太極不會教大人如此從容。」

「你這是何意？」

「大人不會忘了袁崇煥吧？」

「我曾與他同在兵部任職，但素未晤談。」

「袁蠻子爲何身死西市？」

「通敵之說，我並不相信。說說你的高論。」洪承疇耐著心性，聽他繞彎子說話。

「世人都說他死得寃，其實他不過一個替罪羊而已。」

「哦？」

張若麒見洪承疇頗有興致，侃侃而談道：「卑職這些年在兵部，一直在思慮此事，說袁蠻子死於西市，不如說是死於自己之手。平臺召對拋出五年復遼的大言，知其不可而爲之，他沒想到皇上核功甚苛，責期甚嚴，單這一條欺君之罪，足以殺頭。還有擅殺毛文龍、私自議和等，都是皮相之談。其實有兩點，足以致他於死地。」

「哪兩點？」

「得罪的人太多了，人未出關，便依恃聖寵，獅子大開口，要錢糧、要器械、要用人之權。六部之中，吏、戶、兵、工四部堂官以下全都得罪慘了，動不動就拿皇上壓人，那些大臣能不窩火憋氣？其他同僚也唯恐給他抓了苦差，也都敬鬼神而遠之。你爲朝廷出力沒人反對，但不該妨礙別人吧！他如日中天，聖眷正隆，誰也惹不起，可等他下了詔獄，朝臣暗裏無不拍手稱快，哪個願意上摺子救他？他出來回到遼東，不是放虎歸山？老虎總要吃人的，輪到自家頭上怎麼辦？朝臣都是這個心思，他不是孤立無援了。皇上就是想放過他，可總得有人給個臺階呀！偏偏大夥兒鐵心不給皇上臺階，拖了七八個月，皇上怎麼辦？總不能食言自肥吧！袁崇煥不可不死。更爲要緊的是他險些汙了皇上中興之主的聖明。皇上御極未久，正想有一番作爲的時候，把遼東封疆的重託交給了袁崇煥，不料他枉有數萬關寧鐵騎，卻造成已巳之警，京城遭受百年未遇的險情，皇上蒙羞，戚畹、士紳的京畿莊園，慘遭蹂躪，皇上、戚畹等人能不恨他？當年皇上有明詔：『朕御極之初，撤還內鎮，舉天下大事悉以委大小臣工，比者多營私圖，因協民艱，廉通者又遷疏無通。已巳之冬，京城被攻，宗社震驚，此士大夫負國家也。』足見傷心憤恨已極。自古主憂臣辱，主辱臣死，袁崇煥必死無疑了，唯有如此才可謝天下，身遭凌遲酷刑也不奇怪。」

張若麒年輕浮躁，喜歡談兵，果然口齒伶俐，談鋒極健。洪承疇疑心他有所影射，索性挑明道：「你這番話是遊說我的吧？」

「不敢，督台是明白人，本來不用卑職多說，但卑職既然到了遼東，自然不能袖手旁觀，該替大人分擔些憂煩。」

「銀台，你不用繞圈子了，有話明說吧！」

「卑職就放肆直言了。」張若麒見洪承疇語氣和緩下來，客氣地稱呼著自己的表字，欠身道：「督台出關用兵一年有餘，耗費糧餉上百萬兩銀子，未解錦州之圍，倘若東虜故伎重施，繞道遼西入關，內地受困，京城危急，眾口嘵嘵，哪個不怨恨督師縱敵？那時謠言四起，皇上如何信賴督師，如何向大小臣工交代？袁崇煥當年也是如此進退兩難，下場是何等淒慘！」

袁崇煥被磔於西市，兄弟妻子流放三千里，抄沒家產，實在是萬劫不復。洪承疇驚恐不已，饒是炎熱天氣，兀自感到一陣寒意自心底升起，渾身微顫，一時不知如何辯駁。一個十八九歲、面目姣好的親隨掀簾子進來，影子似地一閃，步態輕盈地將一件葛袍披到他背上，隨即退下。

張若麒笑道：「大人總督三軍，帶家眷也好侍奉起居飲食，何必自苦若此？」

「老母在堂，我身爲人子，多年盡忠爲國事奔波，只好留拙荊在老家侍奉左右。方才那親隨金升跟了我多年，聰慧機靈，善解人意，有他伺候也是一樣。」洪承疇慨歎道：「銀台，我心中何嘗不想早點打好這一仗，又何嘗不想畢其功於一役，凱旋回師？自遼東用兵以來，都敗在輕敵冒進上，志在必得卻僥倖用兵，犯險而行。萬曆四十六年兵敗薩爾滸，十萬大軍死傷過半。前車之鑒令人生畏，朝廷實在是贏得起輸不起了。我之所以持重進軍，堅守寧遠，爲的是不戰則已，戰則必勝。一則避敵鋒芒，拼耗財力，關外物產不如中原富足，俟其財物匱乏之時，清人勢必厭戰，內亂自生。二則與錦州成犄角之勢，相互呼應。祖大壽來信說城中糧草足足可以支撐半年，不必急於進兵解圍。不出半年，東虜勢必糧草匱乏，難以爲繼，朝鮮也已盡其所有，再也拿不出東西供給皇太極。東虜不戰自退，那時我軍乘勢追襲，全力出擊，遼東恢復指日可待。」

洪承疇喝了一口涼茶，接著說：「你是奉旨監軍，有密奏之權，我擔心你我意見不合，事事異心，一軍兩帥，最是兵家大忌。十三萬大軍窩在寧遠彈丸之地，每日耗費軍資數以萬計，戰不能戰，不戰又無法向皇上交代，我也不願拖得太久，不然言官們的唾沫星子也把我淹死了。我一年以來，所耿耿於懷者無非朝廷封疆安危。遼東戰局最宜持久消耗，不宜速戰。如今大起關內精銳，實在是孤注一擲，冒險得很呀！不必說流賊乘機喘息，萬一有什麼差池，不唯遼東無兵固守，連關內也岌岌可危。不必說我半生英名付之東流，實在沒臉面再見故國父老，再見皇上。從萬曆末年以來，出外的督師大臣沒有一個有好下場的，於公於私，不可不慎重。」洪承疇摸了摸袖中的聖諭，臉上仍存疑慮之色。

張若麒見他臉上變色，知道已具火候，接著勸道：「督師久經沙場，征戰之事本不容我輕置一喙，只是我擔心督師明於遼東而昧於朝堂，功成易而身退難呀！」

洪承疇沉悶半晌，拱手道：「銀台，只有進兵一條路麼？」

「不錯！督台進兵或有生機，若執意堅守，怕只剩一條死路了。」

「哪裏有什麼生路？進兵也是一條死路！」洪承疇苦笑數聲，仰天長歎，良久無語。金升又掀簾進來，說道：「酒宴備好了，大人們都在等老爺開宴呢！」

洪承疇起身道：「銀台，慢待了！」與張若麒一前一後走出書房，他擔心張若麒自恃本兵心腹，只想著如何討好陳新甲，不以大局爲重，但又暗自慶幸張若麒畢竟不是太監，或許尚可共事，那些朝局多是實情，算是推心置腹。他最擔心的還是皇上憑一些塘報、一些奏章、錦衣衛的一些刺探，遙控於數千里之外，自己動輒得咎，難措手足，不能見機而作。

一夜斟酌，洪承疇拿定主意，留張若麒寧遠，調度糧草，將糧草馬匹等輜重屯在離錦州七十里外的塔山之峰筆架山，命楊國柱率兵六萬爲先鋒，親統大隊隨後，駐紮在高橋和松山一帶，命軍卒掘壕立寨，步步爲營，且戰且守，緩緩向錦州進逼。在乳峰山、松山城之間挖出一道壕溝，連綿立下七座大營，中軍在松山城北乳峰山紮營，精銳騎兵分駐山的東西北三

面。清軍主帥睿親王多爾袞見明朝大軍已到，飛報盛京，請求援助。皇太極大驚，命鄭親王濟爾哈朗回盛京留守，調集滿蒙八旗兵馬，親自統帥馳援錦州。不料憂急過度，鼻內突然流血不止，大軍只得延期三日。皇太極的弟弟多羅武英郡王阿濟格、多鐸恐他心焦，入宮探視。皇太極讓莊妃扶著胳膊，從床上坐起，問兩位弟弟道：「你們可是來勸朕不要出征？」

阿濟格快人快語，直言道：「正是。王兄身體欠安，不如留在盛京安心調養，讓臣弟們領兵廝殺，何必親往勞頓！」

「你倆的心意朕豈不明白！錦州只剩區區內城，旦夕可取，朕依然圍而不攻，意在引明軍出關來援，我八旗正課以逸待勞。此次明軍精銳盡出，朕正好與他們決戰。若擊潰此部明軍，便可早日掃滅明朝，了卻父汗當年的宿願。多少年了，朕等的就是這麼一天，這是上天賜給我們的良機，千載難逢，捨棄不祥。爲光大父汗開創的基業，朕忍受一時之痛，也是應該的。」

多鐸機智遠勝阿濟格，知道再一味直勸也是無用，言語不周恐怕還會激怒哥哥，弄巧成拙，沉思不語，想著如何勸說。皇太極見他面色沉鬱，不禁笑道：「你們與朕一起身經百戰，今日怎的兒女情長起來？你們不要只顧念朕的身體，與朕戮力殺敵，一舉消滅明軍主力，直搗燕京，豈不快哉！」

多鐸搖頭道：「並非臣弟兒女情長，只是想勸王兄在盛京多歇息幾日，由臣弟率兵先走，王兄一俟病好，再趕往錦州。」

皇太極擺手說：「救兵如救火，行軍制勝，利在神速，朕恨不能肋生雙翅，飛到前敵，怎麼可以慢行？且朕一到錦州，既可激勵將士，也可全心投入戰事，就覺不到病痛了。如果遲去幾日，前線情形不明，心生焦躁，反倒未必利於病體康復。」

多鐸笑道：「明軍怯戰，臣弟必可擊退他們，王兄又何須急躁！」

皇太極反問道：「明軍何人統帥？」

「洪承疇。」多鐸不假思索。

「你可知他的來歷？」

「略有耳聞，知道此人在陝西剿賊戰功赫赫。」

「漢人的兵法說，知彼知己才能百戰百勝。自古用兵沒有定法，你豈能不問對手何人，就胡亂征戰呢？那洪承疇是明朝萬曆年間的進士，文才出眾，又頗有韜略，他總督三秦，屢建奇功，在明朝極有聲望。朕前日病中召問耿仲明、尚可喜，他們都言此人有經天緯地之才，對他極爲佩服，提醒朕小心對付，切不可掉以輕心。朕深知此次決戰關係重大，若坐鎮盛京，你們遇事往來請旨，勢必拖延時日，貽誤戰機，不如朕親臨指揮，臨機決斷。」

阿濟格、多鐸見皇太極考慮事情遠爲周全，暗自感佩，羞愧而退。莊妃扶皇太極躺下，一邊爲他把扇，一邊細聲問道：「陛下，那洪承疇果然那樣厲害麼？」

皇太極握著莊妃的小手，雙眼出神道：「耿、尚二將既然如此說，絕非虛言。朕自十五歲跟隨父汗四處征戰，深知將在謀而不在勇。耿、尚二將歸順我大清已久，朕怕他們所知不多，洪承疇恐有過之而無不及，明朝十三萬人馬不可怕，可怕的是洪承疇一人！此人如能歸降，朕無異猛虎添翼，必能早定中原，一統天下。」

莊妃心下不住疑惑，世上果眞有如此厲害的人物？還要再問，見皇太極神色飛揚，一副君臨天下的樣子，怕他極度興奮，過於耗神，柔柔地說：「陛下還是早些歇息，明日還要動身呢！」

皇太極見莊妃神色略顯憔悴，愛撫地說道：「這幾日辛苦你了，面容也清減不少。」莊妃微笑道：「陛下爲何對臣妾客套起來了，這是臣妾的本分，只要陛下早日康復，這點辛苦本算不得什麼。」

皇太極大爲感動，復坐起身來，扳住莊妃的臉龐，感歎道：「你跟著朕到今年已有十幾年了吧！」

「十六年了。」

「這些年來，朕外出征戰，與你聚少離多，也苦了你。朕現已鬢染微霜，仍要上陣殺敵，不能與你長相廝守，你不要怪朕。等到河海晏清，朕傳位於一個阿哥，再不問世俗之事，與你們幾個妃子遊園把盞，同享天倫。」

莊妃聽著，想起十幾年來那顆常常爲皇太極懸著的心，那些苦苦等待、企盼、守望的日日夜夜，因他而樂，爲他而悲，不由一陣酸楚，兩眼泛紅，幽幽地說：「臣妾自幼齡得以侍奉陛下，怎會不知陛下的心思和志向？能侍奉陛下這麼多年，已是臣妾的福氣，沒有什麼苦吃不得，什麼痛忍不得。陛下千萬保重，多少大事還要陛下裁斷呢！」皇太極緊緊握著莊妃的雙手，臉上露出一絲笑意，心裏卻苦得發疼。

第二天，天剛發亮，皇太極一身戎裝來到大清門前，眾位文武大臣早已齊聚在此，立起大纛旗，行了堂子祭天之禮，皇太極一聲令下，帶領十萬大軍浩浩蕩蕩向錦州進發。皇太極救援心切，不住催促快行，但是因顧及步卒行走勞累，一天下來不過百里，便命阿濟格、多鐸統領大軍照常趕路，親率三千精銳騎兵晝夜奔馳。皇太極一來心火太熾，二來鼻血本就沒有止住，連續行軍，不得休息，鼻血流個不住，只好用布條塞住鼻孔，外面層層包裹嚴實，不多時，鼻血便將布包浸透，點點灑落胸前，兀自不顧，依然打馬飛馳。六天後，皇太極到了松山附近的戚家堡。多爾袞、豪格遠遠地接出數里，把皇太極迎入大營。皇太極聽了二人稟報，與眾將出營瞭望，明軍旌旗蔽野，刀槍如林，鼓角互應，營盤倚山傍海，星羅棋布，綿延在高橋和松山之間，不下三十里，說道：「松山為寧、錦的咽喉，我軍如要奪取關外四城，當首破此城。現在明軍先於我一步，護住了要害，攻城更難，你們有什麼良策？」眾將無言以對，皇太極回到大帳，默然獨坐。更漏兩下，范文程進帳道：「臣知道陛下此夜難眠，特來陪陛下聊天解悶。」

「范章京，你來得正好，朕實在是沒有一點兒睡意呀！」

「陛下，臣給你送瞌睡蟲來了。」

「哈……好！說說你的高招。」

「卻也平常，臣的計策只有三個字：斷糧道。剛才臣與陛下觀看明軍大營，未見多少糧草輜重，想必他們急於進兵，攜帶糧草不多，我軍可在明軍南面的松山、杏山之間，西自烏欣河南山，東至海邊，橫截大路，連綿紮下大營，與之相持；再從錦州到海邊，深挖三道丈餘寬的大壕溝，斷其糧道，然後探尋明軍的儲糧之處，搶其糧草。俟明軍糧草盡時，必不戰自亂。」

皇太極點頭道：「這倒是條妙計，但不知明軍的糧草儲藏在哪裏。」

「明軍糧草積屯之所必不會遠，洪承疇老謀深算，定派重兵守衛，糧倉有人夜裏難免有燈火，此處松山地勢最高，瞭望便可推知。」

「你可有膽量與朕上山？」

「松山已駐有大批明軍，陛下爲萬民之望，且龍體有恙，似不可冒此風險。」

「夜深人靜，山上樹木繁茂，易於藏身。再說明軍也絕不會想到有人上山窺探，朕卸甲更衣，出其不意，料也沒有什麼大礙。」

范文程不再勸阻，趁皇太極更衣之機，命帳外的隨從飛報多爾袞等人，率領兵馬暗隨在後面，以防不測。

夜半時分，山風微涼，一輪殘月斜掛在東南天際，松濤陣陣，像是埋伏著千軍萬馬。皇太極和范文程在幾位親兵的護衛下，悄悄避開明軍營盤，爬上了松山。松山高僅百餘丈，但岡巒起伏，曲折盤旋，攀登不易。借著依稀的月光，皇太極俯視山下明軍大營，燈火通明，輝映數里，山間也有燈火零星閃爍，是明軍在那些險要之處駐守。再向正北望去，十幾里外的錦州城燈火點點，想必是明軍晝夜堅守城池。轉身瞭望南面，就見西南方向隱隱約約有兩處燈火，東南方一片燈火似銀帶子一般，彷彿在無邊的夜色中游動，問道：「那三處火光是什麼地方？」

范文程答道：「西南方近處的光亮是離此十八里依山而築的杏山城，那遠一些的是離此三十八里的塔山城。東南方的光亮是筆架山。」

皇太極說：「明軍從寧遠進兵，必有不少糧草，依章京之意，他們會放在什麼地方呢？」

范文程答道：「洪承疇用兵務求穩妥，不輕舉妄動，由此推知他對糧草必定極為謹慎，放置在一個進退都能及時供給之處，不外乎這三處。」

皇太極笑道：「杏山城依山而建，地勢狹小，難以儲放，且此城如翻山而攻，不易防守；塔山山路崎嶇，搬運艱難。兩者皆便的該是筆架山。」

范文程讚道：「陛下睿智，洞徹萬機。明軍糧草多靠海運，筆架山距海岸二三里的路程，潮水漲起，便成了懸在洶湧波濤中的一座孤島。潮水退時，才顯出一條四五丈寬的沙石路，當地人稱之為天橋。若劫明軍糧倉，必要算準潮汐漲落的時辰，有所偏差，便會葬身魚腹。夜露已重，陛下該回營了。」

皇太極點頭，循著原路下山回營。到了山下，走不多遠，迎面來了一大隊人馬，悄無聲息，范文程大驚，正要與皇太極躲藏，早被發覺，忽啦一下，被圍在當中，護衛的親兵拔刀欲戰，為首的兩人早已滾鞍下馬，快步迎上，說道：「臣等特來迎接聖駕。」聽聲音原是多爾袞和豪格，范文程暗暗鬆了口氣。

皇太極驚愕道：「你們怎麼知道朕夜裏出營？」

多爾袞看了看范文程，欲言又止。豪格搶著說道：「范章京命人告訴兒臣，父王要夜登松山，兒臣怕父王有失，特地與十五叔帶領一千精兵，繞過明軍，前來迎接。」

皇太極笑道：「朕本打算與范章京悄悄而去，悄悄而回，如今戰事吃緊，不想驚動你們，耗費心神。既已如此，也不能讓明軍安心歇息，驚擾他們一番。」說罷，命令眾將士面向明軍大營，齊聲喊道：「大金國皇帝前來探營！」反覆十餘遍，驚天動地。明軍將士多數正在酣睡，聞聽喊聲，一齊起來戒備。

皇太極在眾人的簇擁之下，回到大營。范文程打開一卷地圖，指點道：「筆架山既為糧倉，必有重兵守衛，又有海水相隔，不可強攻。強攻難下，反會給明軍提了醒。潮汐一日之間漲落兩次，天橋阻隔，此時明軍勢必懈怠，可乘機偷渡。若能成功，一把火燒了糧草，明軍必然人心慌亂，捨命突圍，我軍可以逸待勞，乘機截擊。」

「劫糧一戰關係極大，不可有半點閃失。不然洪承疇若是縮回寧遠，憑著堅城利炮，咱們也奈何不了他。此去劫糧，必派大將。」皇太極掃視著眾人，命多爾袞、阿濟格帶兵偷襲筆架山。多爾袞從十七歲起開始領兵打仗，屢建戰功，二十歲掌管吏部。崇禎十一年八月，率領清兵由牆子嶺、青山口打進長城，深入畿輔，在巨鹿的蒿水橋大敗明軍，殺死盧象升，然後轉入山東，破濟南，俘虜明朝的宗室德王。眾人見皇上派他去筆架山，足見看重。皇太極再三告誡道：「此次意在劫糧，千萬不要戀戰，一定多留明軍的活口，使他們把失糧的消息帶到松山，以亂其軍心。」

多爾袞和阿濟格率領三千精兵，次日黃昏前趕到海邊。預備了羊皮筏子，悄悄偷渡到筆架山。只見筆架山上散落著七座帳篷，四周靜悄悄的，看不到什麼糧草。阿濟格埋怨道：「如果沒有糧草，豈不是白白走了這麼多冤枉路？」

多爾袞勸慰說：「既然有兵馬把守，想必就有糧草。我們先打散這些兵馬，然後再細細地尋找不遲。」於是留下一千人馬作爲後援，二人各領一千人馬，阿濟格在左，多爾袞在右，直撲明營。明營的軍士只想著有松山大營擋住，絲毫想不到會有清兵殺到，全無防備之心，連個站崗的哨兵也沒有，放心大膽地正在酣睡，來不及抵抗，有的在夢中就做了刀下之鬼，有的盔甲也來不及穿戴，倉皇逃竄，霎時間七座營盤都已潰敗。多爾袞命令將士窮寇莫追，有意放跑一股明軍，任由他們向北奔逃，將兵馬合在一處，四下搜尋糧草。快到山頂，看到一片密林，進去察看，穿過樹林，裏面豁然開朗，是一處極爲開闊的山坳，地勢平坦，山石高聳的地方有一處天然的岩洞，洞外齊整地堆著數百垛糧草，遠遠望去，宛如雨後出土的松蘑。二人大喜，急忙命令三千將士將洞內的糧草搬運出來，集在一處，揀些上好的軍糧帶走，餘下的一把火燒了，循原路下山，回營繳令。

皇太極知二人偷襲成功，撫著范文程的肩膀大笑道：「破明軍必矣！」當下命令多爾袞將帶回的一些糧草運到兩軍陣前，堆起大垛，讓數萬士卒齊聲吶喊：「謝洪大帥厚賜軍糧！」驚得明軍將士紛紛出營觀看，清軍乘機點燃糧垛，一時火光沖天。

第十六回

洪承疇鏖兵困孤堡
莊貴妃喬裝送參湯

洪承疇回身一看，不由大驚，眼前已不是那個送飯的軍士，而換作了一位風華絕代的南國佳人，長髮如雲，高高堆起，眉如遠山，目若秋水，面色白皙，微微泛出一絲紅霞，一雙小巧而又潮濕的朱唇，如開似閉，粉白的脖頸修長而細膩，他似乎已然覺得觸手微涼，詫異道：「你、你是江南人氏？怎麼會來到偏遠的北疆？」

在皇太極到達威家堡的當天，洪承疇用兩萬步騎兵分爲三路，輪番向清兵營壘進攻。祖大壽在錦州城內聽見炮聲和喊殺聲，率兩千多步兵殺出錦州南門，夾擊清軍。但清營壕溝既深，弓箭甚利，明軍死傷枕藉，苦戰不得前進。洪承疇擔心人馬損失過多，挫傷銳氣，鳴鑼收兵，祖大壽只得退回城內。清軍並不乘機反攻，堅守營盤，只有零股游騎窺探明軍大營。酉時剛過，洪承疇正在籌畫夜間偷襲清營，王輔臣進來稟報說，數萬清兵已經截斷了松山、杏山之間的大道，一直殺到海邊，松、杏之間的一座小山坡上高高豎起了九旄大纛。「想必是皇太極來了，出去看看。」

洪承疇率領王輔臣、蔡九儀幾個親隨，登上松山巓頂，但見覆蓋著黃緞子的宮帳金頂輝煌，在秋天的日光下熠熠生輝，帳前高矗著一根九旄大纛，不時有「萬歲，萬歲，萬萬歲！」的呼聲傳來，青傘黃蓋，鐵騎擁衛，皇太極在親兵的扈駕下巡查各營，所到之處，將士歡呼雀躍。洪承疇暗讚道：「東虜軍容之盛怕只有成吉思汗的蒙古鐵騎可比！」回身俯視錦州城中房舍街巷歷歷可數。一座寶塔兀立在藍天下，頂上朵朵白雲飄蕩，似可隱約聽到清脆悅耳的塔鈴聲。女兒河曲折如帶，宛轉從松山、錦州之間流過。歎息道：「祖大壽眞是良將，錦州城內不見一棵樹木，想必燒柴都難，可清兵就是攻不下來，若不盡早解圍，眞是愧對他了。」但清兵在離城二里以外安營立寨，外掘三重壕溝，圍得鐵桶一般，不知從哪裏措手。正在躊躇，又來一道急報，數千敵騎襲佔塔山海邊的筆架山。

「筆架山失守了？」洪承疇回到大營，看著從筆架山敗逃回來的十幾名士卒，實在不敢相信，追問道：「清軍不諳舟楫，他們是怎麼偷襲的？」

「他們乘晚間汐水尚未退盡之際，偷渡上了山。弟兄們哪裏想到　糧草都給他們一把火燒了。」

「十幾萬大軍吃什麼？」洪承疇聞報，捶胸頓足，悔恨不已，知道錦州之圍已是不能解救了，先退回寧遠再作打算，但必須封鎖糧草遭劫的消息，他命王輔臣道：「將他們看押起來，不准隨便走動。」隨即召集欽差張若麒、遼東巡撫邱民仰與八位總兵商議對策。張若麒藉口海邊吃緊不來，諸將因筆架山軍糧被敵人奪去，松、杏之間大道被敵人截斷，高橋鎮也被敵人佔領，多主張殺開一條血路，回寧遠就糧。洪承疇擔心張若麒密奏他勞師糜餉，派人飛馬去徵詢意見，一個時辰後，得到張若麒的回書，稱各總鎮既有回寧遠支糧再戰之議，似屬可允，大人斟酌即可。洪承疇見眾將滿臉憂色，寬慰說：「大軍被圍並不足懼，我們人馬與清兵相若，又有紅衣大炮，將士所持的火器也強於清軍的弓箭，攻守本來尚算自如，但是糧草已給清兵斷了，急切之間難以恢復，可大軍不可一日無糧，固守松山，伺機援錦，已非良策，只有退回寧遠，以圖再舉。」

曹變蛟問道：「大帥，糧草可支撐幾時？」

「十天。」

「絕沒有十天的糧草。」

「尚可供三日。」

曹變蛟憤然作色，說道：「事到如今，何必再欺瞞我等！」

洪承疇面上一熱，愀然道：「糧草一事關係軍心，極爲重大。軍中只有一日之糧了，因此才請眾位一齊共謀大計。切勿外洩！」

王廷臣道：「剛才我軍多次衝鋒都被擋回，又見清軍火燒糧草，軍心已經是有些不穩了。」

洪承疇點頭道：「糧盡被圍，形勢危急，不可再拖延下去。兵法云：置之死地而後生。我當明告士卒，不必隱諱，戰是一死，不戰也是一死。如果破釜沉舟，拼死一戰，或許可以死裏逃生。」

遼東總兵祖大壽是吳三桂的親娘舅，他歎息道：「錦州遭圍多日，本來堅守待援，大軍若退回寧遠，城中軍民勢必絕望，錦州怕是難保了。」

洪承疇頓覺愧疚，搪塞道：「錦州之圍終須要解，先回寧遠就取糧草，再圖振作。」

吳三桂冷笑道：「退走寧遠，正在皇太極的意料之中，清軍必會在南面布下重兵，等著我軍自投羅網！」

洪承疇躊躇道：「以將軍之見，該如何進退？」

「以末將愚見，可南攻清軍，佯裝殺回寧遠，然後揮師北進，與錦州守軍會合。」

眾人一聽紛紛搖頭，王樸大呼道：「吳將軍，怎可爲了解救老娘舅，讓咱們也賠上性命呢！」

「無知的匹夫！」吳三桂大怒，欲上前與王樸廝打，被洪承疇喝止，站在一旁，憤憤不平。洪承疇對眾將說：「吳將軍未必有什麼私意，他的意思是借錦州城池堅守，如當年袁崇煥憑藉寧遠一座孤城，連敗努爾哈赤、皇太極。但此法有些心存僥倖，不可學他。錦州被圍已近一年，糧草勢必不會富餘，豈能供養十三萬人馬？吃住都萬分困難，關外的嚴冬可比不得江南，大軍露宿街頭，無處取暖，不用清兵攻城，早已凍餒而死了。東虜也有了紅夷大炮，與當年寧遠之戰不可同日而語，堅守也難了。向北突圍，清兵定會尾隨於後，孤軍深入，若不能與錦州守軍會合，而遭清軍分割包圍，後果不堪設想。」

吳三桂暗覺灰心，默然不語。邱民仰歎氣道：「死守松山也不是辦法。松山堡東面依山，本來堅固不如寧遠，如今清兵也有了紅夷大炮，若據山攻城，滿城便盡成齏粉了。」眾人聽得心驚，不時竊竊私語。

洪承疇起身說道：「邱撫台所言非虛，松山城不可依仗。長遠計議，只有回寧遠一途，既可無後顧之憂，又可作東山再起的打算，不會辜負皇上聖恩。」他掃視一眼眾將，肅聲說：「報效朝廷，正在此時。軍糧將盡，身陷重圍，情勢危急，應明告吏卒，奮力殺敵。今日兩軍廝殺了一整天，清軍也已疲勞。趁此機會，今夜正好闖營突圍，也可免遭清軍弓箭之阻。本帥親執桴鼓，督率全軍，破釜沉舟，盡在一戰！眾位以為如何？」

眾人明白再沒有更好的法子，只得答應遵行。洪承疇傳令王樸、唐通為第一隊，白廣恩、王廷臣為第二隊，馬科、楊國柱為第三隊，曹變蛟、吳三桂為第四隊，依次進發，前後相應，自己與巡撫邱民仰守住大營，伺機而動。黎明時分，一齊衝殺，且戰且走，退回寧遠。

三更時分，夜色深濃，四下一片寂靜。諸將辭出後，洪承疇留下邱民仰和幾個幕僚繼續商議一旦遇變如何應付，忽聽大營外人喊馬嘶，一片混亂。洪承疇大驚，一躍而起，向簾外喝問道：「出了什麼事？快去查探！」

蔡九儀正要飛身出去，中軍副將王輔臣急急進帳，神色驚慌道：「大、大帥，不、不好了，快上馬走！」

洪承疇極力鎮靜，厲聲問道：「什麼事？快說！」

「王樸貪生怕死，回到營中就率領本部人馬拔營向西南逃走，楊國柱一見，也率領人馬跟著逃跑。現在各營驚駭，勢同瓦解，標營也人心浮動。情勢萬分危急，請大人趕快上馬，以備萬一。」

「該殺！該殺！」洪承疇頓足道：「速速傳令，各營人馬堅守營壘，不許驚慌亂動，總兵以下有敢棄寨而逃者，立斬不赦！」

「遵令！」王輔臣回身便走，曹變蛟帶著一群親兵騎馬奔來，到帳前飛身下馬，匆匆拱手道：「清兵必定趁機進攻，請大人立刻移出大營！」

洪承疇見了曹變蛟，登時覺得心安了許多，問道：「幾營不曾衝動？」

曹變蛟答道：「卑職與王廷臣、白廣恩三營未動。其餘各鎮非逃即亂，情勢不明。」

「吳三桂一營如何？」

「營中人喊馬嘶，十分嘈雜。」

洪承疇焦急萬分，王輔臣跑回來稟報：「楊國柱的兵馬衝動吳營，吳總鎮被左右將領簇擁上馬，也向西南逃去。」

「大勢去矣！」洪承疇憤懣不已，心底一陣悲涼，吳三桂一營都是精銳，他一逃走傷了大軍的元氣。正在彷徨、悔恨，清軍營中響起咚咚的戰鼓聲，角聲嗚嗚，一齊吹響。曹變蛟催促道：「請大人火速移營！」

洪承疇搖頭道：「我倘若再移動一步，將士更加驚慌，互相擁擠踐踏，不用清兵來攻，即可潰敗不堪。」隨即正色道：「今日尚未交戰，王樸、楊國柱先逃，累及全軍，殊非我始料所及。曹將軍，你隨我多年，倘若不利，當爲封疆而死，絕不可苟且逃生！」

「大人放心，卑職絕不辜負朝廷！」

洪承疇面色沉重，吩咐王輔臣道：「傳令各營將士，嚴守營壘，清兵進攻，不許出寨廝殺，只許用火器弓弩射擊。失去營寨，總兵以上聽參，總兵以下斬首！」然後輕撫一下曹變蛟的臂膊道：「清兵已近，快回營吧！」

王樸、楊國柱、吳三桂三營棄寨而走，明軍大營便成了先鋒營，毫無遮攔，清兵沒受到任何阻礙就衝到大營外的壕溝前。多爾袞看到寨中燈火輝煌，肅靜無嘩，以爲是座空營，害怕中了埋伏，但想到大汗皇太極已到軍中督戰，要在大汗跟前建立功勳，不敢輕易回軍，急令大隊人馬停在壕外，只派五百名步兵爬過壕溝。那些步兵剛剛過壕溝，明營中戰鼓驟響，殺聲四起，炮火如流星，弓弩似暴雨，一齊射出。清兵退避不及，紛紛倒下。多爾袞見兵卒多有損傷，擔心回去遭大汗責罰，不顧明軍戒備甚嚴，揮動令旗，督促步卒分三路進攻，幾千名騎兵立馬壕外射箭，漫天羽箭，若狂雨奔瀉，射向明軍。箭雨過後，騎兵吶喊衝鋒，霎時萬馬奔騰，踐沙揚塵，明軍抵擋不住，洪承疇和邱民仰一起奔到寨邊，親自督戰。左右親兵不斷中箭倒地，王輔臣伸手拉他避箭，洪承疇大喝道：「放手！」奔到大炮前，揮舞尚方劍，喊道：「快點火放炮！」蔡九儀閃身到他面前，撥擋箭矢。眾人見他沉著自若，毫不慌亂，漸漸鎮靜下來，炮手向清兵聚集處連發數炮，硝煙瀰漫，炮聲驚天動地，清兵死傷一大片，向後潰退。此時，曹變蛟、王廷臣各派射手和炮手援助大營，多爾袞只好撤軍。

眾人一起歡呼擊退清兵，一個游擊飛馬稟報說，馬科和唐通兩營也向西南退走了。洪承疇半晌無言，面色蒼白，嘶啞著嗓子吩咐剩餘三營向松山堡撤退。標營和曹變蛟、王廷臣、白廣恩三營人馬撤退到松山堡外，天色大亮，明軍不及吃早飯，便立起十個營寨，趕築堡壘、炮臺，外掘深壕，檢點人馬已不足四萬，派出游騎偵探敵情。晌午時分，數路游騎陸續回來，昨夜退走的五營人馬在高橋和桑噶爾寨堡遭多鐸截擊，皇太極親率大軍長途奔襲，一路追殺，傷亡近半，所餘三四萬人馬都已退到杏山寨外紮營。清兵鐵騎攻佔媽媽頭山，將海岸與松山隔斷，海路不通了。洪承疇無心打探張若麒生死，心裏急著率大軍退回寧遠。想起數月前出關，麾下八總兵、十三萬人馬，浩浩蕩蕩，甲光映日月，殺氣沖雲天，何等威武！

如今卻落得兵敗將逃，退守孤城，暗自浩歎，但不敢絲毫流露眞情。

皇太極與多鐸擊潰了杏山的明軍，即刻回馬松山，將一座城池圍得水洩不通。洪承疇見大兵壓境，只得退入城中，小心防守，清軍屢攻不克，皇太極內心十分急躁，出兵已經一年有餘，錦州、松山、杏山、塔山四城一座也沒有攻克，如此下去，何時才能入關！他焦躁地問范文程道：「朕率兵圍城已有數月，松山城仍難攻下，我軍征戰也已年餘，不可拖延過久，范章京可有良策？」

范文程答道：「臣知道陛下早有收降洪承疇之意，現在松山城遭重圍，勢若累卵，可圍而緩攻，多寫一些勸降書信，曉以利害，射入城中，一驚其心，二觀其志，再作打算。」皇太極下令依計而行，軍士把勸降的書信射進城內。不多時，城中也射出一支箭來，士卒報與皇太極，皇太極接過一看，一支斷箭上綁有一封書信，上寫十幾個大字「城可破，頭可斷，大明經略卻不可降！洪」顏體行草，濃筆重墨，酣暢淋漓，字猶未乾。

皇太極面色沉重，悵然對范文程說道：「洪承疇折箭明志，看起來毫無歸降之心。」二人無計可施，繞帳徘徊，一人在帳前下馬，施禮道：「陛下還在爲攻城煩惱麼？」

皇太極抬頭見是自己的侄婿額駙李永芳，問道：「你怎麼知道朕想著攻城？」

李永芳道：「松山城內，臣有一位故交夏承德，乃是松山堡的守將，現任副將之職，手下有兩三千人馬。臣想許以高官厚祿，誘他獻城，裏應外合，何愁此城不破？」他原是撫順游擊，天命三年歸順，娶了努爾哈赤第七子阿巴泰長女爲妻，在盛京居住了二十多年，但明軍之中仍有不少故人。

皇太極含笑道：「果能破了松山城，錦州人心必然惶亂，兵無鬥志，不攻而下。你說給夏承德，如能獻城，朕賞他總兵之職。」

李永芳作難道：「只是如何混入城中，臣一直想不出個法子？」

「入城不難，額附的膽量如何？」范文程撚鬚微笑。

李永芳一拍胸膛，大包大攬道：「咱不怕入城，是怕入不得城。若能入城，必見大功。」

「不難，不難！」范文程不緊不慢道：「只要陛下一聲令下，城門自然洞開。」

皇太極不解道：「下什麼令，明軍怎會聽朕的？」

「松山糧草已盡，明軍斷不會坐以待斃，必要伺機突圍，只是懾於四面合圍，無隙可鑽，才不得不閉門死守。陛下可令我軍佯裝廝殺，網開一面，使其以為援兵已至，開城接應，然後伏兵擊之，明軍必敗回城。李額駙變換服飾，乘機混入敗兵之中，相隨入城。額附可有此膽量？」

「如能成功，分先生一半兒！」李永芳極為佩服，連連施禮。

四更時分，洪承疇聞報城西清軍背後殺聲陣陣，圍困已然鬆動，齊集邱民仰、三總兵商議。曹變蛟請令開城殺出，洪承疇猶豫不決，阻止道：「各路人馬都已敗退，自顧尚且不暇，何人會來救援？這恐怕是清軍誘我出城，切不可中了調虎離山之計，還是堅守城池要緊。」

曹變蛟堅請道：「城中糧草已盡，困守是死路一條，出城突圍或許會有一線生機。末將願帶本部人馬一試，求元帥恩准。」

洪承疇別無計策，又恐死死阻攔，曹變蛟心生怨憤，激成變亂，歎道：「將軍此去若遇伏兵，即刻轉回，千萬不可戀戰。」

曹變蛟領命出城，行不多遠，果然遇到伏兵，明軍見清兵早有準備，急忙回城。李永芳混入明軍之中，隨著入城。

過了兩日，夜近三更，李永芳帶著一個人用繩索縋城而下，回到皇太極的御營大帳，稟報說夏承德願降，明夜他輪值守城之時，開關獻城，唯恐不能取信，特讓兒子夏舒跟來，以爲人質。皇太極大喜，設宴款待他二人，明日一早齊聚眾將部署奪城。

第二天入夜，皇太極親領重兵來到西城下面，夏承德已在城上等候，見清兵到了，命令手下打開城門，清兵蜂擁而入，霎時佔了西門。洪承疇正在吃飯，西城的幾個敗卒跑來報告，副將夏承德獻門降清，清兵大隊人馬已經入城。洪承疇急忙傳令曹變蛟、王廷臣率兵抵抗，自己上馬督戰，還沒出轅門，軍士又來稟報：「王總兵苦戰，力盡被俘。」洪承疇正自驚詫，邱民仰跌跌撞撞地跑來，見了洪承疇大哭道：「城門都被清兵佔領了，松山堡怕是保不住了，曹變蛟爲救我被清軍圍困，如何是好？」

洪承疇見大勢已去，對邱民仰說：「長白兄，你我身在儒林，一介文士，手無縛雞之力，面對清兵虎狼之師，絕難抵擋，只有一死報國了。」二人一齊轉回帥府，洪承疇擺上香案，面對南方，跪地哭拜，泗涕橫流，悲慼道：「皇上，臣有負重託，以致損兵折將，有辱軍威，唯有一死相報，臣不能再侍奉陛下了。皇恩浩蕩，臣自恨愚鈍，不能還報萬一。現在臣身遭重圍，死不足惜，可歎我大明的大好河山淪入異族之手，微臣雖死也難謝天下了。」說罷連連叩頭。

邱民仰也是潸然淚下，哀哭欲絕，勸阻道：「都是皇上身邊的小人蠱惑所致，罪責不在大帥。國家正值多事之秋，天下重望繫於大帥一身，大帥如果輕生取義，有誰輔佐皇上澄清天下，掃除邊患！大帥還是要以天下蒼生爲念，忍辱負重，以圖恢復。」

洪承疇長歎一聲，無奈道：「如今脫身都難，恢復談何容易！我洪某生爲大明朝人，死爲大明朝鬼，盡忠報國，有死而已。原想與諸位齊心協力，堅守城池，援兵一到，或許尚有重見天日之時，眼下情勢怕是不能夠了。」

邱民仰也說：「自從被圍後，卑職唯待一死。堂堂大明封疆大臣，斷無偷生之理。卑職將與督台相見於地下，同作大明忠魂！」

「我輩自幼讀聖賢書，以身許國，殺身成仁，原是分內之事。」洪承疇神色凜然。

二人拜哭已畢，解下腰中大帶，掛到樑上，剛剛登翻了腳凳，王輔臣、蔡九儀闖進來，揮刀砍斷了帶子，催促道：「我倆保護大人出城！」

洪承疇聳眉大叫道：「不要管我，能逃出一個是一個，你們不要陪著我死。」

王輔臣、蔡九儀對視一下，一左一右架起洪承疇便走，不料轟隆一聲，大堂的門扇被齊齊撞開，許多人馬衝進來，將四人團團圍住。「快走！」洪承疇大喝一聲。蔡九儀、王輔臣情知難以救出大帥，各撒出一把暗器，乘清兵混亂之際，飛身跳出大堂，躥上屋脊逃走。清兵又用刀逼住二人，一起綁了。洪承疇睜眼一瞧，爲首的正是夏承德，轉頭一旁，默然不語。邱民仰唾面大罵道：「夏豬狗，你身爲大明官吏，不思報效朝廷，卻賣國求榮！洪大人待你不薄，你卻獻城害主，就不怕留下萬世的罵名？」

「罵名總比沒命好！」夏承德冷冷一笑，推搡著二人去見多爾袞。多爾袞喝令鬆綁，笑道：「我早聞洪先生大名，渴欲一見，今日相會於松山，眞是幸事。望先生不計前嫌，使我可以朝夕請教。」

洪承疇閉目道：「敗軍之將，辱國之臣，只等一死，豈有他求！」

范文程勸道：「我家王爺渴慕先生已久，欲共圖大計，先生不可執迷不悟，坐失再展胸襟的良機。」

洪承疇說：「多蒙雅意，洪某只知有死，不知有降，何須多費口舌！」

范文程還要再勸，多爾袞搖手阻止。多鐸、豪格大怒，拔刀來殺洪承疇，多爾袞喝道：「陛下密旨，要將洪先生請到盛京，你們想抗旨麼？」二人退出帳外，怒氣不息，將被俘的邱民仰、曹變蛟、王廷臣盡皆殺死。

盛京城中，矗立著百十座樓臺殿閣，那便是努爾哈赤、皇太極經營了十幾年的大清皇宮。撫近門東側有一座道觀，供奉著天、地、水三官，俗稱三官廟，香火仍未斷絕，但因距離大清門、崇政殿近在咫尺，平常的善男信女不得擅入。廟前新搭起一座草廬，四周戒備森嚴，洪承疇被羈押在此。皇太極對他十分禮遇，每天定時供給酒食，草廬之中可以自由走動。洪承疇知道晝夜有人監視，想要自殺殉國已不可能，深悔松山失陷時不曾自盡，落得身爲俘囚受辱。被解往盛京途中，想著自盡，無奈清兵給他坐了一輛有氈幃帳的轎車，前邊是趕車的士兵，左右坐著看守的牛錄額真，無從得手。到了盛京，住在柔軟的草廬中，碰壁自殺也無可能，只有絕食求死，以報君恩。皇太極倒也沉得住氣，依然每天命人送來上好的酒食，儘管每次都原封不動地撤下。

過了兩天，洪承疇正在穆然獨坐，守門的軍士來報說：「耿仲明、孔有德、尚可喜三位將軍來看望大人。」

不一會兒，三人進來，耿仲明道：「久聞洪先生大名，一直未能見面，常常引以爲憾。聽說先生駕臨盛京，今日特來拜會，聊解渴慕之情。」

洪承疇聽出此人話中隱含譏諷，反唇相譏道：「不佞已成南冠楚囚，怎敢有勞大清的王爺屈尊枉駕？」

孔有德道：「洪大人何必出言辛辣，咄咄逼人？有德與大人曾同爲明臣，大人身處水深火熱之中，我等豈能無動於衷，作壁上觀，沒有一絲同宗之情？我等是想與大人一起共佑明主，同享榮華富貴，望能體味這片苦心。」

洪承疇連笑幾聲，說道：「孔王爺說與不佞都是大明的臣子，前塵夢境，往事如煙，令人頓有恍若隔世之感。身陷囹圄，王爺能來看望一眼，不管所爲何事，洪某也是感激的。榮華富貴，世人有幾個不想。所謂天下熙熙，皆爲利來，千百年來，能不受此世風紛擾的又有幾個？只是君子愛財，取之有道，背叛朝廷，辜負皇恩之事，豈是不佞所能爲的？餓死事小，失節事大。孔王爺身爲聖人苗裔，卻置國家安危榮辱不顧，委身異族，投靠夷狄，不唯執迷不悟，反而引以爲榮，以此高論遊說不佞，實在是有辱天下第一家的門風。」

孔有德面現慚色，嘿然無語。站在後面一言未發的尚可喜仍不甘心，走前說道：「我等三人有負大明，但大明又何嘗不有負我等？當今大明，奸佞當道，宦官猖獗。做事無論成敗，都橫遭物議，一言可以讓你有高官厚祿，又可以使你身敗名裂，誅滅九族，可謂是跋前躓後，動輒得咎，如臨深淵，如履薄冰，何談爲國出力，爲民造福？有君王如此，有朝臣如此，洪大人空負濟世之才，沒有施展抱負的時機，豈非可惜了。我等奉旨來勸說大人，這也無須隱瞞。生死榮辱，全在大人自己掌握中。望三思而行，以免悔恨不及。」

洪承疇一笑，頗有苦意地說：「君子處世，達則兼濟天下，窮則獨善其身，如今不佞已不能爲國出力，有無濟世之才也沒什麼緊要，你們不必枉費口舌了。」言罷，閉目低頭，再不答話。

午時剛過，洪承疇倒臥床上，腸饑如蛙鳴，軍士報說范章京求見。洪承疇剛翻身坐起，范文程一身便服，邁步入廬。洪承疇問道：「范章京屈尊光降，有何見教？」

范文程聽出他話中的狂狷之氣，笑道：「哪裏有什麼見教，學生是專門來請教的。」

「敗軍之將計窮，被俘之士智盡，何談請教？」

「我區區一個秀才，遇到洪先生這樣的兩榜進士，豈能放過請益叩問之機。早聞先生經史嫻熟，學生淺陋，對一個人一直琢磨不透。」

「誰？」

「管仲。」

「怎講？」

「管仲最初侍奉公子糾，伏兵中途狙殺公子小白，一箭射中其衣帶鉤，小白佯死僥倖逃脫，後來做了齊國國君，俘獲了管仲，卻不計前嫌，拜他為相國，終至九合諸侯，一匡天下，成就霸業，二人共垂青史，千古流芳。先生以為管仲何如人也？」

「一代名相，曠世奇才。」

「先生所答，非學生所問。學生所說的是他前侍奉公子糾後追隨國君小白一事，是否有累其德？」

洪承疇略一沉思，答道：「管仲的朋友鮑叔牙說管仲不是怕死，而是怕自己的才能無法施展。以此而言，他實非得已。」

「不錯，管仲身負弒君的滔天大罪，尚能為桓公所容，況先生與我主上並沒有射鉤之恨，怎麼卻如此為難？」

「管仲擇主而仕，成就功業，後人非但不指責他有虧氣節，且多以其才能相標榜，以其功業相激勵，像管仲那樣做人成事，聖人都無異詞，後人求之不得。今明朝朽木難支，敗亡之跡盡顯。我主聖明，國運鴻昌，一統大業指日可待。識時務者爲俊傑，良禽擇木而棲，先生何必執著虛幻名節，猶豫不決？」

「……」洪承疇面色陡然變得異常蒼白，臉上滿是疲憊、痛苦，從牙縫裏漏出幾個字：「不降，不能降！」抬手撣去衣袖上的一絲灰塵，吟道：「遙望中原，荒煙外許多城郭。想當年，花遮柳戶，鳳樓龍閣。萬歲山前珠翠繞，蓬壺殿裏笙歌作。到而今，鐵騎滿郊畿，風塵惡！兵安在？膏鋒鍔！民安在？塡溝壑！歎江山如故，千村寥落！何日請纓提銳旅，一鞭直渡清河洛……」范文程忍不住搖頭歎息，那是岳飛的另一首《滿江紅》，雖寫得慷慨激昂，但終究虛幻妄誕，聊以慰懷而已。

永福宮裏，皇太極睜開眼睛，見莊妃坐在那張闊大的床邊出神，翻身起來，莊妃淡淡一笑：「陛下，范章京等候多時了。」

「洪承疇可願意降？」

范文程叩拜道：「他還是不降。」

「哦？他絕食將近三天了，氣色怎樣？」皇太極有些著急。

「依然談笑風生，與常人無異。臣一時也沒有什麼良策。」

「終不成像當年那個張春至死不渝，朕的心血豈不又付之東流？」

「陛下不必擔心，據臣觀察，洪承疇並無死志。」

「章京怎麼知道？」

「臣去草廬，洪承疇依然是衣冠如故，一塵不染。談話間，廬頂上有灰塵落在了衣袖上，他隨手揮去。如此愛惜身上的衣服，又怎能不自惜性命？」

皇太極點頭道：「這話說得很是，對他恩養宜厚，只要他早日歸降，財物用具不必吝惜。」

範文程說：「陛下，此事倘若操之過急，洪承疇寧拼一死，事情成了僵局，便難以迴旋。這幾天他兵敗城亡之痛正濃，心思還在松山、錦州，不易勸說也在情理之中，但臣以爲洪承疇絕非張春，能在三官廟中住上十年！」

皇太極蹙眉說：「只好由上天定了。」意氣怏怏，大覺惋惜。

莊妃道：「勸與等兩個法子，未免愚笨了些。」

「你有什麼法子？」皇太極隨口問道。

莊妃道：「臣妾以爲越這樣空耗下去，陛下越難如願。洪承疇與張春不同，張春堅守節操，十年如一日，每月初一都向北京朝拜賀朔，而洪承疇輕易求死，正是他沒有持久之心。單以此來看，二人高下已判，就像一個孀婦改嫁到夫家，初時總是尋死覓活，想著保守貞節，等到再嘗魚水之歡，卻將前夫恩情拋於腦後。洪承疇如此苦撐，也是自重身價，愛惜羽毛。陛下面前，他更該如此，不然未免給人看輕了。臣妾想來，若要他歸順，須給他一個臺階下。」

「什麼臺階？」

莊妃見皇太極有幾分狐疑，莞爾一笑：「教他看破浮名這一關。臣妾想去見見洪承疇，看他是一個怎樣的人，知道他心魔所在，便有法子撬開他的嘴。」

「看破浮名？」范文程不住點頭道：「娘娘這話正中要害。明朝儒生束髮受教既讀孔孟之書，讀到後來就讀死了，空談心性，妄言名節，並沒有多少實用處。娘娘若能破其浮名心魔，洪承疇自然會有求生之志。」

皇太極喜道：「如能成功，朕一定重賞你！」

草廬，晚風，夕陽，雁陣。笳聲淒婉，刁斗清寒。洪承疇獨自一人背負雙手，站在草廬中央，看著草廬縫隙透過夕陽的條條紅光，聽著天上南歸大雁那長長的鳴吟，不由地滴下兩顆清淚。黃昏，又一個難捱的黃昏。突然，門環輕扣，人語婉轉：「洪大人，飯來了。」

洪承疇隱隱聽著窸窸娑娑的聲音響過，似是裙裾之聲，繼而悄無聲息，似在伺候自己吃完收拾食盒，他冷笑一聲，說道：「飯既放好，你該退下了，不必在此伺候。」無人應答，洪承疇惱道：「你怎麼還不走？」回身一看，不由大驚，眼前已不是那個送飯的軍士，而換作了一位風華絕代的南國佳人，長髮如雲，高高堆起，眉如遠山，目若秋水，面色白皙，微微泛出一絲紅霞，一雙小巧而又潮濕的朱唇，如開似閉，粉白的脖頸修長而細膩，他似乎已然覺得觸手微涼，詫異道：「你、你是江南人氏？怎麼會來到偏遠的北疆？」

「奴奴叫小玉，生長在江南，後流落京畿，被人販賣至此。」

江南，杏花、春雨、梅林、翠竹、江水……洪承疇的心頭瞬間織造出一幅幅清麗縹緲的圖畫，他不敢再想，問道：「你來這裏做什麼？」

「奴奴熬了人參蓮子羹，送與大人。清人知道奴奴與大人同屬江南故里，特命奴家侍奉大人的飲食，以慰大人對故國的思念。這蓮子羹大人想必是多年沒有喝了吧！奴奴離鄉多年，久別故園父老，聽說大人一心殉國，心中敬佩，也想一睹威儀。」

看著小玉用纖纖素手打開精緻的紅木漆盒，拿出一個小巧精緻的青花瓷碗，盛了淺淺一小碗蓮子羹，洪承疇的心又莫名地疼痛起來，似乎是一個多年的傷口，剛剛癒合又被撕開，他想起了南方：深閨少婦，白髮高堂，母親今年已七十多歲了，不知道身體怎麼樣？妻子兒女……唉！可憐無定河邊骨，猶是深閨夢裏人。洪承疇不敢再想下去，半生殘年恐怕無緣見面了。他盯著小玉，感到有幾分像自己的如夫人——那個自己衣錦還京時納的美妾，不由勾起滿腔柔情，搖頭吟道：「盈盈樓上女，皎皎當窗牖。蛾蛾紅粉妝，纖纖出素手。江南多數女孩子都用豆蔻塗指甲，你卻為什麼指甲素白呢？」

「流落他鄉，心如死灰，怎敢奢望？大人，喝些蓮子羹吧，快要涼了。」小玉目光閃爍，哀怨之中人掩不住顧盼神飛。

「哪裏有用人參燉蓮子的？未免有些奢華了。」洪承疇端碗一嗅，隨即放下，歎道：「江南可採蓮，蓮葉何田田。採蓮南塘秋，蓮花過人頭。一碗蓮子羹，多少故園情！江南，江南只能在夢裏重遊了。」說罷，潸然淚下。

小玉歎道：「大明不少將士投降了清人，個個高官厚祿，大人爲什麼不降呢？逝者已矣，生者何堪。往後大人的家人，怕是都得過著以淚洗面的淒苦日子了！」

洪承疇搖頭道：「我讀聖賢書，知道忠義二字的分量，又蒙皇帝知遇，怎能自汙名節，辜負皇恩？況且我一家老小盡在關內，我如降清，豈不是斷送了他們的性命？豈能因我一人，誤我全家！」

小玉勸道：「古人道：大行不顧細謹，大禮不辭小讓。如果大人降清，能早日平定干戈，停息戰事，百姓就少了流離之苦、悼亡之痛，實在是一件莫大的功德。爲天下蒼生著想，遠勝於只爲崇禎皇帝一人出力，怎麼說是自汙名節呢？如果大人擔心一旦降清，家小有性命之憂，奴奴有一個計策，不知是否可行？」

「快說與我聽！」

「大人對清人可以說降，對明人可以說留。」

「這是什麼意思？」

「清人與大明爭戰不息，上自朝臣，下至百姓，都有怨言，大人可乘機倡言議和，居中調停，助兩國交好，就此消弭戰禍，如果議和成功，豈不是功德無量，天下人誰不敬重您的苦心？明朝怎會追究大人丟城降清之罪，殘害大人的家小呢？」

洪承疇沮喪道：「我以爲你有什麼妙計，原來不過如此。洪某願做議和使者，清人豈會答應？你未免太稚嫩了。」

「時候不早，奴奴該走了。」小玉燦然一笑，收拾食盒離去。洪承疇隨到門邊，望了很久、很久……

入夜，洪承疇睡意全無，遠處一支竹簫在低低地吹奏，如泣如訴，把他的思緒又帶到了遙遠的江南　洪承疇踱步廬中，星河燦爛，月華如水，簫聲在茫茫的原野和廣袤的夜空飄蕩、迴旋。塞外深秋，天氣轉寒。夜風淒緊，吹入草廬，其聲嗚嗚。那縷縷簫音斷斷續續，吹奏著一曲曲柔柔的吳歌。青山上的翠竹，石橋下的綠水，如霧如煙的梅雨，如醪如漿的米酒，秦淮河的歌船畫舫，歌船畫舫裏的絲竹之音，吹簫鼓箏的玉人兒，似近似遠，若隱若現。此夜曲中聞《折柳》，何人不起故園情？「皇上！臨難一死報君王，臣沒有忘！可求死不能，只得赧顏苟活。從此生爲別世之人，死爲異域之鬼了。」洪承疇面向南方，跪倒在地，淚水橫溢。

第十七回

邀國寵皇親選國色
評花榜奸計擄花魁

「哧——哧——」煙火騰沖而起，珠簾焰塔，葡萄蜂蝶，在夜空中綻開簇簇煙花，有如雷車電鞭，絢爛無比，眾人都覺身入燈中、光中、影中、煙中、火中，閃爍變幻，令人心神皆驚。阮大鋮等眾人斂聲靜氣，才步入花台，先吟了一首豔詞，才在觥籌交錯中宣讀評花章程。上來十個樂工，合奏一套十番鑼鼓的大釉，花榜便算開場。阮大鋮高聲唱名道：「葛嫩——」

江南水綠，春雨瀟瀟，如煙似霧，天地迷濛。

一座大船緩緩駛入南京淮青橋東的桃葉渡，桅桿上飄曳著黃龍三角旗，上寫「奉旨進香」四個大字。船未泊穩，桃葉渡亭中早跑下兩個人來，等船板搭好，前後快步進了船艙。艙中一老一壯二人兀自坐著吃茶，先進來的那人上前拜道：「舅舅，小甥迎接來遲。您老人家一路勞乏，快到岸上歇歇腳。」

那老者體態微胖，放下茶盞，只抬抬眼道：「唔，是起光呀！宅子可尋好了？」

那人不及與吃茶的漢子寒暄，忙陪著笑，一拉身旁滿臉髫鬚的隨從道：「尋下了。就住在圓海兄府上，他的石巢園可是金陵大大有名的園子吶！」

老者才打量那人兩眼，問道：「這位便是你信中提及的阮圓海麼？」

「不敢，晚輩阮大鋮，與汪兄一起特來迎接國丈。」阮大鋮聽他稱及表號，一臉惶恐，急忙躬身長揖，瞥一眼那漢子依然端坐吃茶，渾然不覺，簡直將他們視若無物，不禁暗歎道：皇親國戚果然尊貴！

汪起先引見過了，才向端坐著吃茶的漢子打躬道：「多年不見了表兄，好生想念。」

那漢子吸了一口茶水，悠然說道：「還是你小子安逸，看看這十里秦淮，畫舫競立，蕭鼓笙歌，真是溫柔富貴鄉，比北京自在逍遙多了。不知道成祖爺偏偏遷都做什麼？不然我也日夜銷魂了。」

「哥哥不要發牢騷了，只要有工夫，銷魂倒也容易。」汪起光擠擠眼睛，心裏暗自盤算不知道多少銀子，才能打發了這位混世魔王。他十幾天前就接到了舅舅從北京發來的密信，知道他們要來，不敢怠慢。他能有今日的富貴，多虧了有這位妻舅，而這位妻舅的女兒正受皇上寵愛，貴爲承乾宮嬪妃。攀上了這層裙帶關係，自己才在京城東廠混了幾年，連訛帶詐地積攢了不少的銀子，回到了老家金陵，快活逍遙。田弘遇和大兒子田懷彝來了金陵，他怎敢不倍加小心地伺候。田弘遇起身道：「事情辦得怎樣了？」

汪起光一拍胸脯道：「舅舅，這事兒不用費多大力氣，小甥回來了兩年多，耳聞目睹，秦淮河的名妓嬌娃都裝在我心裏，能不清楚？就是誰身上長什麼胎記、朱砂痣的，也瞭若指掌。」

「哼！」田弘遇不悅地說道：「我此次南下普陀進香求願，找的是揚州瘦馬，不是一般的煙花女子。那些破了身的，容貌再秀美，體態再風流，也進不得宮！信中我反覆交代了，你不明白？」

「明白，明白。這裏最出色的女子，人稱秦淮八豔，個個國色天香　」

田弘遇橫了汪起光一眼，擺手道：「什麼秦淮八豔，還不都是殘花敗柳？」

汪起光登時語塞，汗流浹背，這秦淮八豔他不過耳聞目睹，其實一個也沒有會過面，這幾個名妓豔幟高張，就是王孫官宦、巨富鹽商、風流名士也不是人人能見，何況一般的凡夫俗子。阮大鋮見他臉漲得通紅，支吾難語，搭腔道：「國丈爺不必著急，這些下情學生們都已打探明白。秦淮八豔其實不過七人而已。」

田懷彝冷笑著打斷道：「起光兄弟眞好本事，口口聲聲秦淮八豔，原來卻是什麼七人，幾個人都算不清，看來這趟是白來了。」

「國舅爺莫急，聽學生慢慢講。」阮大鋮見田弘遇臉色鐵青，知道他有些動怒，急忙辯解道：「秦淮八豔不過是好事者爲之，名頭雖極響亮，但有些牽強，這八人並非生在一時。頭一個馬湘蘭早在萬曆三十二年就死了，葬在了碧峰寺。其他七人倒是年紀不相上下，正在妙齡。七人之中，號稱名妓者其實只有卞賽、顧媚、柳如是三人，其他四人陳圓圓、董小宛、李香君、寇白門尚在破瓜之年，只不過偶爾出來歌舞侑酒，都未破身。」

「這些閨閣密情，你怎麼知道？」

阮大鋮一笑，拱手道：「國丈爺，學生罷官後遷居留都金陵，平日塡詞度曲，組了個家班兒，江南一帶頗有些微名，這幾個女娃子學生都指點過，年貌因此知曉。」

田懷彝拊掌道：「這就容易了，你將她們召到家裏，由爹爹挑選，不必逐家尋找，省了多少力氣！」

阮大鋮看看汪起光，低頭不語。汪起光知道他爲難，解釋道：「國舅爺，那些女子寂寂無名時，一句話就能召來。但她們成名後，身價不同了，架子大得很，能召來一個已屬不易，何況一齊請到，那是千難萬難了。」

「哼，想是不肯出力幫忙了？」田懷彝惱怒道：「咱教巡撫衙門出面緝拿，看她們還敢不來？」

「萬萬使不得。」阮大鋮連連搖手，瞥見田弘遇面色不悅，勸說道：「驚動巡撫衙門，那金陵各地就傳遍了。那些女子必定逃往他處，隱居起來，國丈、國舅諒不能久等，拖延不過她們，豈不空手而返了？」

田弘遇點頭道：「圓海說得極是，若非不想聲張，咱們何必悄悄來南京？凡事要有耐性，不然驚擾了魚兒，它豈會上鉤？魯莽不得！」

「爹爹，聽說周奎他們也要來金陵，事不宜遲，等他們來了，事情更難辦。還是先把人搶到手爲好，免得夜長夢多」

田弘遇打斷道：「正因他要來，才更須謹慎。」

阮大鋮摸著濃密的髫鬚，沉思道：「國丈，學生倒有個主意，不知您老人家是否恩准？」

「你說吧！能教她們都來麼？」

「沒有幾個人知道國丈來金陵，更不會知道您此行的意圖。消息即未走漏，可以試試。」

「到底是什麼法子？」田懷彝聽他呑呑吐吐，焦躁起來。

阮大鋮依然不緊不慢地問道：「二位可聽說過秦淮花榜？」

「花榜？依稀聽說過，但不知其詳。」田弘遇交遊廣闊，身分尊貴後，攀附的人更多，遠處北京，耳目卻絲毫不閉塞，江南的許多事情瞞不住他，但他顯然沒有留心花榜之事。

汪起光一拉田懷彝的袖子，疑惑道：「評花榜，點花魁，乃是宋朝以來在妓館娼寮中興起的一樁風流韻事。花榜又叫花案，意在品評妓女等次。品題與主辦者多爲出入妓院徵歌選勝的名士才子。花榜品評可是一大盛事，選花場，立章程，召集全城名妓赴會，一邊行令競飲，觥籌交錯；一邊品定高下，題寫評語，當場唱名，公之於眾，圍觀者往往累萬。花榜仿照禮部會試的樣式，也設三甲，狀元、榜眼、探花稱為豔榜三科。妓女一經品題，聲價十倍，若被點中花魁，竟如舉子中了狀元一般，也算十分榮耀之事。那些不得列於榜首者，常終生引以為憾。你竟絲毫不知？好生奇怪！」

「我爹爹身分何等尊貴，豈會過問這些細小的俗事？」田懷彝大為不屑，隨後卻低聲追問道：「花榜每年都評麼？」

汪起光道：「花榜其實不只在秦淮，北京也曾有過。」

「北京若有，怎會少得了咱？」田懷彝哪裏肯信。

「那時你還沒到北京，恐怕跟我一樣，尚未出生呢！萬曆二十五年，冰華梅史、方德甫等人在北京開設花榜，從東院、西院、前門、本司、門外的教坊、青樓中，選出四十位名妓，畫成葉子牌，用作飲酒的觥籌，轟動一時，為此冰華梅史寫了一部《燕都妓品》。金陵有花榜，則是崇禎十二年的事了。雛妓王微波不僅生得面如蘭花，足似紅菱，頎身玉立，皓齒明眸，且寫一手好字，擅畫蘭花、水仙，又唱得好曲，自恃才藝，眼界極高，不料老鴇貪著五百兩銀子，許給桐城孫克咸梳攏了。她從此便死了心，跟著孫克咸住在棲霞山下的雪洞中，經月不出，雖同寢一處卻不交言半句。孫克咸出手也真大方，不惜千金買一笑，在秦淮河畔大會眾家名妓，開設花榜，評王月第一。萬人空巷，舟車擠滿了秦淮河，人人都想一睹那些美人的芳容、姿態，嘖嘖嘖……眞是少有的盛況！」雖已隔了三年，汪起光提起來，依然神往不已。

田懷彝冷笑道：「必是他做了手腳，才做這騙人的把戲。」

「咱們這次也騙一騙人。」田弘遇摸著鬍鬚道：「圓海，你可是這個主意？」

「國丈睿見，若將消息散布出去，不愁她們不送上門來。」

田弘遇道：「事關機密，不該在秦淮上評選。」

「就在敝處如何？」

「要熱鬧不可少了梨園子弟，也容易遮掩。」

阮大鋮翹指讚頌道：「如此可將江南美人一網打盡。」

阮大鋮的宅子在南京城南庫司坊，因他名列逆案，被士林不齒，多穢其名稱「褲子襠」。阮大鋮退隱南京，當時絕意仕途，買了一大片舊宅。不惜重金，請了園林名家計成築造了一園一堂一樓一廬。園子以其號而名石巢，是一座很大的花園。堂即是平常讀書宴客的場所——詠懷堂。樓即芙蓉樓，廬即曉芬廬。計成不愧園林名家，搜集了奇石異草，將宅子建得精巧雅致，松柏蒼鬱，綠波蕩漾，舞榭歌台，紅簷聳翠，成了金陵城中的名園，阮大鋮自己做詩詠道：「春深草樹展清蔭，城曲居然軼遠岑。」極是自詡。最出奇的是石巢園中搭了一座戲臺，三重飛簷，屋脊矗立彩瓷寶頂，中插方天畫戟，臺面為牌樓式。戲臺左右上方飛簷翹角，簷下懸繫風鈴鐵馬，風起鈴響，清脆悅耳。臺上屏門、額枋、簷枋、游樑等處都是木雕的三國戲文，還有梅、蘭、竹、菊等各色花卉，蝙蝠、仙鶴、寶瓶、鹿、羊、麒麟、玄武、鳳凰等諸種圖案，飛金塗丹，色彩斑斕。戲臺頂部天花是由八塊彩繪木板鑲拼而成的斗八藻井，也都繪了許多吉祥圖案。

田弘遇與兒子田懷彝歇息過了，養足精神，已是黃昏時分，阮大鋮、汪起光早在外面等候，四人一起來到後院，戲臺上高掛起數十盞燈籠，將臺上台下照得如同白晝。台邊的四根木柱上掛著嵌金楹聯：花深深，柳陰陰，聽何處笙歌，且涼涼去；月淡淡，風蓊蓊，數高城更鼓，好緩緩歸。另一聯語則有幾分感慨：古今來色色形形，無非是戲；天地間奇奇怪怪，何必認眞。台前居中擺放著一張花梨木的大方桌，四把高靠背官帽椅。阮大鋮對田弘遇、田懷彝笑道：「二位爺，這小小的石巢園比不得京城的鐵獅子胡同，實在怠慢了。咱們一邊看戲，一邊吃喝，酒飯想必平常，算不得出奇，這曲子學生卻敢誇口，天下罕見。」

不等田弘遇開口，田懷彝冷笑道：「老阮，你的話也忒大了些！北京知名的戲班有三家……」

阮大鋮早對他頤指氣使的派頭不滿，知道他不過一個揚州的小混混，因妹妹入了宮，立時一步登天，成了權勢煊赫的國舅爺，言談舉止卻沒有多少戚畹的尊貴、雍容，他陪著笑，接話道：「可是聚和、三也、可娛三家？那不過是京城裏有些名氣，放在江南便成了不入流的草台班子，哪裏值得一提？國舅爺別忘了，這南曲源出何地，京城的戲班都是些孫子輩兒的，眞正的老祖宗還是在咱們江南呢！」

汪起光擔心表兄耍起橫來，攪擾了曲宴，忙附和道：「鬍子說得極是。他這家班可不尋常。自選人就花了工夫，專找那些聰明伶俐、模樣清秀的女兒。入了班，更是花心思，未教戲，先教琴、琵琶、弦子，什麼簫管、鼓吹、歌舞，樣樣都要精通。這還不止呢！鬍子還親手寫戲，寫了十種傳奇，合稱《石巢傳奇》。又將曲文故事細細講解，眞是咬釘嚼鐵，一字百磨，口口親授，那京城的戲班怎比得了？再說江南的家班極多，像張岱家班、侯恂家班等不下十幾個，常年送戲外宅，舉辦曲會，什麼虎丘曲會、凌宵台曲會、西湖大會、戢山亭曲會、西園曲會、寄暢園曲宴、揚州曲會　似打擂臺一般，切磋戲文、韻白、聲腔……咳！我又扯遠了，今夜是什麼戲？是那個名伶？」

阮大鋮從身邊伺候的家奴手裏取過一個書函，恭恭敬敬地遞到田弘遇面前，說道：「這是學生寫的曲子，請國丈多多指教。」

田弘遇早年留連秦樓楚館，結識過不少的歌妓名花，妻女又都諳熟音律，耳濡目染，也略通幾分絲竹歌舞。他看著大紅雲錦的函套，配著白玉象牙骨簽，打開函套，書冊用香楠版片夾著，束之以帶，解了緞帶，才露出裏面的書冊，一律是玉色面絹，共有十本，依次是《春燈謎》、《燕子箋》、《雙金榜》、《牟尼合》、《忠孝環》、《桃花笑》、《井中盟》、《獅子賺》、《賜恩環》、《老門生》。田弘遇看每冊內都露出一角銀票，假借翻看，見張張是一千兩，合上函套道：「待回到京城在好生拜讀。」笑著命人收好。

「實在有汙國丈青眼，學生何幸？惶恐惶恐！」阮大鋮鬆了口氣，躬身道：「今夜派了

《春燈謎》和《燕子箋》中的兩折，由寇白門獻藝，吳其玉、蘇昆生給她配戲。」

「快開戲吧！咱早想看看這秦淮八豔，不對，是七豔到底怎樣出色了。」田懷彝一時插不上嘴，在一旁頗覺冷落，聽說八豔之一的寇白門來了，便覺按捺不住。

田弘遇畢竟老辣，拂鬚道：「老夫納福一夜，不知圓海要忙上幾天，生受你了。」

阮大鋮心頭一熱，感激道：「學生的家班就是等著國丈爺這般的人物光降，有您老人家這句話，學生就知足了。」隨即朝臺上揚手，頓時笙簫齊奏，鑼鼓同敲，一個身材高䠷、眉目若畫的閨門旦上臺，念句道白：「妾身——姓韋，閨名影娘」接著起唱。田懷彝猛然眼前一亮，只覺得她肌膚似雪，烏髮如油，說不出的嫵媚風流，目不轉睛地只顧盯看，一句曲詞也聽不進耳去，扯著汪起光道：「她便是寇白門？」

「單聽念唱就混不了，曲兒唱得如此地步，除了陳圓圓，天下再沒第二個可與她比！還有那一手好蘭花……」汪起光癡癡地盯著臺上看，兩眼隨著寇白門的身形而動。

「只是她化了妝，看不眞切，如何能看看眞容。」田懷彝心頭有些搔癢，恨不得上臺摟在懷裏細看，又想陳圓圓不知是個什麼樣的人物，江南眞是盛產美女呀！

「不化妝更耐瞧，那身嫩肉……嘖嘖……吹彈得破，禁不得你一手指頭！」汪起光目露淫褻。

「何不將她請到台下一起飲酒，乘機將她灌醉，送入京師。」

田弘遇瞪了兒子一眼，低聲道：「怎麼如此心急毛躁？虧你還是當朝國舅！」田懷彝不敢亂動，強忍著觀看，如坐針氈，眼裏要冒出火來，問道：「老阮，怎的只請了寇白門一人，其餘六個卻不見露面？」

阮大鋮吞下一口酒，輕歎口氣道：「此中實在大有苦衷，學生心曲正要對國舅爺傾吐。只是笙歌盈耳，多有不便，容戲唱過後，到書房詳稟。」

「那好那好，先看戲再說。」田懷彝看了一眼靜坐看戲的父親，不敢再多嘴。

不多時，一個文弱書生上臺唱了一段，又上來一個臉頰、鼻子塗得雪白的小丑，口稱黃陵廟廟祝，挑著一個大燈籠，上貼幾個謎條，問那男女二人猜，那二人竟連連擺手，推說猜不出。田弘遇本來看過這齣戲，燈謎二人都猜出，廟祝挽留二人吃酒，怎麼卻變成了猜不出。正在詫異，廟祝提著燈籠下臺，一步步走到酒宴前，說道：「那臺上的才子想來也是一般，幾個燈謎竟難住了，還是請這幾位老爺替他們解圍吧！」

田弘遇看那燈謎無非前人現成的名作，一條出自《孟子．梁惠王上篇》：「何可廢也，以羊易之」。另一條是幾句歌謠：「重山復重山，重山向下懸；明月復明月，明月在兩邊。上有可耕之田，下有長流之川，一家共六口，兩口不團圓。」再一條也是幾句歌謠：「上種田，下養蠶，難濟十口之饑寒，命如一縷之孤懸。」都是打一字。他微微一笑，指點道：「頭一個是『佯』字，第二個是『用』字，第三個是『累』字。」

那廟祝翹起大拇指道：「還是京裏的大老爺學識淵博，一猜便中。這謎語就留給老爺了。」

田弘遇接了謎條，覺得似是寫在銀票背面，反轉過來，每張謎條赫然各寫著一千兩足色紋銀，哈哈一笑，收到袖中。此時臺上已換了戲，一個麗裝的閨秀在一幅圖上題詞後，對圖癡想，情態纏綿，忽然一隻燕子從天而降，銜起圖畫飛走。田懷彝見竟是一隻活燕子，驚得睁大了兩眼，盯著它飛入夜空，正在惋惜，卻見那燕子折翅返回，落在自己的肩膀上，嘴巴一鬆，畫卷掉到自己的懷裏，取過一看，眼前金光閃爍，那畫卷的背後竟是整幅的金葉子襯著，沉甸甸的，分量有些壓手。他吃驚道：「這、這燕子怎、怎麼又回來了？」

阮大鋮一笑，答道：「這個不難。堂前簷下的乳燕剛剛孵出，學生便命人取出小心飼養，馴熟成了家燕，每日用蛋清拌過的小米養著，它怎麼捨得離開？」

汪起光看舅舅與表兄片刻之間，便有了如此的一筆富貴，心頭冒火，但知道不可妄想，訕笑道：「圓海兄如此用心，何事不可成？」

阮大鋮聽出他話中的醋意，渾當不知，問道：「國丈爺，可要寇白門過來拜見，陪您老人家吃一杯酒？」

田弘遇看看身邊的田懷彝，擔心兒子有什麼舉動，驚嚇了她，擺手道：「不必了，等會齊了七豔再說吧！」說罷站起身來。

田懷彝意猶未盡，遠遠剜一眼寇白門，一拍阮大鋮的肩膀道：「你方才不是有話要說嗎？走，到書房吃酒去！」進了書房，剛剛坐穩，不等獻上茶來，他催問道：「你心裏有什麼話，只管說出來，有爹爹給你做主，怕什麼？」

「唉！」阮大鋮看田弘遇不動聲色，知道那些銀子沒有白使，苦著臉道：「學生自從廢棄在家，躲到這金陵城裏，本想唯有王城最堪隱，萬人如海一身藏，遠離紅塵俗世，過幾天舒心日子，不料他們仍不放過，苦苦相逼 」

「是些什麼人，敢如此大膽？」

「你不要性急插嘴，聽圓海慢慢說。」田弘遇掃了兒子一眼，語氣中頗爲不滿。

「先用此茶。」阮大鋮抬抬手，指著擺好的茶水道：「國丈、國舅想必也知道周陽羨東山再起之事。當時張天如派人來聯絡學生，學生出了一萬兩銀子購下一股，其餘三股由馮涿州、侯商丘、錢牧齋、瞿式耜等人籌集，事情辦成了，皇上的聖旨也下了，周陽羨問學生何所求，學生知道名列逆案，逆案又是當今皇上欽定的，鐵板釘釘，斷不會翻身的，便舉薦了摯友馬瑤草，學生仍寄身金陵，準備終老於此了。學生略盡綿薄，不敢居功邀名爭利，本想與東林、復社的過節、糾葛自然一筆勾銷，雖不敢說化敵爲友，但也該相逢一笑泯恩仇，井水不犯河水了。可萬萬想不到他們竟還放學生不過，害得學生多年不敢出石巢園一步，就差跪拜討饒了，他們依然窮追猛打，得饒人處不饒人，慫恿眾人在大街小巷肆意詆罵，說什麼賦閒南京，蒙養聲伎，結納朝紳，企圖東山再起，吳應箕、陳定生、冒辟疆等人還貼出一張《留都防亂揭》，指名道姓，將學生定爲十惡不赦的大罪人。前幾日文廟丁祭，學生竟給他們驅趕出廟，在聖人牌位前慘遭痛打。學生身居儒林，也是帶頭巾的人，文廟祭拜都不能了，實在是奇恥大辱 」阮大鋮說到傷心處，痛哭流涕，將直裰解開，露出一道道青瘀的疤痕，渾身戰慄不已。

「這還了得！金陵就沒王法了？」田懷彝暴跳起來，茶水濺了一地。

「什麼是王法？在金陵復社就是王法！應天巡撫張國維與張溥稱兄道弟，學生哭告無門，沒有說理之處呀！」

「家家有本難念的經！」田弘遇放下茶盞，面色沉鬱，緩聲道：「若在平日，你這些苦楚，老夫一句話就可替你出了氣，可眼下卻顧不上。」他見阮大鋮微有失望之色，低頭將直裰穿好，接著道：「老夫此次到普陀山上香，路經金陵，落腳在石巢園，沒把你當作外人，有些事也不必瞞著你，我田家的權勢已岌岌可危了。」

「這、這是怎麼說？」阮大鋮與汪起光對視一眼，各自吃驚。

田弘遇看著田懷彝，心中暗自悲歎，自己這個兒子終日只知吃喝玩樂，從未把心思用在正路上，妹妹田貴妃病重的事也不放在心，如此下去，不用周奎擠兌，田家自行衰落也指日可待了。他強露出一絲笑意，掩飾住心底無限的淒涼，惋惜道：「田娘娘春秋正盛，不料卻身染沉疴，田家這座大廈少不得這棵擎天柱呀！」

「太醫院都是國手，不乏回春之術，國丈過慮了。」

「圓海，你不必寬慰我，老夫心裏明白，她若不在宮裏，或許有幾分活路，可她離不開，也不想離開，只有死路一條了。」

「學生越來越糊塗了。」

「是呀！舅舅，你莫不是勞累過度，心頭迷症了？」

田弘遇苦笑道：「老夫說開了，你們自然就會明白。宮裏有皇上，皇上的喜怒哀樂可左右整個皇宮。近年來，洛陽、襄陽、開封、西安　接連淪陷，王室慘遭流賊屠戮，楊嗣昌鞠躬盡瘁而死，洪承疇萬不得已投降，皇上內外交困，日甚一日，束手無策呀！尤其接到誤報，洪承疇捐軀殉國，皇上慟哭輟朝，御制祝版，昭告天下，賜謚忠烈，贈太子太保，賜祭九壇，在京城和福建老家建立祠堂，下旨文武百官都要到靈棚祭奠。靈棚搭在朝陽門外的東嶽廟，坐北朝南，面對東關大路，爲此拆除不少的民舍。可御駕尚未親臨東郊致祭，卻傳來了洪承疇降清的消息。朝廷的體面何在，皇上的臉面何存哪！皇上大病了一場，此後一直沒緩過神來，田娘娘心裏也跟著著急，眼見病得越發沉重了。」

阮大鋮想著從馬士英轉來的邸報上有那篇皇上親筆寫的《悼洪經略文》，確實寫得聲情並茂，哀婉動人。他還清晰記著其中的幾句：「安內攘外，端賴重臣。吴天不弔，折我股肱。朕以薄德，罹此蹇剝，臨軒灑涕，痛何如之！萬里馳驅，天下知上將之辛勞；三載奮剿，朝廷織封疆之殷憂　君子成仁，有如是耶？嗚呼痛哉！年餘以來，迭陷名城，連喪元臣，上天降罰，罪在朕躬。建祠建坊，國有褒忠之典；議謚議恤，朕懷表功之心。卿之志節功業，已飭宣付史館。嗚呼！卿雖死矣，死而不朽。死事重於泰山，豪氣化爲長虹；享俎豆於百世，傳今名而萬年。魂其歸來，尚饗！」但因洪承疇降清，這些詞句便沒了著落，不唯是無病呻吟，簡直妄誕得滑稽可笑了。他想起「舍弟江南沒，家兄塞北亡」那種實無其事、唯圖對偶工整的笑話，有心調笑，但聽田弘遇又說起田貴妃的病情，只得忍住，勸解道：「普陀山是大慈大悲觀世音菩薩道場，十分靈驗，國丈上香許願，一片赤誠，想必能感動上蒼，娘娘的病痛自然減輕了。」

田弘遇朝南合掌道：「我佛慈悲，但願如此，老夫必再塑金身，多施捨香火錢。但話又說回來，求人不如求己，老夫此次逗留金陵，也有個私心，仰仗圓海成全。」

「國丈此言，實在慚愧無地。若有什麼事，要學生出力，只管吩咐。」阮大鋮急忙起身，長揖到地。

「哈哈哈……快坐下，快坐下！」田弘遇撚著鬍鬚，滿臉含笑，說道：「老夫說找個揚州瘦馬，不過為掩人耳目，其實老夫是想找個國色天香的乾女兒，帶到京城去，以慰年老寂寞。」

田懷彝咧嘴笑道：「爹爹，我知道您老人家的心思，是想再送個女兒入宮，以保這潑天富貴。」

「能給皇上看中，自然更好了。普天之下，多少人家求之不得呢！」

阮大鋮思忖片刻道：「國丈既存了這般心思，學生想來非這二人不可。」

「哪兩個？」

「陳圓圓、董小宛。」

「不是還有個顧媚麼？」

「此人確乎出眾，在隋煬帝的揚州別院建了一座眉樓，曲折幽深，閣樓錯落，軒簾掩映，綺窗繡幕，牙簽玉軸，堆列几案，瑤琴錦瑟，陳設左右，香煙繚繞，簷馬丁當，極爲奢華，人稱『迷樓』。她不但鬢髮如雲，桃花滿面，尤其一雙媚眼、兩道彎月細眉，見她的男人無不心馳神蕩，魂魄顛倒。如此狐媚惑主，非國家之福。」

田弘遇倒不擔心什麼狐媚惑主，擔心的是她一旦入宮，不好控制，甚至翻臉不認人，自家豈非白忙活一場，當下點頭道：「你說的是，陳、董二人如何?可有把握?」

「秦淮河畔，有個名叫余懷的落魄秀才，混跡勾欄，閱人無數，一見陳圓圓既驚爲天人，讚她聲甲天下之聲，色甲天下之色，絕非一般女色可比。董小宛倒也天姿慧巧，容貌娟妍，極善剪裁織繡，通食譜茶經。但宮裏有袁貴妃在，二人抗眉爭列，不過是些日常俗事，皇上待袁貴妃不厚，未必會將董小宛看在眼裏，受不受寵，可以推想。」阮大鋮善於辭令，摸透了田弘遇的心思，說得鞭辟入裏，頭頭是道，田弘遇不住頷首。阮大鋮這才說道：「這幾個人中，陳圓圓與寇白門往來最密，當年寇白門在石巢園學戲時，陳圓圓也常來玩耍，學生看她是可造之才，許她觀摩。學生命寇白門請她，只說客串角色，斷無不來之理。」

「好!只要她來，你就是大功一件，到時老夫自會向復社替你討個公道。」

「多謝國丈做主。這是舉辦花榜的啓示，請國丈過目，明日一早，好命人四處張貼。」阮大鋮從袖中掏出疊得平整的花箋，放在田弘遇面前的桌案上。田弘遇抓起看了，見上面寫道：「蓋聞彩鳳銜來，雲裏頒蕊珠之榜；丹虯獻出，河中呈鏤玉之圖。勝事既成，良辰斯遇，不有佳證，何伸雅懷？……而女子名標螭首，身佔鼇頭，倏如上界之仙，合受人間之頌；聲華熠爾，輿誦翕然，足徵殊藝冠群，有水到渠成之妙；靈心絕世，是花開見佛之才。今日者裙屐聯翩，香雲馥郁，莫不歡從掌起，喜共眉舒。紅塵推戴，豈徒然哉！繡闥尊榮，從茲始矣。允垂嘉話，播世界於三千；競仰芳姿，撫欄干兮十二……」再往後面，是如何選花場，立章程，召集名妓赴會，品定高下，題寫評語，當場唱名，公之於眾，一應事務，都極詳備，口中不住稱好道：「就在石巢園張網以待，花榜麼，改在別處開評，花場設在秦淮河房更好。如此滿城人都盯著秦淮河，正好神不知鬼不覺地帶陳圓圓回京。聽說周奎得了風聲，也暗中派了人手下江南，不知此時可到了金陵。」

阮大鋮聽了，心頭一陣混亂，幫田家既是與周家爲敵，仕途宦海對錯分明，絕容不得模稜兩可，周奎若是知道了自己的所作所爲，手下無情，自己如何應對？登時手足冰冷，暗自惶恐。

秦淮河房乃是金陵城最爲繁華之處，太祖朱元璋敕建的富樂院就在河南岸的乾道橋下，本是一座官營妓院，後因大火，移到武定橋，此地改稱舊院，又稱曲中。不遠處便是堪與京師北闈並駕齊驅的江南貢院，聚集著無數的風流才子，秦淮河成了便租寓、便交際、便淫冶享樂的所在，房價極貴，卻常常客滿，無閒屋可租。江南三月，春事已深，一輪西垂的紅日映在波光粼粼的河面上，秦淮河霎時變成了一條璀璨的金帶，蜿蜒曲折。遠處有如墨染的青山漸漸隱沒在暮色裏，碧水上穿梭的一艘艘綺窗絲幃、紅燈珠簾的畫舫紛紛點亮了船燈，武定橋、文德橋、利涉橋、東關頭、大中橋，直到復成橋，花船數百，火龍蜿蜒，排成一道數里的燈山，明滅閃爍，震盪波心。一陣風吹，兩岸水樓中茉莉的香氣不時襲來，沁人心脾。樓外露臺，朱欄綺疏，竹簾紗幔，時有三兩個面目姣好的女兒，身披蟬翼，手執團扇，綏鬟傾髻，嬌聲俏語，軟媚惹人。秦淮河一如棄脂水而漲溢的渭水，粉膩脂濃，香透金陵。一艘長有二十餘丈寬近十丈的雙層巨型畫舫泊在河中，船上掛滿蓮花燈、梅花燈、兔子燈、蛤蟆燈、鯉魚燈、走馬燈、日月燈、詩牌燈、鏡燈、字燈、山水書畫燈、罩燈、並蒂燈、一串燈等各色燈籠，這便是「評花榜」的花場，距岸兩丈多遠，有寬大的搭板直通岸上，數個魁梧的大漢守著搭板，尋常百姓上不得畫舫，只可站在岸邊，伸長了脖子遠看。

「這邊走，那邊走，莫厭金樽酒。這邊走，那邊走，只是尋花柳……」阮大鋮穿著一領佛頭青的輕羅道袍，戴了一頂玉色方巾，皂鞋綾襪，花白的左鬢邊插一枝玉簪花，手拿一把細巧百摺描金美人珊瑚墜春羅扇，哼著小曲來到搭板邊，朝著相識的人招呼道：「來遲了，來遲了！」

猛然看到幾個青年書生在岸邊談笑，認出正是曾在文廟打過自己的冒襄、吳應箕、方以智三人，另外一個卻不認得，正要踏板上船，不料袍袖卻給人扯住，回身看時，見是一個三十歲上下的書生，並不相識，詫異問道：「世兄有何見教？」

那書生卻雙手抱肩，冷笑道：「阮鬍子，那張《留都防亂揭》你想必絲毫沒放在心上，全不知迴避收斂，竟如此張揚地大搞什麼花榜，居心何在？」

「你是什麼人，此事與你何干？」

「天下人管天下事，風聲雨聲讀書聲聲聲入耳，有什麼問不得？在下黃宗羲，與逆案的奸賊不共戴天……」

「原來是大名鼎鼎的黃孝子，我阮大鋮何德何能，勞你過問？我做事向有分寸，無須你來開導，自古窮寇莫追，你們復社中人何必死纏爛打？花榜開不開，你問不著也不該問」

「哼哼……你不到黃河心不死，還敢與復社爲敵，實在自討苦吃。」

「似你們這般飛揚跋扈，也未必能長久善終。」

「你好大膽子，不怕燒了你的花船？」黃宗羲長眉一聳，滿臉怒色。

「只怕你們沒這個膽子！」阮大鋮心下又驚又恐，嘴上卻兀自硬氣。黃宗羲要追趕上來，卻被那幾個大漢擋在岸邊，眼看阮大鋮搖擺著上了畫舫。

將近戌時，花榜將開，河邊的大漢正要收起搭板，兩匹快馬飛馳而來，馬上的人衣帽簇新，老遠就呼喝道：「且慢收起搭板，我家老爺就要到了！」

大漢問道：「可有請帖？」

那兩人跳下來，將馬拴在岸邊的垂柳上，冷哼道：「你們瞎了眼！什麼地方要過我家老爺的請帖？若非他老人家要來，你就是八抬大轎去抬，也不能的，還說什麼小小一紙帖子。休要囉嗦！」

大漢們正在驚異，卻見一頂涼轎沿著河岸如飛而至，轎上下來一個錦衣老者，那二人急忙伸手去攙，神色極爲恭敬。大漢雖看出此人身分尊貴，可畢竟不在邀請之列，想要阻攔，那老者略抬了抬眼皮，輕輕問了一句：「田弘遇可在船上？」登時將幾個大漢嚇得怔住，聽他口氣猜不出是什麼樣的人物，一時不知如何對答，竟不敢出手再阻攔，眼睜睜看著他們大搖大擺地上了畫舫。

「哧——哧——」煙火騰沖而起，珠簾焰塔，葡萄蜂蝶，在夜空中綻開簇簇煙花，有如雷車電鞭，絢爛無比，眾人都覺身入燈中、光中、影中、煙中、火中，閃爍變幻，令人心神皆驚。阮大鋮等眾人斂聲靜氣，才步入花台，先吟了一首豔詞，才在觥籌交錯中宣讀評花章程。上來十個樂工，合奏一套十番鑼鼓的大麯，花榜便算開場。阮大鋮高聲唱名道：「葛嫩——」

「來了——」只聽一聲嬌滴滴答應，恰如林間春鶯婉啼，說不出的萬種風流，沿河悠悠漾開，台下岸上的人們不住地喝采。一襲白色綢裙的妙齡女子，飄然上臺，朝台下岸邊盈盈拜了兩拜，眾人似覺有一股香氣隨之飄蕩而來。葛嫩脆聲聲說道：「小女子唱一首自作的《調寄師師令》吧！……但說道睏人天氣，嬌眼半開猶似睡，怕鏡奩如水。玉容懶把桃花擬，卻自然妖麗，彩毫約略掃眉峰。春已透粉香堆裏，一見教郎終日喜，小樓同醉。」

余懷喝口狀元紅，呑下一隻糯米青團，讚道：「雙腕如藕，眉如遠山，瞳仁點漆，才藝無雙，不愧名花。」

阮大鋮頭一遍名唱罷，正要回座細品，卻見一位錦衣老者端坐在自己的位子上，不好爭執只好站在一旁唱道：「媚香樓李香君——」

岸上有人喊道：「朝宗，你心儀的美人出來了。」阮大鋮見黃宗羲拍著那青年書生的肩膀大叫，猛然想起金陵盛傳李香君結識了戶部尚書侯恂之子，與陳貞慧、方以智、冒襄三人合稱復社四公子的侯方域，原來就是此人。侯方域英氣勃勃，李香君的眼力果然不差。

李香君遠遠望見岸上的侯方域，臉色羞得登時一片嫣紅，也不吟詩唱曲，施個萬福，匆匆退下。余懷搖頭道：「膚理玉色，慧俊宛轉，調笑無雙，可惜矮了一點兒。」

阮大鋮接著唱名道：「眉樓顧媚——」

不待顧媚應答，那錦衣老者站起身道：「陳圓圓來了沒有？」

阮大鋮一怔，聽岸邊的黃宗羲又叫嚷道：「辟疆，陳姑娘到底如何美豔，你竟巴巴地拖了我們來陪你看花榜？」

冒襄含笑道：「月中仙子花中王，第一姮娥第一香。一會兒，你就知道了。」

錦衣老者看阮大鋮直立不動，焦躁道：「快叫她出來！」

阮大鋮一驚，心中隱隱不安，問道：「老丈為何要見她？」

那個騎馬的家奴罵道：「你這混賬王八，睜開你的狗眼看清了，這是當今國丈，說什麼老丈不老丈的！」

阮大鋮渾身一顫，暗忖：周奎果然來了。饒是他機變異常，倉促之間，也想不出如何應對，只得實話稟道：「她不在花榜品評之列。」

周奎冷笑道：「你眞是有眼無珠，這麼一個大美人竟撇在一旁。」

「學生並非有眼無珠，她不在此處。」阮大鋮聲音微顫。

「去了哪裏？」周奎臉色陡變，厲聲逼問。

「給田、田弘遇帶走了。」

「什麼時候？」

「此時想必已出了金陵城。」

周奎重重跌坐在椅子上，歎息道：「還是遲了一步。」

第十八回

侯方域初登媚香樓
張天如暴亡淮安城

萵嫩娘渾身一陣陣發冷，她本來極為仰慕復社中人，但得知其中的齷齪，忍不住暗自浩歎。想到重任在身，還要救人，拿起瓦片正要原樣封蓋，忽聽張溥一聲大叫，「痛煞我了！」見張溥在床上翻滾不止，杜慎卿急忙過去扶他，哪裏扶得住？張溥雙手將袍子撕扯開了，露出青白的肚皮，五指如鉤，一下下朝腹部抓摳，頃刻之間，抓得肚皮上鮮血淋漓。他大喊道：「慎卿，快拿一把刀來！我倒要剖開看看，裏面究竟有什麼東西作怪。」

岸上的冒襄、吳應箕、方以智、侯方域、黃宗羲五人，不知出了什麼事，但見那錦衣老者帶人急急下了畫舫，上轎而去，花臺上再無一個佳麗出來，登時冷了場，任憑余懷幾個如何勸說，也沒攔住阮大鋮，他拱拱手，跟著下船走了。簫鼓驟停，喧嘩亦止，一場平日難得一見的花榜，不等選出花魁就半途而廢，余懷氣得不住頓足叫罵。眾人一聲吆喝，紛紛散去，畫舫上曲闌燈滅。冒襄、侯方域心裏暗自想著各自的相好名佔花魁，李香君出來不見多少彩頭，侯方域心下頗覺不服，一心等著看何人折桂，又聽說陳圓圓色藝冠絕天下，也想一睹佳人風采，不料卻看到了一場鬧劇。等人群一散，他便拉著其他四人到媚香樓去會李香君，冒襄未能見到陳圓圓出場，心裏一直忐忑不安，如何肯應？推脫道：「襄王要會神女，我們四人同去，豈不空度春宵，誤了你倆的好事！香君等的是你，我們豈是不曉事的。」

「辟疆兄可是急著去會陳圓圓？天姿國色，小弟一直未能親見，兄先同小弟到媚香樓小坐片刻，小弟再陪兄尋她。媚香樓近在咫尺，香君少不得邀她們姐妹幾個小憩，陳圓圓或許就在樓中，兄不要枉走了這許多路。」

冒辟疆給他猜中心事，臉上一熱，朝眾人道：「同去同去，媚香樓可是難得登臨的所在。若不是朝宗在桃葉渡與香君海誓山盟，有了三生之約，咱們就是袖了大把的銀票去，也少不了鴇母的聒噪。」

吳應箕道：「你倆都有佳人相伴，不必搭上我們去陪綁。你倆安心耍耍，我們回去了。」

「人不風流枉少年，次尾兄，讀書也不在這一時。」侯方域扯住不放。

方以智拱手道：「夜將深了，小心佳人等得心煩，閉門不納，快去吧！我們回去歇息，明日還要趕老遠的路，且失陪了。」

「密之兄，你們這麼快就走？」冒辟疆詫異道：「要到哪裏去？」

「聽說西張先生在京城染恙，不日就要返回太倉，我們先到太倉等候，早日探望一番。」吳應箕已過不惑之年，五人之中年紀最長，與剛剛弱冠的侯方域差了十幾歲，他故作老邁地笑道：「那是你們少年人的事，我這把年紀不相宜了。只是南闈就要開科，有西張先生等人舉薦，陽羨老先生主持閣務，從中調度，不怕上不了金榜，但你們也要好生溫一溫時藝，不可荒疏了。」

侯方域點頭道：「復社若再大魁天下，朝中勢必多一些俊彥，東林前輩未竟之志指日可伸了。太沖兄，你也留下吧！一起切磋時文，不要把心思都放在史學上。經學不可不精，史學終屬末流。」

黃宗羲秉承其父黃尊素遺命，淡泊功名，孜孜追求經世濟用之學，自明十三朝實錄開始，上溯二十一史，歷朝掌故，古今成敗得失，了然於胸。八股時藝卻較冒辟疆、侯方域等人相去甚遠。侯方域勸告本是良言，他也有心留下，但卻看不起侯方域的所作所爲，其父侯恂因失誤封疆事被逮下獄，家裏籌了幾千兩銀子，命他奔走打點，他卻自恃曾資助周延儒入閣，一味依靠周閣老從中周旋，在秦淮河畔日日征歌逐筵，流連忘情於詩酒聲色之中。復社諸子每次聚會，他必定要請歌妓侑酒，大呼小叫。黃宗羲年少喪父，最看不得不忠不孝的行徑，私下裏多次勸告他「家大人方在獄中，豈宜有此？」侯方域卻不以爲意，依然故我，想到此節，他強忍心底的不屑道：「朝宗賢弟的好意，愚兄心領。我離家久了，祖父在堂也要回去看看，以免他老人家懸望。西張先生新近手定的《國表》二集，薈萃了許多上佳的時文，我帶在身上，朝夕不敢有忘。」

冒襄、侯方域二人情知留不住，拱手送別。然後二人過了文德橋，來到鈔庫街上。媚香樓就在鈔庫街中段，來燕橋南端，背依秦淮河，是一座河房式樓宇，青磚小瓦碼頭牆，迴廊掛落花格窗。斜對面不遠便是名傳四海的烏衣巷，粉牆黛瓦沉銷著六朝詩酒風流和金粉繁華。遠遠望見紅燈高挑的朝南門樓上，豎掛著「媚香樓」三字大匾，冒襄讚歎道：「《左傳》云：『蘭有國香，人皆媚之。』只此三字，可以想見香君風姿。」

「辟疆兄眞是知音。」侯方域含笑問門下的小廝道：「香君可在？」

「香姐姐今夜與幾個姐妹在一起廝會，不見外客。」

「你是新來的吧？他可不是什麼外客，是你姐夫呢！」冒襄調笑著。

小廝見他倆人品俊雅，穿戴齊整，倒是香姐喜歡的一派斯文模樣，若依著客人說的冒失稟報，自己這張嘴豈非給姐姐們撕爛了，大吃苦頭，他遲疑著並不動腳。冒襄催道：「還不快去通稟，商丘侯公子來拜香君。若晚了，小心姐姐們重罰你。」

「那些來得比我早的，誰肯吃這般苦，不是賭錢就是吃酒呢！」小廝不住嘟囔，硬著頭皮朝內喊道：「香姐有客了——」

媚香樓雖是三進的宅院，但佔地並不闊大，前院假山玲瓏，院落相隔不過數丈遠近，兼以又是深夜，小廝的喊聲極顯清亮。二進院落繡樓上湘簾一掀，花窗半開，李香君探出頭來，朝下啐了一口，罵道：「該死的，嘴裏嚼什麼蛆，不是吩咐你了，今夜不見外客？」

「壞了姐姐們的興致，可要討打呢！」小廝囁嚅著，兩眼看著冒襄。冒襄揶揄道：「好烈的性子，好一張利嘴！朝宗，日後有你的好果子吃哩！」

侯方域一笑，朝上吆喝道：「香君，我來看你了。」

李香君怔在窗口，回嗔作喜道：「哎呀！天爺，怎麼是你？我下去迎你。」

冒襄隨著侯方域由過道向左拐進前院，院中假山玲瓏，芭蕉展葉。迎面是三間正屋，兩旁各有遊廊與後院相連。二人穿過碎石花徑，從角門走入後院，居中的那座兩層繡樓上下來一個侍兒，將二人領上樓去。繡樓東爲臥房，中爲客廳，西爲書房、琴房。客廳內的三位佳麗見了二人，起身萬福。冒襄、侯方域認出其餘兩位是在畫舫上見過的顧媚、葛嫩，也都深深一揖見過了禮。香君命丫鬟獻上香茶，重擺酒宴。顧媚瞟了一眼侯方域道：「今夜我們就將香君讓與你，明日辦桌整齊的酒席謝我們。」

侯方域說聲：「自然要謝。」兩眼盯了李香君不住地看。冒襄與三位美人初次相識，見侯方域與她們分外親熱，拿起桌上一柄宮扇把玩，那摺扇上等鏤花象牙骨，上繫一隻金黃的琥珀墜子，白絹面上寫著一首七絕：夾道朱樓一徑斜，王孫初御富平車。青溪盡是辛夷樹，不及東風桃李花。從題款知是侯方域的手筆，暗自嗟歎。顧媚在風月場中廝混已久，擔心冷落了他，嗤嗤一笑，問道：「這位貌比潘安的公子從哪裏來？」

侯方域給李香君偷偷在裙下踢了一腳，登時醒悟，忙收回目光，調笑道：「眉生，虧你生了一雙俏眼，如皋冒公子也不識的？」

「原來是冒公子，復社四公子名震天下，妾身不想聞也難。」顧媚忽然臉色冷淡下來，語氣中隱含譏誚之意，「冒公子怎麼也來媚香樓了？」

「我不該來麼？」冒襄暗想初次見面，並沒有得罪之處，顧媚爲何如此善變，方才一團和氣，片刻間卻冷若冰霜。

「你該到我的眉樓去。」顧媚淺啜一口茶水，翕動的兩片紅唇越發嬌豔欲滴。

冒襄不知她此話何意，冷笑一聲道：「多謝盛情。據傳眉樓繡簾綺窗，屋宇精潔，花木蕭疏，迥非塵境，豈是冒某這等粗鄙之人能去的？」

「你……」顧媚氣得臉色發白，歎道：「世上男人個個負心，未到手時，千求百拜，費盡心機。一等到手，卻不知珍惜，枉負了圓圓小妹的一片苦心。」

「圓圓在你的眉樓？」冒襄大喜，又詫異道：「怎麼沒與你一起到畫舫？」

「圓圓自稱有了你冒公子，點不點花魁已不放在心上，知道這兩日你要到了，便躲在眉樓裏等你。不想你全不領情！」

「罰酒，罰酒！」葛嫩拍手嬌笑，親手斟滿了一杯酒，遞到冒襄面前。

李香君薤一眼侯方域，笑著阻攔道：「你不怕圓圓知道了，不饒你？」

「怕什麼？她來到秦淮，說什麼來看咱們姐妹，誰知卻是神女會襄王？她若來了，也該喝上一杯。」

冒襄知道今日脫不過了，端酒道：「我連喝兩杯，權作賠罪。我先去了，明日擺酒請大夥兒。」起身要走，葛嫩哪裏肯饒，必要逼他再賠顧媚三杯。

冒襄無奈道：「喝酒不難，卻要香君唱個曲子侑酒。」

葛嫩道：「你眞說得巧！香姐剛跟蘇師傅學會了全本《牡丹亭》，隨你點來。」

《牡丹亭》辭章華美，句句動聽，香君隨意唱罷。」冒襄舉杯乾了。

「請公子指教。」李香君嬌呼叫板：「好天氣也！」隨即唱道：「［步步嬌］嫋晴絲吹來閒庭院，搖漾春如線。停半晌整花鈿，沒揣菱花偷人半面，迤逗的彩雲偏。我步香閨怎便把全身現。驀地遊春轉，小試宜春面。［山坡羊］沒亂裏春情難遣，驀地裏懷人幽怨。則爲俺生小嬋娟，揀名門一例一例裏神仙眷。甚良緣，把青春拋得遠。俺的睡情誰見？則索要因循靦腆，想幽夢誰邊，和春光暗流轉……」

眾人正在擊節拍曲，卻聽樓梯一陣亂響，一個美貌的女子跑上樓來，歡喜道：「媚姐原來在這裏，妹子還以爲遭遇不測了呢！」

顧媚見她臉上汗涔涔的，嗔怪道：「深更半夜的，你卻來咒我。」李香君親手拉了椅子，呼她坐下。

那美人才見有兩個青年公子在座，欲言又止，袖中取了帕子輕輕拭汗。顧媚忙引見道：

「這兩位是名聞天下的復社四公子，有話儘管直說。」冒襄、侯方域自報了名諱。

「小女子葛嫩娘拜見兩位公子。」那美人見過禮，挨著葛嫩坐下道：「滿城上下都風傳著應天府要廣羅秦淮，大捉歌妓，妹子得了消息，趕著知會眾家姐妹。到了眉樓，卻見一片狼藉，以爲媚姐給人家捉去了，還好你躲在這裏。大禍就要臨頭了，你們還有心思取樂？快逃吧！」

顧媚臉色大變，不由起身問道：「眉樓出了什麼事？」

「妹子倒想找個人問問呢！人影兒也沒半個。」

「圓圓也不在了？」顧媚頹然跌坐在椅子上，半晌無言。

冒襄大急，追問道：「圓圓何時不見了？」

「今日午時剛過，余懷邀我到桃葉渡賞花，她還在房裏歇息，是何人下的毒手？」顧媚又驚又怒，忽然醒悟道：「昨夜她與寇白門在石巢園合演《春燈謎》，回來說座中有一位錦衣老者，阮大鋮對他畢恭畢敬。她二人下臺勸酒，那老者盯著她目不轉睛地看，還問願不願到京城去，必是這老賊起了歹意。」

「可是畫舫上的那人？」冒襄心頭一陣劇痛。葛嫩娘見冒襄滿眼哀戚之色，知道他是個有情有義的男子，絕非擲金買笑、逢場作戲的五陵少年，給翩翩佳公子記掛在心，也是人生幸事，易求無價寶，難得有情郎，她替陳圓圓心感寬慰。

顧媚搖頭道：「聽圓圓說那人的相貌，似比畫舫上的老者高大些。是了，她隱隱約約聽阮大鋮呼什麼國丈，又說什麼田娘娘……」

侯方域悚然一驚，他隨父親侯恂在京城數年，自然聽說過許多戚畹的名號，何況田府飛揚跋扈已久，京城哪個不知，蹙眉道：「此人想必是田弘遇，他的女兒便是承乾宮田娘娘。」

冒襄搓手頓足道：「給他擄入京城，再見面就難了。」侯門一入深似海，何況是當今的國丈，權勢薰天，豈是平常公侯之家可比的。冒襄料想今生見不到陳圓圓了，登時滿面冷汗，心如死灰。

眾人一時默然，葛嫩娘霍地起身道：「冒公子可是眞心要救圓圓姐？」

「她身入虎口，我不過一個手無縛雞之力的書生，無權無勢，只存了要救她的心，卻不知如何救她……」冒襄含淚哽咽。

「冒公子可有法子找來一匹快馬？」

「金陵城中不難尋得。」冒襄摸出一張五百兩的銀票，遞與葛嫩娘道：「不知這些銀子夠不夠？」

「買匹快馬足矣！田弘遇北上必走水路，我在陸上抄近路追趕他們，將圓圓姐截回來。」葛嫩娘目光一熾，雙拳輕握，登時不見了嬌弱的模樣，凜然透出一股英氣。

冒襄躊躇道：「你一個弱女子　」他本想說「豈不是白白送死」，但見她躍躍欲試的神色，不好挫了銳氣，生生嚥下。

顧媚笑道：「你不要小覷了嫩娘，她可是紅線女、聶隱娘一流的人物，文武雙全，一身好功夫。她若出手相助，你就等著抱得美人歸吧！」

「我與你同去！」冒襄深深一揖。

葛嫩娘阻攔道：「不必了。你去反會遲誤，不如我一人方便。秦淮河免不了一場浩劫，你若想盡點心力，可找一處別業，收容逃難的姐妹。我若救出圓圓姐，必將她送回江南。若一旦失手，也是命數。」她垂下眼瞼，抱拳道：「我走了！」轉身下樓，隱入夜幕之中。

眾人知道她此去十分兇險，各覺悲涼，沉默片刻，李香君、顧媚等人分頭告知相好的姐妹，才知道柳如是前幾天隻身獨往半野堂，去尋錢謙益，卞玉京、董小宛、寇白門一個也未見到，不知是給人擄走，還是躲了起來。燕語鶯啼的秦淮河一時愁雲慘霧，滿城人心惶惶，略有姿色的女兒都藏在深閨繡閣，生怕給當作歌妓挾裹北去，金陵頓顯蕭條。

自金陵走水路北上，最近處在鎮江，不過百里左右的路程，大運河與長江在此交匯。葛嫩娘騎馬趕到鎮江西津渡碼頭，天色已然大亮，雲臺山青碧入眼，遠處的揚州津渡和瓜洲渡依稀可見。江流中舳艫往來如梭，碼頭上泊著大小船隻，卻沒看到有什麼官船，打聽了幾個船老大，都說不見有官船在此停過。葛嫩娘想到長江此段水面平闊，沒有什麼急流險灘，估計田弘遇夜裏沒有停泊，順江而下了。她在碼頭草草吃飯餵馬，雇船過了長江，穿過揚州城，向北直奔淮安。鎮江到淮安四百多里，平常在運河裏行船，要四、五天的光景，葛嫩娘推算田弘遇最快也要三天，單人獨騎走陸路，兩天綽綽有餘。葛嫩娘到了淮安，在城中找了家客棧住下。料想淮安有兩處驛站：淮陰驛、清口驛，田弘遇連日坐船，勢必要上岸解乏，夜裏正宜下手救人。次日，她在城中閒逛了一天，黃昏才回到客棧，定更時分，換好夜行衣，到了城西門外管河西岸的淮陰驛。

淮安東西扼黃淮入海之要衝，南北據運河漕運之中樞，是漕運總督衙門所在地，湖廣、浙贛、江南等省上繳的皇糧由漕丁押運，每年運糧四百萬石上下，有時高達一萬一千餘艘，至北通州或天津交單入庫。運河上舳艫相接，群帆蔽日，淮安成了商旅輻輳、五方雜處、人煙稠集的大邑，銀子流水價似的出入。淮陰驛自然與尋常的驛站不同，規模之大，天下各州府都少見，官廳、後堂、廂房、庫房、廚房、門房、廨舍，各色屋舍應有盡有。蒿嫩娘見前面官廳燈火通明，似是擺著接風的酒宴，折身來到後面的上房，黑黝黝的沒有人聲。正要轉身往官廳去，剛到角門邊，卻聽腳步聲響，急忙閃入花叢。卻見一個家奴挑著一盞燈籠，扶著一人向後院而來。那被攙的人腳步蹣跚，似是醉酒了一般，口齒卻極清楚，連聲哎喲，不住呼痛。家奴道：「老爺，且忍一忍，俗話說：肚子疼不算病，定是拉屎沒拉淨。你到廁上蹲一會兒就好了。」

那人不悅道：「我的腿都軟了，如何蹲得住？進去豈不掉入糞坑，就在樹叢後邊吧！」你將燈籠拿開，在那角門邊看著人。若是有婦人來，千萬咳上一聲。」

蒿嫩娘聽著那邊稀稀落落的聲響，一陣腥臭傳來，不由得捂嚴了鼻子。不多時，那人提褲子起來，似是自言自語道：「怎的到了京城，這肚子就沒有一天舒坦的時候？要是吃壞了，總不該拖延一個多月吧！說是水土不服，可我前幾次進京，怎麼毫無聲息，這次卻如此狼狽？」

家奴聽他嘟囔，急忙挑燈籠相迎。髙嫩娘見那人一身儒服，瘦骨伶仃，顴骨凸起，瘦得有些脫形，不是田弘遇，心下頓覺失望。正要離去，那人卻說：「教驛丞散了酒席吧！我倦了，回屋歇息。」

「我且送老爺回房。」二人轉身朝上房走來。

髙嫩娘就地十八滾，翻身到了屋後。二人進了門，那人又呼痛起來，「天呀！張溥怎的如此命運舛蹇，復社剛剛有些轉機，身子卻如此不濟事了。哎喲——哎喲——」

「老爺覺得如何？」那家奴剛出了屋門，只得折身回來。

「他便是大名鼎鼎的西張先生？復社社魁竟會是一個病夫？」髙嫩娘疑心聽錯了，抬頭看那屋子不過一丈多高，使出「壁虎遊牆功」，沿牆而上，頃刻間到了屋頂，伏在屋脊之上，輕輕揭開屋頂的一塊瓦片，從縫隙中凝目往下瞧去。

屋內點著兩支紅燭，家奴正服侍著張溥仰臥在床上，張溥已顧不得呻吟，將牙齒咬得咯吱吱作響，額上滿是汗水，等家奴給他灌下一杯熱茶，才叫出聲來。家奴將他的身子扶起，靠在床頭。張溥不住大口喘息，好不容易呼吸漸漸勻了，歎息道：「這病想來是天意，我不該爲破除門戶，屈身與逆案中的閹黨爲伍。東林先輩不允如此，才這般懲戒我。愼卿，你說是不是？」

「老爺不必猜疑了，想來北地冰冷，一股寒氣侵入腸胃，才得了這腹疾。回到江南，地氣一暖，自然就痊癒了。六合之外，聖人存而不論。老爺滿肚子的詩書，怎麼忘了古訓，竟疑神疑鬼起來？」被呼作慎卿的家奴姓杜，乃是太倉沙溪人，跟隨張溥多年，耳濡目染，也讀了不少典籍，兼以悟性頗高，談吐之間也有了幾分文雅。

張溥喟然道：「聖人還說祭如在，祭神如神在呢！這幾年咱們一味擴充勢力，亂了規矩，三教九流中的人物也允他入社籍，復社的名聲有些不如以前了。我總擔心人多事雜，少不了各持己見，相互爭執，稍不留意會釀成蕭牆之禍。」

「老爺多慮了。眼下復社中人銳意功名，又有人稱『四公子』的青年才俊崛起，後繼有人，足堪大用。老爺可放寬心。」

「陳定生倒是個能主持大事的人，他與吳次尾、顧子方、黃太沖等一百四十多人，聯名草就《留都防亂揭》攻阮大鋮，頗見才幹。方密之好學深思，可倚為左右手。冒辟疆、侯朝宗二人血氣方剛，專情於紅粉豔姬，還少歷練。」

「他們這班人中，少了吳老爺那樣的心機謀略，遇事難免捉襟見肘。」杜慎卿搖頭惋惜。

「你竟稱讚來之？」張溥憤然道：「他心術不正，復社遲早要敗壞在他手裏。我此次回太倉，就是想與受先商議將他革除社籍。」

「吳老爺在京中為社事奔走多年，也是勞苦功高，如今陽羨老先生入閣再相，復社聲勢如日中天，老爺若將他除名，實在有鳥盡弓藏、兔死狗烹之嫌，就不怕給天下人笑話忘恩負義麼？如此何以服眾？」

「我正是爲復社著想，爲天下人著想。我與吳來之交往多年，深知他的秉性。此人機變百出，謀略過人，卻專權擅殺，狠毒刻薄，是個只可共患難不可共富貴的人。一旦大權在握，不知要弄出什麼天大的禍亂出來。此時若不提防，事到臨頭就難以補救了。」

杜愼卿默然打開隨身的包袱，拿出一瓶酒來，斟上一杯，仰頭喝了，問張溥道：「這是宮裏的御酒金莖露，老爺也喝上一杯？」

張溥已聞到一股濃香，讚歎道：「果然是好酒！」二人各自持杯而飲。兩杯酒下肚，杜愼卿道：「共患難、共富貴都不容易。天下熙熙，皆爲名利。共患難也不過爲著日後的富貴。國朝初創之時，眾人拋妻子冒矢石，性命都不顧了，想著附龍鱗攀鳳尾成王侯之功。功名利祿，世上有幾人勘破得開？」

「君子愛財，取之有道。功名利祿也該如此。不能把親朋當作太牢一樣的祭品，換取身上緋袍。來之何忍心如此！」張溥放下酒杯，搖頭道：「薛國觀訐告北闈，與復社結下仇怨；後因向皇上進言借餉，得罪了戚畹勳臣。他罷官回籍也就算了，何必要痛打落水狗，與曹化淳設計，將薛國觀置於死地，斬首西市？中書舍人王升彥是他親外甥，爲此也枉送了性命，此種手段太過陰狠。」

「也是薛國觀一意孤行，得罪的人太多了。吳老爺爲什麼如此賣力，必欲置之死地而後快？他二人的私怨還在其次，花了銀子沒謀到吏部文選郎，不就是熱臉貼了冷屁股麼？要緊的是薛國觀一天不死，陽羨老先生一天不安心。薛國觀罷官回籍是遭人陷害麼？不是不是，是皇上見他得罪的人過多，不好辦事了，才打發他回老家避避風頭，說不定什麼時候還要復起再用。宋太祖說：臥榻之旁，豈容他人酣睡？此話一點兒不假，有個當朝首揆惦記著，薛國觀不該死麼？」

「那何必拘他來京？」

「拘來京城，不過是想借皇上之手殺他而已。皇上如太祖高皇帝一樣，最恨貪墨。言官們參劾薛國觀離京攜帶甚多，其實那也是遭人算計了。薛府管家早給人買通，打點離京時，將磚石瓦片裝了幾十個大箱子，雇了十幾輛大車，浩浩蕩蕩出了京城。其實沒多少家財，不過是給朝臣尤其是那些言官們看的，如此參劾他貪墨才算有了把柄。但終不是物證，也難以拿來示人，因此經皇上派東廠番子查探，薛國觀躲過了這一劫。若是眞有贓物，曹化淳早就揭發了。」

「我一直想薛國觀乍回京城，正當風口浪尖的時候，眾目睽睽，不知有多少雙眼睛盯著他的一舉一動，自該閉門思過，怎敢如此大膽受賄？那王升彥身為中書舍人，在閣中做事多年，宦海的險惡豈會不知，竟會巴巴地上趕著行賄一個倒臺無勢的人，要燒冷灶麼？當眞匪夷所思。」

「說出來就不難了。」杜愼卿又喝下一杯金莖露，細細品味著酒香，緩聲道：「王升彥本不想去看薛國觀，但吳昌時是他親娘舅，吳老爺出面勸說，他豈會不動心？沒了靠山，自然千方百計地要改換門庭。再說論私交，他自認是薛的心腹，相知多年，帶點兒薄禮去拜望，也是人之常情。」

「五千兩銀子還算薄禮麼？」

「其實他帶的不過是一隻便宜坊烤鴨，一瓶好酒，還有一盒綠豆糕，並沒有那張五千兩銀票。當時東廠的番子日夜在薛府左右窺伺，王升彥一出來，就給人捉了，推搡進薛宅，在宅子裏四下搜羅，曹化淳進了書房，將那張銀票夾入書冊中，故意給番子搜出，鐵證如山，薛國觀無言辯駁，只得伏法了。」

萵嫩娘渾身一陣陣發冷，她本來極為仰慕復社中人，但得知其中的齷齪，忍不住暗自浩歎。想到重任在身，還要救人，拿起瓦片正要原樣封蓋，忽聽張溥一聲大叫，「痛煞我了！」見張溥在床上翻滾不止，杜憤卿急忙過去扶他，哪裏扶得住？張溥雙手將袍子撕扯開了，露出青白的肚皮，五指如鉤，一下下朝腹部抓摳，頃刻之間，抓得肚皮上鮮血淋漓。他大喊道：「憤卿，快拿一把刀來！我倒要剖開看看，裏面究竟有什麼東西作怪。」

杜憤卿看他滿手鮮血，面目猙獰，不由臉色大變，轉身從包袱裏取出一個羊脂玉小瓶，打開瓶蓋，倒了一酒盅粉末出來，遞到張溥面前道：「快將這些止痛藥吃了。」

「不、不管用的、的，每回、回吃了，不到一、一個時辰，腹痛、痛得更厲害。」張溥掙扎得氣喘吁吁。杜憤卿摟住他的肩頭，將藥倒入他口中，用金莖露沖服而下。酒激藥性，不到半盞茶的工夫，張溥痛得滾落在地上，問道：「你、你給我吃的什、什麼藥？」

「斷腸散。」杜憤卿嘿嘿一笑，神情極是詭秘。屋頂上的萵嫩娘驚愕萬分，他為何要對主人下毒？

「你、你……」張溥雙手緊緊抱住肚子，一雙眼憋得血紅，死盯著杜愼卿，吭哧吭哧說不出一句話來，臉白如紙，滿額滿頰淌著冷汗，半晌才艱難地說道：「不想我、我英雄一世，到頭來卻遭、遭了惡奴毒、毒手……」

「天如，我教你死個明白。」杜愼卿伸手在臉上一扯，揭下一個人皮面具，赫然竟是吳昌時。

「來之，你好、好狠心！」張溥吐出一口黑血。

吳昌時冷笑道：「你說我貪，你又何嘗不貪？周閣老東山再起，奉詔入京，你勸他當改弦易轍，收拾人心，以得賢聲。閣老答應當銳意行之，以謝諸公。可你身爲門生，千不該萬不該自以爲閣老再相，是你的功勞，得寸進尺，欲壑難塡，寫了厚厚兩大本名冊，一本要簡拔重用，一本要殺之而後快。閣老再掌權柄，頗有除舊布新之意，重新起用與復社淵源較深的一批人物：鄭三俊、劉宗周、范景文、倪元璐……。可你還不知足，竟巴巴地趕到京城，催促閣老除惡務盡。閣老是朝廷的閣老，不是咱復社一家的，馮銓、阮大鋮一也曾出過力，你轉眼就不認人了，他們能殺麼？閣老視你爲干城，頗多倚重，你卻如此逼迫，指手畫腳，他做官還有什麼意趣？自古恩威自上出，明哲保身，急流勇退，你偏要反其道而行，眞是不顧死活。」

「我還不是、還不是爲復、復社……」張溥痛得昏了過去。

「哼，爲復社？怕是也爲你個人吧！如此下去，勢必遙柄朝政，閣老不殺你，皇上也饒不了你。這裏還有一些藥，快吃下去，我好盡快回去覆命。」吳昌時又往包袱裏取藥，萵嫩娘縱身跳下，破門而入，明晃晃的寶劍架在吳昌時脖子上。吳昌時大驚，待看清來人是個花容月貌的美人後，嘻嘻笑道：「銀錢儘管取拿，只是復社人本來貧寒，姑娘切勿見怪。」

萵嫩娘腕子一翻，用劍柄連點了他的「中樞」、「大椎」兩處要穴，吳昌時登時癱軟在地，動彈不得。她伸手到張溥的鼻息處一探，氣如游絲，尚未斷絕。她明白斷腸草乃是有名的毒藥，根莖葉芽均有劇毒，花朵更是其毒無比，如不盡早解毒，中毒之人腸子變黑糜爛，腹痛不止，哀號而死。她朝外喊道：「小二，有沒有綠豆、金銀花、甘草？」

外面寂靜，無人應答。吳昌時看她不是尋常劫財的，似是有救張溥之意，磔磔笑道：「你死了心吧！我已吩咐過了，外面絕不會有人進來。他中毒已深，你解不了。」

萵嫩娘道：「你難不倒我。斷腸草雖毒，但並非不可解。先用堿水洗胃，再把金銀花、甘草急煎後服用，其毒自解。」

「他已喝了一個多月的斷腸散，每次都是將斷腸草與甘草混在一起，消減些毒性，這樣一來，本是劇毒的斷腸草竟成了慢性毒藥，每日發作，一日甚似一日，天如並未察覺，一直以爲是水土不服，腸胃不適。如今毒性已深入骨髓，就是華佗復生，也束手無策了。」

「你這奸邪小人！」萵嫩娘挺劍欲刺，吳昌時不愧摩登伽女，鎮定自若，冷冷說道：「我與你素昧平生，你爲何殺我？」

「你還狡辯？捨親賣友，豬狗不如！你不怕損陰德遭天譴麼？」

「哈哈哈……天下背信棄義的又何止我一個！曹孟德殺了呂伯奢一家八口，後來官至魏王。燭光斧影，趙光義砍死胞兄，得了九五之尊的寶座。你想必也是讀過書的人，此等故事史不絕書，你回去好好看熟了，再來教訓我。」

「我先殺了你這狼心狗肺的賊子再說。」葛嫩娘聽他黑白不分地一味混攪，知道他作惡多端，良知早已泯滅，不是幾句言辭可以打動，揮劍便劈。

「姑娘，不、不要殺他……復社還用、用得著……」張溥幽幽醒來，拼盡渾身氣力喊道。

「你醒了？」葛嫩娘急忙收劍，劍勢一偏，將吳昌時的袖子割破，手臂上劃出一尺多長的口子，鮮血灑落下來，袍子染得點點猩紅。

張溥慘然道：「姑娘，還沒請、請教貴姓芳名……咳咳……」他又吐出一口黑紅的汙血，輕輕搖頭道：「我、我不行了，回不到太、太倉……只求你……」他眼角滾出兩滴淚水，吃力地伸直兩根手指。

「小女子葛嫩娘，家居秦淮河。」葛嫩娘見他痛苦不堪，精神卻漸漸轉旺，知道他已到彌留之際，無力挽回了。

「如是、眉生她們還好、好麼？」

「都好著呢……」葛嫩娘知道他是姐妹的知交，心中一酸，忍不住抽泣起來。

張溥似是放心地吁出一口長氣，攢足了力氣說道：「你聽我、我說，不要、不要分辯，免得我、我說不完心裏的話。我只求你兩、兩件事……」

萵嫩娘用力點頭道：「先生儘管吩咐。」

「頭、頭一件事，放、放來之走。他、他是難、難得的人才，他若在，復社有什麼風、風浪，總能平、平安度過。他不負復社，復社絕、絕不負他！」張溥喘息片刻，又說：「第二件，今夜在淮陰驛的所見，萬萬不可洩、洩露一字出去，不然復社有人找他尋仇，勢必自相殘殺，怕是永無寧、寧日。我、我不想多年的心血付之東、東流！你、你答應……」

「我、我答應……」萵嫩娘淚流不止，方才還覺他冷酷無情，此時忽然明白宦海之外的張溥心胸竟是如此豁達，將恩仇看得極淡。

「好、好……我、我謝……」他掙扎著將雙手攏在一處，想要拱手施禮，無奈手臂似有千斤重，抬不起來，他歉然笑笑，臉上忽現一絲血色，連咳了幾聲，問吳昌時道：「來之，你好、好手段，一路上絲毫不露、露痕跡，將我瞞得好、好苦……杜愼卿在哪裏？你可是將他殺了？」

第十九回 憂國事無心賞國色 用廷杖刻意審廷臣

吳昌時頭面觸地，「十」字形狀俯臥著，左右錦衣力士一聲吆喝「擱棍」，一個鴨蛋粗細的棍杖擱在他大腿上。「打」字剛喊出口，棍杖高高舉起，砰的重重打在吳昌時的大腿上，他淒厲地慘叫一聲，登時昏了過去。錦衣力士一口冷水噴在他臉上，吳昌時幽幽醒來，卻見棍影一閃而過，落在另一條腿上，他又是一聲慘叫。王承恩偷瞥一眼崇禎，見皇上臉色並無絲毫和緩，狠狠心腸喊道：「擺著棍，五棍一換，著實打！」數十名校尉齊聲附和，喊聲震耳欲聾。

吳昌時輕蔑道：「他一個下賤的奴才，我何必與他過不去？只不過給他吃了迷藥，藏在車上的大箱子裏。」

「這些天餓、餓也……」

「每天夜裏都有人伺候他吃上一頓飯。」

「曹、曹化淳給你派了廠、廠衛？」張溥哇地又吐出一口血來，圓睜著兩眼，腸胃迸斷，七竅流血，直挺挺地躺倒在地。

蒿嫩娘欲哭無淚，掏出帕子替他拭淨了嘴邊唇上及鼻孔的血漬，冷冷地說道：「吳昌時，我饒了你，但復社眾人怕饒你不過。他們若發覺西張先生中毒而亡，還不扒了你的皮！」

「不勞你費心，我一把大火將他的屍身就地燒化。」

「任憑你將屍首燒得精光，骨頭酥黑，斷然燒不成白色，便是中毒的鐵證。」

吳昌時目露狡黠，頗爲自負道：「你想到的，我豈能疏漏？我在京中就已備下一匣骨殖，權且當作天如的，神鬼不知，凡夫俗子怎能覺察得到？」

蒿嫩娘手撫劍柄，後悔答應張溥留他性命，但見他如此陰險無情，劈頭幾個耳光，咬牙道：「你、你沒了一點兒天良，必有惡報。西張先生怎麼瞎了眼，結交你這黑心朋友。」她朝張溥斂衽一禮，垂淚道：「你死得冤枉，我不能忍心教你再受火刑。我帶你回去，免得你孤魂野鬼的，在異鄉遊蕩，入不了輪迴。」

蒿嫩娘掀起床上的棉被，將張溥全身裹住，捆紮結實，身子一晃，偌大的屍身竟似嬰孩一般，給她扛到肩上，回身怒視吳昌時，狠狠一腳踢在他胸口，出門揚長而去。

田弘遇住在較為偏遠的清口驛，一夜平安。次日清早，揚帆北上，二十天後到達通州張家灣，連夜進城回府。他回來的正是時候，女兒的病越發沉重了。田弘遇驚恐不安，明朝自來沒有后妃省親制度，妻子去年病逝，與田貴妃有骨肉之情的只剩下自己與兒子，但宮中禮法森嚴，縱是十幾歲以下的男童也不許進宮，遑論兩個成年男子？就是陳圓圓如不經皇上恩准，也進不得宮。他急忙到王德化的私宅打點，請轉奏田貴妃。

楊嗣昌病亡沙市，隨即洪承疇兵敗松山，投降滿清，李自成、張獻忠接連攻城擄掠，賊勢洶洶，崇禎的心緒一天天轉壞，常常坐臥不安，以致寢食俱廢，容貌憔悴消瘦，而文書照樣堆積如山，忙得焦頭爛額，也批閱不完。丁啓睿接任楊嗣昌總理五省軍務，傅宗龍任陝西總督，可左良玉不服檄令，賀人龍擁兵坐視，傅宗龍被俘身死，開封岌岌可危。好在松山大戰後，滿清也要喘息，一直休兵沒有內犯，稍令人安心。他忽然想到密令陳新甲議和的事不知辦得怎樣了，正要傳旨召他入宮詢問，管家婆魏清慧輕輕掀開半舊繡龍黃緞門簾進來，乾清宮總領太監馬元程慌忙朝御案一指，她見皇上在案前沉思，雙眉緊皺，不敢作聲驚擾，與馬元程一起鵠立旁邊。原來司禮監掌印王德化將田弘遇的請求轉奏給了田貴妃，田貴妃不想耽擱，可有病在身，不知皇上何日能見到，知道承乾宮管家婆王瑞芬與乾清宮管家婆魏清慧是要好的姐妹，就命她求魏清慧想個法子。自從田貴妃病後，崇禎極少再到承乾宮，但常常問起田貴妃的病情，為此魏清慧每日都去探視。

魏清慧站了一盞茶的工夫，崇禎抬頭看到她，她知道皇上會問田貴妃的病，急忙躬身道：「皇爺，奴婢剛從承乾宮回來。」

崇禎果然問道：「田娘娘今日病情如何？」

「娘娘依然每日下午申時後便發高燒，夜間經常咳嗽，痰中帶血，時常思念五皇子，歎息病症不會治好了。哀莫大於心死，她少了求生的念頭，病情自然只有加重的份兒。」

崇禎沉下了臉，不悅道：「太醫院養了那麼多太醫，拿著朝廷的俸祿，竟然如此不濟事，是不用心還是不敢用藥？每日會診，只知道斟酌藥方，你告知吳翼儒，耽誤了貴妃的病，朕抄他的家！」

魏清慧嚇得身子一顫，勸解道：「太醫們哪個敢不悉心治病？都巴不得田娘娘鳳體早日痊癒，早寬聖心。他們在行經、清脾、潤肺、化痰、止咳上用盡了心思，能用的藥都用了，無奈都無效應。娘娘的病確實不輕，經血已有幾個月不來了，人也一天比一天消瘦。以奴婢看來，娘娘是有什麼憂煩鬱結在心，日子久了，氣血失調，心病還需心治，不能專靠太醫。」

「娘娘有什麼心病，你可知道？」

「也是奴婢的妄斷之言，皇爺明鑒。自五皇子病歿，娘娘便有些飲食減少，心中總是鬱鬱寡歡，常常偷著流淚，夜裏睡不好，有時在夢中哭醒，慢慢自覺渾身無力，不思下床，就落下病了。」

「她心裏有魔障？」崇禎憂慮道：「龍虎山的張眞人還在京麼？」

馬元程回奏道：「張眞人還在京中。」那江西道士因奏請將眞人改升二品俸祿，並在京城中賜官邸一處，千里迢迢來到京城，可崇禎一直焦勞國事，哪裏顧得上。張眞人來一趟京城不容易，總盼著能有個準信兒，所以留住京城長春觀，等著消息，王德化、禮部尙書等處都已打點過，就是馬元程也得了不少好處。

崇禎蹙眉道：「他請求的這兩件事，本朝從沒有先例，朕不能亂了祖宗禮法。但他千里來京，也是一片至誠。就將長春觀賜予他，朕有空給他寫個匾額就是了。你傳朕的口諭，命他在觀中建醮，爲皇貴妃虔心誦經祈禳。」他轉問魏清慧道：「這個法子可好？」

「皇爺聖明。還有一件事，娘娘一直想召個能彈琴唱曲的在承乾宮伺候。」

「娘娘的病最宜靜養，彈琴唱曲不怕叨擾？再說她不是收了兩個徒弟嗎？」

「不是娘娘要聽，是……」

「是哪個如此大膽？」崇禎臉上有了怒色。

魏清慧噙著淚道：「娘娘自以爲病得不能彈琴唱曲，身子又弱，擔心皇爺駕臨，無以承歡，那兩個徒弟的琴技未臻妙境，才想、想找……」

「好、好，朕答應。」崇禎心中大痛，自己好久沒到承乾宮了，難免她多心猜忌，他苦笑道：「你回稟娘娘，等朕忙過這一陣子，就去承乾宮看望娘娘。」魏清慧答應著，退身出殿，心頭頓覺輕鬆了一些，終於不負所託，也算替田娘娘盡心了。

陳圓圓被帶進巍峨的皇城，滿眼金碧輝煌，千門萬戶，分不清東西南北，沿著永巷走了好久，來到一座宮殿前。見宮門上寫著承乾兩字，進門才知道是個兩進的院落，一色的雙交四椀菱花隔扇門窗緊緊關著。殿中瀰漫著濃烈的藥香，將博山爐中那幾縷嫋嫋幽幽寂寞升空的檀香味幾乎全遮掩住了。正中寶座上的黃袱墊枕和座前的拜墊靜靜地擺著，管家婆王瑞芬領著五六個宮女捧巾執盂立在床邊。她按照在田府演習的禮儀，由王瑞芬指引著行了跪拜大禮。田貴妃躺在床上，透過低垂的軟煙羅床幃，隱隱約約地看到一個絕色的美人，與尋常的鬢香釵影、紅巾翠袖不同，嬌、嫩、柔、軟……不足以比擬，那種花明雪豔的風韻，無人可及。她登時想到了漢代的那首曲子：「北方有佳人，絕世而獨立。一顧傾人城，再顧傾人國。寧不知傾城與傾國，佳人難再得。」心裏暗暗讚歎道：「爹爹的眼力果然不差。」她命宮女們退下，招呼陳圓圓到床邊跪下，輕聲歎了口氣，問道：「可知道千里迢迢的召你進宮爲了什麼？」

「民、民女不知。」陳圓圓兀自給巍峨高大的皇家氣象震懾著，心頭惴惴不安，小心應答著。

「我是要你做替身的。」

「做替身，做娘娘的替身麼？」陳圓圓有些惘然，一時不明白田貴妃話中的深意。

「不錯，是做我的替身。」

「民女不明白，也做不了什麼替身。」陳圓圓吃了一驚，她雖給人誇讚了多年，但天下誰不知道皇宮裏有個國色天香的貴妃娘娘，自己一個卑賤的草民與之相比判如雲泥，實在難以

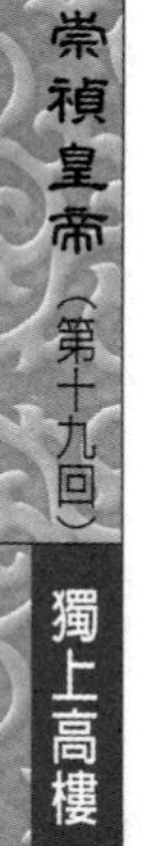

相提並論，如何替換得了？

田貴妃勸道：「這是我個人的私願，至於能不能代替我，還要看皇上能否賞識繼而寵愛。圓圓，你的容貌不是尋常世人可以享用的，不入宮，也要嫁個王侯將相，不然就暴殄天物了，太過可惜。」

「娘娘爲什麼要民女做替身？」

「你沒看到我的病態，也該聞到了殿內的藥香吧！我在世不會久了，當年我出身比你高不到哪裏，蒙天恩選拔入宮，又糞緣受皇上寵愛，一家老小頃刻間齊上青雲，享不盡的榮華富貴。這天大的富貴都是因我一人獲得。我若不在了，皇上再想念我，田家也不過能多支撐些時日，長久不了。再說我父兄這些年飛揚跋扈，也得罪了不少人，一旦我不在了，那時仇家們若落井下石，田家脫不了滅門之禍。我爹爹千辛萬苦地找到了你這樣的妙人兒，就是想教你日後能知恩圖報，田家有難時別忘了我曾抬舉你入宮，才能如此尊貴，你若垂憐看顧，田家或許還能過幾年平安日子……」田貴妃也驚異說了大段的話，只略覺氣短一些，似乎並沒有什麼大礙。

陳圓圓驚奇不已，近些天來，件件事出意外，不可捉摸。她略動了動有些酸麻的雙膝，安慰道：「皇娘不必難過，宮裏有的是名醫，也有的是好藥，小心調養，玉體自然會好起來的。」

「我的病自己明白，如今已是病入膏肓了。不然也我爹爹也不會巴巴地趕到江南，挑選了你，更不會想法子送你入宮。我命薄福淺，只有這些年的富貴，強求不了」田貴妃歎息一會兒，卻聲色俱厲地說道：「方才我說的話，你務必記在心上。你若不答應，我立時命人將你亂棍打死，沉到宮河裏。若是洩漏半個字，我一樣不饒你！」

「民女不敢。」

「好、好，我知道你不會忘恩負義，起來吧！這裏沒有別人，不必死拘什麼禮法，就坐在床邊，聽我慢慢地說。」田貴妃聲調有些疲憊，她用褻衣的袖子拭一下虛汗，看陳圓圓在床邊的杌子上依然低頭坐了，接著說道：「皇上爲國事廢寢忘食，能替他寬心的卻少之又少，要說三宮六院中各色的美人也不少，可都不中他的意。他除了來承乾宮，從來很少到別的宮中去。我死以後，承乾宮就空了，他必定越發孤單、愁悶、冷清。方才我說了那麼多，其實最牽掛的還是皇上，你若能伺候好了他，教他舒展舒展愁眉，開顏一笑，九泉之下我也瞑目了。你可懂我的心意？」

「懂了，只是天意難測……」陳圓圓紅著臉，心下仍覺躊躇，抬頭瞟一眼天下聞名的皇貴妃，卻見軟煙羅下露出一段蒼白枯瘦的手腕，心頭驀然一陣悲涼，暗忖：後宮佳麗何止三千人，皇恩雨露能不能沾及我的身子，還難說呢！懂了又有什麼用？求之不得，豈不徒增煩惱，那又何必！自古以色事人，色衰而愛弛，誰又能保永久富貴呢！就是皇帝有時不也輪流做……心思正在煩亂，忽聽外邊太監傳呼：「皇上駕到——」

田貴妃趕忙道：「你且下去，等候皇上召見。」又喚進王瑞芬道：「看帳子放得可嚴實？」王瑞芬急忙將羅帳的四角重新掖了，隨即到殿外跪接聖駕。

崇禎下了輦，因門外少了田貴妃，他看也不看跪著接駕的太監和宮女，匆匆進了宮院。馬元程小跑著在前面微一哈腰，挑起簾子，便聽皇后聲氣低弱地說道：「皇上來了……快、快給皇上換、換個新墊子……」

崇禎不待馬元程、王瑞芬忙著換錦墊，搬來御座坐下，溫語輕言道：「剛才看了許多摺子，一會兒還要見周延儒。聽說病起色甚緩，可是藥不好好吃　這會兒怎樣？」儘管坐到了床邊，可床幃低垂，遮得嚴實，看不到田貴妃的模樣。只聽她隔著帳子呑嚥著悲聲道：「皇上駕到，臣妾掙扎不起，不能跪迎，實在失儀了！」

「你這不是病著麼！你只管小心養病，不必顧忌那麼多，早日復原了，比什麼虛禮都好。今日吃過藥了麼？」

「昨日換了藥，覺得見輕、輕了些。」

崇禎知道不過掩飾之辭，心中淒然，依舊輕聲道：「你不要擔心，朕已屢次嚴旨切責太醫院，倘再不見效，定當嚴懲。朕又傳諭命各地舉薦名醫，草澤之中或有高手，京畿各處不乏異人。你春秋還長，不可自己氣餒了。朕還要與你白首偕老，共用太平呢！」

田妃聽了，猛然想到《詩經》上那句詩：「執子之手，與子偕老」，初讀時年紀尚幼，領會得膚淺，此時想及，卻是割指刻骨，痛徹心肺，不敢痛哭，在枕上強抑著哽咽道：「朝廷大事已夠勞心了，皇上還、還如此惦記，教臣妾如何生受？皇上寬心，臣妾只是因煥兒滿口讒語受了驚嚇，後來想起止不住傷神，如今臣妾明白了，不能老想著他，該好生養病，雖說走了三個兒子，不是還剩下炤兒一人麼，臣妾怎忍心撇下他就走了？再說還要服侍皇爺到老呢！」

崇禎更覺心痛，吩咐王瑞芬道：「把帳子揭開，朕看看娘娘氣色可好？」

田貴妃在帳中急得出氣登時粗重起來，雙手死死拉住床幃道：「不，不要揭、揭開帳子……」

「朕看看也好放心。」

「不要！皇上的心意臣妾知道，只是多日不曾沐浴梳妝，床上到處都是骯髒不堪，不能教皇上瞧見……隔著帳子，臣妾也能看見皇上，皇上就這麼坐著跟臣妾說說話兒吧！」

「朕有兩個月沒見你的面容了，著實想再看一眼，還是把帳子揭開吧！朕來看你，總是床幃垂得嚴嚴實實的，這是爲何？」

「等臣妾能下床時，皇上想怎麼看都行。」

「朕知道了。」崇禎知道她是不願以病容示人，不好再勉強，心裏一陣悵惘，想不出風姿綽約的美人病重時究竟是什麼模樣。

田貴妃怕皇上一再糾纏，不好強硬推脫阻攔，急忙試探道：「臣妾剛收了一個徒弟，彈得一手好曲子，又能唱南戲，難得皇上駕臨，命她代替臣妾奏支曲子聽聽，皇上替臣妾看看這個徒弟成不成才？」

崇禎本想回乾清宮，但又不忍拂了田貴妃的心意，頷首道：「也好。帶她上來吧！」

不一會兒，王瑞芬引領著陳圓圓來到崇禎跟前，伏地跪拜道：「民女陳圓圓叩見萬歲爺。」

崇禎淡淡地說道：「平身吧！」

陳圓圓又叩了頭，起身後依然深低著頭。崇禎這才掃了她一眼，見她秀髮烏亮，映襯著細長的脖頸越發白嫩晶瑩，彷彿一段觸手溫潤的羊脂美玉，端的是膚如凝脂，領如蝤蠐，齒如瓠犀，螓首蛾眉，吩咐道：「抬起頭來！」

陳圓圓雖有些羞怯，但畢竟是慣於登臺赴宴的名伶，三教九流各色人物見識了不少，與深鎖春閨的女子不同，她緩緩仰起臉來。新月乍吐，嬌花初放，崇禎霎時覺得有一種說不出的明豔，形外之形，韻外之韻，竟似自古至今那些文士騷客沒有寫過的美人，風華絕代，說不出是怎樣的好，如飲醇酒，醺醺然有些醉了，忘了她是誰，怔怔問道：「你叫什麼名字？」

「哦？民女陳圓圓，家住蘇州浣花里。」

「陳圓圓？這名字有些風塵之氣，還是改個名字的好。」崇禎微蹙了眉頭，想著什麼名字合適。

「民女本名沅，小字畹芬，圓圓算是藝名。」陳圓圓滿臉紅漲，小聲地回話。

「畹芬麼，這名字倒是有些講究，是哪個老儒取的？必是取自屈平《離騷經》中的詩句：『余既滋蘭之九畹兮，又樹蕙之百畝，芳菲菲而難虧兮，芬至今猶未沫』。倒是名如其人。出於幽谷……」

陳圓圓沒有讀過什麼經史子集，平日背誦的不過是些通俗的戲文，但知道皇上說的必是好語嘉言，忙跪下謝了恩。田貴妃見崇禎將陳圓圓比作谷中幽蘭，知道他有些動心，微笑道：「皇上，該是遷於上林了。她何嘗不是上林苑中的一棵蘭花？皇上可賜她蘭貴人封號」

「哦哦……」崇禎不置可否，問陳圓圓道：「你會些什麼曲子？」

「民女在玉峰昆班學了不少南戲，皇爺要聽哪一段？民女幼時門前一片水塘，常有採蓮人駕著小舟，往來水上。唱個家鄉的曲子可好？」

「朕沒到過江南，人人都說江南好，你唱來聽聽，到底好在何處？」

「可惜民女不曾帶琵琶來」

田貴妃道：「快取我的小蟬吟來。」

小蟬吟乃是她常用的琵琶，視若拱璧，平日不許人動一指頭，今日卻破例准陳圓圓彈奏，王瑞芬頓覺此事不同尋常，忙取了送上。陳圓圓略調一下弦索，十指纖細，春葱似的白嫩，輕攏慢撚，叮叮咚咚一陣響動，曼聲唱道：「憶梅下西洲，折梅寄江北。單衫杏子紅，雙鬢鴉雛色。西洲在何處？兩槳橋頭渡。日暮伯勞飛，風吹烏臼樹。樹下即門前，門中露翠鈿。開門郎不至，出門採紅蓮。採蓮南塘秋，蓮花過人頭。低頭弄蓮子，蓮子清如水。置蓮懷袖中，蓮心徹底紅。」唱到此處，崇禎見她眼中隱隱閃動著淚光，歡快明朗、清脆悅耳的琵琶聲調轉爲哀婉低迴，平添了幾分蕭瑟淒涼，彷彿衰草連天，哀鴻遍野。

「憶郎郎不至，仰首望飛鴻。鴻飛滿西洲，望郎上青樓。樓高望不見，盡日欄杆頭。欄杆十二曲，垂手明如玉。捲簾天自高，海水搖空綠。海水夢悠悠……」

田貴妃記得下面有「君愁我亦愁」一句，擔心壞了皇上的心緒，急忙阻止道：「皇上博覽歷朝典籍，自然知道這個《西洲曲》，快換個新鮮的！」

陳圓圓斂聲屏息，惶恐地望望床幃。崇禎道：「聽說江南近年最盛行小曲《掛枝兒》，你唱一首聽聽。」

「鄉謠俚曲，怕有汙聖聽」

「朕有什麼不能聽的？古時朝廷設采詩之官，每年初春手持木鐸，到鄉間田野採詩，由樂坊配好音律，奏聞天子。朕身居九重，實在走不開，就聽你唱曲子，以觀江南風俗。」

陳圓圓恍然明白田貴妃的心思，是要唱些祥瑞之詞，無奈《掛枝兒》雖不下千百首之多，但多歌詠是男歡女愛，搜腸刮肚地想了片刻，唱道：「要分離除非是天做了地，要分離除非是東做了西，要分離除非是官做了吏。你要分時分不得我，我要離時離不得你，就死在黃泉也做不得分離鬼……」

崇禎忽然看到床幃不住地簌簌抖動，知道田貴妃觸景傷情，暗暗歎息一聲，站起身來。馬元程明白皇上要走，急忙奏道：「周延儒已在文華殿等了半個時辰……」

崇禎隔著帳子朝裏望望，心裏一陣難過，對田妃說道：「朕國事繁忙，不能陪你了，安心養病，空暇時朕再來看你。」剛出殿門，他低聲叮囑馬元程道：「盡快送陳圓圓出宮！」

「萬歲爺，這可是娘娘千辛……」

崇禎冷下心腸道：「國事到了如此地步，朕哪有閒情逸致？」

周延儒中心起復後，頗被倚重。他還清楚地記得正月初一，崇禎接受群臣朝賀，命自己率閣臣面向西站，皇上下寶座南面正立，以師禮東向揖拜道：「卿等即朕師，朕以天下聽先生。」天語莊嚴，玉音清亮，嫋嫋如春風，悠悠如雨露，至今依然縈繞、迴旋於藻井、樑柱之間。當時他誠惶誠恐、感激涕零，古來只有臣拜君，哪有君拜臣之理？曠古未有之禮遇，曠古未有之聖君！正在感慨，聽朝靴聲響，急忙定了定心神，預備皇上問話。崇禎等周延儒行了禮，即命賜座，才問道：「如今開封被困，望救甚急。卿看何人可以前去督師，解開封之圍？」

周延儒起身答道：「臨陣對敵最怕文武不和，自萬歷朝以來，督師、總督與總兵、將領之間不能同心同德，和衷共濟，戰事多因此致敗。」

崇禎皺眉道：「左良玉驕橫跋扈，就是楊嗣昌那樣的幹練之才都難以節制，丁啓睿等人更是奈何他不了。」

「左良玉沒讀過書，也看不慣讀書人的做派。但他卻是個重情義的人，普天下只佩服一個讀書人。」

「你說的可是侯恂？」

「皇上明鑒，左良玉曾受侯恂提拔之恩，耿耿不忘，侯恂的話他想必會聽。」

崇禎沉吟片刻，狠狠地說道：「左良玉驕橫跋扈，朕已百般隱忍，仍然不知悛改，實在可惡！」

「左良玉雖然辜負聖恩，但卻是難得的將才，非一般將軍可望其項背。屢建功勳，威望素著，皇上亦所深知。朝廷兵馬除山海關總兵吳三桂的關寧鐵騎外，左良玉一部最爲精銳。目前中原寇氛猖獗，尙無寧日，不能不重用他。有良玉在，不唯獻賊膽慴，即闖賊亦有所顧忌，不能肆志中原。只要督師得人，將他駕馭住了，自然能夠將功補過，斷不會、斷不會辜負聖恩。」他本想說「斷不會有損皇上的體面」，擔心話說重了，不好轉圜，竟生生嚥了回去。

崇禎又沉吟片刻，問道：「他果然能聽從侯恂之命？」

「他是個知恩圖報的人，在侯恂面前總會收斂些。」

崇禎別無善策，輕輕點頭道：「朕就放侯恂出獄，命其戴罪督師。還有獄中的孫傳庭才幹在侯恂之上，也該給他的差事，以免朝臣們不服。」

「他在三秦尙有餘威，派他做陝西總督如何？」

「卿說的極是。」

周延儒見崇禎准允，心想救侯恂脫了牢獄之災，也對得起他捐助的那一萬兩銀子了。他暗自得意，忽然想到自己的門生錦衣衛指揮駱養性透露，兵部尙書陳新甲奉密旨與滿清議和，聽說已暗派職方郎中馬紹愉暗中出關，但駱養性說得含糊其辭，不知進展如何。自己身為首輔，竟被瞞得絲毫不知，心中禁不住有些忿忿然，想試探一下皇上的口風，便問道：「前幾日據山海關飛奏，建酋皇太極暴病而亡，多爾袞、豪格等人忙著爭奪大位，無暇南顧，此時若派人與滿清議和，可是上佳時機。」

崇禎淡淡說道：「皇太極的九子福臨已接了大位。」

崇禎的不露聲色大出周延儒意外，本還想勸說「滿清新主初立，可乘機訂下盟約」，見崇禎好像心不在焉，於是叩頭辭出，卻見馬元程抱著一大摞文書進來，放在御案上。崇禎看了一眼最上面的奏章，登時臉色一變，摺子上工整地寫著一行醒目的楷字，是言官方士亮彈劾陳新甲與東虜議和，他急忙拆開細看，不料疏中提到議和款項與陳新甲那日密奏的大致相同，什麼「吉凶大事，交相慶弔」，「明朝每年贈黃金萬兩、白銀百萬兩於清朝，清朝回贈人參千斤、貂皮千張」，將寧遠以北許多尚未失守的地方割讓給滿清，奏疏痛陳「舉朝譁然，京師臣民人人皆恨陳新甲喪權辱國之罪」。崇禎又驚又氣，此事萬分機密，如何洩露出去，且如此之快？不覺從鼻孔哼了一聲，怒道：「眞是咄咄怪事！」他所以機密其事，連內閣首輔周延儒都瞞過了，就是怕言官們出言無狀，混淆視聽，使謀之不易的「款事」付之東流。當年楊嗣昌與高起潛暗主議撫，尚無眉目，便遭盧象升等人反對，無奈中途而廢，以致國事蹉跎，愈加險惡。議和之事只能暗中操作，若張揚出去，堂堂天朝大明皇帝竟然與「東虜」訂立和約，天下臣民如何評說？後世又將如何評說？實在有損「英主」之名，難免盛德之累呀！如今最擔心的事竟……他看著周延儒退到殿門外，定了定心神，命馬元程道：「速命曹化淳偵問明白！」

申時剛過，曹化淳匆匆入宮，不等他奏報，崇禎劈頭責問道：「陳新甲辜負朕意，暗中派馬紹愉同東虜議和。此事言官們如何知道？東廠衙門職司偵伺臣民，養了許多打事件的番子，卻竟如聾如瞽，怎麼當得朕的心腹耳目！」

曹化淳跪在地上，先連連告說「奴婢有罪，懇請皇爺息怒」，才稟道：「奴婢已將方士亮偷偷拿在了鎮撫司大獄，沒怎麼用刑便問出了口供，他自稱是聽吏部文選司郎中吳昌時所言。」

「吳昌時？」崇禎拍案罵道：「這個臭嘴烏鴉，成事不足，敗事有餘！哼！朕明日要在朝堂親自鞫問，看他是什麼居心？」他又想到自己多次給陳新甲的手詔，不知他看過後燒了還是藏在家中，若流傳出去，或留存後世，無論如何也不是件光彩的事，於是吩咐曹化淳道：「你傳旨給吳孟明，命他夜裏親率錦衣衛旗校速將陳家包圍，嚴密搜查，將他家中的往來文書一概抄出，片紙不留，連夜密封送進宮來。倘有片紙留傳在外，或有人膽敢偷看，殺無赦！」

「將陳新甲下詔獄麼？」

「混賬！他是朝廷重臣，該由刑部議罪。」

二更時分，曹化淳和吳孟明將從陳家抄來的一包文書送進養德齋，崇禎獨自打開包封，見陳新甲果然沒有將那些手書密詔焚毀，竟然按日期編好了次序，意在永久私藏起來，他暗暗罵道：「不知好歹的東西！朕視你為心腹，你卻如此陰險背恩，休怪朕無情，留你不得！」

崇禎惱得一夜沒有睡好，朦朧之中，玄武門樓上傳來了五聲鐘響，崇禎在宮女們的服侍下換上了常朝冠服，到乾清宮丹墀上虔敬拜天，默默祝禱，然後乘輦去中左門到文華殿上朝。眾臣跪拜行禮後，崇禎臉色一沉，喝問道：「吳昌時來了沒有？」

吳昌時官職不過正五品，不是內閣輔臣、六部五府堂上官，又非給事中、御史等科道言官，依例沒資格上朝議政，吏部尚書鄭三俊急忙出班道：「他此時當在吏部衙門。」

崇禎厲聲道：「傳他來！」又轉頭吩咐馬元程道：「請太子、定王來。」

太子慈烺剛過十五歲，定王滿了十三歲，都未成年，眾臣面面相覷，不知為何要請他倆來。崇禎冷冷一笑道：「朕今日請太子、定王聽訟，為的是今後遇到吳昌時這般佞臣，不再受他欺瞞蒙蔽。」

不多時，身穿金黃袍，頭戴翼善冠的慈烺與一身天青色袍服的慈炯一起進殿，崇禎招手道：「你們近前來。」慈烺登上丹墀，侍立於父皇右邊，慈炯垂手立於左階下，眾臣一起參拜太子、定王，吳昌時也到了，伏闕跪拜。崇禎叱問道：「吳昌時，你可知罪？」

吳昌時一路上不住思慮，想不出為什麼被急召入宮，見皇上滿臉怒容，心頭惴惴，叩頭道：「臣有什麼罪？皇上明示。」

「交通內侍，傳布消息，無事攻訐，擾亂朝政，你還有什麼話說？」

吳昌時一怔，雖然崇禎所言並非捕風捉影，但這都是殺頭的大罪，萬萬不可認賬，他機變異常，口才極好，片刻之間打定了主意，辯解道：「祖宗之制，交結內侍者斬，法度森嚴，爲臣雖然不才，豈敢犯法？當年太祖高皇帝曾立鐵牌於金陵宮門：內臣不得干預政事，違者斬。成祖爺將鐵牌帶到北京，以爲警戒。微臣就是想交結內侍，內侍也不會答應，誰敢因此招惹禍患！」一番話說得滴水不漏，不但將自家撇清，還討了內臣的好，眾臣暗暗佩服他的辯才。

崇禎深知不便明言追問議和洩露之事，生怕欲蓋彌彰，鬧得沸沸揚揚，路人皆知，但若不以此事審訊，吳昌時勢必極力搪塞，他更覺惱怒，冷笑道：「君父面前，你還要欺心麼？」吳昌時自以爲皇上沒有抓住自己什麼把柄，登時心裏一鬆，柔中帶剛地說道：「自古君教臣死，臣不得不死。皇上定要以此罪臣，臣自應承受，何敢違抗聖意？但若要臣屈招，則實在不能，臣恐有損皇上聖明。」

「好一張利嘴！有朕在此，朝臣在此，豈容你如此嘵口狡辯！錦衣衛何在？」崇禎帝大怒，臉色有些猙獰，太子和定王一直在東宮講學，平日難出宮門一步，哪裏見過如此場面，嚇得渾身亂抖，一齊盯著父皇，又不敢出聲勸說。

幾個錦衣華服的白靴校尉進殿來，吆喝一聲：「在——」

「大刑伺候！」

白靴校尉上來便拖，崇禎擺手道：「不必了，就在殿上用刑。」眾臣大驚失色，白靴校尉也是一怔，平日廷杖都是將人拖到午門外西墀下，就地施刑聞所未聞。周延儒低頭不語，吳昌時曾在他府上做過幾年幕僚，瓜田李下，他不敢不避嫌疑地冒險勸諫，回身看看身邊的蔣德璟、魏藻德，二人出班勸阻道：「殿陛之間施刑，實在是我朝三百年來未有之事。吳昌時身為朝廷命官，無論有什麼罪過，自有法司勘問，伏請皇上收回諭旨，留朝臣體面。」

「三百年未有之例？吳昌時這廝也是三百年未有之人。在朝堂嘵嘵不止，他何曾為朝廷存體面！此輩大奸巨猾，結黨橫行，神能通天，只要離開朝堂三尺遠，便能作弊為禍。若非朕赫然一怒，他人怎能據法從公審問！」崇禎凌厲的目光掃視著群臣，森然道：「動刑！王承恩監杖。」二人張口結舌，作聲不得，赧然而退。

此時，白靴校尉已召進數十個臂帶袖套、手執棍杖的錦衣衛力士。王承恩跪下請旨道：「打多少？」

「重責四十。」

廷杖也算是大刑了，杖責四十罕有人承受得住，分明想致吳昌時於死地。王承恩環視了一眼，不見眾人有求情的舉動，扯著嗓子喊道：「行刑——」

白靴校尉給吳昌時解衣去褲，露出屁股和大腿，用麻布兜從肩脊套下，直至腰際，連兩手一齊縛住，左右不得轉動。再捆牢兩腳，四面牽扯，吳昌時口中兀自喊著「謝恩」，卻被死死摁住，頭面觸地，「十」字形狀俯臥著，一動也不能動。左右錦衣力士一聲吆喝「擱棍」，一個鴨蛋粗細的棍杖擱在他大腿上。「打」字剛喊出口，棍杖高高舉起，砰的重重打在吳昌時大腿上，他淒厲地慘叫一聲，登時昏了過去。錦衣力士一口冷水噴在他臉上，吳昌時幽幽醒來，卻見棍影一閃而過，落在另一條腿上，他又是一聲慘叫。王承恩偷瞥一眼崇禎，見皇上臉色並無絲毫和緩，狠狠心腸喊道：「擺著棍，五棍一換，著實打！」數十名校尉齊聲附和，喊聲震耳欲聾，朝臣們心驚膽戰，兩腿發抖，跪伏在地，連連磕頭。太子和定王二人更是嚇得面無人色，渾身戰慄。

錦衣衛校尉多有訓練有素的行杖高手，棍杖在手，生殺、輕重僅在一念之間，棍杖打在哪裏，用幾分力，都極講究。他們平日操練，將一塊豆腐擺在地下，拿小板子打上去，只准有響聲，不准打破；等到打完，裏頭的豆腐稀爛如泥，外面依舊是整整方方的一塊，絲毫不動。或用皮革綁紮成兩個人形，一個裏面放上磚頭，一個外面包上紙，都穿上衣服。方磚頭的用來練習「外輕內重」的手法，要打得看似極輕，衣服也不致破損，但裏面的磚頭卻已粉碎。包紙的用來練習「外重內輕」的手法，要打得看似極重，但裏面包裹的紙卻絲毫無損。如此手段用來打人行刑，才能收發自如，胸有成竹。打得皮破血流，卻不傷骨肉；而皮膚紅腫，看似完好無損，棍杖的力道已深入肌理，非死即殘。五棍以後，校尉們邊打邊覷著王承恩的眼色，如見他兩隻靴尖向外擺成八字形，雖喝令「著實打」，只不過加上幾分力氣，卻無性命之憂。若見他兩隻靴尖向內一收，喝令「用心打」，則不必留情，受刑人休想活命。

「五——」

「十——」

「十五——」

「二十——」

「二十五……」

錦衣衛打問，定例是拶敲五十，夾敲五十，杖三十，名爲一套。一套下來，吳昌時兩腿皆斷，昏迷不省，棍杖也斷了兩根。崇禎兀自怒氣不息，暗忖：朕不計個人羞辱，向本爲夷屬的東虜割地輸銀，以換得邊疆片刻安寧，擺脫內外兩處用兵之苦，專力剿賊，這等苦心你們怎麼絲毫不知體味？倘非萬不得已，豈肯對東虜議撫，朕難道不懂得珍視祖宗的基業！你們身居廟堂，不替朕分憂，卻虛誇積習不改，危言聳聽，阻撓撫議。倘若朕任由你們擺布，朝廷還能辦什麼事情？款事不成，虜兵入塞，流賊橫行，天下糜爛，風雨飄搖，朕如何支撐！朕繼位以來，憂國憂民，朝乾夕惕，孜孜求治，祖宗的江山豈能斷送在朕手裏？他越想越怒，心頭忍不住一陣悲涼，陰沉著臉厲聲道：「吳昌時，看你的骨頭硬還是朕的棍子硬？你這廝把持朝政，奸狡百端，不招出同黨，斷不能輕饒。再打二十！」馬元程氣喘喘地小跑上丹墀，附在他耳邊急急地低聲道：「萬歲爺，田、田娘娘沒、沒了……」

「朕知道會有這一天，可你就這麼走了？」崇禎又驚又痛，猛地站起身來，幾步跨下丹墀，匆忙之間，寬大的袍袖將御案上的文書掃落了一地……

第二十回

卜氣運託孤外戚府　殺妻女投繯壽皇亭

「休怪父皇無情，誰教你生在帝王之家？」崇禎一顫，揮劍砍下，長平身子一閃，寶劍何等鋒利，竟將她的左臂齊齊斬斷，鮮血四濺。她慘呼一聲，翻身撲倒，臥在血泊裏掙扎。崇禎還要再砍，見女兒一雙淚眼哀怨地望著，半邊身子浸得猩紅，忽然一陣心痛，長吁短歎，將寶劍一擲在地上，踉蹌出宮。

崇禎流淚乘輦回宮，一進東華門便抽咽不止。未到承乾宮，已聽到哀聲陣陣，想到與田貴妃在一起的快活日子，忍不住泗涕交流。承乾宮內外，太監宮女們忙亂著，出出進進，太醫院使吳翼儒帶著幾個太醫嗒然垂手從裏面退出，望見龍輦，小心地跪在階上。不等崇禎下輦，他帶著哭腔奏陳醫案，脈象氣血病源病理，怎樣行針用藥崇禎輕輕擺擺手道：「你們盡心了，起去歇息吧！」哽聲吩咐：「命閣臣們召集禮部先擬謚號，再商議喪典大禮」

田貴妃的屍體已移到寢宮正間，素白錦被覆蓋，臉上也蓋著純白的綢子。田貴妃生有四子：永王慈炤、悼靈王慈煥、悼懷王及皇七子，如今只剩下慈炤一人，跪在靈前哭嚎。闔宮太監和宮女來不及穿孝，頭上纏了白綢條，跟著跪地痛哭。慈炤見了崇禎，喊了聲父皇，哭得更凶。崇禎情不能禁，怕在眾人面前失了威儀，想到一會兒皇后必要過來，見面後少不得還要掉淚，伸手掀起田貴妃臉上的白綢，看了一眼，咬牙回了乾清宮，躲在暖閣裏放聲大哭。

皇貴妃之喪，崇禎輟朝五日。五日後，他照舊上朝，省閱文書，早起晚睡，苦苦支撐。處斬了陳新甲，吳昌時依然不招供，曹化淳卻查出了內情。原來馬紹愉將與滿清議和的條款謄錄了一份，回京後連夜呈送給了陳新甲。陳新甲看過以後，已是三更時分，疲憊之極，急著回臥房歇息，那副本就留在了書案上。一個親隨清早起來，收拾書房，看見案上的文書寫著許多機密大事，他原是錦衣衛指揮駱養性派出的臥底，竟偷偷謄錄了一份，飛報給駱養性，駱養性說話之間，無意洩漏給了周延儒，吳昌時與周延儒往來極密，自然得到了消息。

崇禎立時下旨將吳昌時凌遲處死，議和之事從此無人再提。

轉眼又是一年，春寒料峭，天空陰沉，飄著細雨。崇禎獨坐在東暖閣，憂心忡忡。自楊嗣昌病死、洪承疇降清後，他備覺時局艱難，雖然起復了周延儒，東林、復社的不少人才陸續擢用，但畢竟少了帥才，命侯恂監左良玉軍，也無濟於事，開封還是失陷了。孫傳庭倒是不負重望，到陝西擒殺了驍將賀人龍，軍勢漸振，無奈人馬畢竟招募未久，不習戰陣，給闖賊殺得大敗，孫傳庭終至戰死。清兵從牆子嶺、青山口又一次入關，周延儒深知款和洩密一事，自己脫不了干係，皇上越是不追究，他越覺得是隱而未發，更加如芒在背，總想找機會疏解皇上的怒氣。於是自請督師拒敵，此時清兵已深入內地，搶掠極多，正要滿載出關。周延儒偵知清兵急於回歸，意不再戰，到了通州便駐紮不前，整日與幕僚飲酒作樂，天天奏捷。駱養性因議和一事受連累，給崇禎痛斥了一頓，對周延儒懷恨在心，揭穿他冒功真相，言官們交章劾奏，崇禎大怒，他向來受不得欺蒙，將周延儒捕入京師，關押在正陽門外一座破廟裏。周延儒自覺難逃罪責，自縊而死。江河日下，國事日非。崇禎不由暗歎：「朕非亡國之君，事事乃亡國之象。」他起身走出暖閣，司禮監秉筆太監王承恩與乾清宮總管太監馬元程都在外間伺候，見他出來，齊聲問道：「萬歲爺可要走動走動？」

崇禎走到殿門，抬頭看看外面的天色，依然沒有晴朗的跡象，越發鬱悶。國事艱難，一如天氣。李自成在西安稱帝，國號大順，不久必將進逼北京。不知道北京能不能守住？轉念想到北京城高牆厚，已是二百多年的故都，倘若民心可用，堅守待援，闖賊未必能奈何得了。春雨如油，萬物萌發，每年這個時候，京城內外到處都是踏青尋芳的百姓，遊人如織。如今不知紫禁城外是怎樣的景象？除了郊廟等祭祀之外，十七年了，竟沒有出過宮城，再沒有過當年高梁橋遊春的愜意。他回身道：「朕想出宮。」

馬元程答應著，便要準備車輦。崇禎阻止道：「朕只想隨便走走，看看京城市井街巷，這麼多年，朕一直焦勞國事，竟似入獄了一般，再沒有到處逛逛……」他心頭一酸，十七年來不邇聲色，憂勤惕勵，殫心治理，竟成了此等局面？上天不旻，徒喚奈何，難道今日窮困如此，是天意亡明麼？他暗暗長歎。

王承恩道：「萬歲爺是百年罕見的聖主……」

崇禎看到他手裏拿著一卷文書，打斷道：「是什麼緊急文書？」

王承恩環視四周，見殿內只有他們三人，又看了馬元程一眼，壓低嗓音道：「右庶子李明睿等奏請南遷……」

崇禎忽然想到那天在坤寧宮，周皇后委婉地勸說：「皇上不要忘了我們南邊還有一個家呢！」皇后竟然更早地知道了此事，必是受了李明睿等人的蠱惑。崇禎本來治事敏捷，案無留犢，已成長年的習慣，但此時卻不想看那奏疏，只冷冷說道：「此事不可輕議。馬元程，你留在宮裏，有什麼緊急文書到天街上尋朕。王承恩隨朕出宮。」

王承恩將文書在御案上放好，小心問道：「要不要錦衣衛扈從？」

「不要聲張。人多了行動不便。」

二人換了便服，從西華門悄悄出來，向南往棋盤街而來。此時，雨漸漸停了，微風吹來還有一絲涼意。棋盤街上熱鬧依舊，人來人往，川流不息，猶勝往昔。細細一看，卻有不少賣古玩字畫、傢俱衣飾的貨攤兒，都是衣冠齊整的人物，不像平常的商販。崇禎走近一家瓷器攤兒，見不少瓷器十分精緻，竟與宮裏用的不相上下，彎腰拿起一隻青花撇口大碗，翻看碗底的款識，見寫著「大明弘治年製」六字楷書，分明是官窯精品。又拿起一件玉壺春瓶，瓶內底部寫著「弘治年製」四個篆字，也是官窯精品。他暗自驚訝，難怪燒製的手藝如此高超，這些瓷器都是貢品，賞賜給戚畹勳臣的也不多，平常都收藏在深宅大院裏，難得看上一眼，遑論用手觸摸？更不會流落街頭估售。他掂掂手中的玉壺春瓶，問道：「這瓶兒可是仿品？」

那守攤人眉毛一揚，冷笑道：「看你斯斯文文，也是讀過書識貨的主兒。你識不識得出贗品，咱不知道，但從成國公府上出去的東西絕不會有假。你可放心買下，這種好事若是太平年景，你做夢也想不到呢！」

「朱純臣竟敢將賞賜的官窯瓷器拿出變賣，到底爲什麼？」崇禎心中疑惑，故作惋惜道：「這麼好的瓷器，朕……真教人愛不釋手，只是囊中羞澀，失之交臂當眞可惜。」

「你想錯了，這玉壺春瓶一百兩銀子便可出手，不算貴吧！客官再說買不起，就是無意了。」

「這瓶兒該値三四百兩，怎麼卻要賤賣？」

「你不知道要遷都了？」

「沒聽說過。」崇禎大吃一驚。

「我家老爺家產極多，適景園裏的好東西數不勝數，哪能都帶到南京去，只好賤賣了。客官若有意買下，還可便宜，只是要賞咱個酒錢……」

適景園是京城有名的園子，朱純臣竟捨得撇下，可知不少人都在暗地裏準備著遷都呢！人心動搖，惶惶不安，如何守城？事態緊急，崇禎扭身便走，那守攤人兀自不捨道：「價錢好商量……明日你再來，還有兩隻商鼎呢……」

崇禎這才明白棋盤街上變賣家產的多是官宦府邸的奴僕，那些大小車輛絡繹不絕，都是收拾細軟，經由崇文門出城離京南逃的。他長歎一聲，遙望著遠處巍峨的大明門，那座單簷歇山頂的磚石坊，自永樂年間建成，歷經二百多年屹立不倒，如今卻將物是人非了。他走到前門的茶樓下，王承恩小聲問道：「萬歲爺可要上樓吃些點心？」

崇禎記起幾年前曾在此吃過餛飩，那時百廢待興，心雄萬丈，今日……唉！他看一眼茶樓搖搖頭，卻見樓下擺著一張案桌，桌上放著文房四寶，旁邊樹著一根木桿，高高挑起的千字幡在風中飄搖，一個四尺上下的矮子，身穿灰色大衫，摸著五綹長髯坐在案桌後假寐。崇禎走過，矮相士忽地睜開眼睛，招呼道：「公子爺，賞口飯吃罷！」

崇禎停住腳步，反問道：「你怎麼知道我會照顧你生意？」

矮相士嘿嘿一笑，打躬道：「山人看公子爺面色恍白，印堂晦暗，怕是有大不遂意之事。若眼下有閒，願為公子爺測上一測。公子爺若不信那草木魚蟲也有定數，就請抬腳走路。」

「要是我正愁著沒錢吃飯呢？」

「公子爺眞會說笑，看你的相貌氣度絕不是貧困之士，豈會捨不得幾錢銀子！」

「看你測卜吉凶，卻不見蓍籤卦錢，只有這筆墨紙硯和千字幡，想來只是個憑口舌吃飯的測字先生，看你可有眞功夫。」崇禎逕自走過去坐了，王承恩垂手站立，擋在崇禎與矮相士之間。

「公子爺認識這千字幡？江湖上敢用這幡的已不多見。」

「我多年前曾見識過一個用這幡測字的，倒也靈驗。」

「哦？遇到公子爺這樣的貴人，言既必中，想必得了不少的賞賜。」

「我當時帶的銀子不多，不少他卦錢就是了。」

「哦，哦！公子爺是在幡上指個字，還是寫一個拆？」

「還是寫罷！上次是指的，這次改一改。」崇禎拿起竹管毛筆，在硯臺裏微蘸了墨，沉吟道：「你們江湖人常說：信則有，不信則無。我與你萍水相逢，也算有緣。聖人說：有朋自遠方來，不亦樂乎？就拆個『有』字吧！」揮腕寫了一個大大的「有」字，推到矮相士面前。

「公子爺測什麼？」矮相士見「有」字用墨枯淡，但銀鉤鐵劃，飛白之處力道也極充盈，端的氣勢非凡，臉上露出恭謹之色。

「你看我該測什麼？」

「平常人最願問前程、錢財、婚配、疾病，公子爺問的不是這些，山人也不必點破，只看拆得準還是不準。」

「這個『有』字怎麼講？」

「此字大有講究，但轂輦之下，到處都是東廠的番子，不敢浪對。」矮相士有些遲疑。

崇禎勸道：「你放心，我不是番子，也不是官兒。凡事都有定數嘛！但說無妨，我不洩露天機，也斷不會少了你的銀子。」朝王承恩伸開手掌道：「取一兩銀子來！」王承恩掏出一塊碎銀遞上，崇禎接過輕輕放在桌上。

矮相士哈哈一笑，說道：「山人這就放心了，公子爺肯定不是東廠的。東廠的人測字從不給錢，說得不合心思還要打人。這測字麼，山人說完了，咱們各走各的路，不能糾纏不清。」

「囉嗦什麼，還不快說！我家公子爺哪有許多閒工夫與你磨牙？」王承恩知道賣卦占卜測字無非江湖上的騙術，都是混飯吃的把戲，當不得眞，聽矮相士喋喋不休，一頓飯工夫只說一些不相干的廢話，連聲催促。

矮相士白了他一眼，伸手抓過銀子揣進懷裏，慢吞吞地說道：「『有』字上部是『大』字去一半，下部是『明』字去一半，這大明半壁江山啊　已是不保，運數也將盡了！」

「你膽敢胡說八……」王承恩搶上一步，抬手欲打，崇禎使個眼色阻止。

「山人只是據字而言，絕無詛咒之意。」矮相士搖頭晃腦地說道：「只是這字好怪，似與公子爺不相干，但此字拆得絲毫無誤，令人費解……」

崇禎心中大震，掩飾著慌亂，支吾道：「可否再測一字？」

矮相士點頭道：「自然可以，但事不過三。《易經》上說：『初筮告，再三瀆，瀆則不告。』公子爺勿怪。」

崇禎隨手又寫了一個「友」字。矮相士略略一想，撚鬚道：「此字還是不吉。『友』是『反』字出頭，上出頭，是指北方，左出頭，是指西邊，這兩處齊反，乃天下大亂之兆！反王出頭，橫衝直撞，無人阻擋，這、這可是越發不妙了！」

「那就再測一字！」崇禎身子微微一顫，臉色瞬間變得有些灰白，奮力寫下一個「酉」字，咬牙道：「此字如何？」

矮相士極爲吃驚，去了紙筆疾書，寫畢將帖子疊成個方勝形狀，用紙套封了，恭恭敬敬地遞與崇禎，拱手道：「此字……山人已拆好，詳情寫在這帖子裏。天機不可輕洩，須到今夜子時方可拆看。山人話已說完，後會有期。」說罷，略略收拾案桌，飄然而去。

天已黑透，崇禎回到乾清宮，等不到子時，便忍不住將方勝拆開，開頭是八句詩：

今逢天子唱離歌，十七年前高梁河。

巧折吉字說大運，痛遭酷刑染沉疴。

義軍馬蹄催春近，御苑哭聲向晚多。
莫羨長安行樂處，兵臨城下可奈何？

下面是幾行小字：「酉」者，尊字拋頭去足，九五至尊性命不保，此大凶之象也。崇禎如遭雷擊，呆呆坐在御案後，半晌才問道：「王承恩，你還記得當年高粱河上測字之事麼？」

「奴婢記得當年萬歲爺自千字幡上選了一『巾』一『帽』兩字。」王承恩忽然想起還選了一個「毛」字，被少年拆成「二十七」，解作在位二十七年之數，偷偷屈指一算，如今已是崇禎十七年了，心中惶恐不已。

「朕說的是一老一少師徒二人。」

「他倆隨後就給東廠的番子捉到了北鎮撫司，那師父叫鄭仰田，是福建莆田人，受刑而死。徒弟的名字卻不知曉，一直關在牢中。後來萬歲爺登極，大赦天下，牢獄爲之一空，就不知所終了。」

「你可記得徐應元說，他用內力壓裂了那徒弟的全身骨骼，日後再不會長高，必是個矮子？」

「萬歲爺說他就是當年荷香閣中的那個小徒弟？」

「嗯，你看這首詩中，明言十七年前高粱河，不是他還有誰會知道其中端的？」

「奴婢聽說闖賊手下有個軍師叫宋獻策，也不過三尺多高，是出了名的矮子，星相卜筮，奇門遁甲，無所不通」

崇禎打斷道：「朕也想到了會是此人，這麼說闖賊離京城不遠了。」他看到御案上李明睿的奏疏，問道：「可定更了？」

「剛過一鼓。」

「宣李明睿火速進宮！朕在德政殿等他。」

半個時辰以後，李明睿匆匆趕到，叩拜過了，王承恩、馬元程知道有機密大事要議，關門退到了外間。崇禎道：「你的摺子眞看過了。朕何嘗不想效法晉元、宋高，南遷圖存，轉危爲安，再求恢復？朕早有此心，已巳之警，東虜初犯關內，朕便有遷回留都之意，只是無人首倡贊襄，延遲至今。朕擔心諸臣不從，你有什麼良策？近前來說話。」

李明睿四顧無人，緊趨幾步，跪在御案前，叩頭道：「皇上明鑒，唯有南遷，可緩目前之急，徐圖征剿之功。如今獻賊盤踞川蜀，闖賊尚在陝西，北直隸、河南、山東直至江浙、安徽等地尚屬安寧，皇上可由水路在通州張家灣乘船沿大運河，或經天津、登、萊海航，或從陸上小路輕車南行，二十日可抵淮上。左良玉已退回襄陽附近，劉澤清、劉良佐、黃得功、高傑諸部駐紮江浙，拱衛留都，可保無虞。皇上但出門一步，龍騰鳳躍，天高地闊，勝於兀坐北京、堅守危城百倍。」

「如南遷，途中如何接濟，誰可領兵，措餉駐紮何地？你可曾熟慮？若無籌畫，流寇勁騎疾追，豈非束手待斃？」

「皇上無論車駕扈從，還是間道微行，濟寧、淮安都是南行必經的要地，須擇重臣領兵駐守，若想兵餉俱足，最好是派遣戶、兵二部堂上官。」

崇禎搖頭道：「兵部衙門並無兵馬，兵在關門，大將俱在各邊，調遣甚難，時日也拖延不得。」

「可在順天、保定、河間、正定、順德、廣平、大名、永平京畿八府招募兵卒，扈駕隨行。皇上南行，京城不可輕棄，還須兵馬守衛。東虜皇太極新喪不久，雖無心內犯，但關門兵不可盡撤，各邊大將不可輕調，此是日後恢復的根本。至於措餉，臣以為內帑……」李明睿仰望崇禎一眼，知道皇上對內帑甚為看重，當作祖宗基業，輕易不願動一絲一毫，但見他身子前傾，聽得極為耐心，大著膽子說道：「臣以為內帑不可不發。百姓尚且講究窮家富路，何況皇上萬乘之尊，宮眷扈從又眾，花費極大，中途不可逆料的艱難更多。此時比不得太平年景，那時溥天之下莫非王土，缺少什麼，都是一句話的事，各府州縣衙自然奉上，斷不會不足。如今兵荒馬亂，各地賦稅拖欠甚多，地方怕是有心無力。臣以為皇上南行，宮中內帑除留夠皇上、皇后諸人用度之外，盡可拿出犒軍，留之大內，不過朽蠹，一無益處。免得途中臨渴掘井，徒增忙亂。」

「你說的是。朝臣都如卿所想自然好了。」崇禎想到言官們勢必還要爭辯一番，心頭有些煩亂。

「臣也想過了。朝臣願意走的，跟皇上南下；不願意走的，可留在京師。」

「留京？」

「皇上親征南下，可留太子在北京監國。」

崇禎蹙眉道：「自古千金之子坐不垂堂，太子乃國家儲君，滯留北京，一旦有變，朕如何對得起列祖列宗？」

李明睿又叩頭道：「帝王自然守社稷，皇上既願與京師並存，臣等可奉太子南下。」

崇禎經史嫺熟，諳習歷朝治亂，太子南下，無異於另立朝廷，即便父子二人相容，南北兩地的朝臣也免不了爭權奪利，一旦導致唐玄宗、唐肅宗父子爭位之勢，豈不千載騰笑！大敵當前，兵分則弱，如此勢必動搖京師軍民之心，人心若變，大勢去矣，還守什麼北京！他瞬間想了許多，冷冷地說道：「朕經營天下十幾年尚不能濟，哥兒們孩子家做得甚事？先生且回，此事重大，不可輕洩。」

「伏祈皇上早日聖斷，決而行之。此事最怕觀望，如今闖賊在陝西整頓兵甲，不日即將逼近京畿，不可一刻遲延。臣風聞天津巡撫馮元彪特遣其子愷章來京呈遞密奏，勸皇上駕幸天津，由海道前往南京，就住在戶部尚書馮元彪府上，馮尚書卻勸侄兒不要招惹是非，密奏也不敢代遞。」

「你起去吧！」崇禎不置可否。

此時漏下二鼓，夜已深了。李明睿揉揉跪得酸麻的雙膝，叩頭而退。剛出殿門，卻給人一把拉住。借著殿內透出的光亮，他認出是司禮監秉筆太監王承恩，詫異道：「王公公，還沒歇著？」

「咱有句要緊的話，等著給大人說呢！皇爺可是問了南遷之事？」

「不敢隱瞞，那摺子公公想必已過目了。」

「皇爺怎麼說？」

「尚未決斷。」

「你不該這樣勸皇爺，不是教他爲難麼！」

「爲難？公公此話　」

王承恩輕歎道：「唉！論理兒咱不該說，說了就是不守本分，就是干政，可也見不得皇爺晝夜焦勞傷神。你不該一個人上摺子，該聯同朝臣一齊跪請遷都。憲宗朝，百官哭文華門，爭慈懿皇太后葬禮。世宗朝，百官爭議尊奉孝宗爲皇考大禮，在左順門跪諫。神宗朝，百官爭立儲君，逼迫福王之藩。這都是國朝故事，足可借鑒。你們外臣要如此取法，人越多越好。如此才算顧惜了皇爺的臉面，怎麼著也得有個臺階下不是？」

李明睿爲難道：「皇上叮囑萬勿洩漏。」

「能瞞得住？宮牆再厚也是透風的。」王承恩一揖到地，懇切道：「咱爲了大明江山，爲了皇爺平安，求大人多盡盡心。大人斟酌吧！咱不好逼迫。宮門就要落鑰了，大人請回。」

「臣子本分。」李明睿急忙還禮，急匆匆地走了。

不料李明睿聯絡大臣遷都之事，連夜傳出風聲，不少大臣得了消息，次日兵科給事中光時亨在朝堂上參劾李明睿：京城岌岌可危，明睿卻不思戰守之策，倡言南遷邪說，不殺明睿，不足以安人心！崇禎給他說中了心病，起身喝道：「不必議了！國君死社稷，朕不能守社稷，但可殉社稷。」拂袖退朝。

不到十天的光景，李自成親率大軍由太原、大同、宣府，出居庸關，直逼京師。又命大將劉芳亮等率領一路人馬翻越太行山，襲入河南，隨後東進，勢如破竹，攻陷豫北三府。劉芳亮派部將劉汝槐率一軍依然東進，先後克長垣、滑縣，直達豫魯邊境，迫近運河重鎮濟寧，自己率兵北上攻陷眞定，派部將任繼榮直取河間，扼控滄州。京師三面被圍，炮聲震天，徹夜不絕，一個個警報傳來，崇禎如坐針氈，但心猶不甘，上朝的大臣越來越少，近日竟見不到大臣們的影子，他氣急敗壞命馬元程道：「你去傳旨，午門上緊急鳴鐘！」

鐘聲響過，依然不見朝臣趕來，崇禎用手指蘸了茶水，在御案上寫了「文臣個個可殺」之語，卻聽簾子響動，王承恩氣喘吁吁地進來，跪下流淚道：「外城七門全失，賊子杜勳又獻了齊化門，內城眼看不保了。皇城萬不能守，望陛下速速出宮躲避，不可遲誤！」

「杜勳逆賊，朕平日拿內臣當心腹，他竟敢如此賣主……王德化、曹化淳何在？」

「不知躲到哪裏去了，奴婢找了幾回也找不到。事已至此，午門上鳴鐘也不濟事了，不會有大臣來的。」

「危難見忠臣，他們世受國恩，竟如此負朕？可恨，可恨！」崇禎面如土色，急怒交加，瞋目大叫道：「朕豈能坐守宮中，徒死於逆賊之手？隨朕到午門瞭望。」

二人到了午門，此時天色微明，午門外殺聲震天，襄城伯李國楨率兵正與賊兵巷戰，無奈寡不敵眾，李國楨殺得力竭，望著越聚越多的賊兵，長歎一聲，死在亂軍之中。崇禎見流賊人馬眾多，軍容甚盛，不下滿清鐵騎，驚異不已。忽聽城下齊聲吶喊：「萬歲，萬歲，萬萬歲——」驚天動地。崇禎見一人頭戴氈笠，身穿布衣，騎著烏黑的高頭大馬，前呼後擁而來，遠遠望著承天門，哈哈大笑一陣，高聲道：「咱若能安享大明天下，一箭射中那個『天』字！」抽出一支羽箭，搭上雕弓，颼的一聲疾射而出。王承恩聽見迫空之聲，拉著崇禎便走，城下又是一陣歡呼。

崇禎腳步沉重地走下午門，神色既悲壯又狼狽，王承恩問道：「皇爺要往何處？」

「坤寧宮！」

坤寧宮裏早沒了往日的祥和，周皇后正在哭泣，聽說皇帝駕到，趕快到院中接駕。崇禎甫一坐下，就對皇后道：「大勢去了，國家亡在眼前。你是天下之母，應該死了。」

坤寧宮的宮女們聞言，一齊跪地大哭起來。周皇后點頭，流淚道：「臣妾想在死之前同兒女們再見一面。」

崇禎歎息道：「快去請哥兒們來！」

不多時，太子、永王、定王一齊到了，崇禎瞧著三個皇子，心如刀割，撲簌簌地流下淚來，伸手把三人擁在膝前，垂淚道：「好兒子，賊兵圍城，危在旦夕，你父母就要與你們永別了，可憐你們小小年紀，也難脫殺身之禍！」

周皇后拉著三人的手，失聲痛哭，三子跟著號啕，摧心傷肝，倍覺淒慘。周皇后哀求道：「孩子何辜？趁此刻賊兵未至，陛下放他們一條生路，送他們暫往妾父家裏，伺機逃出城去。天可憐見，日後長大成人，雖不必替國家父母報仇，卻不致絕了朱家宗祀。」

崇禎點頭命馬元程道：「你速帶三人往國丈府去。」

周皇后依依不捨，抽泣著叮嚀道：「兒啊！你們今夜還是皇子，天明以後就是庶民百姓了。此去要好生聽外祖父的話，倘若流落民間，要隱姓埋名，切不可露了形跡　見到年紀老的人，要稱呼爺爺；見到中年人，要稱呼伯伯、叔叔，見到年歲相仿的人，要稱呼哥哥　你們千萬小心，保住性命……國仇大恨記在心裏……快換了衣裳罷！」吳婉容、魏清慧幾個宮女七手八腳給三人換好了青布棉襖、紫花布衣，白布褲、藍布裙，白布襪、青布鞋，都戴皀布巾，三人一步三回頭地跟著馬元程走了，走出老遠，耳邊猶隱隱聽得到母后的哭泣聲。

崇禎見送走了三子，吩咐道：「拿酒來！快拿酒來！我們痛飲幾杯！」

宮女們拿了一瓶太白禧來，用金杯斟滿了，放在長方形銀盤中端上，崇禎端杯一飲而盡，催道：「斟酒！」一連飲了十來杯，已有三四分醉意。周皇后勸阻道：「皇上珍重，你從未如此貪杯，龍體要緊！」

崇禎狂笑道：「哈哈哈　今日不喝，明日還能夠麼？」他翻著眼睛，催促皇后道：「事不宜遲。你是六宮之主，要爲妃嬪們做個榜樣，莫壞了祖宗的體面，速回你的寢宮自縊吧！」

周皇后悲泣道：「唉，兩個女兒再也不能見到了！」以袖掩面，痛哭失聲。

崇禎放下酒杯，頓足道：「快去！皇城將破，賊人就要入宮了！朕也要自盡，身殉社稷，我們夫妻不久即可相從於地下。」他忍住哭聲，命一個宮女速往慈慶宮，稟奏懿安皇后自盡，又命一個宮女速去催袁娘娘自盡。

周皇后向崇禎辭拜道：「皇上，妾先行一步，在奈何橋上迎接聖駕！」掩面出殿，由一群宮女簇擁而去。不多時，皇后的寢宮內外傳來宮女、太監們的哭聲。

崇禎不覺湧出熱淚，連聲說：「死得好，死得好。不愧是大明朝一國之母！」他取了一柄寶劍，往翊坤宮而來。袁貴妃正在宮中哭泣，崇禎闖進去問道：「你怎麼還不自盡？」

袁貴妃含淚起立道：「臣妾這就死在陛下眼前！」解下鸞帶，繫在庭柱上，伸頸自縊。崇禎閉目歎息，卻聽咕咚一聲悶響，柱上的袁貴妃直墜下地，卻是鸞帶斷了。崇禎擔心她不死，揮劍連砍幾下，匆匆奔出，趕往壽寧宮。

壽寧宮是長女長平公主的住所，她已年滿十六歲，去年已選定了駙馬，因國事日壞，原定今春下嫁竟不能如期舉行。崇禎想著如花似玉的女兒屍懸畫樑，渾身一陣戰慄，心中悲歎道：「十七年來，朕敬天法祖，勤政愛民，並無失德，爲何落得如此下場？天啊……」他闖進壽寧宮，見長平與宮女們圍坐流淚，又急又氣，用劍指道：「你、你爲何還沒死？」

長平跪直了身子，膝行著拉住他的衣服哭道：「父皇啊——女兒何罪……」

「休怪父皇無情，誰教你生在帝王之家？」崇禎一顫，揮劍砍下，長平身子一閃，寶劍何等鋒利，竟將她的左臂齊齊斬斷，鮮血四濺。「皇娘救我——」她慘呼一聲，倒在血泊裏掙扎。崇禎還要再砍，見女兒半邊身子浸得猩紅，一雙淚眼哀怨地望著，神情極是無助，想到死去的皇后，忽然一陣心痛，將寶劍擲在地上，踉蹌出宮，匆匆趕回乾清宮東暖閣，朝著太監、宮女們揚手叫道：「朕即將身殉社稷，你們各自出宮逃命吧！」

王承恩跪下道：「奴婢昨日已與母親訣別。皇爺身殉社稷，奴婢絕不會偷生！」

崇禎回顧身邊沒有一個朝臣，無限感慨，嘉許道：「好，好！你不忘朕豢養之恩，勝過那些兩榜出身的文臣！隨朕出玄武門！」他上馬代步，王承恩緊緊跟在後面，馬蹄聲踏在永巷極爲響亮，魏清慧等人跪地含淚目送，久久不起……

二人出了玄武門，向北過了石橋，茫然四顧，不知所歸。崇禎悲憫道：「流賊殺戮焚掠，百姓無辜遭劫，朕不能脫民水火，慚愧無地。這裏什麼地方最高？朕想登臨瞭望，看流賊如何猖獗？」

「煤山最高，正可俯瞰。」

崇禎打馬進入萬歲門，在山腳下馬。仰望山上，草木叢生，枝頭已染新綠，林中幾隻梅花鹿悠然覓食，一群白鶴拍翅嬉戲，不時有鳥兒鳴叫飛起，依稀看見山頂幾座黃瓦飛簷的亭子。崇禎朝上面指道：「去壽皇亭！」

小路崎嶇，多年無人修葺，二人艱難爬到山頂。煤山共有五峰，峰各有亭。壽皇亭處在煤山的最高處，在此遠眺，北京全城盡收眼底。崇禎手扶欄杆，向南凝望，紫禁城中，宮殿連雲，巍峨壯麗，千門萬戶，殿頂的黃琉璃瓦在日光下熠熠生輝，眞如瓊樓玉宇。但四處烽火燭天，廝殺聲、哭喊聲、呼嚎聲、馬蹄聲響成一片，繁華帝都化作瓦礫焦土，不勝悲愴道：「再也回不去了！唉，城破國亡，黎民何罪，慘遭荼毒？苦了滿城百姓！」

王承恩稱頌道：「皇爺眞是聖君，此時還念著滿城百姓！但爲何不焚毀三大殿，以免淪入流賊之手！」

「朕非桀紂之君，何必學他們坐擁珠寶，焚宮而亡？」

王承恩聽著炮聲越響越近，勸道：「皇爺是英烈之主，既要慷慨殉國，事不宜遲，皇爺下旨，奴婢也好準備。」

崇禎閉目垂眉道：「自古亡國，國君身殉社稷，必有臣民從死。我朝三百年養士，恩澤深厚，到頭來卻只有你一個不忘君恩，爲朕盡節？好生羞愧！」隨即仰天長歎道：「天呀！祖宗三百年江山，竟然失於我手！失於我手！可歎我宵衣旰食，勵精圖治，立志中興，卻偏遭亡國之禍……天理何在！」

「皇爺，事已至此，亦屬天意，不必難過了！」

「十七年……處處事與願違，無法挽回，一切落空！朕給中興聖主的虛名誤了，那原只是南柯一夢……隨朕來！朕要高掛枝頭，看著皇城而死。」崇禎悲不自勝，失魂落魄地離開壽皇亭，往東過了兩個亭子，又走了大約五六丈遠，前面一個陡坡，下山的路徑斷了。王承恩走在前邊，雙手分開枝杈，饒是如此，崇禎的頭髮也給掛得散亂不堪，遮住了大半個臉頰，左腳的靴子不知何時丟了，兩眼早已赤紅，全無往日威風的樣子。他望見一株粗大的槐樹，生在半山腰，樹身虯曲，幾個丫杈彷彿深海的龍爪，向南伸出，點頭道：「就在這裏吧！」

王承恩爬到樹上，在最爲粗大的丫杈上繫好明黃的絲條，又解下自己腰間的青絲條，繫在旁邊低矮的樹枝上，下來躬身問道：「皇爺還有何吩咐？」

「沒事了。朕該走了，皇后還等著呢！你送朕上路吧！」崇禎搖頭，慘然一笑。王承恩登時湧出滿眶的淚水，伏在地上，弓起脊背，失聲道：「奴婢再伺候皇爺一回！皇爺走好啊！」

崇禎伸手拉拉絲條，整個樹枝搖動起來，絲條繫得極牢。王承恩忽然仰臉道：「奴婢給皇爺理一理頭髮」

「不必了，朕無面目見列祖列宗於地下！亂髮正可爲朕遮羞。」崇禎一腳踏在王承恩背上，忽然又下來，搖頭道：「朕既以身殉國，不可默無一言。」將胸前衣襟扯開，咬破食指，在白色袍上寫了數行血書：朕涼德藐躬，上干天咎，然皆諸臣誤朕。朕死無面目見祖宗，自去冠冕，以髮覆面。任賊分裂，無傷百姓一人！寫罷，又踩踏在王承恩背上，朝南望瞭望，從容將頭伸到絲條結成的套環中，左腳向下一點道：「送朕走吧！唉——」

王承恩匍匐爬行數尺，仰倒在地，看著崇禎的身子懸起，兩臂兩腳舞動幾下，直挺挺地垂下，口鼻中滴出血來……

「皇爺——聖駕慢走，奴婢這就趕去伺候皇爺。」王承恩號啕一聲，起身跪叩了三個響頭，又面朝東方，給母親磕了三個響頭，向旁邊的樹枝走去……

密林中傳出一陣呦呦鹿鳴聲，驚起數隻白鶴，紛爭著振羽直上，向南破空而去，幾聲嘹亮的哀唳響徹皇城……

國家圖書館出版品預行編目資料

崇禎皇帝．第四部,獨上高樓／胡長青著
——版—台北市 ： 大地， 2007〔民96〕
面 ： 公分. --（歷史小說 ： 12）
ISBN 978-986-7480-71-2 （平裝）

857.7 95024614

崇禎皇帝第四部獨上高樓

歷史小說012

作　　者	胡長青
發 行 人	吳錫清
主　　編	陳玟玟
出 版 者	大地出版社
社　　址	114台北市內湖區內湖路2段103巷104號
劃撥帳號	0019252-9（戶名：大地出版社）
電　　話	02-26277749
傳　　眞	02-26270895
E-mail	vastplai@ms45.hinet.net
網　　址	www.vastplain.com.tw
美術設計	洸譜創意設計股份有限公司
印 刷 者	普林特斯有限公司
一版一刷	2007年1月

大地

定　價：250元

版權所有・翻印必究　Printed in Taiwan